DE VERANO

Elizabeth Young, antes de empezar a escribir, ha formado parte de la tripulación de unas líneas aéreas, ha sido modelo publicitaria para la televisión de Chipre y ha trabajado para las Fuerzas Armadas del Sultán de Omán. Actualmente vive en Surrey con un gato rollizo, un spaniel desquiciado y con su estoica y sufrida media naranja.

ELIZABETH YOUNG

¡Tú te lo has buscado!

Traducción de
Miguel Martínez-Lage

DeBOLS!LLO

Título original: *Asking for Trouble*
Diseño de la colección: Departamento de diseño de Random House Mondadori
Diseño de la portada: Florencia Helguera y Sergio Juan
Fotografía de la portada: © Getty-Images

Primera edición en esta colección: junio, 2005

© 2000, Elizabeth Young
© de la traducción: Miguel Martínez-Lage
© 2001, Random House Mondadori, S. A.
Travessera de Gràcia, 47-49. 08021 Barcelona

Quedan prohibidos, dentro de los límites establecidos en la ley y bajo los apercibimientos legalmente previstos, la reproducción total o parcial de esta obra por cualquier medio o procedimiento, ya sea electrónico o mecánico, el tratamiento informático, el alquiler o cualquier otra forma de cesión de la obra sin la autorización previa y por escrito de los titulares del *copyright*.

Printed in Spain – Impreso en España

ISBN: 84-9793-722-8
Depósito legal: B. 22.802 - 2005

Fotocomposición: Lozano Faisano, S. L. (L'Hospitalet)

Impreso en Cayfosa-Quebecor, Ctra. de Caldas, km. 3
Santa Perpètua de Mogoda (Barcelona)

P 837228

*A mi padre, porque le gustaban
las buenas maldiciones,
largas y cargadas de aliteraciones,
y hacía reír a todo el mundo*

PRÓLOGO

La invitación me llegó un sábado por la mañana, justo a tiempo de fastidiarme todo el fin de semana. Era un tarjetón de bastante gramaje, duro, de bordes dentados, y decía así:

El señor y la señora Metcalfe
tienen el placer de solicitar la asistencia de
Sophie y Dominic
a la celebración de la boda de su hija
Belinda Anne
con el señor Paul Fairfax,
que tendrá lugar
en
La Posada del Manantial
el sábado 11 de mayo a la 1 de la tarde
SRC

No es que me produjera un sobresalto. Una vez que se fija la fecha de la boda de tu hermana, ya no tienes que esperar a que te llegue la invitación para enterarte. Si tu madre es como la mía, las líneas telefónicas comienzan a zumbar al instante. Es muy capaz de anunciar el acontecimiento en el *Telegraph*, el *Manchester Evening News* y, muy probablemente, en el *Correo Matutino del Sur de la*

China. Por lo que a mí se me alcanza, era muy capaz de haberlo anunciado a los cuatro vientos, incluso por Internet. Decidida a que no la superase en ningún terreno su vecina y rival de toda la vida, mamá se había comprado recientemente un portátil Toshiba.

Ya hubo una buena juerga cuando anunciaron el compromiso allá por el mes de enero, pero desde aquello habían pasado tres meses en un visto y no visto; por otra parte, si hubo alguna vez una fiesta que se celebrase por los motivos más variados, fue sin duda la de Belinda. Bastaba con escuchar a mi madre.

A Maggie Freeman, la vecina y rival de toda la vida, apenas le comunicó más que la noticia escueta:

—Ah, pues sí, se la llevó a Florencia la semana pasada... Y le pidió la mano en el Ponte Vecchio. Te habrás fijado en el anillo, ¿no?

A los vecinos que de veras le caían bien les dijo:

—Bueno, claro, os podéis imaginar que Ted y yo estamos encantados... A él le va de maravilla en su trabajo, y salta a la vista que está perdidamente enamorado...

A mí, mientras nos merendábamos una pila de palitos de *satay* recién sacados del horno, me lo contó con voz susurrante:

—... y me da la corazonada de que será un hombre bueno para Belinda. No tiene ni un pelo de endeble, no sé si me explico. Nunca le digas que te lo he dicho, pero siempre supuse que terminaría con uno de esos muchachos endebles e insípidos a los que nunca les decía que no. A papá le daba miedo que fuese Tim: es un chico estupendo, claro, pero de poco serviría en una crisis, si quieres que te dé mi opinión. No te diré cómo le llamaba papá. Es demasiado grosero.

A la fiesta de Belinda debieron de asistir unos cuarenta invitados. Para haberse anunciado con tan poca antelación, no estuvo nada mal. Dos tercios eran específicamente amigos suyos; el resto, familiares y amigos diversos, todos pululando encantados por el salón de la casa de mis padres, que tiene un tamaño ideal para festejos, aunque muchos terminaron por acomodarse en la cocina y el vestíbulo, qué remedio. Como en todas las fiestas que dan mis padres, el buen ambiente logrado a base de comida y bebida te daba de lleno en la cara nada más cruzar la puerta. Y tampoco eso estuvo nada mal, teniendo en cuenta el frío polar que hacía en la calle.

Por si eres una persona algo cotilla, como yo, déjame informar de algunos chismes más. De diversos amigos de Belinda oí cosas como estas:

—¿Sabes? Es él quien le ha regalado ese vestido. En Florencia. Ella no lo quiere reconocer, pero a mí me parece un Versace. Aunque Belinda es capaz de conseguir que un vestido comprado en un Pryca parezca de Versace.

—Me pone enferma. A mí, lo más que me ha regalado Ian es un osito de peluche comprado en los grandes almacenes.

—Ojo, yo no estoy segura de querer un tío como Paul. No me podría relajar ni un segundo. Siempre habría media docena de cabronas tratando de quitármelo.

Belinda, como ya habéis comprendido, flotaba sobre una rosada nube de euforia. El vestido era ajustado, negro, y tenía ese algo especial, sencillo, pero extraordinario, que huele a prenda carísima. Se entiende perfectamente que Paul apenas retirara el brazo de la cintura de Belinda en toda la velada.

Nadie cree que somos hermanas. Ella fue modelo una temporada (entre otras cosas: cursos de cocina, de secretariado), pero le faltaban unos centímetros para dedicarse en serio a la profesión. A mí no me faltan centímetros —mido uno setenta y cinco—, pero ella tiene todo lo demás. Una estupenda talla 38, una piel perfecta, color crema y miel, que nunca se enrojece o irrita, ni siquiera en lo más crudo del invierno; tiene una lujuriante melena de tono miel oscuro, y unos ojos color avellana con unas pestañas que se podría jurar han sido compradas en una buena tienda de cosméticos. Y una cara... Una amiga suya una vez me hizo esta confidencia:

—Siento mucho tener que decirlo, pero cuando una chica tiene ese aspecto, casi desearía que fuese una mema integral para odiarla con la conciencia tranquila.

No soy exactamente la Hermana Fea pero, con una competencia como la suya, es inevitable sentirse un poco así. Mi talla es la 40: 38C de arriba, 37D de abajo. Tengo una piel color crema, sin rastro de miel, y una melena tirando a lujuriante, aunque no del todo, de un tono castaño normal y corriente, como la de mamá. También tengo los ojos idénticos a los de mamá: unos ojazos azul intenso que, con la debida modestia, puedo decir que son mi rasgo más apreciado.

Había visto a Paul solo un par de veces antes de la fiesta, y, como encajaría en un catálogo de ventas por correo de hombres estupendos, fue un alivio descubrir que, la verdad, no me hacía tilín. Con metro ochenta y algo de estatura, tenía la agilidad y la fortaleza de un tenista profesional, y esa piel morena, pero no demasiado, que parece brillar por contraste con el blanco. Tenía los ojos castaños y el cabello del color de la caoba muy vieja y muy bruñida. A sus treinta y un años, cuatro más que Belinda, era una estrella en alza, meteóricamente lanzada hacia un puesto de asesor de gestión.

—Me alegro de verte de nuevo... ¿Cómo te trata Londres? —me preguntó, cuando por fin me pude acercar a la feliz pareja—. Espero que el tráfico no haya sido infernal.

—Bastante infernal, pero da lo mismo. —Había ido en coche y había llegado tarde—. En fin, ¿qué voy a deciros? Enhorabuena y todo eso... Creo que deberíais habernos advertido que nos pusiéramos gafas de sol antes de mirar el anillo.

Era un conjunto de diamantes con muchos megaquilates, no tan desmesurado como para parecer un puño de hierro brillante de los que usan los matones —sus dedos no lo hubieran soportado—, pero las piedras despedían un brillo azulado que te cegaba.

A Belinda se le escapó una risita de complacencia y culpabilidad.

—Fue una extravagancia espantosa...

Él aún la rodeaba por la cintura, dando a entender ostensiblemente que «ella es mía».

—Cariñito, a estas alturas deberías conocerme mejor. Si hay una cosa que debes hacer...

—Lo has hecho todo como es debido —dije—. Directamente sacado del manual del perfecto romántico. En Londres, los hombres de tu estilo son ya una especie en vías de extinción.

—Sophy, ¿cómo puedes decir una cosa así? —balbució Belinda—. ¿No te llevó Dominic a un restaurante de lujo nada más conocerte en una fiesta soporífera?

—Sí, potencial no le falta —dije a la ligera—. Mientras no le dé por pedirme que le cosa los botones de las camisas, puede que lo soporte hasta el día de San Valentín.

A Belinda se le escapó otra risita.

—Señal inequívoca de que está loca por él —susurró a Paul en un aparte escénico—. Si aún lo estuviera un poco más, ahora mismo diría que están pensando en dejarlo cuanto antes, para no tentar al destino.

—Cariñito, el destino es para los perdedores —dijo Paul resueltamente—. Si quieres conseguir algo, hay que ir a por todas y lograr que suceda.

Cuando pude estar a solas con ella durante un minuto, algo más tarde, el alcohol consumido solo vino a incrementar su brillo.

—Es que no me lo podía creer —barbotó feliz—. Nada más llegar me llevó a ese puente precioso, y allí estábamos con la puesta de sol, cuando de pronto sacó una cajita del bolsillo... Fue como un sueño. Después, de vuelta al hotel... —Me llevó a un lado y me habló con un hilillo de voz—. Durante las veinticuatro horas siguientes, prácticamente lo único que llevé fue el anillo.

—Y una sonrisa enorme, seguro.

—Seguro. —Siguió susurrando, conteniendo a duras penas la risa—. Nunca he conocido a nadie que me ponga como él me pone. Nunca he tenido que decirle «la mano izquierda un poco más abajo», ¿sabes? No sé si me explico.

—Serás guarra... —le dije con severidad.

En realidad, pensaba: «Tendrás suerte...».

—No es extraño que camines como Clint Eastwood.

Durante la hora siguiente me dediqué a escuchar a escondidas infinitas conversaciones. No lo pude evitar, por más que lo intentase. A un par de amigas de mamá, del club de golf, les oí:

—... Cuidado, yo siempre he dicho que es una pena que la hermana menor sea la primera en casarse. Sophy ya debe de rondar la treintena, y a las chicas se les hace más difícil con los tiempos que corren. La mitad de los chicos son unos maricones.

—Trudi, se supone que no deberías utilizar ese lenguaje. Además, tengo entendido que Sophy está saliendo con alguien. Me lo dijo Sue: al parecer, un banquero. Esperaba que esta noche viniera con él, pero debe de ser pronto para las presentaciones en familia.

En otro grupo de amigos de Belinda oí decir:

—¿Es que el tal Paul no piensa soltarla nunca? Lleva toda la maldita noche pegado como una lapa a su cintura.

—A ella seguramente le gusta. Tengo entendido que apenas se levantaron de la cama en sus cuatro primeros fines de semana. Me sorprende que no se haya ido a vivir con él. Claro que con tanto polvo va, polvo viene, ella ha pillado una cistitis. Repugnante...

—Caramba. De todos modos, si se trata de una buena dosis de sexo y desenfreno, yo siempre estoy disponible.

—Venga, a ver si maduras de una vez. Y deja de mirarle las piernas como un papamoscas. Como trates de clavarme la escopeta por la espalda a las tres de la mañana, sabré con quién estás soñando.

A eso de las nueve y media abrí la puerta a alguien que llegaba tarde.

—¡Tamara! Ya pensábamos que no vendrías.

—Hola, cascarrabias —sonrió—. Hacía tiempo, ¿eh? Venga, déjame entrar, que hace un frío del demonio. Vengo caminando desde El Oso. Me ha entretenido Dave Doodah; me dejé liar y fuimos a tomar una copa rápida, que al final fueron tres y una partida de billar. La verdad es que ya estoy un poco achispada.

—Y yo también —respondí contenta.

El Oso estaba a menos de un kilómetro. Tamara Dixon, antigua amiga de colegio, vivía a cuatro casas de la nuestra. Había pasado casi tres años en el extranjero, de modo que últimamente apenas la había visto. En Navidad se fue a esquiar, así que ni siquiera entonces estuve con ella. Bajo ese halo de rizos rojizos y dorados, tras esa inocente cara de ángel que se ve en los cuadros más sentimentaloides de la época victoriana, Tamara tenía un ramalazo de perversidad risueña. A veces le daba por las chaladuras, pero daba gusto reírse con ella.

—¿Te alegras de haber vuelto? —le pregunté cuando entró en calor.

—Aún no estoy segura, pero mi madre está loca de contenta por tenerme en casa. Incluso me plancha la ropa. ¿Qué tal Dominic? —añadió muy sonriente—. Belinda me lo ha contado todo.

—Me extraña que le quedara algo por contar. Mamá se lo ha contado con pelos y señales a toda la región noroeste de Inglaterra.

Se echó a reír.

—¿Lo has conocido a través de esa pijería... como se llame?

Con eso de la «pijería» se refería a Recursos Humanos Aristos, que tenía veinte sucursales en Londres y en el sureste, de las que se suponía que yo estaba al frente de una. Aristos no era un nombre que aspirase a tener exactamente connotaciones «pijas». Pronunciado «Aristoss», al parecer, significa «lo mejor» en griego antiguo, lo cual no deja de ser un chiste si se piensa en algunas de las personas que se sometían a nuestras pruebas de lengua y matemáticas.

—En fin, supongo que Paul es de lo mejorcito que hay por ahí —dijo señalando a los invitados estelares—. O poco debe de faltarle. No es de extrañar que tu madre parezca el gato que acaba de pescar al pez de la pecera.

Más tarde, cuando la gente empezaba a marcharse, oí que alguien preguntaba:

—Bueno, ¿y para cuándo es la boda?

Había que ver la cara que se le puso a mamá. Radiante, gloriosa, envuelta en una guirnalda de sonrisas resplandecientes.

—Todavía no han decidido la fecha concreta, pero estoy segura de que será pronto...

Y eso me lleva al momento en que la invitación cayó sobre la alfombra por la ranura del buzón. La acompañaba una nota:

> Todo esto va a ser un follón terrible, apenas tenemos mes y medio para organizarlo todo, la verdad es que tengo que quitarme unos kilos antes de pensar siquiera en qué voy a ponerme, pero hemos tenido mu-

cha suerte con la cancelación. De veras me gustaría que Dominic pudiera venir. Tenemos muchísimas ganas de conocerlo.

Con cariño, a toda prisa,
besos
MAMÁ

Y un beso de parte de papá, claro.

Dejé la invitación en la repisa, desde donde me miraba con aire siniestro. «¿Y bien?», parecía decirme en tono acusador. «¿Piensas resolver este lío, o qué?»
Mamá me llamó por teléfono esa misma noche.
—Podrás venir con él, ¿verdad, cariño? He hablado de él prácticamente a todos, y no quisiera que me fallaras por nada del mundo, ¿eh? Zoe Freeman todavía sale con ese tal Oliver, así que he tenido que invitarlo, claro. Me sigue pareciendo un timorato, pero mejor así: razón de más para hacer un poco de ostentación.
—Mamá...
—Sí, ya sé que suena un poco malvado, pero Maggie no deja de darme la lata con que si Oliver tal, que si Oliver cual... A esa mujer la voy a matar el día menos pensado. Oyéndola hablar, cualquiera diría que un simple abogado de empresa es un cruce entre Dios y Mel Hudson...
—Gibson, mamá. Mel Gibson.
—Tú ya me entiendes. Por favor, dile a Dominic que nos encantaría que viniese... Es imposible que tenga un compromiso para ese mismo día. Con seis semanas de antelación... Si te tiene cariño de veras, estoy segura de que estará encantado...
Al cabo de un minuto de perorar de este modo, le dije con debilidad que sí, que estaba segura de que le encantaría ir, que sí, yo estaba estupendamente, todo

estaba estupendamente, que diera recuerdos de mi parte a papá y a Belinda, hasta pronto, y colgué.

—No quiere que yo le falle: quiere que cumpla con mi parte —dije—. Deja que me ría.

Alix, mi amiga, compañera de piso y consejera sin sueldo me miró como otras veces: Dios del cielo, no tienes remedio.

—Dios del cielo, no tienes remedio —dijo de hecho—. ¿Por qué no le das calabazas y acabas con este lío?

—¡No puedo *hacer eso*! Antes, tendría que mentalizarme, pensar en un motivo absolutamente irrebatible, que explicase por qué hemos dejado de ser compatibles.

—A mí se me ocurre uno excelente —dijo—. La muerte se considera, por lo general, un punto final perfecto para una relación engorrosa. Di que lo mató un atracador por sus tarjetas oro.

No me importa decirlo: semejante muestra de insensibilidad me dejó consternada.

—¿No te parece que sería un tanto desagradecido, después de lo mucho que lo he utilizado sin vergüenza de ninguna clase?

—Trágate el sapo. Hazlo la semana que viene: rápido, limpio, sin dejar el menor resquicio a una reconciliación. A una boda no puedes ir con un cadáver.

—Es que un asesinato así sería como una tormenta el día de la boda —apunté—. No me apetece ser una aguafiestas, ni que todo el mundo se compadezca de mí. Además, ¿cómo voy a ingeniármelas para dar la impresión de que tengo el corazón partido si en realidad me sentiré agradecidísima? ¿Te imaginas a alguien en mi situación diciendo «pásame otro vodka doble y, de paso, al mejor amigo del novio»?

—¡Pues entonces piensa en algo! —Suspiró como si dijera: me tienes hasta las narices—. Mira, odio decir que ya te lo dije, pero *lo hice*. Si te dio por inventarte a un novio perfecto, solo para que tu madre dejara de darte la lata...

—¡No fue *del todo* un invento! —maticé.

—Eso no son más que tonterías. —Me sirvió un tercer vaso de Jackdaw Ridge—. Tú te lo inventaste, pues deshazte tú de él.

1

La culpa de todo la tiene la presión del trabajo. Durante las dos semanas que siguieron a la fiesta, Dominic y yo permanecimos oficialmente alojados en la bandeja de asuntos pendientes. Cada vez que la cuestión afloraba a la superficie, diciendo «¿Y bien?», yo lo mandaba a hacer gárgaras, estaba demasiado ocupada con asuntos de mayor importancia para dedicarme a esto.

Tras unos días de calma, de pronto nos vimos desbordados: tecnología de la información, marketing, auditoría de cuentas... Todo: lo querían todo para anteayer, y eso sin contar los contratos temporales. Nos pusimos a revisar incluso los currículums de antiguos candidatos, aparte de poner anuncios por todas partes, salvo en los paquetes de cereales. Apenas tuvimos tiempo para discutir los asuntos realmente importantes, como el episodio de *Friends* que emitieron la noche anterior, o esa mujer quisquillosa que nos atendía en el bar de bocadillos.

No abordé el «asunto» Dominic como es debido hasta el domingo por la mañana. Faltaban diecinueve días para la boda. La manera más fácil de salir del atolladero hubiera sido decir que fue *él* quien *me* dejó, pero así no conseguiría satisfacer a nadie, y menos aún a mí. Supongo que confiaba en que mi imaginación me diera de repente un golpetazo en la cabeza con la solución perfecta. En otro tiempo había tenido una imaginación de lo más creativa. Tuve incluso brillantes fantasías acerca de formar parte de «Los Cinco» (en vez de estar con aquella llorosa Anne y sus muñecas), o de tramar alguna buena contra el sheriff junto a Robin Hood (en vez de ser la llorosa Marian).

Cierto que no había ejercitado mucho últimamente, salvo en esas fantasías de las que una jamás le diría ni una palabra a su madre. Como lo único que se me había ocurrido era una abducción por alienígenas, todavía sopesaba nerviosa el resto de alternativas.

Tampoco me echaba nadie una mano. Alix seguía durmiendo, y aunque había un cuerpo de contornos vagamente humanos en el sofá, estaba absorto en las páginas deportivas. Su equipo, los Gilipollas United, la habían vuelto a cagar por completo. El asunto empezaba a ser grave. Me encontraba ante un caso evidente de SMT, es decir, «Sordera Masculina Transitoria».

El cuerpo pertenecía al hermano «pequeño» de Alix, Ace: metro ochenta y pico de individuo, veintiséis años, bastante guapo si una se esforzaba por escudriñar bajo su desaliño general, con una coleta castaño claro en óptimas condiciones gracias al uso de mi Pantene 2 en 1, que me hurtaba continuamente. Además, llevaba un pendiente de oro y, salvo cuando los Gilipollas de sus amores la cagaban, gastaba un aire de frialdad y de aplomo que reto a cualquiera a que lo supere.

—Podrías hacerme *alguna* sugerencia, anda, aunque sea algo completamente descerebrado —murmuré—. Al menos podrías dar muestras de *buena voluntad*.

Ni siquiera se le escapó un gruñido desarticulado.

Ocupante del escueto cajón que pasaba por ser el tercer dormitorio del piso, Ace se había instalado un par de meses antes para una semana. Se quedó porque prefería pagar el alquiler correspondiente a un cajón en vez de pagar el alquiler de una habitación de tamaño estándar. A pesar de que me afanase el Pantene y otras cosas, Ace no dejaba de ser útil a veces. Si de pronto te entraba el antojo de comer unos pastelillos de Java antes de que empezase *Gente del barrio*, él se acercaba en un periquete a una tienda cercana en donde vendían prácticamente de todo. Bastaba pedírselo con mucha amabilidad.

Al cabo de unos treinta segundos, algo debió de traspasar la neblina futbolera que lo envolvía.

—Yo que tú diría que es un pervertido —anunció—. Dile a tu madre que una vez fuiste a verlo sin previo aviso y que te lo encontraste pavoneándose con zapatos de tacón y con uno de tus sujetadores, hecho un basilisco porque no encontraba calcetines suficientes para hacer de relleno.

—Dominic no se parece a ti —le dije con irritación—. Él no tiene que ponerse a buscar todas las mañanas debajo de la cama, para ver si encuentra un pútrido calcetín que no se le haya marchado por su propio pie hasta la lavadora. Tiene cajones enteros llenos de calcetines, todos emparejados y doblados perfectamente, clasificados por colores.

—Entonces, una de sadomaso. —El muy sapo repugnante sonreía tanto que se le salía la sonrisa de la cara—. ¿Y si te pidiera de pronto que hicieses de Dama del Látigo y le dieras una buena tunda? —Adoptó una voz libidinosa, a caballo entre el jadeo y el gemido—. Por favor, por favor, he sido un chico malo... Me he pasado toda la noche jugueteando con la colita...

—Por Dios, él jamás diría *colita*. Además, me niego a tener relaciones con un pervertido.

—Como quieras. Pásame dos dedos de chocolate, ¿quieres?

Le pasé la caja que estaba sobre la mesa de café. Quedaban cuatro. Solo cuatro, y yo los había comprado una hora antes, junto con los periódicos, en la tienda del barrio.

Ace mordió la mitad de dos de un bocado y siguió hablando con la boca llena.

—Tu madre tenía que terminar por fuerza recurriendo al chantaje emocional. Es una de las armas preferidas de las madres. Si aún no te habías dado cuenta, francamente ya no sé qué pensar de ti. Desespero.

Yo bien podría haber escrito una tesis sobre el chantaje emocional en su variante maternal. Antes de llamar a casa, hora y media antes, me había mentalizado a fondo precisamente para eso, para una dosis monumental. Había tomado la resolución de mostrarme fuerte, de endurecer mi corazón, de no ceder a las presiones. Había pensado con detenimiento en lo que iba a decir.

Empecé en plan enérgico, dando a entender que no estaba dispuesta a aguantar tonterías. Lo sentía muchísimo, pero me daba la impresión de que, a fin de cuentas, a Dominic le iba a ser imposible. Estaba terriblemente ocupado.

Fue como si le diera entrada:

—¡Oh, Sophy, *de veras*...! ¡Ya sabía yo que me ibas a decepcionar otra vez, con las ganas que tiene todo el mundo de conocerlo! A esa desgraciada de Maggie le dije que casi con toda seguridad iba a venir, que no podía faltar, y tú ya sabes cómo es esa mujer...

Así siguió un buen rato.

Mamá se me puso en plan plañidera:

—A veces, ¿sabes?, me pregunto si no será que te avergüenzas de mí y de tu padre. Cada vez que nos prometes que lo vas a traer a casa...

Etcétera.

Para distraerme del recuerdo de la voz lacrimógena de mamá y también del modo en que estaba Ace acabando con las galletas, me puse a hojear el dominical del periódico; los anuncios de la sección de contactos siempre me han hecho reír. Como siempre, la sección estaba repleta de mujeres esbeltas, atractivas, bulliciosas, «que desearían conocer» a un tío soltero, que no fuera ni triste ni feo y al que no le importase compartirlo todo y satisfacer al otro. Resultaba admirable tanto optimismo.

—Tal vez debiera poner un anuncio —me dije—. «Arpía y foca más loca que una cabra, 30 años, necesita tipo pasable para un solo día. No se admiten camisas de poliéster ni tarados; absolutamente nada de sexo. 50 libras.»

—Yo por cincuenta libras lo haría —dijo el sapo con su mejor sonrisa—. Claro que, antes, tendrías que comprarme una camisa vistosa.

—Brillante ocurrencia. Te ajustas perfectamente a la idea que se ha hecho mi madre de un banquero de treinta y cinco años de edad.

Me acerqué a la ventana. Algunas veces, ese rincón del suroeste de Londres hasta conseguía parecer pasable; por una vez, al menos, ni siquiera se veía un envoltorio de patatas fritas bailando a merced de la brisa. El sol señalaba con dedos resplandecientes nuestras sucias ventanas de guillotina, típicamente eduardianas, como si pretendiese hacer alguna mojigata observación acerca de la foca perezosa y de Mr. Músculos.

No hice ni caso.

—Tendré que decir que le he dejado. Quizá se estaba volviendo horrorosamente celoso y posesivo.

—Eso es algo que tu vieja no se tragaría ni en sueños. Solo pensaría que demuestra lo mucho que te quiere.

Muy cierto.

—Claro que siempre podrías hacer lo que hago yo cuando me meto en un lío hasta el cuello y estoy a punto de que alguien decida cortarme las pelotas —siguió diciendo, a la vez que volvía ruidosamente las páginas del periódico—. La solución es bien simple: o te largas, o te das a la fuga. Échale un vistazo a los vuelos baratos.

Las sugerencias constructivas por parte de Ace siempre figuran bajo el encabezamiento «Vanas esperanzas». Mientras puse el piloto automático, mi mano llevó hasta mi boca otro dedo de chocolate. Los quince que me había zampado me empezaban a dar una ligera sensación de náuseas.

—El problema de fondo sigue siendo Maggie Freeman, la vieja bruja —expliqué—. Mi madre ya ha presumido de Dominic con ella, y si no aparezco con su favorito en las apuestas para encontrar al yerno perfecto, es muy probable que pierda unos tres millones de puntos.

Maggie Freeman había sido «amiga» y vecina de mi madre durante casi veinticinco años. En realidad, ninguna de las dos podía soportarse mutuamente, pero querían guardar las formas. Todo se debía a que las dos tenían dos hijas de edades muy similares. Eran, dicho de otro modo, rivales a muerte desde que nosotras alcanzamos la edad suficiente para que pudieran jactarse de sus éxitos.

Por ejemplo, nuestro primer examen de ballet, cuando Sarah Freeman y yo teníamos seis años. Al final de una rutinaria conversación en la puerta, Maggie dejó caer como si tal cosa un «Ah, por cierto, Sue. ¿Te he dicho que a Sarah le han dado una mención especial?». Se lo dijo porque sabía que yo había aprobado el examen por los pelos, más patosa que una cría de elefante. En ese momento comenzaron a pudrirse las relaciones de buena vecindad, por así decirlo. Pero mamá triunfó poco más adelante, cuando a mí me otorgaron la distinción del Delfín Juvenil en natación, un curso antes de que Sarah aprendiese a nadar. Cincuenta puntos para los Freeman, cincuenta para los Metcalfe. Y así siguieron las cosas: Sarah contra mí, Zoe contra Belinda.

El marcador estuvo relativamente igualado hasta hace tres años, cuando Maggie se apuntó cincuenta trillones de puntos de una tacada. Sarah Freeman iba a casarse, y encima no con cualquiera, sino con un terrateniente que tenía su propia casa de campo y un primo segundo que ostentaba el título de *Sir*.

La petulancia de Maggie Freeman no conoció límites. Durante varios meses se presentaba casi a diario diciendo «¿A ti qué te parece, Sue?», a la vez que le enseñaba fotos de pajes con distintos uniformes; otras veces le comentaba: «Todavía tenemos dudas sobre el medio de transporte. ¿Tú qué crees? No nos decidimos entre el Rolls Royce blanco, de época, o el coche de caballos descubierto. Es una pena que una no se pueda fiar del tiempo…».

Al principio, mamá le obsequiaba su mejor sonrisa y la invitaba a una taza de té. Más adelante comenzó a sonreírle con los dientes apretados y la invitó también a una taza de té. Con el paso del tiempo, le sonreía con los dientes apretados, le preparaba la taza de té y deseaba en secreto tener un bote de arsénico para echarle una cucharada.

Así las cosas, la boda de Belinda fue, para mi madre, el equivalente del premio gordo de la lotería. De acuerdo, no había tierras ancestrales ni primos de la nobleza de los cuales alardear, pero, al menos en un sentido, estaba en condiciones de sobrepasar la marca de Maggie. Así como Sarah, Zoe y yo somos pasablemente atractivas —al menos hasta la fecha nadie nos ha pedido que nos pongamos una bolsa en la cabeza—, Belinda, como dije antes, está hecha de otra materia. La gloriosa hora en que mamá se resarciría de todos los desaires vecinales estaba a punto de llegar. La guinda de su tarta nupcial no podía ser más simple: se trataba de poner al lado del timorato Oliver de Zoe Freeman a mi alto, espigado, refinado, elegante, apuesto, ingenioso y seguramente serio pretendiente, Dominic Walsh, banquero.

Ace guardaba silencio. Pensé que había vuelto a la crónica del partido de los Gilipollas United, pero de pronto se puso a golpear el periódico con el dedo índice.

—Hay que ver. ¡Si soy un genio! Échale un vistazo.

Más o menos me esperaba ver el anuncio de un billete de avión solo de ida, baratísimo, a Mongolia Exterior. Por seguirle la corriente, eché un vistazo al periódico. Y otro.

—¡Ace, pero si es una agencia de acompañantes!

Me dedicó esa mirada paciente, cargada de nobleza, que tan bien se les da a los tíos.

—¡No te iba a enseñar el anuncio de una clínica contra la impotencia masculina!

—¡De ninguna manera pienso recurrir a una agencia de acompañantes! Pensarían que estoy desesperada. ¡El propio tío pensaría que estoy desesperada!

—Es que *estás* desesperada.

—Tú ya me entiendes. Además, ¿qué clase de tío se dedica a eso?

Se paró a pensar.

—De acuerdo: un tío que siga creyendo que está de buen ver y que quiera ganarse un dinero fácil. A pesar de todo, vale la pena que lo intentes.

Supervisé el anuncio. Estaba formulado para persuadir a las cínicas como yo de que contratar los servicios de una agencia de acompañantes no es, en el fondo, más rebuscado que contratar a un limpiador de alfombras a domicilio, aparte de ser mucho más divertido.

Muy astuto, me dije. Ace me estaba mirando a la espera de...

—Quedaría como una imbécil al explicar la situación —protesté—. Se partirían de la risa.

—Seguro que no.

—Me juego lo que quieras. —La mujer del anuncio

daba la impresión de que el adjetivo «desesperada» jamás hubiera formado parte de su vocabulario. Elegante. Con clase. Dueña de la situación. La típica mujer que no ha cometido una sola estupidez, que no ha hecho nada de lo que deba avergonzarse desde que tenía tres años y sabe que no lo hará en el futuro—. Tendré que leerme la letra pequeña, pero tengo la sensación de que pagar a un hombre a cambio de su compañía va contra mis principios.

—Míralo de esta otra manera. Si no tuvieras un coche para ese día, alquilarías uno. Para ese día no tienes acompañante, así que alquilas uno.

—Ace, alquilar a un Dominic no es precisamente lo mismo que alquilar un Ford Escort con airbag. Esos hombres creerán que te mueres de las ganas de inspeccionar sus credenciales.

—Siempre podrías decir que eres una lesbi, pero que no tienes agallas para decírselo a tus padres.

—¿Ninguna sugerencia más útil? —Sin dejar de mirar a la esbelta, presuntuosa rubia del anuncio, me consolé al pensar que seguramente no tenía unas buenas tetas, a menos que fueran implantes de silicona—. Me apuesto lo que quieras a que te cobran un ojo de la cara.

—Seguramente. Porque tú no querrás a un tío barato, un impresentable...

La verdad era que no.

Llegados a este punto, entró Alix en la sala de estar, bostezando como si llevara media noche en vela. Y a juzgar por los ruidos que había oído yo a eso de las cuatro y cuarto, seguramente era verdad. De hecho, me sorprendió verla en pie. Como el tío con el que salía le estaba dando mejor resultado de lo previsto, últimamente no la veía mucho. La echaba de menos, sobre todo cuando salía por televisión alguien especialmente molesto y yo no tenía compañía para despellejarlo a gusto entre las dos. A Alix y a mí nos resultaban molestas las mismas personas, y esa era una de las razones de que nos llevásemos bien. Metro setenta, rubia natural, de ojos grises, talla 36 exacta, pero, como le daba una amarga envidia mi escote, tenía que caerme bien.

Envuelta en un albornoz largo y afelpado, con un estampado de ositos de peluche, se dejó caer en un sillón y bostezó.

—Ace, si me preparas una taza de té te doy dos libras.

—Anda ya.

—Tres —le suplicó—. Por favor, antes de que me muera de deshidratación.

—Pues entonces tendrás que morirte así. Estoy tratando de convencer a Sophy para que haga la prueba al menos.

—¿Qué prueba?

Le pasó el periódico.

—¿Lo ves? La respuesta perfecta a su problemilla. ¿O no?

Se le notaba increíblemente satisfecho de su hallazgo.

Poco a poco, a Alix se le aclararon los ojos nublados aún por el sueño.

—¡Ace, pero si es una agencia de acompañantes!

Él alzó los ojos al techo.

—¡Ya lo sé, so lerda! ¡Necesita un tío que la acompañe a la boda! Pero está convencida de que el tío pensará que está loca por sus huesos.

—Es probable que lo piense —bostezó—. La mayor parte de los tíos piensan que todas las mujeres están locas por sus huesos.

—No, solo es una esperanza. Es lo que llamamos «optimismo eterno».

—Es lo que llamáis «eterna obsesión» por vuestras partes colgantes —replicó ella.

—Por favor, ¿podemos volver a la cuestión? —Con

expresión dolorida, volvió a señalar el anuncio—. Lo que quiero decir es que yo soy un tío, y no creo que muchos otros tíos piensen que la buena de Sophy está tan desesperada por un Melvyn cualquiera.

Ese muchacho... Noté que me subía enteros la autoestima.

La pobre Alix no terminó de captarlo.

—Ella está desesperadita por un Dominic, no por un maldito Melvyn.

Eché mano del último dedo de chocolate.

—Me refería a Melvyn Bragg, listilla.

Alix puso esa cara de «tendría que haberlo supuesto» con la que muchas veces respondía a las salidas de pata de banco que tenía Ace.

—La verdad es que a primera hora de la mañana es demasiado. Le dije a mamá un montón de veces que debería haberlo ahogado nada más nacer, y ella me dice que ya lo sabe, pero que por lo menos le cortó el rabo.

Inmune a tales comentarios, Ace miraba boquiabierto el paquete vacío.

—¡Se las ha comido todas! —agitó el paquete vacío delante de Alix—. ¡Míralo! ¡Se va a pasar toda la semana que viene quejándose de que se le han encogido las bragas!

—¡Pero es que está estresada! —cortó ella—. Anda, ve a hacer algo de provecho, ¿te importa? Por ejemplo, meter una bolsita de té en una taza con agua caliente.

—¿Por qué no te prepara el desayuno tu esclavo habitual? —preguntó él.

—Porque todavía está durmiendo y tú no. Si además me preparas unas tostadas con Marmite, te doy cinco libras.

—Trato hecho.

Se largó a la cocina.

Mientras Alix volvía a concentrarse en el periódico, pensé en unas tostadas con Marmite. Mejor aún: en uno de los Marlboro Lights de Ace. Tras meses de valerosa abstinencia, de pronto habría matado a alguien por un buen chute de nicotina. Además era probable que me hubiese sabido a rayos y me hubiera hecho vomitar todos los dedos de chocolate: bingo.

Alix estaba leyendo el anuncio.

—No irás de veras a hacer esto, ¿eh? Creí que esta misma mañana ibas a telefonear a tu madre para decirle que él no podría ir a la boda.

—Lo intenté. Ella me hizo un chantaje emocional de no te menees; me dijo que yo me avergonzaba de ellos, y, para asegurarse de que decía la última palabra, me dijo que estaba muy atareada y me colgó. Así que sí; si quieres que te diga la verdad, estoy dispuesta a jugármelo todo a esa carta.

—Sophy, ¡no puedes *pagar* por un hombre! ¡Va contra todos los principios habidos y por haber!

Ya sabía yo que su reacción inicial, instintiva, iba a ser la misma que la mía. Alix y yo nos conocíamos desde muchísimo tiempo atrás, desde el tercer día de universidad; las dos teníamos habitaciones en la misma planta. Las dos teníamos, por si fuera poco, una terrible morriña, a la vez que íbamos por ahí dándonoslas de chicas duras, sobre todo cuando nos trasegamos litros de cerveza la noche de la fiesta de las novatas. Tras emborracharnos hasta el extremo de vomitar las dos en dos retretes paredaños, nos confesamos la una a la otra que hubiésemos preferido estar muertas y que nos daba un pánico horroroso que empezasen las clases, momento en el cual descubriríamos que todo el mundo era mucho más listo que nosotras, que éramos las dos unas lerdas. Desde entonces, las cosas no habían cambiado demasiado.

Tal vez fuera por desesperación, tal vez fuera por pensar en la conversación que había tenido con mamá, pero, como las dos teníamos siempre toda la razón en todo lo demás, me dio por pensar que Alix y yo estábamos a punto de tener una reacción desmesurada en aquel asunto.

—A fin de cuentas —dije a modo de prueba—, es un servicio como cualquier otro. ¿Y si te apetece una velada civilizada, asistir a una representación de *La Bohème*, y encima prefieres que sea el otro quien se pelee por las copas en el bar?

—¡Venga ya! ¿Qué clase de «servicio» van a pensar que estás buscando? No hace mucho tiempo vi una tertulia en televisión sobre el asunto de las agencias de acompañantes. Tendrías que haberlos visto: todos se pavoneaban de lo mucho que habían ganado gracias a los «extras» opcionales, y todos comentaban lo agradecidas que se mostraban las pobres mujeres desesperadas. Y, créeme, ninguno se parecía, ni de lejos, a tu Dominic.

—Puede que esta agencia no sea así. Desde luego, no hay nada malo en probar suerte. Si no tienen a nadie que encaje, me olvido del asunto.

—Tendrías que haberlo olvidado hace semanas. Tendrías que haberlo mandado al cuerno antes de que tu madre empezara a albergar esperanzas de que la cosa fuera en serio.

Exactamente. ¿Por qué no lo hice? Porque era más fácil dejarse llevar, por eso. Me encontraba de nuevo en el punto de partida.

El punto de partida había sido más o menos así: unos ocho meses antes había roto mi relación con Kit. Kit y yo éramos novios desde hacía una eternidad, hasta que me dijo que lo sentía muchísimo, que me tenía un cariño enorme, pero que, para ser honesto, empezaba a pensar que nos habíamos convertido en una especie de «cómoda costumbre».

Al contrario que yo, Kit jamás hubiese aprobado la prueba de selectividad en el arte de mentir. Me lanzó a la cara la parrafada con la que me dejó plantada haciendo gala de la torpeza y la falta de maña propias de un mentiroso sin futuro y vi en el acto lo que se ocultaba detrás.

O mejor *quién*, no *qué*. La había conocido en la fiesta que dio un colega de Kit dos semanas antes. Ella me dedicó esa sonrisa dulzona y envenenada que tales mujeres te dedican sibilinamente cuando les ha gustado tu novio a más no poder, cuando lo que piensan es que ojalá te atropelle el camión de la basura al volver esa misma noche a tu casa. Por mi parte, le regalé una sonrisa ni menos dulzona ni menos envenenada, como suele suceder, y formulé para mis adentros el deseo de que le salieran verrugas en los pezones por haberse tomado la molestia de fijarse en Kit.

Después, por el camino de vuelta, Kit me dijo en tono de reproche:

—Me ha parecido que no estuviste muy cortés con Yocasta.

Yocasta. Vaya nombrecito.

—¡Pues claro que no lo estuve! —repliqué—. ¡Porque tú le gustas hasta decir basta! Se ha pasado toda la noche poniéndote ojitos, solo que tú eres tan zafio que no te has dado cuenta.

—No ha hecho nada por el estilo —dijo con manifiesta irritación—. ¡Dios, hay que ver qué increíbles sois las mujeres cuando os da por echar pestes las unas de las otras! Es una chica realmente muy simpática.

En lenguaje de los tíos, *yo al menos no la echaría a patadas de mi cama*.

Por eso, cuando llegamos a ese asqueroso punto de «Sophy, tenemos que hablar», no sé cómo pudo imaginar que yo era tan tonta como para no saber que dos y dos son cuatro. Demasiado destrozada para conservar un mínimo de dignidad, le chillé como una posesa a través de un torrente de lágrimas. La palabra «arpía» salió a relucir en varias ocasiones, no me avergüenzo de reconocerlo. Al verse frente a la realidad, él admitió lo sucedido. Lo sentía terriblemente, pero estas cosas no se eligen: suceden sin más.

Si Belinda no hubiera estado ocupando el cajón de nuestra casa por entonces, mi amantísima madre jamás hubiera llegado a saber qué extremos alcanzó mi desdicha. Tal como estaban las cosas, Belinda actuó como una especie de corresponsal en el extranjero, destinada al frente de la guerra del amor. Y transmitió en varias ocasiones mensajes como: «Llegan provisiones de vodka y kleenex de emergencia al frente, pero la situación empieza a ser insostenible».

Todo lo cual, como era de esperar, dio por resultado que menudeasen las llamadas de preocupación materna, a fin de verificar que toda sobredosis fuera solo referente a las tostadas con Nocilla: «Cariño, ¿estás segura de que te encuentras bien?». Etcétera. Estas llamadas comenzaron a experimentar ciertas ansiosas variaciones: «Cariño, tienes que salir más, divertirte, encontrar a otro». Por eso una noche, y solo para hacerla feliz (bueno, de acuerdo: para que se callase de una vez), le mentí. Dominic acababa de aterrizar en el mundo y estaba perfectamente formado, aunque, como dije con anterioridad, no era *totalmente* una invención que me sacara de la manga.

Cuatro noches antes de aquella fatídica llamada telefónica fui a una fiesta. No estaba de humor, pero la anfitriona era Jess, mi número dos en Aristos, una mujer de treinta y seis años y todavía más olvidada por los tíos que yo misma, que ya era decir en aquel momento: ni siquiera un fiasco sentimental en año y medio. Jess era de las que mi madre llama una «sufridora», y llevaba días preocupada por aquello de la fiesta: ¿y si nadie se presentase y tuviera que vérselas a solas entre sus snacks de Marks & Spencer y las botellas compradas para la ocasión?

Así pues, me llevé una botella de Stolichnaya comprada en un *duty-free* y me dispuse a convertirme en un genuino animal de fiesta. Incluso me puse un vestidito negro con un poquito de pelusa justo encima del pezón izquierdo, pues en alguna parte había leído que es una forma infalible de tener auténtico tirón; parece ser que los tíos se sienten irresistiblemente atraídos por la pelusa y que se mueren de ganas por quitártela con el frotamiento de turno. Está claro que nadie se lo había dicho a Jess, ya que a los dos minutos de llegar a su casa me dijo: «Ay, mira, tienes un poco de pelusa en el vestido», y ella misma se dispuso a quitármela con un paño húmedo. En fin: es la última vez que hago una donación de vodka comprado en un *duty-free*.

Al principio, aquello tenía toda la pinta de que la pesadilla fuese a hacerse realidad. Llegaban muy pocos invitados, las conversaciones eran bastante forzadas y la gente empezaba a mirar con disimulo los relojes. A sabiendas de que me sería imposible abandonar una fiesta que estaba a punto de hundirse, me dediqué a pegarle al vodka como si tal cosa y a sonreír como una necia, tratando de salvar los silencios más embarazosos con los chistes más estúpidos que se me ocurrían.

De pronto, hete aquí que llegó una horda escandalosa, cortesía de Luke y Neil, los chicos de la agencia inmobiliaria que estaba puerta con puerta con Aristos. (Luke me gustaba bastante, pero era un aficionado en serie a las tres noches con una y otras tres con otra.) Traían a una docena de amigos a remolque, a la mayor parte de los cuales Jess no conocía de nada, pero ¿a quién le iba a importar?

Y allí me lo encontré, al otro lado de una habitación repleta de gente, ataviado de etiqueta seguramente para una fiesta anterior, con esmoquin y camisa de vestir, la pajarita deshecha sobre el cuello. En dos palabras, uno de esos tipos que, si se te cuelgan del brazo, basta para que tu peor enemiga te odie todavía más. Salí pitando al cuarto de baño de Jess para ver si atrapaba otro poco de pelusa, pero como es una de esas amas de casa irritantemente perfectas, no había ni rastro. Tampoco creo que, llegado el caso, hubiera sido vital.

Durante las tres horas siguientes, Dominic Walsh (así se llamaba) tuvo todo un surtido de mujeres de la talla 38 colgadas de él. Tras una presentación que no dio pie a nada, solo me las ingenié para cruzar una mirada con él en dos ocasiones, y mi sonrisa más incitante (perfeccionada a fondo ante el espejo del cuarto de baño cuando tenía dieciséis años) tuvo por efecto disuadirlo por completo. Así las cosas, seguí pegándole al vodka y dejé que un tipo que se llamaba Clive se hartase de charlar conmigo. Llamé a un taxi cuando era la una y cuarto, y, cuando estaba a punto de marcharme, ya sé que parece increíble, se me acerca Dominic y me mira el escote de arriba abajo antes de decirme:

—¿No te pensarás ir ya, verdad?

La historia de mi vida.

Si hubiera sido sensata y me hubiera pasado al Evian una hora antes, tal vez habría sido capaz de decirle «Bueno, puede que no», al tiempo que me habría dado por alzar metafóricamente el puño en alto varias veces y gritar «¡Sí! ¡Sí! ¡Sí!». No obstante, teniendo en cuenta que era y sigo siendo Sophy Metcalfe, y que tenía en esos momentos un hipo solo incipiente, así como la horrible sensación de que podía ponerme a vomitar con toda facilidad en los próximos veinte minutos sin importarme dónde estuviera, le dediqué una enigmática sonrisa (de borracha) y le respondí:

—Mucho me temo que sí —y me dije para mis adentros: mierda.

Con todo (y es algo que solo he hecho cuando estaba más para allá que para acá), cogí un bolígrafo de la mesa de Jess y le tomé el brazo con lo que, me pareció, era un gesto seductor e incitante. Con la voz ronca e igual de incitante (gracias al cielo que no hipé), le dije:

—De todos modos, no dejes de llamarme si te apetece —y le escribí mi número de teléfono en el antebrazo, encima de la muñeca.

Le volví a sonreír y me alejé flotando, sin llegar a trastabillar ni a caerme, para vomitarlo todo en el instante en que llegué a casa.

No será preciso añadir que el muy cabrón no me llamó jamás, aunque sí me sirvió para mi tortuoso propósito. Bordé unas cuantas mentirijillas a propósito de él y fue como un sueño. Jamás le dije a Belinda que era una mera invención para aplacar a mamá. Ella ya había vuelto a casa, y parecía tan contenta por mí que no quise darle una nueva desilusión.

Volvamos, sin embargo, a nuestro cuarto de estar, donde se echa en falta una buena pasada de aspiradora, y donde Alix sigue sin su té.

—Mi madre me daba la lata tanto o más que la tuya, pero yo nunca me inventé a nadie. Y eso que estaba en condiciones tan pésimas como las tuyas. Puede que mucho peores. Es decir: Simon me acababa de decir que había otra mujer en su vida.

Poco después de que Kit me mandara a mí a donde pican las gallinas, Alix sufrió exactamente la misma suerte.

—Pero tú siempre supiste que básicamente era un reptil —le señalé—. A ti antes te gustaban los reptiles más que comer con los dedos.

—Y a ti lo mismo. Si quieres que te diga lo que pienso, Kit era demasiado «perfecto». Al final te hubieras aburrido con él.

—¡Jamás me aburrí ni un minuto con él! ¡Fue el

primer tío decente con el que estuve desde hace una eternidad!

A pesar de lo cual, debo confesar que solo en parte había dicho la verdad. Muy de vez en cuando, su «perfección» y su «simpatía» me hicieron sentirme irritada, y culpable además por estarlo; por ejemplo, siempre se negaba a hablar mal de nadie, le daba lo mismo que se tratara de un cabronazo, de una mala persona, de alguien que, por sistema, hablase mal de los demás. Casi llegué a desear que mostrase alguna vez una cara más normal, más humana, más «de tío».

Y, faltaría más, mi deseo se había hecho realidad.

—¿No podrías pedirle a ese tal Luke que te hiciera los honores? —me preguntó Alix—. Quiero decir... Ya sé que es un agente inmobiliario, pero al menos da el pego para el papel, ¿no?

—¿Tú estás de broma? El auténtico Dominic es amigo suyo, o al menos conocido. Se partiría de risa.

Ni siquiera a Jess le había hablado de Dominic, no fuera a irse de la lengua. Más de una vez me faltó un pelo para decírselo a Harriet, que era nueva y estaba mucho más en mi longitud de onda que la buena de Jess, pero siempre nos había interrumpido algo.

—¿Y ese Adam, el del gimnasio? —dijo—. Antes te gustaba bastante.

—Pero lo he tachado de la lista. Está encandilado con otra persona. Locamente enamorado.

—¿De quién?

—De sí mismo.

Daba igual; llevaba varias semanas sin pisar el gimnasio. Se me había agotado el abono.

—Belinda no llegó a conocer a Calum —musitó—. Supongo que podrías proponérselo.

Calum era el «esclavo» durmiente. Alix lo había conocido dos meses antes, una tarde en que hacía un frío del demonio, tras rociarlo «accidentalmente» con detergente en spray en el lavadero de coches. «Me pareció mínima, minimísimamente menos primitivo y fangoso que la media —me explicó—, de modo que me dije: al carajo; vamos a vivir peligrosamente aunque solo sea un rato.» Últimamente, Alix empezaba incluso a pasarse de la raya al menos teniendo en cuenta su costumbre; esto es, llegaba a decir cosas como «me parece un encanto cuando lo veo dormir».

Por más que agradeciera su oferta, ni loca se me hubiera ocurrido forzar al bueno de Calum a aguantar a toda mi familia durante un día entero. No estaba segura de que su relación con Alix fuera todavía tan sólida como para sobrevivir a esa prueba. Además, Calum no era exactamente la imagen que yo me había hecho de Dominic. Me recordaba más bien a un perro grande y muy peludo: un perro al que se puede querer muchísimo, pero que no pasa precisamente por un animal acicalado. Y tenía cierta corpulencia general, así como una barriga incipiente.

—No, no se lo podría proponer —improvisé a modo de excusa—, aunque solo sea porque es tan majo que no me lo negaría.

No insistió.

—Yo sigo pensando que eso de la agencia es una locura. Seguro que son todos unos canallas, ya lo verás.

—¿Qué tiene de malo darles un telefonazo? La verdad es que me apetece dar la cara por mamá, aunque solo sea una vez.

—En realidad, quieres decir que no te dirigirá la palabra durante seis meses si no das la talla en tan señalada ocasión —me corrigió Alix con voz cortante. Miró por encima del hombro hacia la cocina, de donde llegaba un estruendo considerable—. Dios, si es que ni siquiera sabe preparar una taza de té sin armar una escandalera del demonio. Como me despierte a Calum, lo mato. Es un encanto cuando lo veo dormir.

¿Queda claro?

El regreso de Ace, con su té y su tostada, le devolvió el buen humor.

—Gracias, ángel mío. Seguro que hay un billete de cinco en mi bolso, si lo sabes encontrar.

—Bah —dijo él—. Ya me plancharás un par de camisas.

Lo dijo para tomarle el pelo. A continuación, Alix debía contestar: «¿Plancharte, yo? Pero ¿tú quién te has creído que soy?». Y Ace, con su mejor sonrisa, diría: «Pues una mujer».

Alix no mordió el cebo. Hizo una mueca al ver la tostada.

—Le has puesto demasiado Marmite. ¿Cuántas veces te tengo que decir que solo rasques un poco en la rebanada?

—Dios, si es que no doy una a derechas. —Ace me lanzó una mirada que quiso ser dolorida, pero que echó a perder gracias al guiño malévolo con que añadió—: Quejas y refunfuños, y así a todas horas. Cada vez se parece más a mi querida madre.

—¡Le voy a decir lo que has dicho!

Alix le lanzó un cojín y se desató la pelea de turno. Me dio lo mismo que terminase cuando se volcara el té de Alix por toda la alfombra, pero rescaté el periódico antes de que terminase empapado o desgarrado, o ambas cosas a la vez.

Sabemos qué se siente, decía el anuncio del periódico. *Somos Sally y Julia, y hemos puesto en marcha «Solo para esta noche» porque sabemos exactamente qué se siente cuando falta ese accesorio vital para las ocasiones de importancia. Si una tiene el vestido perfecto, las joyas perfectas, los zapatos perfectos, ¿por qué no va a escoger al hombre perfecto a modo de complemento?*

Parecía demasiado fácil para decirlo solo con palabras.

2

No lo era. Por supuesto que no. Todo el proceso previo me recordó esa sensación que se tiene cuando una sale a cenar aunque se siente ligeramente enferma, y el único plato que le puede apetecer resulta que se ha agotado. Sin embargo, mi segunda elección no solo era pasable, sino que también estaba disponible.

—Está preparado —le dije a Alix el martes por la noche—. Esta mañana me llamó Julia No-sé-cuántos y me dijo que «sin problema».

—¿Sin problema? —repitió—. Será sin problemas para ella: a ella le basta y le sobra con recoger la pasta. Sophy, creo que aún no lo has pensado a fondo. Está a punto de suceder un desastre, ya lo verás.

Lo último que necesitaba en esos momentos era que alguien me abanicase las mariposas, no sé si me explico.

—¿Quieres dejar de ser tan rematadamente negativa? Seguro que sale bien. Nos vamos a ver el viernes para tomar una copa rápida.

—¿Qué saldrá bien? —Parecía una cámara de los ecos, solo que humana. Mientras, picaba los trocitos de pimiento rojo de la mezcla preparada para la fritura—. ¿Cómo te va a garantizar «una copa rápida» que todo saldrá bien? ¿Y si en la recepción de la boda se encuentra con algún conocido que lo delata delante de todo el mundo?

—En ese caso, no me quedará más remedio que hacerme el haraquiri instantáneo con ese bonito cuchillo de gran tamaño que siempre sacan para partir la tarta nupcial.

—¡Por Dios! ¡Que no lo digo de broma!

Yo tampoco estaba de broma.

—Es sumamente improbable que eso suceda. Una probabilidad entre varios millones, vaya —señalé.

—No te engañes. La gente tropieza a todas horas con antiguos conocidos.

—Vale: una probabilidad entre cientos de miles. Y aunque solo fuese una entre diez, ahora ya no puedo cancelar la cita. Le dije a mamá que es prácticamente seguro que venga, y por poco tuvo un orgasmo telefónico.

—Yo ni loca llevaría a lo más profundo del condado de Lancaster a un individuo al que no sabría distinguir si lo viese al lado de Pedro Picapiedra —siguió Alix sin hacerme ningún caso—. Seguro que hasta un psicópata de los pies a la cabeza sabe aparentar que es un tipo encantador cuando se toma una pinta en el pub de la esquina. A mí no me vengas corriendo cuando encuentren tu cadáver en una zanja, cerca de un área de servicio de la M1.

—¡Pero si ha sido sometido a investigaciones exhaustivas! ¡A todos los investigan a fondo!

—¿Qué investigaciones? ¿Un par de referencias de andar por casa? Fíjate tú en todos estos pedófilos que fueron investigados a fondo antes de entrar a trabajar en un orfanato.

Las tendencias chifladas que pudiera tener el interfecto eran la menor de mis preocupaciones. Si decidiera asesinarme por el camino, al menos me habría ahorrado el mal trago de la boda.

—Bueno, ¿y cómo dices que se llama? —preguntó.

—Colin Davies.

—¿Y a qué se dedica cuando no hace de «acompañante»?

No me gustó el énfasis que puso en la palabra «acompañante». Consiguió que sonara exactamente a «prostitución masculina».

—Trabajaba en una sucursal bancaria, pero se ha tomado la excedencia.

—Dicho de otro modo, que lo han despedido.

—¿Y qué, si lo han despedido? ¡Lo más probable es que no fuera culpa suya! En el vídeo me pareció un tío agradable. Parece como que tiene chispa en la mirada. Y si alguna vez he necesitado a un hombre «con verdadero sentido del humor», como dicen los anuncios de contactos, te aseguro que es ahora.

—Supongo que si está corto de pasta, casi es algo legítimo —reconoció—. Es decir, ¿qué clase de hombre haría una cosa así si no necesitara la pasta?

—¡Pues yo no veo que tenga nada malo!

—Oh, vamos. ¿A ti te gustaría tener relaciones con un hombre que se dedicara a eso porque en el fondo le gusta?

Me negué a contestar, sobre la base de que prefería no dar más vueltas al asunto.

—Tendré varias horas para darle las debidas instrucciones cuando hagamos el viaje hasta allá arriba —dije en cambio—. Le indicaré con toda precisión dónde nos conocimos, qué jodida estaba yo entonces; le hablaré de mi adicción al Cola Cao caliente y todo eso.

—Solo espero que te acuerdes de todo lo que le has dicho a tu madre. Más te valdría hacer una lista detallada, por escrito, para que los dos podáis sincronizar mejor vuestras mentiras. Y me juego cualquier cosa a que será un perfecto imbécil. Y, la verdad, no soporto la idea de que un imbécil que se crea el no va más te mire convencido de que tú no eres capaz de ligarte ni siquiera a una farola. Asegúrate, métele bien en la cabeza que la palabra «desesperación» no forma parte de tu vocabulario. Convéncele de que eres increíblemente exigente, muy difícil de contentar.

Yo no estaba especialmente desesperada, a pesar de no haber tenido conocimiento carnal desde Kit. Una vez leí que, al contrario que los hombres, que se van obsesionando progresivamente con el sexo a medida que pasa el tiempo sin tener relaciones sexuales, a las mujeres nos sucede exactamente lo contrario. Cuanto más tiempo se pasan sin sexo, más convencidas están de que prefieren sentarse a leer *Orgullo y prejuicio* con un buen bocadillo de Nocilla. Yo no diría que esa afirmación fuera exactamente mi caso. En ausencia de algo que (a) me gustase o (b) estuviera disponible, me había permitido el lujo de disfrutar con alguna fantasía a propósito de algo inalcanzable, por ejemplo, George Clooney y Mr. Darcy (ojo: no los dos a la vez, aunque ahora que lo pienso semejante fantasía hubiera bastado para empañar los cristales). Para ser sincera, empezaba a preferir los hombres de fantasía a los hombres de carne y hueso. En mi vida, todo lo demás era perfectamente satisfactorio. ¿Por qué iba a arruinar semejante panorama con una pena de amor, con el hecho de que el otro te quite el edredón en plena noche? En cuanto a las embriagadoras etapas iniciales de una relación, olvídalo. Ese subidón era una maravilla, pero costaba demasiado: había que estar perfecta a todas horas, y fingir que una era demasiado fina para tirarse un pedo.

Esa noche tuve pesadillas nupciales en las que aparecía Colin, cómo no. Primero se emborrachaba y le decía a mamá que le habían dado un extra por hacerse cargo de mí; luego aparecía el típico policía de barrio y se lo llevaba preso por fraude, engaño y suplantación de un tal Dominic. Me desperté cubierta de sudor frío a las cuatro de la mañana y ya no pude pegar ojo. Por consiguiente, en el trabajo estuve de un humor de perros.

Jess no me sirvió de ayuda. Una circular de la central nos acababa de informar de que como ahora ostentábamos el eslogan *Invertimos en las personas*, y como el presupuesto de reciclaje y enseñanza adicional era robusto y gozaba de espléndida salud, tanto Jess como yo habíamos sido seleccionadas para someternos a un adiestramiento no menos robusto, e igual de saludable, en algún recóndito rincón de Gales. Así hallaríamos desafíos nuevos y difíciles de lograr; así podríamos mejorar nuestra forma de trabajar en equipo, nuestra habilidad en la solución de problemas varios. ¿Tendríamos la bondad de contactar con ellos cuanto antes para facilitarles las fechas en las que nos resultara imposible hacer el viaje, entre entonces y el mes de octubre?

Jess estuvo a punto de mearse encima.

—¡Ya he oído hablar de esos cursos! ¡Tienes que hacer espeleología! ¡Y descenso en rappel! ¡Lo odio! ¡No puedo! ¡Tengo vértigo! ¿Y qué será de mi gato mientras...?

Siguió así durante media mañana. A la hora del almuerzo me escapé, tropecé con Luke cuando iba camino del pub y acepté su invitación para tomarme una pinta.

—Cualquiera diría que la van a enviar a un campo de concentración —musité mientras tomaba un vodka con tónica bien grande—. En fin, yo tampoco tengo ningunas ganas de hacer espeleología porque sí.

—Te encantará —dijo con su mejor sonrisa—. Según tengo entendido, se trata de humillaciones rituales. Los instructores del campamento son todos unos sádicos, ex miembros de los SAS. Te meten tanto miedo que te cagas encima; luego, te cobran dos mil libras por semejante privilegio. ¿Te apetece otro?

Me tomé dos más, y dos paquetes de fritos con sabor a beicon ahumado, a todo lo cual siguió un dolor de cabeza de cuidado. Empezaba a desear ser Alix en vez de Sophy. Alix acababa de iniciar su carrera de *freelance* como diseñadora gráfica. Nadie quería enviarla a hacer espeleología, y si se largaba al pub a la hora del almuerzo, podía echarse una buena siesta después.

Aún me duraba el dolor de cabeza cuando llamó mamá por la noche.

—No sé cómo vamos a organizar esta boda —dijo de nuevo en tono lacrimógeno—. Belinda todavía no ha encontrado unos zapatos que le sienten bien, y ¿a que no te lo crees? ¡Todavía no han hecho las reservas para la luna de miel!

—En ese caso, házselas tú. Diles que les has reservado una semana en Mablethorpe o en un rinconcito de la costa igual de frío y lluvioso. ¡Ya verás cómo se ponen las pilas!

—No hay por qué ser grosera con Mablethorpe, cariño. Están decididos a hacer un safari, pero a Belinda se le ha quitado la idea de la cabeza de repente, y todo porque le ha dado por pensar que allí habrá unos ciempiés enormes. Está previsto que acampen al aire libre, claro, en plena naturaleza, y ya sabes cómo se pone Belinda con los ciempiés. En fin, a pesar de todo parece que al final ha entrado en razón. Yo de veras pensé que se estaba portando como una tonta de remate, solo que para entonces ya no quedaba ninguna habitación en ninguno de los hoteles escogidos. Creo que han tenido una pequeña riña por eso, poca cosa. Sabe Dios adónde irán ahora. Paul todavía está gestionando la cancelación.

Tras parlotear durante una eternidad acerca de todo lo que (a) hubiera salido mal o (b) todavía no, pero que sin duda terminaría por salir mal, me dijo:

—Supongo que te apetecerá hablar con Belinda del asunto. Espera un momento que voy a llamarla.

Mi horno no estaba para esos bollos. Si la principal de mis preocupaciones consistiera en elegir al azar un sitio donde pasar unas vacaciones, e incluso cómo pasarlas, a partir de un folleto turístico cualquiera, en esos momentos sería la felicidad hecha carne. No me habría costado el menor esfuerzo ir por ahí dedicando sonrisas beatíficas a los guardias de tráfico y a esos viejecitos irritantes que te hacen esperar una eternidad en la cola de las sucursales de correos.

Ni siquiera me esforcé por no parecer exasperada.

—¡Por Dios, Belinda! ¿No eres ya mayorcita? ¿Todavía no has superado eso de los ridículos ciempiés?

—¡No ha sido por los ciempiés! Vale, de acuerdo: detesto pensar en que se me suban por la cama los ciempiés, pero lo que me importa es que sea tan increíblemente caro: casi tres semanas, Malindi, un viajecito a Zanzíbar para rematar la faena... Y solo está dispuesto a alojarse en hoteles de postín, ya sabes. Me parece una obscenidad cuando allí a tu lado la gente es tan pobre.

Tal vez no le faltase razón, pero yo no estaba de humor para reconocerlo.

—Es tu luna de miel, por Dios. Si a él le apetece tirar la casa por la ventana y viajar a lo grande, ¿te lo tienes que tomar a la tremenda, como si fuera una ofensa contra tu ideología? ¡Si te vas a sentir mejor, encárgate de dar a todo hijo de vecino unas propinas tremendas!

—Por favor te lo pido, no te pongas así conmigo. Estoy hasta la coronilla; mamá me está volviendo loca, no para de hablar de vestidos y regalos y discursos, no para, es que me dan ganas de ponerme a chillar a voz en cuello. Estoy tan harta, tan cansada de todo este asunto que... En fin...

De pronto me di cuenta de que por debajo de la tensión estaba a punto de echarse a llorar.

—¿En fin... qué?

—Oh, nada. Supongo que será algo hormonal, pero es que todo esto me empieza a sobrepasar, y Paul estaba muy impaciente por lo de la luna de miel, y ahora resulta que los malditos hoteles no tienen una sola habitación libre…

Empecé a ver la luz.

—Mamá me ha dicho que habéis tenido una pequeña riña… Habéis hecho las paces, ¿no?

—Sí, ¡claro! —Soltó una risita, pero todavía le temblaba la voz—. Es que soy una tonta, como de costumbre. Ya sabía yo que no tenía que haberme puesto a ver *Bodas en el infierno* cuando la dieron por televisión…

De pronto, más megavatios de luz. La película, basada en la reconstrucción de un hecho real, la habían pasado una semana antes; pillamos el final después de ver el telediario. A los dos minutos, Alix la resumió de esta manera: «El típico capricho consentido para los voyeurs más descerebrados. No me digas que no te encanta».

A los cinco minutos, cuando un novio que más parecía un cebollino, un hombre de Neanderthal, se acojonaba en el último momento y se negaba a ir al altar, comentó: «Dios, confío en que Belinda no lo esté viendo». Y yo le dije: «Dios, eso espero». Pero las dos nos estábamos muriendo de risa. O riéndonos a medias, vaya.

Ahora no me hacía ninguna gracia. Volví a sentirme al máximo de mi capacidad de exasperación.

—Por lo que más quieras… ¿No me irás a decir que te ha dado por pensar que Paul no se presentará el día de la boda?

Unos instantes de silencio defensivo me parecieron respuesta más que suficiente.

—No ha sido más que una riña entre novios —seguí diciéndole—. Le pasa a todo el mundo, Belinda, así que no vayas a perder los papeles a estas alturas. Me juego lo que quieras a que te ha dado otra vez por ver esa maldita película. ¿No te bastaba con *Bodas en el infierno*, o qué?

—¡No! Bueno, últimamente no...

En el fondo, era lo de menos: había visto *Cuatro bodas y un funeral* tantas veces que la debía de tener grabada, como un disco rayado, en la memoria.

—Belinda, tú no eres la pobre Cara de Pato. A Paul no le dará por pegar una espantada al estilo de Hugh Grant. Si quieres que te diga la verdad, si empiezas a arrugar la nariz al pensar en una luna de miel en hoteles de cinco estrellas, yo no le echaría la culpa si en vez de ir al altar se larga al pub más cercano a tomarse unas copas.

—¿Quieres hacer el favor de no ponerte así conmigo? ¡Tus regañinas no me hacen ninguna falta! Y no, no estaba pensando en una cosa así, de modo que cállate de una vez.

Su tono de voz, enojado y lacrimoso al mismo tiempo, me produjo una sacudida. A la vez, me indicó que había dado en el clavo, y que ella se sentía demasiado atontada para reconocerlo.

—Lo siento —le dije—. No pretendía echarte ninguna regañina. Debe de ser que estoy celosa. Daría cualquier cosa por disfrutar de una exótica puesta de sol, de una siesta con sexo en abundancia, por no hablar de las bebidas exóticas y de los bichos exóticos que seguramente caerán en el vaso al desprenderse del árbol del *umbongo* que os dé sombra.

Soltó una pálida risita.

—Lo siento. Sé que no debería ponerme así de quejica, pero mamá está tan paranoica con la idea de que algo salga mal que a mí me está convirtiendo en un manojo de nervios. He tenido visiones en las que me piso el vestido y tropiezo, en las que papá hace un discurso que nos avergüenza a todos, qué sé yo. Al cabo de unas cuantas copas seguramente contará esa historia tan mala, y solo de pensarlo me muero de vergüenza.

Yo no diría que no fuese capaz.

—Dile que si la cuenta, lo matarás. Dile, si quieres, que lo mataré yo. Y procura tener paciencia con mamá. Lo único que le pasa es que está obsesionada por que todo salga a la perfección.

—¿Y te crees que no lo sé? La comida, el tiempo, incluso Dominic y tú. Me juego lo que quieras a que no te vas a creer lo que dijo Maggie hace un par de días.

A punto estuve de sufrir un ataque al corazón. ¿Y si por quién sabe qué medio rastrero e inconcebible, por quién sabe qué habladurías, Maggie estuviera al corriente de mi engaño?

—¿Qué dijo?

—Preguntó si él iba a venir y mamá le dijo que sí, que eso tenía entendido. Maggie le lanzó una de esas miradas de suficiencia, de sabelotodo, que a mamá se le metió hasta el fondo. «Bueno, bueno, ya veremos», le dijo. Mamá se erizó de ira como un puercoespín enfurecido, ya sabes cómo se pone. «¿Qué has querido decir con eso?», le dijo a Maggie, y esta respondió: «Bueno, Sue, por la cantidad de veces que no se ha dignado presentarse aquí, me pregunto si Sophy no se lo habrá inventado». Hizo como que era un chiste, claro está, pero mamá luego comentó que no entendía cómo había sido capaz de no partirle la cabeza con una pata de cordero congelada. Fue cuando estaban en el supermercado las dos.

Mi arteria coronaria se dilató. Si Maggie hubiese oído algo de veras, les habría ido con el cuento a dos de sus compinches del club de golf, y mamá ya se habría enterado a esas alturas.

—¡Maldita mujer...! —dije con un punto de indignación que al menos a mí me pareció convincente.

—Sí, mamá se puso lívida de rabia. «¿Cómo se atreve a insinuar que mi propia hija iba a mentirme?», dijo. Y solo se tranquilizó cuando empezó la telenovela. Por cierto, le da pena no haber invitado a Alix, y a mí me pasa lo mismo, pero es que, ya puestos, los invitados iban a ser centenares.

—Por Dios, ¡si Alix nunca contó con que la invitáramos!

Desde luego que no contaba con ello. Como no era amiga de Belinda desde antaño, tampoco encajaba en la categoría de «amigos de la familia».

—Bueno, espero que no. Dale recuerdos de mi parte, ¿quieres? Caramba, ¿y ahora qué pasa? —Su voz adquirió un tinte de fastidio—. Me está llamando. Tengo que despedirme.

Mientras dábamos cuenta de un *souvlaki* para llevar, le relaté a Alix la conversación.

—De veras que a veces podría estrangular a esa chica. ¡África! Impresionantes puestas de sol, elefantes, las nieves del Kilimanjaro... Si un tío tuviera previsto hacerme sufrir durante tres semanas en unos cuantos hoteles obscenamente caros, creo que yo por lo menos me las ingeniaría para apretar los dientes y tumbarme pensando en Inglaterra. Diga lo que diga, estoy segura de que se pone tan nerviosa con Paul ella solita. Esa chica es su peor enemiga: siempre se espera lo peor, como los tíos.

—Es natural, sobre todo si han tenido una riña.

—Y más natural aún después del maldito Marc.

El maldito Marc fue la razón de que Belinda ocupase el cajón de casa durante parte del año pasado. Habían formado pareja durante muchos meses, hasta que ella lo vio salir una noche (mientras Marc presuntamente iba a estar trabajando, cómo no) con una tal Melanie que supuestamente debía ser amiga de Belinda.

No, no contengas la respiración: no les arrojó una pinta de Guinness por encima. Ni siquiera les plantó cara. Se largó a casa, se echó a llorar y se torturó pensando si debía o no dejarle un mensaje en el contestador, diciéndole que se fuera a tomar por saco.

Y se encogió de miedo ante la idea.

Belinda, para su desgracia, nunca ha tenido una pasta sentimental así como muy resistente. Las pasadas Navidades, cuando mamá se la llevó casi a la fuerza al rastrillo que organizan las viejecitas del centro de día, compró un osito de peluche hecho de punto bobo, con una expresión más bien triste (rebajado a una libra), porque todo lo demás ya estaba vendido y porque pensó que podría colarlo de rondón en el cubo de la basura. (De acuerdo, yo también podría haberlo comprado —de acuerdo, es cierto: esa tendencia sentimentaloide suele ser cosa de familia—, pero supongo que ya te haces a la idea.)

Durante otra semana fingió que no sabía nada de nada, hasta que Marc volvió a disculparse por tener que trabajar hasta tarde. Solo que en vez de mandarlo al cuerno y buscarse a otro un poco más digno, le dijo de pasada que deseaba marcharse de casa y trabajar en Londres al menos una temporada.

El objeto de semejante mentira no fue otro que sorprender a Marc para que le demostrase cuánto le importaba ella. Como es natural, le salió el tiro por la culata. Le contestó con vaguedades: bueno, si es eso lo que de veras quieres... Y Belinda, claro está, no pudo perder credibilidad quedándose donde estaba. Fue entonces cuando recibí una llorosa llamada telefónica en el transcurso de la cual me preguntó si teníamos disponible el cajón. Se plantó en la puerta, toda dolida y bellísima, acompañada por un taxista que obviamente se había enamorado de ella en el trayecto desde la estación de Euston, y que solo le cobró tres libras.

Tras languidecer por espacio de dos semanas en el sofá de casa, desgastando el vídeo de *Cuatro bodas y un funeral* y esperando que Marc la llamase, por fin decidió rehacerse y superar el mal trago: se apuntó para trabajar en una guardería de urgencia y se consoló cuidando de los lindos, dulces bebés. (Belinda había llegado tarde a la puericultura, y la verdad es que le encantaba. Ya se sabe que hay gente para todo.)

Con todo, Marc fue desapareciendo poco a poco de su panorama emocional. Acababa de empezar a comentar la posibilidad de volver a casa cuando Kit me hizo aquella jugarreta y me dejó plantada, y Belinda se quedó, más que nada para brindarme su apoyo de hermana, pasarme los kleenex, etc. A los diez días, la pobre Alix también estaba enganchada a los kleenex. Belinda, desesperada, observó que nuestro piso se había convertido en territorio abonado para los abandonos en serie; ella nos había traído la mala suerte, así que lo mejor sería que se largase antes de que pasáramos a peores.

Conoció a Paul solo tres semanas después.

Iba a conocer a Colin el viernes por la noche. El viernes a la hora del almuerzo estaba tan enferma por culpa de la aprensión, que se me notaba a las claras.

—Tienes una pinta de lo más curioso —me dijo Jess—. ¿No habrás contraído ese virus intestinal, verdad?

—Espero que no.

Aparte de varias docenas de agresivas mariposas que me revoloteaban sin cesar en el estómago, solo me faltaba eso. Mientras Jess bajaba a tomarse un bocadillo, a punto estuve de confiarme a Harriet, pero fue ella la que empezó a hablarme de una amiga que se había enamorado perdidamente en una playa exótica. Todo fue sobre ruedas hasta que la amiga descubrió que el individuo en cuestión estaba casado y vivía en Singapur. Para colmo, no había leído con detenimiento las instrucciones de uso del dispositivo intrauterino.

—Y tú que creías tener problemas —me dije, pero

no me sirvió de nada. Cuando me marché de la oficina estaba hecha un manojo de nervios.

Acudió puntual a la cita.

—¿Sophy? ¿Cómo estás? ¿Qué te apetece tomar?

Uf. Tenía buena pinta, aunque sin ser nada del otro jueves. No llevaba calcetines blancos, no tenía halitosis. Su sonrisa no parecía ficticia.

—Agua mineral, por favor. No... Que sea un vodka con tónica.

Durante los cuarenta minutos que pasamos juntos estuvo perfectamente agradable, perfectamente ajeno a cualquier imbecilidad. Incluso consiguió convencerme de que eso de inventarse tíos inexistentes es una actividad femenina absolutamente normal. Era imposible que me hubiera gustado de veras, pero me sentí cómoda con él. Me sentí tan aliviada que incluso me achispé un poco, pero creo que él no se dio cuenta.

Llamé por teléfono a mamá y le dije que Dominic definitivamente iría a la boda.

—Así que tuvo otro orgasmo —le dije después a Alix, por teléfono, pues había ido a casa de Calum para variar—. Y a punto estuve de tener un ataque cuando me dijo que nos había reservado una habitación doble en el hotel.

—¡No puedes compartir cama con él! —chilló Alix.

—Que no cunda el pánico. Ni siquiera vamos a compartir habitación. Sabe Dios cómo no se me ocurrió antes. La mitad de la familia se quedará a pasar la noche, de modo que mamá por fuerza supuso que nosotros también. Tras un momento de pavor creo que le dije que no nos podríamos quedar, porque él tenía que tomar un vuelo a Kuala Lumpur al día siguiente.

—¿Kuala Lumpur? —repitió Alix.

—¡Fue lo primero que me vino a la cabeza! Y me pareció una idea excelente —añadí algo dolida—. Tiene una reunión al máximo nivel con los responsables de la banca local y todo eso. Tal vez incluso con algunos ministros, excelencias y toda la pesca. Le dije que era una auténtica pena, pero que a la fuerza tendría que marcharse el sábado a una hora razonable. Era probable que aún le quedara trabajo el domingo por la mañana, de modo que cuando por fin le eché todo eso encima, a paletadas, mamá estaba henchida de gratitud ante la certeza de que por lo menos dispondría de algún tiempo para asistir a la boda.

—Así pues, ¿cuántas mentiras juntas suma todo eso? —me interpeló Alix—. ¿O has perdido la cuenta? Todo esto, en el fondo, es lo que tú te has buscado. Estás pidiendo a gritos que te salten a la cara las consecuencias de una metedura de pata.

—¿Quieres dejar de buscarle tres pies al gato? ¡Seguro que todo sale bien!

(Pensé que, si seguía diciéndolo a todas horas, con suerte hasta podría convencerme a mí misma.)

—¿Tú te quedarás a pasar la noche? —preguntó.

—Lo pensé, pero ya he dicho en la agencia que lo traeré yo en coche. Es una verdadera pena tener que marcharse temprano, pero supongo que, llegado el momento, estaré muriéndome de ganas por desaparecer después de la tensión que habré soportado. Le dije a mamá que yo tendré que conducir para que él no esté demasiado fatigado el domingo. El vuelo a Kuala Lumpur es agotador, ya sabes, aunque vayas en primera clase.

—Me extraña que no te hayas inventado una compañía de aviones privados —se mofó Alix.

La verdad es que lo había pensado.

—Ya lo ves, todo está en orden —seguí diciendo con gran animación.

—¿En orden? —repitió—. Si tú a eso le llamas «estar en orden», me gustaría saber qué pinta tiene para ti un desastre total e inminente. Perdona, tengo que dejar-

te. Estoy haciendo un pastel de ruibarbo y me has pillado con las manos en la masa.
—¡Pero si tú odias el ruibarbo!
—Ya, pero a Calum le encanta.
Se veía venir.

Los desastres no tardan en llegar. Dos días antes de la boda me llamaron de la agencia.
—¿Sophy Metcalfe? Soy Julia Wright, de «Solo para esta noche». Lo siento muchísimo, pero ha surgido una pequeña complicación. Colin ha tenido que ingresar en el hospital. Parece ser que tiene peritonitis.
—¿Pequeña? ¿Te importa que te llame más tarde?
(Estaba en el despacho y prefería vomitar en privado.)
—Mira, no te apures —dijo cuando volví a hablar con ella—. Creo que te puedo proponer un sustituto.
—¡No me sirve nadie más! —Me pregunté si había llegado la hora de estrangularme yo sola para ahorrarle a mi madre el trabajo—. Ninguno de los demás me pareció del todo adecuado...
—Puede que no, pero este es nuevo. No estaba en archivo cuando viniste a verlos. Josh Carmichael... La verdad es que es muy agradable. Ya le he explicado el pequeño aprieto en que te encuentras, y está del todo preparado para...
De no haber pensado en la suficiencia de Maggie tras su victoria...
—«Agradable»... ¿Es un eufemismo para indicar que es apuesto? En tal caso, de veras necesito a alguien sumamente agradable. La salud emocional de mi madre depende de ello.
Julia hizo una delicada pausa.
—Yo no diría que sea exactamente material de póster para el dormitorio de una jovencita, pero tiene un encanto muy especial, a ver si me explico. Personalmen-

te, yo estaría encantada de llevarlo a casa y presentárselo a mi madre. Una ya sabe cuándo un hombre va a resultarle atractivo a su madre, ¿no? Eso se nota a la primera de cambio.

Me hubiera servido de gran ayuda conocer a la madre de Julia. Hay madres que se deshacen en atenciones nada más ver a uno de esos tipos tristones, apocados... «Qué muchacho tan simpático, cariño; personalmente, creo que un curso de tapicería es una manera espléndida de hacer amigos, seguro que le va muy bien.» Yo necesitaba algo más impresionante.

—No quisiera pasarme de exigente, pero confío que no sea del tipo bonachón, así como un perro spaniel.

—Oh, no —dijo ella—. Definitivamente, no tiene nada de apocado, si a eso te refieres. Ha estado en la Marina Real.

Puede que semejante espécimen no fuera «apocado», pero era muy probable que resultase un «macho», un «bestia» e incluso un «psicópata sublimado».

—Es de suponer que sus antecedentes han sido investigados a fondo... —dije.

Me sentía al mismo tiempo reacia y desesperada.

—Te lo aseguro. Nunca propongo a nadie que no haya sido investigado a fondo.

—¿Estás segura de que dará la talla?

—Absolutamente.

—¿Qué estatura tiene?

—Metro ochenta y cinco.

—¿Color del pelo?

—Castaño, ni claro ni oscuro.

—¿Edad?

—Treinta y cuatro.

Todo en orden, pues.

—¿Gasta barba, perilla...?

—No, va perfectamente afeitado. Estoy segura de que no te decepcionará.

Dios del cielo, decisiones, decisiones, decisiones...

—Vale, me pasaré más tarde a ver el vídeo.

—Oh... —Noté cierto nerviosismo al otro lado del hilo—. Mucho me temo que aún no tenemos el vídeo. Solo tenemos la pequeña foto de carnet que envió con su solicitud, pero no le hace justicia. Esas fotos nunca nos hacen justicia, ¿verdad que no?

—¿Podríamos vernos esta noche? ¿Aunque solo sea diez minutos?

—Tengo que hacer la comprobación. Te llamo después.

Me llamó a los diez minutos.

—Lo siento, pero está comprometido hasta el sábado por la mañana.

Oh, coño. Coño, calumnias y condenación. Y, como suele exclamar mi padre cuando se pone a rugir si no consigue encontrar algo que ha bajado a buscar al cajón de debajo de las escaleras, «¡Mierda, detritus y defenestración! ¡Joder, carajo y capitidisminución!». A papá le gustan las maldiciones largas, cargadas de aliteraciones, sobre todo cuando mamá le llama desde la cocina para echarle una mano: «Está ahí, querido. Lo que pasa es que no lo buscas donde debes...».

—Estoy segura de que estará a la altura de las circunstancias —siguió diciendo Julia.

En fin: al demonio. ¿Tenía acaso otra elección?

—De acuerdo: resérvamelo. Por favor, dile que esté aquí a las ocho en punto. No me atrevo a correr el riesgo de llegar tarde por culpa del tráfico. Que se traiga el traje en una percha con su funda; nos cambiaremos al llegar allí. Ah, ¡Dios! Se me olvidó decirlo antes, pero que el traje no sea marrón, por favor. Mi madre detesta los trajes marrones. Y espero que Colin se mejore cuanto antes.

Alix estaba más patidifusa de lo que nunca la he visto.

—¿Que lo has contratado... sin ver tan siquiera su foto?

—¡No tenía otra elección!

—Sophy, tú estás de la olla.

—¡Déjala en paz!, ¿quieres? —dijo el pequeño, amable Ace—. Bastante de los nervios está ya. Anda, Sophe, fúmate un cigarro. Cálmate.

—¡Ni se te ocurra! —Alix le arrebató el paquete de Marlboro Lights—. Se supone que tienes trato sexual con ese tío, por todos los demonios. ¿Qué pasará si te da náuseas solo de verle?

No dijo nada que no hubiera pensado yo al menos un millón de veces. Ya me había imaginado con todo detalle (a) un tipo meloso, pomposo, adulador, repugnante, que de inmediato daría por supuesto que yo me moría de ganas por sus huesos, y (b) a un bruto machista, sexista, con una musculatura de hierro, que de inmediato daría por supuesto que yo me moría de ganas por sus huesos.

—Si resulta que no me gusta la pinta que tiene, me basta con decirle que muchas gracias, pero que he cambiado de opinión.

—¿De veras? ¿Y qué pasa con tu madre?

Como es natural, ya tenía preparada una nueva trola a modo de seguro a todo riesgo.

—Le diré que cenamos marisco la noche anterior, que debió de tocarle una ostra en mal estado, que está por consiguiente que se va por la patilla.

—¿No lo ves? —dijo Ace—. Lo tiene todo bajo control.

Si así fuera...

A las ocho menos diez de la mañana, el día de la boda, llamé por teléfono a casa de mis padres. Era menester pasar por una cierta mentalización previa; era preciso dar la impresión de que estaba animadísima, de que acometía con ganas, con buen ánimo, un día espléndido, y dejar de parecer una pasajera del *Titanic* obsesionada por una terrible premonición, pero que de todos modos va a embarcarse.

—Buen día, mamá. ¿Qué, todo bajo control?

—Sí, cariño. Todo estupendamente. Estaba a punto de subirle a Belinda el desayuno, para que se lo tome en la cama.

Comencé a tramar mi engaño.

—Dominic debe de estar al caer. Espero que no se le hayan pegado las sábanas... Ayer por la noche tenía que terminar un trabajo urgente. —Ahí, con astucia, colé de rondón la trola de turno—. Disfrutamos de una espléndida cena a base de marisco, pero tuvo que irse corriendo. Una maravilla de *fruits de mer* para los dos: langostinos, ostras, de todo.

—Bueno, ya sabes lo que dicen de las ostras, cariño.

Juro que casi la vi guiñarme el ojo por teléfono.

—Sí, madre. Que están repletas de vitaminas y minerales esenciales. —Y, si es preciso, de salmonela—. Bueno, tengo que dejarte. —Emití un ruidoso beso por teléfono—. Dales recuerdos a papá y a Belinda, nos vemos después.

Con las manos temblorosas comprobé que no se me olvidaba nada. El traje en la percha correspondiente, los zapatos, las indicaciones para no perderme por el camino, unas medias de repuesto, unas bragas de repuesto por si acaso me llegase a mear encima, el secador del pelo con los accesorios, las píldoras para un suicidio de urgencia...

Rápido, al lavabo.

Veinte minutos más tarde, «Dominic» seguía sin dar señales de vida, y todas las mariposas que me aleteaban en el estómago habían abandonado semejante lugar, para dejar en cambio unas cuantas docenas de lombrices. Lombrices enormes, retorcidas, obedeciendo todas ellas a la instrucción de hacerme vomitar de puro nerviosismo.

—¿Dónde demonios se ha metido? —bramé, desgarrada entre (a) las ganas de vomitar y (b) suicidarme, opciones de las que tenía apetencia en proporciones más o menos idénticas.

Vestido solo con unos calzoncillos de los Simpson, Ace se sirvió un cuenco de Krispies de arroz. Alix seguía dormida, con lo cual no asomó por allí en camisón para darme la lata con sus «Tranquilízate, que todo irá bien», cuando en realidad más bien pensaba para sus adentros: «Ya sabía yo que esto iba a ser un desastre».

—Que no cunda el pánico —dijo Ace—. Aparecerá.

Eso era justamente lo que empezaba a darme más miedo. Por comparación, un empacho de lombrices que ni siquiera podría ahogar a base de vodka, unas cuantas ostras en mal estado y la subsiguiente diarrea se me antojaron de pronto una solución mucho más dulce y descansada.

—Como no aparezca en dos minutos, me largo.

Devorada de repente por la ansiedad, miré en derredor.

—¿Dónde tienes el tabaco? Podría asesinar a alguien.

—Lo siento, Sophe. Se me ha terminado.

—¡Por Dios bendito! ¡Ya no se puede confiar en nadie!

Fui a echar otra meadita de urgencia y me pregunté por enésima vez por qué demonios me había metido en un lío semejante.

Al salir del baño me encontré a Ace ante la ventana del cuarto de estar.

—Acaba de parar un taxi ahí enfrente —dijo con la boca llena—. Y me da en la nariz que el Semental de Alquiler acaba de llegar.

No me atreví a mirar siquiera.

Desde que me desperté, a las cinco y media, había tenido una pesadilla masculina recurrente, que no me abandonó ni despierta. Daré su nombre completo en latín: *Iuvenis-descacharratus fulardicus, cada vez más difícil de localizar por ahí, aunque aún se deja ver en ciertos pubes de las zonas rurales, en los que emite sus inconfundibles rebuznos.*

—¿Qué te parece? —dijo Ace.

En la acera de enfrente se veía por detrás una mancha desvaída: unos pantalones tirando a beige y un polo verde oliva. Estaba pagando la carrera del taxi. Se incorporó, se dio la vuelta y miró directamente a la ventana en que estábamos apostados Ace y yo.

No llevaba fular, gracias al cielo. Hubiera sido lo peor.

—Servirá —murmuré—. Más vale que esté a la altura, porque no es precisamente regalado.

Con las manos temblorosas recogí mis pertenencias.

—Si consigo sobrevivir a lo que resta de día sin hacerme el haraquiri, nos vemos por la noche.

—Tranqui, Sophy. Y pásalo bien.

Ja, ja, ja. Ya te digo. Casi arranqué la puerta de las bisagras antes de que tocase el timbre.

—¿Dónde demonios te habías metido? ¡Dije a las ocho en punto!

—Lo siento. Se me han pegado las sábanas. Pero solo son las ocho y dieciséis —añadió, echando un vistazo a su reloj.

Viéndolo más de cerca encontré una razón adicional para montarle un número allí mismo.

—¡Si ni siquiera te has afeitado!

—Lo siento. Iba a afeitarme con la maquinilla eléctrica en el taxi, pero, como prácticamente no la uso nunca, me encontré con que las pilas estaban gastadas. Si puedes parar dos minutos en una gasolinera, compraré pilas nuevas. —Adoptó una sonrisa decididamente cautelosa y me tendió la mano—. Josh Carmichael.

Más le valía adoptar todas las medidas cautelares: estaba tan cabreada que casi ni le di la mano.

—Ni de broma. Ahora no eres Josh Carmichael. Eres Dominic Walsh, soltero de esta parroquia. Así que vayámonos de una vez.

Mi Clio negro, todavía bastante nuevo, estaba perfectamente lavado al menos por una vez, así como el interior, y no quedaba ni un envoltorio de barritas Mars en ninguno de los ceniceros.

Al volver la cabeza antes de meter marcha atrás me fijé en sus ojos.

—¡Oh, Dios mío! No tienes los ojos como debieras. Le dije a mi madre que los tenías azules.

—Pues mucho me temo que eso ya no tiene arreglo.

Al margen del color de sus ojos, un mínimo goteo de alivio comenzó a ahogar todas las lombrices. En cuanto se hubiera afeitado, no me cupo ninguna duda de que serviría: tenía un notable potencial de agradar a mi madre. Y un potencial no menos notable de rebajarle los humos a Maggie, cosa aún más importante. Como dijo Julia, no es que fuera de póster para habitación de jovencitas; tenía algo vagamente torcido o asimétrico en la nariz y en la boca, aunque no tanto como para que una llegara a pensar: «Dios mío, ¿no se te ha ocurrido nunca la posibilidad de hacerte la cirugía estética?».

Los ojos eran de un castaño verdoso y le iban de maravilla con el pelo, que era castaño tirando a claro, todavía húmedo tras la ducha matinal.

—Bueno, lo más probable es que no se acuerde —dije, a la vez que maniobraba centímetro a centímetro—. Y, en caso de que se acuerde, le diré que a fin de cuentas llevaba un cogorzón de miedo cuando nos conocimos.

No hizo comentario alguno, lo cual me llevó de inmediato a suponer que él por su parte pensaba que (a) yo me cogía una cogorza de espanto con bastante regularidad y de manera incluso peligrosa, y (b) que por consiguiente él podía terminar el día metido en una bolsa con cremallera para recoger cadáveres de la carretera. Tal vez, y esto es lo más probable, estuviera acordándose de ciertos consejos recibidos en la agencia, como, por ejemplo: «... *y además me pareció un poquillo neurótica. Qué quieres que te diga, a la fuerza tiene que estar de los nervios: ha sido capaz de inventarse a su media naranja, pobrecilla, así que espero que no se te haga muy cuesta arriba. Creo que es mi deber avisarte de que algunas de nuestras clientas son capaces de convertirse en ninfómanas desbocadas cuando se meten tres vodkas entre pecho y espalda; es preciso manejarlas con muchísimo tacto. El truco consiste en aparentar que te sientes sinceramente* adulado, *pero que lamentas* terriblemente *que eso sea estrictamente contrario a las normas de la agencia».*

Por si acaso, le hice con toda la resolución de que fui capaz mi advertencia particular:

—No es que hoy piense cogerme una cogorza, ni por el forro. Aparte de tener que conducir, voy a necesitar toda mi inteligencia y algo más. —Tras colarme en el fluir del tráfico, me dispuse a doblar la esquina para ir a la tienda del barrio—. Seguro que ahí tienen pilas —le dije—. Oye, ¿te importaría traerme un paquete... de gominolas?

—Eso está hecho.

Maldita sea. Lo que en realidad pensaba decirle era «un paquete de Silk Cut», pero en el último instante me entró la neura.

Mientras le esperaba, procuré no hacer caso de que tenía la boca reseca y me limité a repetirme toda clase de tópicos y perogrulladas: por el momento todo va como la seda, podía haber sido mucho peor, etc. Al menos en un aspecto era exactamente lo que hubiera yo escogido. Tuve que especificar que fuera «alto»: si una mide un metro setenta y cinco sin contar los tacones, necesita a un tío con un mínimo de uno ochenta y algo. Lo que en cambio no había especificado es que fuera «tan recio y corpulento como para que me sienta delicadamente esbelta a su lado». Quiero decir que no me sirven de nada los hombres que sean más delgados que yo.

En su ausencia me sometí a un rápido examen facial. No estaba demasiado horripilante. Teniendo en cuenta lo poco que había dormido, ni siquiera los ojos se me habían quedado con muy mal aspecto. Tenía el pelo hecho un asco, eso sí, pero, como pensaba peinarme más tarde, no me importó.

Sin embargo, lo que sí me asombró por enésima vez fue el hecho de que mi apariencia fuera similar a la de cualquier persona razonablemente entera, adulta, madura. A todo el mundo le causaba la impresión de ser, en efecto, una persona entera, adulta y madura. A menudo me preguntaba durante cuánto tiempo podría mantener intacta esa ficción, y qué sucedería cuando todo el mundo por fin me descubriese.

Aparté el espejo y vi regresar a «Dominic». No diría que llevase una expresión de «conejito feliz». Mostraba todos los síntomas de un hombre deseoso de estar en cualquier otra parte, de estar haciendo cualquier otra cosa, de pedirle a Dios aunque fuera de rodillas que lo sacase de allí cuanto antes, a pesar de lo cual era patente su noble determinación de apretar los dientes y aguantar a pie firme todo lo que se le viniera encima.

Mi acidez al recibirlo había sido un error; en efecto, necesitaba que estuviera de mi parte. Le dediqué una sonrisa cuando me pasó las gominolas.

—Es muy amable por tu parte prestarte a esto con tan poca antelación. Espero que no hayas tenido que venir de muy lejos.

—Qué va. Solo fue un cuarto de hora en taxi.

Una voz agradable; ni demasiado nasal, ni irritante.

Al poner rumbo a la Circunvalación Norte, él terminó de afeitarse.

—No ha quedado perfecto —comentó, a la vez que se pasaba la mano para verificar el resultado de la operación—. Si tenemos tiempo de parar en una estación de servicio, compraré una maquinilla desechable y me afeitaré como es debido.

—Eso, si tenemos tiempo, porque la M6 puede ser una pesadilla. —Me pareció oportuno decir algo sobre la situación en que nos encontrábamos—. Supongo que te estarás preguntando qué demonios puede obligar a una mujer relativamente cuerda a inventarse una relación totalmente ficticia.

—Me dijeron que tenías que quitarte de encima a una madre que no deja de darte la lata. Que es implacable, vaya.

Bien: es posible que mamá de vez en cuando me ponga de los nervios, pero no me apetecía darle a entender que era un auténtico coñazo.

—No, solo estaba preocupada por mí. Si hago todo esto, es para no fallarle, para ayudarla a quedar bien con los vecinos.

Le hablé de Maggie. No pude verle bien la cara; solo acertaba a mirarle por el rabillo del ojo. Me pareció que una especie de sonrisa comenzaba a aflorar por las comisuras de sus labios.

Se estaba riendo, el muy cabrón.

A pesar de los pesares, no pude culparlo por nada. Para alguien ajeno a todo aquello, la situación tenía todas las trazas de ser una farsa teatral de primera categoría.

—Si de veras es tan mala, ¿por qué la invita tu madre a la boda de hoy? —preguntó.

—Porque se supone que son amigas. ¿Tú no tienes ninguna amistad a la que en el fondo no puedas soportar?

—Si no los puedo soportar es que no son mis amigos. A lo sumo, serán conocidos.

No hay como fiarse de un hombre para que aplique una lógica aplastante y, sobre todo, irritante.

—Ya sabes lo que quiero decir. Había que invitarla de todos modos. Nos invitó a todos a la boda de su hija.

Que fue absolutamente perfecta, cómo no. Mamá aguantó con una sonrisa esforzada y valiente toda la ceremonia y la celebración posterior, rezando para que le llegase la ocasión de hacer algo aún mejor, a ser posible en la mismísima catedral de San Pablo y con un coro celestial por añadidura.

La bonita iglesia de pueblo en la que celebró Sarah su casorio hubo que reservarla con una eternidad de antelación; la Posada del Manantial, donde tendría lugar la boda de Belinda, era la segunda opción de las mejores, o eso decía todo el mundo. Bonita, pintoresca, contaba con un restaurante que había logrado más que razonables críticas en las secciones gastronómicas de todos los periódicos.

En una rotonda me salí al carril de la derecha para adelantar a uno de esos viejecitos nerviosísimos, cuya cabeza suele adoptar una posición en la que llega por los pelos a escrutar la carretera por encima del volante. Siempre llevan un sombrero por culpa del cual les asoman las orejas más de la cuenta; siempre llevan a sus mujercitas de compras el sábado por la mañana, aun cuando tienen toda la semana para hacerlo.

—¿Dónde nos conocimos? —preguntó Josh.

—En una fiesta.

—Pues qué convencional.

—Lo siento muchísimo. —Ahí no pude contener un deje de acidez—. Preferiría haber hecho un aterrizaje de emergencia con mi destartalada Cessna en el jardín de tu casa, de modo que pudieras haberme rescatado del amasijo de hierros humeantes, pero, por desgracia, eres producto de una invención impulsiva.

Como no lo dije para hacerme la graciosa, pues estaba demasiado tensa para pensar siquiera en chistes, me quedé un tanto desconcertada al ver que él se reía.

—¿Y qué fiesta fue esa? —preguntó.

—La de Jess, una compañera de trabajo, aunque debo decir que no fue la fiesta más deslumbrante del mundo. —Perdona, Jess—. Nos escapamos en cuanto nos fue posible sin que resultara demasiado indecente y nos fuimos a cenar.

—¿Así que fue amor a primera vista? ¿Un chispazo instantáneo?

—No. Es que estábamos muertos de hambre. Solo nos había ofrecido un par de snacks de Marks & Spencer por cabeza.

Volvía a reírse en silencio esta vez, pero no me importó nada. Lo último que me hacía falta en esos momentos era un miserable soplapollas que tuviera un sentido del humor igual a cero.

—Por cierto: anoche tuviste que trabajar —le dije—. Más que nada por si mi madre te comenta que ojalá no te hubieras acostado demasiado tarde. Cenamos una buena mariscada y tú te pusiste hasta las cejas de ostras. Tenía que ser algo potencialmente peliagudo, por si acaso hubieras resultado ser un impresentable.

—Me alivia saber que he aprobado el examen. No me hubiera hecho ninguna gracia tener que pasarme todo el fin de semana aquejado por una indigestión de ostras en mal estado.

—Pues ha faltado poco. Estaba a punto de largarme cuando por fin llegaste.

—¿Y qué clase de tipo soy? ¿Despreocupado? ¿Posesivo? ¿Guardo algún esqueleto en el armario?

—Eres una auténtica Mary Poppins entre los hombres —le dije—. Prácticamente perfecto en todos los sentidos.

Cuando pasamos por Ealing Common, el sol apartó a un lado las nubes grises y arrojó un brillo muy propio del mes de mayo sobre todas las cosas, incluida yo.

Tal vez, a fin de cuentas el día se presentara relativamente razonable. Belinda iba a estar de ensueño. Maggie se iba a poner verde de envidia. Mamá babearía de satisfacción hasta el punto de mojar la alfombra.

Era imposible que algo saliera mal.

3

Al menos, eso fue lo que me dije durante los treinta segundos que siguieron.

—Tengo entendido que soy un banquero —siguió diciendo él—. ¿A qué me dedico exactamente?

Para entendernos, yo llevaba un buen rato tratando de arrinconar esta pregunta tan incómoda al fondo de un cajón, junto con todos los demás asuntos que prefería ahorrarme y no tener que abordar; por ejemplo, la longitud de las faldas.

—Nunca le he dicho nada muy concreto al respecto, pero mañana mismo se supone que tienes que coger un avión a Kuala Lumpur para asistir a una reunión al máximo nivel.

Si he de hacerle justicia, diré que no fingió haberse atragantado.

—Ya, pero ¿una reunión del máximo nivel, sobre qué cuestión? ¿O tampoco lo has especificado?

—No, tampoco he dicho nada concreto.

Al final, sí hizo un ruido como si estuviera atragantado. Sonó un poco a «joder».

—Lo siento, pero algo tenía que decirle, y enseguida entenderás el porqué. Mi madre contaba con que nos quedásemos hoy a dormir, de modo que tuve que idear una excusa sobre la marcha. También tienes que trabajar mañana un buen rato; tienes que terminar de escribir el texto de tu exposición, o lo que sea.

En los segundos que pasaron hasta que contestó, me pareció que había preferido contar hasta diez antes de decir nada.

—Perdóname si te parezco hipertorpe, pero ¿qué debo decir si alguien me pregunta en qué trabajo?

—Haces lo que sea para escaquearte. Pon cara de asco, di que nunca hablas de trabajo fuera del trabajo, cambia de tema, lo que te venga en gana. Si se te ocurre decir, por ejemplo, «ah, pues soy uno de los peces gordos de Mega-kilos, S.L.», y resulta que uno de los amigos del novio está en el consejo asesor de la empresa, vamos a quedar como dos papanatas.

Por la mirada que me lanzó, me pareció entender que decía: *Para echarse a llorar... qué tía tan retorcida. Y yo debo de ser el arcángel Gabriel.* Sin embargo, no lo dijo, cosa que fue de agradecer, porque a fin de cuentas no me hubiera costado gran cosa optar al final por el empacho a base de ostras en mal estado. Podía darse el piro en el siguiente semáforo, llamar un taxi, volver a su casa y felicitarse por haber conseguido una tarifa nada desdeñable a cambio de no mover ni un dedo.

—¿Son los nervios —preguntó— o siempre sujetas el volante como si lo fueras a matar?

—No, es que estoy un poco tensa.

Yo también estaba en un tris de tomar una decisión, si es que la idea de lanzar la pelota al tejado del destino puede ser considerada como una verdadera decisión. Si el semáforo se pusiera rojo cuando yo llegase, ¡zas!, empacho a base de ostras en mal estado. Si no, la farsa continuaría en marcha hasta el tercer acto, cuando apareciese algún imbécil borracho como una cuba, a menos de un metro de mamá y de Maggie Freeman, para decir algo así: «¡Josh, viejo amigo! ¿Cómo te va en eso de Sementales de Alquiler? ¿Alguna tía buena que haya merecido la pena, o tiras de nabo y piensas que todo sea por la pasta?». Acto seguido, Maggie pondría su sonrisa de suficiencia y el famoso cuchillo para partir la tarta nupcial sería mejor aprovechado que nunca. Incluso vi los titulares: INVITADA A UNA BODA, ENSARTADA EN LA MESA DEL BUFFET. *«La muy bruja se lo había ganado a pulso», dice Susan Metcalfe, la asesina, con gesto desafiante.*

El maldito semáforo se puso ámbar cuando yo pasaba. No hay como fiarse al destino para que embrolle algo tan sencillo: si a mamá le cayera cadena perpetua por «maggiecidio», a mí que no me echasen la culpa.

—Si no te importa que te lo diga —dijo Josh, mientras yo adelantaba a una furgoneta de reparto de productos lácteos—, la verdad es que no termino de entender tu estrategia.

¿Era posible que fuese tan lerdo? Desde luego que no lo parecía, pero hasta los hombres más ineptos pueden ser brillantes cuando se trata de simular su ineptitud.

—Si me dices exactamente qué es lo que no entiendes, a lo mejor te lo puedo aclarar.

—A ver. Digámoslo de esta forma: si todo sale de acuerdo con el plan y tu madre da su beneplácito y mira con buenos ojos a Dominic Walsh-Poppins, posiblemente te presione todavía más para que lo lleves a su casa.

—¿De veras crees que no se me había ocurrido esa posibilidad? Lo más probable es que lo haga, desde luego.

—Y entonces volverás a estar atrapada en la misma situación.

—No, eso sí que no. Le diré que lo he dejado.

—¿Con qué pretexto?

—Ya se me ocurrirá algo.

—Te puedo ahorrar las molestias. Dijéramos que si

me achispo un poco, solo un poco, me pongo a ligar con las damas de honor de la novia y llamo vejestorio a una de tus ancianas tías, tu madre te dirá a las claras que no soy el candidato más idóneo, y que ya va siendo hora de que te libres de mí. ¿Cómo lo ves?

Es evidente que siempre ha sido vana esperanza soñar con que un hombre capaz de impresionar tanto a mamá como a Maggie Freeman se limite a recibir su paga y a sentarse mansamente, sin imaginar que es capaz de organizar las cosas mucho mejor.

—¿Cómo es posible que no se me haya ocurrido? A lo mejor, también podrías meterte el dedo en la nariz, sacarte un moco y ofrecérselo a mi abuela. ¿Es que no me escuchas, o qué? Todo el propósito de esta historia es, lisa y llanamente, que mi madre te vea con buenos ojos y que dé su aprobación. Que la deslumbres, vaya. El propósito secundario consiste en lograr que Maggie Freeman se ponga del hígado.

—Ah, claro. Se me olvidaba el factor Freeman.

¿De qué otras cosas se iba a olvidar? Necesitadísima de un chute que me aplacara los nervios, busqué las gominolas en el compartimiento de la puerta.

—¿Te importa abrírmelas y pasarme una? Ah, y coge una si quieres.

—Para mí todavía es un poco pronto.

Claro, es natural. La gente normal y corriente no se empieza a atiborrar de gominolas a las nueve de la mañana. Un día cualquiera yo tampoco habría tenido ganas de comerme unas cuantas antes de las nueve y media. Le tendí la mano abierta para ahorrarle el detalle de que me la metiera directamente en la boca. Hay algo inconfundiblemente íntimo en el hecho de que un hombre te introduzca algo dulce en la boca, y no me apetecía que empezara a pensar que yo estaba por tales intimidades.

A pesar de las lombrices, ya se ve, mis antenas para

calar a los tíos estaban a pleno rendimiento. «Discúlpanos —venían a decir en ese momento—, pero es un tío que da gusto, por si no te habías percatado.»

No tenía ningún interés en percatarme. Que encima me gustase un tío al que le iba a pagar quedaba fuera de toda consideración. Se daría cuenta tarde o temprano y terminaría por pensar que, en efecto, estaba desesperada. Por otra parte, un hombre capaz de gustar siempre tiene sus ventajas. Si nuestra actuación tenía que resultar convincente, en algún momento tendría que rodearme la cintura con el brazo, hacerme una caricia, en fin.

Por lo menos, no tendría que armarme de valor.

—Supongamos que me dices lo que sí sabes acerca de mí —dijo—. Empecemos al menos por lo fácil. Por ejemplo, ¿viven aún mis padres?

Tratar de recordar todas aquellas mentiras fue peor que una pesadilla.

—Creo que viven jubilados cerca de la frontera con Escocia. De todos modos, apenas vas a visitarlos.

En este punto me pareció oportuna una pequeña confesión.

—Si quieres que te sea sincera, te has convertido para mí en un íncubo que me tiene tan sujeta por el cuello que he perdido incluso los papeles. Cuando pienso en ti, cuando te imagino, lo único que consigo ver es un imbécil apasionadamente prendado de sí mismo, que se las da de superimportante y que, para colmo, me ha quitado el sentido.

—Entonces no es de extrañar que me vayas a dejar.

—Será un gran alivio, te lo aseguro. Por cierto: hace unas cuantas semanas pasaste las paperas, razón por la cual no pudiste ir a la fiesta de aniversario de mis padres.

Le vi torcer el gesto por el rabillo del ojo.

—Si fueron paperas, espero que no me bajasen al sur del cuello.

—Cuando se lo conté no entré en los detalles más

truculentos. Me iba a inventar a tu pobre abuelita, con Alzheimer e insuficiencia renal, pero me pareció que era demasiado tópico. Y en la última reunión familiar, que no tuvo nada de especial, solo que a mamá le dio por pensar que ya iba siendo hora de que aparecieras y dieras la cara, de repente te acordaste de que tenías una cita para almorzar con un viejo amigo. Te habías olvidado por completo, pero el amigo te llamó y estaba de los nervios, porque su mujer lo acababa de abandonar y tú no podías decepcionarlo en tal situación.

—Tienes una imaginación muy colorida.

—Eso te parecerá a ti. Te agradará saber que me tuve que devanar los sesos para encontrar esas disculpas. Pásame otra gominola, por favor.

Me pasó una de las rojas.

Llegábamos al Hanger Lane Gyratory. Por si acaso no tuvieras familiaridad alguna con la zona, diré que se trata de una especie de rotonda impresionante, con muchísimos carriles, en la cual los conductores con tendencia al nerviosismo suelen sufrir ataques cardíacos. Yo no soy muy nerviosa, pero no iba suficientemente concentrada, de modo que no estaba en el carril idóneo. A la sazón, me crucé delante de un BMW rojo a cuyo conductor no le hizo ninguna gracia mi maniobra. Tocó el claxon largo y tendido detrás de mí. Ya estaba pensando en levantarle el dedo corazón, pero me lo pensé mejor. Un cabreo circulatorio era lo último que necesitaba.

—¿Adónde vamos exactamente? —preguntó Josh—. Me han dicho que al condado de Lancaster, pero...

—Se trata de un hotelito que está en el quinto pino. Parece ser que es muy bonito. Los novios tuvieron la fortuna de que se cancelase una celebración. Anunciaron su compromiso matrimonial hace pocos meses. Todo ha ido muy deprisa...

Como llovida del cielo, la voz agarrotada de Belinda se me hizo obsesiva de repente. ¿Y si en realidad no hubiese inventado nada? ¿Y si de veras hubiera sentido que se le encogía el corazón, que se le habían quitado las ganas? Solo de pensarlo, se me pusieron de nuevo las lombrices a todo gas. Se multiplicaban más deprisa incluso que las bacterias en los platos sucios que se acumulaban bajo la cama de Ace. Tuve una visión espantosa: hileras e hileras de invitados, todos mirando por encima del hombro y preguntándose en susurros: «Parece que llegan un poco tarde, ¿no te parece? ¿Qué estará pasando?».

—¿Quieres tranquilizarte? —dijo Josh—. Se te han vuelto a poner los nudillos blancos.

Aparté de mi mente toda visión horripilante. Estaba claro que era culpa de mis nervios.

—Si todo ha ido tan deprisa, ¿quiere decir que ella le conoce solo desde hace cinco minutos? —siguió diciendo.

Agradecí su interés y su cortesía, aun cuando fuera más mera «cortesía» que auténtico «interés».

—No, qué va. Empezaron a salir antes de Navidad, creo. Me parece que en octubre...

Ella lo conoció en un club nocturno hasta el cual la arrastró una amiga que estaba segura de que el tramposo de Marc y la muy ladina de Melanie estarían allí. «En algún momento tendrás que verlo —dijo la amiga—. Tú ponte más atractiva que nunca y llévate al tío más apuesto que encuentres. Luego, te pavoneas por delante de las narices del maldito Marc.»

A la sazón, fue Paul quien se la llevó a ella hasta delante de las narices del maldito Marc. Belinda seguía flotando tres días después. «¿Te quieres creer que me envió un enorme ramo de flores al día siguiente? —me dijo por teléfono—. Mamá apenas encontró jarrones suficientes para colocarlas todas.» Llegaron luego más flores, regalos caros, y no se produjo el menor síntoma del enfriamiento, por más que Belinda esperaba continuamente que se produjese. Al acordarme de aquello, tuve la esperanza de que el enfriamiento no fuera a producirse entonces.

—¿Cómo se llama tu hermana? —preguntó Josh—. Y, ya puestos, dime también cómo se llama el novio.
—Belinda y Paul. A Paul no le he visto más que un par de veces. Es muy apuesto. Belinda es una auténtica belleza, así que harán una pareja extraordinaria. —Pensé que no perdía nada con decírselo—. La pobre Belinda se puso de los nervios hará cosa de una semana. Estoy convencida de que llegó a pensar que Paul la iba a dejar plantada en el altar, vaya.
—¿Y cómo le dio por pensar tal cosa?
¿Por dónde podía empezar?
—Bueno, la mayoría de las relaciones de pareja que ha tenido han terminado en lágrimas. Las lágrimas de ella, claro. Además, es una de esas mujeres dulces, nada agresivas, que más bien se espera les pase una apisonadora por encima.
—Y, por consiguiente, eso es lo que les pasa.
—Tú lo has dicho. Tiende a esperar siempre lo peor. A veces me da la impresión de que esa tendencia puede ser de las que entrañan su propio cumplimiento. Es decir, que se sale con la suya, aunque sea lo peor que le pueda pasar. Y mucho me temo que mi madre lleva enredándola a muerte durante varias semanas, con que si la boda tal, la boda cual... Cuando se suman todos los factores...
—Se da la base perfecta para que le haya entrado un canguelo monumental.
—Un canguelo de primera categoría, creo yo. Me tomaría otra gominola, por favor.

Me pasó una de las negras.

—A lo mejor, él piensa exactamente lo mismo de ella. Solo he sido en una ocasión padrino de una boda, pero no estoy dispuesto a repetirlo. El novio se convenció él solito de que ella no iba a aparecer. Fue como tener que cuidar de un conejo de gelatina, solo que pesaba unos trescientos kilos.

Quien estuviera «cuidando» de Paul dudo mucho que tuviera problema semejante. Me resultó imposible imaginármelo como una masa de gelatina. De ninguna forma.

—Si de veras estás así de tensa, si quieres, conduzco yo —me ofreció unos momentos después—. A lo mejor te relajas un poco si vas de pasajera.

—Prefiero conducir yo, muchas gracias de todos modos.

A saber por qué dije tal cosa: me encanta que me lleven en coche. De todos los extras que podría darme la empresa, un chófer sería preferible incluso a una cuenta sin límite para comprar ropa en los grandes almacenes Harvey Nichols.

—Si me dices con exactitud qué es lo que te preocupa, a lo mejor podríamos preparar nuestras defensas —me dijo en plan práctico.

De la masa de premoniciones que se me apelotonaba en la cabeza extraje solamente una:

—¿Y si nos encontramos con alguien a quien conozcas?

—Me parece una probabilidad muy remota.

—Ya, pero ¿y si…?

—Supongo que sería yo el primero en disparar.

—¿Qué quieres decir?

Se paró a pensar.

—Para que haya un argumento, digamos que se trata de Mike, que en la actualidad trabaja en algo de la propiedad inmobiliaria. En ese caso, le diría algo así:

«¡Santo Dios, Freddie! ¡Viejo amigo! ¿Qué tal te trata el mercado del automóvil de ocasión?». Yo creo que se haría a la idea y la pescaría al vuelo.

—Eso, mientras no te viese él primero.

—Imposible. Tengo ojos en el cogote. Tranquilízate de una vez, ¿quieres? Podré con todo.

La confianza en uno mismo es buena cosa, pero a menudo he descubierto que un exceso de confianza, sobre todo cuando es injustificado, tiende a ser uno de los rasgos masculinos más llamativos. Tú dales un vídeo titulado *Aprenda usted a navegar* y acto seguido te enteras de que, a su juicio, y lo dicen con conocimiento de causa, doblar el cabo de Hornos es pan comido, al menos mientras lleves las drizas a estribor de la mesana y los escálamos a barlovento.

—Si no es una pregunta sexista —siguió—, ¿no sería más natural que tu importantísimo Dominic te llevase conduciendo él en persona?

—Le dije a mi madre que conduciría yo, para que no estés tan cansado pensando en el avión que has de tomar mañana.

Emitió un sonido de tenue desdén.

—Si tan poco aguanto, ¿de veras debería ir a un sitio tan lejano como Kuala Lumpur sin que me acompañe mi madre?

—¡Algo tenía que decir! ¿Preferirías que hubiese dicho que conduces como un chiflado, o que acabas de atropellar a un par de viejecitas con tu Ferrari Testosterona?

Más o menos esperaba que dijese: «¿No querrás decir, más bien, Ferrari *Testarossa*?». De ese modo, podría decirle a la cara que no, que había empleado esa otra palabra a sabiendas, y me habría sentido con un punto de ventaja sobre él.

—No, creo que no —se limitó a responder.

Cuando llegamos a Staples Corner y tomamos la

M1, apreté el acelerador y empecé a relajarme un poco, si es que a la ausencia de un pánico agudo se le puede llamar relajamiento. El sol nos seguía camino del norte; los corderitos daban saltos y paseaban por los prados, los setos estaban repletos de espinos en flor. Durante el primer trecho de la autopista le conté todas las mentiras de las que me pude acordar. No habían sido demasiadas. Mamá no había llegado a preguntarme por el nombre de todos sus parientes, ni tampoco se interesó por saber si cuando era pequeño le habían castigado en clase por travieso. Entre los dos ideamos las preguntas que le podría hacer ella: si tenía hermanos, por ejemplo. Solo tenía una hermana, así que fue sencillo: debía responder de acuerdo con la verdad.

—Se me ha olvidado a qué te dedicas —dijo él cuando pasábamos por el área de servicio de Scratchwood—. Una agencia de empleo, ¿no?

La visión del área de servicio me despejó momentáneamente de todas las pesadillas. A pesar de estar despierta desde las cinco y media de la mañana, había estado tan nerviosa que no había desayunado prácticamente nada. El estómago empezaba a recordarme que no le había dado nada más que unas cuantas gominolas desde la noche anterior. Con toda sinceridad, empezaba a cabrearse con semejante situación.

—Entonces, no habrás olvidado que dirijo la sucursal que tiene Aristos en Fulham, por si eso te recuerda algo.

Como Julia no me había dicho nada más que lo de la Marina Real, ese fue el momento en que debí preguntarle: «¿Y tú a qué te dedicas, aparte de acompañar a mujeres que no tienen un hombre que las acompañe?».

Estaba casi segura de por dónde iban los tiros, de modo que no se lo pregunté. Debido a mi trabajo, me había topado con unos cuantos individuos que trabajaron en su día para el ejército, y que se habían visto de patitas en la calle debido a los recortes presupuestarios en el gasto de Defensa, o bien les entraron ganas de cambiar de vida, aunque a todos ellos se les hacía muy difícil el mundo exterior. No quise obligarle a decir que se dedicaba a «la raíz cuadrada de la mayor cabronada que te puedas imaginar, si quieres que te diga la verdad».

—¿Y hay en el trabajo algún drama del que deba estar al corriente? ¿Alguna discusión a muerte por un ascenso, por decidir a quién le toca pagar el café?

—No, nada tan fastidioso, aunque aprovechando que lo preguntas te diré que tenemos en marcha un drama de cierta envergadura. Vaya, poca cosa.

Pasé a contarle lo de la semana dedicada al fortalecimiento del carácter y cómo estaba Jess, quien a estas alturas debiera haberse sosegado, y seguro que estaría más tranquila, de no ser por Neil, el de la agencia inmobiliaria de al lado. Neil a menudo se colaba en nuestro local, muchas veces para ahorrarse el encuentro con un iracundo vendedor o comprador, pero también venía porque le gustaba Harriet, que no en vano tenía unas piernas de casi metro y medio de largo y un atractivo muy poco convencional. Por algún extraño capricho de la ley de Murphy, los jefes que tuvo Neil en su anterior puesto de trabajo le habían apuntado a ese mismo curso, de modo que aprovechando sus charletas con Harriet estaba volviendo a Jess medio loca. Se explayó especialmente en contarle los detalles más espeluznantes, sobre todo lo de los descensos a rappel, y le comentó lo de la mujer que se había orinado encima de puro miedo. Condenada a ir al dichoso curso en el mes de julio, la pobre Jess estaba a punto de mearse encima solo de pensarlo, aparte de pertrecharse de angelitos con alas, más que nada por si acaso.

Tampoco es que le contase esa parte a Josh.

—A decir verdad, a mí tampoco me entusiasma la idea —dije—. No me dan miedo las alturas, ni tampoco volcar en una canoa, pero eso de la espeleología me pone enferma desde que vi un reportaje espantoso en 999.

—Estoy seguro de que no te pueden obligar a hacerlo.

—Claro que no, porque se supone que has de obligarte tú solita: ahí está el quid de la cuestión. Obligarte a afrontar actividades y situaciones que en el fondo detestas.

—Nunca se sabe. A lo mejor puede que incluso te guste. ¿Cuánto tiempo llevas trabajando para esa empresa?

—Dos años. Antes estaba en Recursos Humanos, pero cambié de idea. En mi último puesto en el departamento de Recursos Humanos, me encontré con que la empresa estaba recortando la plantilla de manera excesivamente drástica, y se me da mucho mejor colocar a la gente que despedirla, sobre todo cuando es antes de Navidad y resulta que tienen hipotecas que pagar e hijos que alimentar y mandar al colegio. En Recursos Humanos tampoco te llevas ninguna comisión.

Tenía la esperanza de pasar a dedicarme muy pronto a una agencia de cazadores de cabezas, pero no se lo llegué a decir. Si estaba sin trabajo, hubiera sido una falta de sensibilidad.

—¿Cuánto tiempo hace que vives en Londres? —preguntó.

—Cinco años. Antes trabajaba en Manchester.

—¿Viviendo en casa de tus padres?

—No, Dios del cielo. No es que no me lleve bien con ellos, ni nada por el estilo, pero me habría vuelto majara.

A veces me preguntaba, de hecho, cómo era posible que Belinda no se hubiese vuelto majara viviendo en casa de mis padres, pero lo cierto es que había parecido razonablemente feliz hasta que empezaron a parlotear a todas horas sobre la boda. El dinero también tenía

83

mucho que ver, ya que nunca había ganado demasiado.

Pensar en el trabajo y en el dinero me llevó de golpe a cuestiones más inmediatas.

—Josh, ¿alcanzas mi bolso, en el asiento de atrás?

Lo tomó.

—Si miras en el bolsillo de delante, hay un sobre que contiene dinero. Así nos ahorraremos tener que deducir tus gastos posteriormente. A lo mejor te toca pagarle alguna copa a alguien; mis padres son tan anticuados que cuentan con que sea el hombre quien se lleve la mano al bolsillo.

Tras un momentáneo titubeo, se lo guardó en el bolsillo del pecho.

—Soy Dominic, ¿no te acuerdas? Como te dé por llamarme Josh y te acostumbres, vas a estropear todo el juego.

Hubo en su tono de voz algo que hizo trizas mi precaria tranquilidad de ánimo. Fue como si me diese a entender que: *Esto es mera cuestión de negocios, ¿recuerdas? Más vale que no nos tomemos demasiado cariño.*

Le observé de reojo. Iba mirando por la ventanilla, casi como si quisiera rehuirme.

No entiendo cómo es posible que a los treinta años te puedas sentir de pronto tan azorada como cuando tenías catorce y te habías puesto la ropa menos apropiada para la ocasión, pero eso fue lo que me pasó. ¿Qué demonios le habrían dicho en la agencia? ¿Le habían ofrecido un extra por asumir un caso extremo de desesperación neurótica? ¿Acaso se me imaginaba ya lanzándome de cabeza a por su braqueta, con el clásico *Oh, Dios, Dios, Dios... Vamos, venga... Rápido, por lo que más quieras...*?

De pronto, se volvió hacia mí.

—Solo me dio tiempo a tomarme una taza de café antes de salir. ¿Hay alguna posibilidad de que paremos para tomar un bocata, o algo rápido?

Tras un «fiú» inicial, tomé buena nota de no perder los estribos. A ese paso estaba en camino de verme seleccionada como candidata idónea por mi peligrosísima «paranoia engañosa».

—Por el momento vamos bien de tiempo. Podríamos parar veinte minutos en la siguiente área de servicio.

—Creí que nunca lo dirías. Llevaba un rato soñando con tomarme un desayuno con todas las de la ley.

No le llegué a entender.

—¿Cómo dices?

—Un desayuno en condiciones, con toda la pesca —dijo—. Hace meses que no desayuno como Dios manda, con huevos, beicon, salchichas, patatas y cebollas bien doradas...

Solo de pensarlo tuve un escalofrío. Y lamento muchísimo decepcionarte si eres del tipo de las que toman muesli orgánico, pero no fue por asco ese escalofrío; fue más bien del estilo de un orgasmo múltiple. Había pasado una eternidad desde que me di el lujo de tomar algo tan cuidadosamente calculado para granjearte una seria reprimenda por parte de la policía sanitaria. Últimamente, un megadesayuno consistía a lo sumo en un yogur griego bajo en calorías y con un mínimo porcentaje de grasa. Lo de menos era que a menudo lo redondease, ya a media mañana, con medio paquete de Hob-nobs.

Debía estar mucho más atenta a mis antenas; hay algo indudablemente atractivo en un hombre que comparte tus vicios secretos. Pensé en preguntarle si alguna vez compraba gominolas de grosella de la marca Rowntree y si devoraba la mitad de los cubitos antes de llegar a la caja, pero me lo pensé dos veces.

—Bueno, ¿y cuánto tiempo llevamos juntos?

—Desde poco antes de Navidad. Tiempo suficiente para que el próximo martes te mande a donde pican las gallinas.

—Entendido, pero si llevamos juntos tanto tiempo, supongo que no estará de más algún que otro apelativo cariñoso. Amor, corazón, cielo... ¿Cuál prefieres?

Decirle a un completo desconocido que te llame «cariño» es algo indudablemente vergonzoso.

—¿Monito? —continuó—. ¿Conejito?

Procuré no perder los estribos. Habida cuenta de las circunstancias, no me importó que en el fondo demostrase tener un poco de salero.

—No, nada de conejitos, por favor. A menos que quieras que yo te llame «Caracolito», claro.

Solo le produje un mínimo respingo.

—Eso sí que sería una novedad. Pero creo que me quedaré con algún «cariño» de vez en cuando, si no te importa. Es seguro e inofensivo.

Empecé a preguntarme si no debería llamarle «cariño» yo también, o si era preferible seguir con «Dominic». Hice un ensayo mental: *Cariño, ¿me traerías por favor...? Dominic, sé bueno y tráeme otro vodka con tónica doble, ¿quieres?*

Ni por asomo. Tendría que ser tónica a secas. O Perrier. Era necesario mantener la cabeza bien despejada, no solo porque luego había que conducir, sino también por no meter la pata con las mentiras. Dios, qué pesadilla.

El sol empezaba a calentar en serio. Me recordé que mi próximo coche tuviera sin falta aire acondicionado; bajé la ventanilla y puse un viejo CD de Queen para reducir el ruido. El viento me alborotaba el pelo, pero ¿qué más me daba? Si llegábamos temprano, a lo mejor todavía estaba allí la peluquera. Mamá la había contratado para las dos. Como la Posada estaba a más de una hora de la casa, se iban a cambiar allí mismo para ahorrarse las arrugas.

—¿He hecho alguna aportación al regalo de bodas? —preguntó—. Por cierto, ¿de qué se trata? Lo digo para no parecer un alelado si alguien me da las gracias por lo que sea.

La lista de bodas era un prodigio de cosas bonitas y prácticas, pero como la mayor parte de lo escogido seguramente se estropearía o se rompería al final, opté por algo más duradero. Tras mucho vacilar de pura vergüenza al escribirles un tarjetón, había terminado por apuntar ... *y Dominic*, aunque me sentí fatal por hacerlo.

—Les he regalado una cosa tan bonita como inservible: una cajita antigua, de plata, de la India, que está decorada con minúsculos diosecillos hindúes. Al menos seguirá intacta cuando hayan roto todos los platos de la vajilla.

—Espero que no me estés dando a entender que se van a tirar los platos a la cabeza.

—Espero que no. De todos modos, seguro que no se tiran los de la vajilla Minton. Les saldría a veinticinco libras el proyectil.

Al pensar en los platos rotos me volví a acordar de aquella riña. Fuera como fuese, el asunto de la luna de miel estaba resuelto. Como se había producido alguna cancelación en el momento más oportuno, iban a hacer al final aquel safari de cinco estrellas. Se lo conté a Josh sin olvidar el miedo de Belinda por los ciempiés, más que nada para que se riese, y se rió como un buen chico.

—Espero que Paul tenga una actitud sensible en lo tocante a los ciempiés —seguí diciendo—. Belinda siempre insiste en que no los mates.

—Así que no le gusta que nadie aplaste una cucaracha de un pisotón. Eso es buena cosa. Las grandes pueden ser un verdadero asco.

Durante unos cuantos kilómetros le informé sobre la familia y los amigos: quién era gracioso, quién le haría preguntas incómodas casi con toda seguridad, a quién debía rehuir como si fuera la peste... Todo ello me sirvió para cobrar mayor conciencia de los peligros que me acechaban, y las lombrices se pusieron de nuevo a todo trapo. Cuando hicimos un alto en la siguiente área de servicio, era presa de unos tremendos nervios a flor de piel.

Al apagar el contacto, Josh soltó un bufido de exasperación.

—Vaya chapuza acabas de hacer.

Me quedé boquiabierta.

—¿Cómo dices?

—Fíjate cómo has aparcado.

Había entrado de frente, en batería, y estaba ligeramente fuera de la paralela con los coches aparcados a uno y otro lado, eso era todo.

—¿Quieres dejar de buscarle defectos a todo? ¡No me hace ninguna falta!

—Cariño, nunca aparcas alineando bien el coche. —Añadió un noble suspiro de paciencia—. ¿Cuántas veces te he de decir que metas marcha atrás para dejar el coche como es debido?

Estaba tan necesitada de un mínimo alivio que casi me eché a reír.

—Ah, entiendo. Ahora estamos jugando.

—Ensayo general —añadió con un guiño—. Como todo buen actor, me gusta meterme en mi papel antes de la primera representación.

—En este caso, la única representación. —Salí del coche y cerré la puerta—. Además, ese no es el papel. Dominic no se pondría así por mi forma de aparcar.

—Claro que se pondría así. Es un imbécil apasionadamente prendado de sí mismo, que se las da de superimportante y que, para colmo, te ha quitado el sentido.

—No, hoy no es así. Hoy es incomparable. Hoy ha de ser prácticamente perfecto en todos los sentidos, tal como ha de resultar la boda.

—Admiro tu optimismo. —Entrábamos en el edificio en medio del alboroto causado por una brigada de chicas de permanente rizada y rebecas blancas, cuando añadió—: Según sé por mi limitada experiencia, las bodas son las peores fuentes de estrés que conoce el ser humano. Si quieres que te diga lo que pienso, son las causantes de todos los divorcios.

Seguimos el rastro de un olorcillo delicioso y subimos las escaleras. De vez en cuando, el olor a fritanga me puede revolver el estómago; en ese momento, exactamente igual que *Benjy*, nuestro perro, cuando espera que le demos un trozo de sándwich de jamón y queso, estaba salivando sin cesar. Si he de ser perfectamente sincera, la lengua del bueno de *Benjy* no es lo único que le cuelga en tales ocasiones; a veces confunde por completo la gula con la lujuria. Mi madre ha pasado por situaciones de enorme vergüenza cuando invita a una persona fácilmente impresionable a tomar una taza de té y un pedazo de tarta en casa. «La pobre miss Peabody no sabía dónde meterse —me dijo una vez—. Es que ni siquiera ha tenido un solo novio, imagínate.»

Cuando llegamos al restaurante, Josh cortésmente me pasó una bandeja.

—De todo menos huevos, por favor —dije a la camarera.

Siempre los hacen con esa mucosa blanca que muchas veces, solo de verla, me da arcadas.

—Yo me tomaré su huevo —dijo Josh—. Póngame los dos a mí, gracias.

Después de su intervención paternalista en plan novio, pensé que podría igualar el marcador con un detalle de novia picajosa.

—¡Con un huevo tienes más que suficiente! ¿Por qué has de ser siempre tan glotón?

La camarera me miró esperanzada, como si una buena pelea entre novios le pudiera alegrar la mañana.

—Querida, no discutamos por minucias. —Como

un corderillo, me tomó de la cintura—. Anda, sonríeme y dime cuánto me quieres.

Al ver la cara que puso la chica —*vaya parejita que tenemos aquí*, vino a decir más o menos—, procuré no echarme a reír.

—A mí no me vengas con esas, ¿quieres? —A punto estuve de hacerle retirar el brazo de un empellón, aunque si he de ser sincera debo señalar que me sentó bien, y que pensé en disfrutarlo, por qué no. Tenía la firmeza de un tren y era mucho más grande que yo, cosa que siempre es un aliciente cuando empiezas a sentir los efectos de la adicción al sofá y de los tarros de Nocilla que te comes a cucharadas—. Te voy a dejar plantado a la velocidad del rayo.

—Pues esta mañana bien que me querías. —Lo dijo con una expresión dolida que le salió maravillosamente creíble—. Al menos cuando te llevé una taza de café a la cama y te preparé el baño.

Como la camarera atendía a nuestra conversación con desvergonzado interés, no me pude resistir a seguir por esa vía.

—Yo no quería café. Quería té, solo que tú nunca te acuerdas de que prefiero tomar un té antes que nada.

—De todo, por favor —indicó a la camarera—. Me pareció muy noble por mi parte llevarte a la cama lo que fuese —me dijo en tono herido—, sobre todo si piensas que ayer tenías un tremendo «dolor de cabeza» y que he tenido que dormir en el sofá.

La chica estiró el cuello más aún.

—¿Le pongo los dos huevos, sí o no?

—No —respondió él—. Bastantes complicaciones tengo tal como están las cosas. No echemos más leña al fuego.

—Ha sido culpa tuya —repliqué—, por decirme que estaba engordando, por hacer que me sienta como una foca.

Su mirada dolida se transformó en una puñalada trapera.

—Cariño, no tergiverses mis palabras. Lo que yo te dije es que prefiero a las mujeres rellenitas que disfrutan con la comida.

Ya no tuve que actuar.

—Como me vuelvas a llamar «rellenita», vas a dormir en el sofá por los siglos de los siglos.

A mitad de camino entre las risas y las ofensas, me dirigí a la sección del té y el café. Sabía muy bien que no tenía por qué estar ofendida. Si continuase actuando él de esa manera, sin duda nos saldríamos con la nuestra al final del día. Sin mayores problemas. Por otra parte, un acompañante que te cuesta un ojo de la cara se supone que te ha de adular, que ha de mentirte aunque le cueste y que ha de hacerte sentir como una mujer especial, ¿sí o no?

—Si quieres llevarte una propina —dije cuando nos sentamos—, no me vuelvas a llamar «rellenita». Te lo digo en serio —y me arrepentí en el acto.

Lo que dije pareció una salida de tono, como si quisiera ponerlo en su sitio. Sea como fuere, ni siquiera soñé con darle una propina.

Él no pareció ni mucho menos molesto.

—Las propinas están estrictamente prohibidas por las normas de la agencia —dijo, sirviéndose café de una jarra que goteaba—. En «Solo para esta noche» son muy profesionales, la verdad. Los acompañantes no deben esperar ninguna gratificación, así como no deben beber en exceso, eructar en la mesa o contar chistes subidos de tono. La agencia hará efectivo el pago de inmediato; hará cuanto esté a su alcance para no emparejar a un acompañante con una Lorena Bobbit deseosa de venganza y, por si fuera poco, se ocupará de que no trascienda ninguna dirección, ningún número de teléfono.

Si se trataba de una sugerencia, no me hacía ninguna falta, muchas gracias. Con todo, entendí que era necesario. Me imaginé perfectamente a una cliente que pidiese salir con un hombre determinado por segunda vez, y por tercera, hasta que la agencia tuviera que decirle con todo el tacto del mundo que ese hombre ya no estaba disponible.

Con Josh sentado frente a mí no era tan sencillo mantener las antenas debidamente «apagadas». De vez en cuando me daban un golpecito en el hombro, o me hacían comentarios como *qué ojazos tiene*.

Procuraba no mirarle, cosa que se me hacía difícil.

Y esa sonrisita medio torcida debería llevar adjunta una advertencia de los peligros que entraña para la salud de quien la mire.

Anda, date un respiro, ¿quieres?

Ahora mismo. ¿Te has fijado en sus manos?

Procuraba no fijarme. Algo me sucede con las manos. Aun cuando el resto del tío sea decente, e incluso guapo, si tiene unas manos húmedas, blanquecinas, me produce un rechazo instantáneo.

Bonitas, ¿que no? Imagínate una de las dos retirándote el tirante del sujetador hasta que te resbala por el hombro.

¡Por Dios bendito! ¡Idos a dormir, entendido!

—¿Me da tiempo a ese afeitado rápido? —preguntó cuando casi habíamos terminado.

—Si no te importa, yo preferiría seguir viaje. Puede que tengamos tiempo cuando lleguemos, si de veras sientes esa necesidad.

Ahítos de beicon, alubias blancas con tomate y salchichas, pasamos por la tienda, donde compró sus útiles de afeitar y yo un paquete de Silk Cut, más que nada para que me sirviera de seguro a todo riesgo. Si me fumase unos cuantos, no llegaría a ser un desastre que me obligase a matar al primero que pillase con tal de conseguir uno más.

Teniendo en mente algunas preguntas de tipo laboral particularmente arriesgadas, pensé que a fin de cuentas podría preguntárselo.

—¿Trabajas por casualidad en el sector financiero? —le pregunté cuando volvimos al coche—. Eso simplificaría las cosas, claro.

—Me temo que no, pero me puedo tirar el moco si hace falta a base de mentiras. Tengo un doctorado en mentiras.

A punto estaba de preguntarle a qué se dedicaba, si es que no era meterme en donde no me llamaban, cuando tomó él la palabra.

—Deduzco que me has inventado después de que hubiese otro en tu vida. ¿Se supone que lo debo saber, por si alguien lo menciona?

—Se llamaba Kit. Y para ahorrarte preguntas innecesarias te diré que sí, que me dejó plantada.

A medida que pasaban los kilómetros le fui proporcionando más detalles de mi currículum y del suyo, a la vez que hablábamos de otras cosas más intrascendentes. Por comparación con los hombres en general, era un buen conversador, capaz de hablar de naderías durante horas seguidas, que era exactamente lo que yo necesitaba.

Solo tuve que seguir las instrucciones de ruta en los últimos kilómetros. La región industrial había quedado muy atrás. Los prados estaban divididos por muretes de mampostería sin mortero; solo se veía alguna casona de piedra, una granja, en la falda de alguna colina. El bullicio de Londres, visto desde allí, bien podría estar al otro lado de la eternidad.

La Posada estaba señalizada desde un cruce anterior. La vimos mucho antes de llegar: un viejo edificio de sillares de piedra que parecía haber brotado del valle. Corría por allí cerca un arroyuelo sobre el cual se encabalgaba un puente jorobado. Los jardines que rodeaban la Posada estaban cuajados de flores. Y el sol seguía brillando con fuerza.

A pesar de tanta perfección, yo estaba de los nervios.

Había llegado la hora de la verdad.

En el aparcamiento estaba el avejentado Jaguar de papá, encerado para que reluciera como un espejo. En menos de medio minuto...

—¿Estás seguro de que podrás con todo esto? —murmuré, a la vez que cogía mis cosas con unas manos que parecían presa del delírium trémens—. Si te lo pregunto es porque yo no estoy segura. Me estoy poniendo enferma.

—Cálmate —me dijo en tono tranquilizador.

¿Qué tendrán los hombres cuando te dicen que te calmes, que te entran ganas de darles un mamporro? He conocido a hombres capaces de decirte que te calmes aun cuando el telediario de las nueve acabe de anunciar que un meteorito descomunal nos va a borrar de la faz de la tierra mañana mismo, en plena hora punta.

Me moría de ganas de ir al lavabo.

La recepción estaba bien iluminada y era acogedora. Había jarros de flores sobre el mostrador bruñido. Allí estaba papá, conversando con alguien a quien yo conocía vagamente.

Me pegué en la boca la mejor de mis sonrisas.

—¡Hola, papá! Te presento a Dominic.

Josh me llenó de orgullo.

—¿Qué tal está? —dijo, con una perfecta sonrisa para presentarse a un padre.

—Soy Ted Metcalfe. Mucho gusto de conocerte por fin, pero si quieres que te diga la verdad, he tenido momentos mejores que este.

De pronto me di cuenta de que tenía cierto aire de estar asediado, agobiado.

—¿Va todo bien? ¿Dónde está mamá?

—Arriba, con Belinda. —Señaló la escalera con un gesto de pesadumbre—. Habitación 8. Cariño, se ha desatado una gresca del infierno. Mejor será que subas a ver qué pasa.

4

Nunca sabré cómo pude contenerme y no vomitar aquel descomunal megadesayuno sobre la gruesa alfombra de Axminster.

Dejé todas mis cosas de cualquier manera en manos de Josh y me lancé corriendo a la escalera. Me di la vuelta al llegar arriba y me encontré en medio de un laberinto de excéntricos, antiquísimos pasillos, pequeños tramos de tres escalones que conducían hasta la habitación 12, aunque yo acababa de pasar por delante de la 7 y esperaba, como es natural, topar con la 8. Por fin la encontré, tras bajar otro corto tramo de escaleritas y abrí la puerta de un tirón.

—... es terrible. ¡Terrible! —decía mi madre con ansiedad—. De veras que podría matar a alguien. ¡Sophy! —Vino hacia mí con una notable falta de fuerza, como si la susodicha gresca del infierno, según dijo mi padre, en modo alguno se hubiera desatado—. Qué sorpresa... Todavía no te esperábamos, cariño. —Beso, beso—. Espero que el tráfico no haya sido un desastre.

Empecé a preguntarme si no me había equivocado de pesadilla. No había llanto ni rechinar de dientes. Belinda no estaba postrada en cama, aferrada a una nota en la que su prometido le dijera *Lo siento, cariño... De veras, es que no puedo hacerlo*. Envuelta en su albornoz azul marino de toda la vida, estaba sentada ante el espejo del tocador mientras la peluquera le enredaba en el pelo.

—Hola, ¿qué tal? —dijo.

—Mamá, ¿qué sucede? —dije boquiabierta—. Me pareció que papá estaba al borde de un ataque cardíaco.

—No me extraña nada —dijo Belinda con cierto retintín—. Mamá estaba armando un alboroto terrible, todo porque Maggie Freeman apareció hace diez minutos y llevaba el mismo vestido que mamá.

Debiera haberlo imaginado. A sus sesenta y dos años, a mi padre aún le encantaba poner al personal atacado de los nervios.

—De veras, es que no puede ser más típico de Maggie —dijo mi madre con malhumor manifiesto—. Solo porque ella gasta una talla 40 y me quiere poner en evidencia...

Mamá gasta una talla 44, claro.

La peluquera hacía todo lo posible por no partirse de risa. En el espejo, vi que Belinda alzaba los ojos al cielo.

—Mamá, estoy segura de que no tenía ni la menor idea. Las dos vais a las mismas tiendas, no ha sido más que una simple coincidencia.

—Lo dudo mucho, querida. Ha tenido que enterarse, eso está clarísimo, y la verdad es que no entiendo cómo.

Al sentirme tan aliviada puede que me atolondrase un poco.

—Aunque lo haya sabido, la imitación es la mejor manera de halagar a alguien, date cuenta —señalé—. De todos modos, a ella la ropa nunca le sienta tan bien como a ti. Más que cargada de hombros, es un poco jorobada.

—Bueno, al menos está claro que no tiene un sombrero como el mío. Además, para empezar, ¿por qué tenía que venir tan pronto? Si acaso, para meterse donde nadie le ha llamado y rebuscar hasta encontrar toda clase de defectos, claro.

Belinda volvió a alzar los ojos al cielo.

—Mamá, como vuelvas a decir una sola palabra más sobre Maggie...

—Lo siento, cariño... Ya sé que debería dejarlo, pero es que me enfurece tanto...

La verdad es que mamá haría un buen papel en cualquier anuncio de una talla 44. Lleva el pelo teñido igual que cuando lo tenía castaño tirando a negro, y no se le nota para nada la vejez, ni es una antigualla. Ya se había puesto un elegante vestido azul ultramar con unos toques fucsia, el que había elegido para la boda. Me di perfecta cuenta de por qué se había decidido Maggie por el mismo.

—¿Dónde has dejado a Dominic?

—Abajo, con papá.

—Entonces bajaré un momento a saludarlo. Por cierto, cariño: he reservado al final esa habitación, para que los dos podáis cambiaros cómodamente.

A mitad de camino, junto a la puerta, se volvió con los ojos como platos.

—Dios del cielo, casi se me olvida decírtelo. No te vas a creer quién viene... Sonia llamó por teléfono ayer por la noche y dijo que iba a quedarse un par de días, así que a ver si podía venir con él, porque Katie Smith, la pobre, debe de tener la gripe o algo parecido, no se encuentra nada bien, de modo que habría un sitio libre en la mesa...

Como tantas otras veces, el tren de sus pensamientos se me había escapado tres estaciones antes.

—Mamá, ¿de quién me estás hablando?

—¡De Kit, querida! ¿No te acuerdas? Es primo de Sonia o algo parecido. ¿No lo conociste tú a través de ella, en casa de Sonia o algo así?

—¿Kit? —repetí alelada.

—Bueno, yo creo que desde luego hacen falta agallas, pero ¿cómo iba a decirle que no? Ha venido a visitar a la familia, y Sonia no quiere dejarlo sin compañía durante el día entero, es natural, de modo que confío, espero que no te importe, cariño, aunque no es lo mismo que si no estuvieras tan bien acompañada, claro.

—No, no hacen falta agallas... Hace falta tener una cara que te la pisas.

Eso lo dijo Belinda, tan indignada que un leve arrebol le tiñó las mejillas.

—Sonia ha demostrado una falta de tacto que me parece increíble. Sabe de sobra que él te dejó plantada. Ni siquiera debiera habérsele ocurrido.

—Es posible que al final no venga —dijo mamá en tono conciliador—. Pero no es como si Sophy siguiera coladita por él, ¿verdad que no, cielo?

—¡Pues claro que no!

Me senté en la cama, pensando en todas las veces que había visto por detrás un cabello rubio oscuro, en la calle o en un andén del metro lleno de gente a rebosar, y en el súbito brinco que me daba el corazón, el dolorcillo que me quedaba al caer en la cuenta de que no era él. No le había visto ni una sola vez desde que rompimos. ¿Cómo me iba a sentir?

—Si de hecho aparece, cariño, muéstrate fría, pero atenta —dijo mamá—. Hazle saber lo que se está perdiendo. Sonríele mucho a Dominic, más que nada para que se entere. Ah, y hablando de Dominic, voy a bajar un momento a saludarle.

Cuando desapareció, el retintín con que hablaba Belinda se hizo más acusado.

—Tiene que pasar revista, claro. Espero que esté a la altura, pobre hombre.

—Ah, no te inquietes por él —dije, y confié en que se me notase el aire de absoluta despreocupación.

—Ya, pero ¿no piensas que Sonia tiene mucho morro? ¿Y qué me dices de Kit? Ni siquiera entiendo cómo es capaz de venir a pavonearse después de lo que te hizo.

—Perdona —dijo la peluquera—, pero ¿podrías dejar quieta la cabeza, aunque solo sea un momento?

Debo reconocer que me conmovió la furia con que Belinda me manifestó su lealtad. También me hizo sentirme un tanto culpable, después de haber hablado mal de ella con Alix. Sin embargo, Kit a ella no le caía bien ni siquiera antes de que rompiésemos. «Cree que solo soy la típica guapa que es tonta del bote», dijo una vez, y no me hizo ninguna gracia tener que darle la razón, aunque lo cierto es que Kit nunca dijo nada por el estilo.

—La verdad es que me da lo mismo. A fin de cuentas, solo me dejó plantada: no me pegó, ni tampoco me robó las tarjetas de crédito. De todos modos, ¿qué le ha dado por hacer en casa de Sonia?

—Parece que ha ido de visita a su regreso de Escocia, adonde fue a ver a unos amigos o algo así. Lo que debería hacer, si quieres saber mi opinión, es largarse cuanto antes a su maldito Barnstaple.

No me cogió de sorpresa: por medio de algún conocido de ambos me había enterado de que había dejado el hospital de San No-sé-cuántos y había aceptado un puesto en algún lugar de Devon. La dichosa ley de Murphy era la responsable de que hubiera escogido precisamente ese fin de semana para ir a visitar a su prima.

Sonia era una antigua amiga de Belinda, desde los tiempos del jardín de infancia. Cuando yo tenía dieciocho años y me saqué el carnet de conducir (a la tercera, es verdad), fui una mañana a recoger a Belinda, que se había quedado a dormir en casa de su amiga. Me sentía increíblemente estupenda, pavoneándome con las llaves del coche de mamá en la mano, haciéndolas sonar como si tal cosa, y unas gafas de sol recién compradas, supermodernas, a modo de diadema sobre el cabello. Nada más salir de la cama, Sonia dijo en un murmullo que Belinda aún estaba dormida, pero que si pasaba a la cocina su *pariente* me prepararía un café mientras esperaba. Los viejos habían salido de compras.

Por la razón que fuese, supuse que me encontraría con una prima suya, de modo que el muchacho que me encontré sentado con un pantalón corto, de deporte, ante la mesa de la cocina, se me antojó todo un descubrimiento. Molestamente avergonzado, pero tratando por todos los medios de que no se le notase, dejó a un lado el manual de química, me preparó un Nescafé con demasiada leche y charlamos amigablemente por espacio de veinte minutos, hasta que bajó Belinda. Se llamaba Christopher, pero todo el mundo le llamaba Kit. Igual que yo, estaba a punto de hacer los exámenes de selectividad. Tenía la esperanza de estudiar medicina en Bristol, pero estaba preocupado por la química; había aprobado por los pelos en el examen de prueba. Como sus padres atravesaban una mala racha en sus relaciones, lo enviaron a pasar las vacaciones de Semana Santa a casa de sus tíos; sus padres reñían a todas horas, y él necesitaba paz y quietud para estudiar. Se alegraba de no estar en su casa; se moría de ganas por ir a la universidad.

Su manera de hablar, como si todo le diera lo mismo, no habría engañado siquiera a una mosca. Dentro de mí, algo había crujido; me entraron ganas de darle un achuchón, de llevármelo a casa e invitarle a una de las estupendas cenas que preparaba mamá; por medio de Belinda sabía que la madre de Sonia estaba especializada en servir platos de picadillo con salsa espesa o de pasta pegajosa. Deseé que me propusiera que empezáramos a salir juntos, pero aunque a Belinda la llevé varias veces en el coche, antes de que empezara el curso, ya no le volví a ver. O estaba en el jardín, estudiando, o estaba arriba, en su cuarto, repasando.

Y así estaban las cosas, hasta que un sábado por la tarde uno de los asiduos del pub local nos arrastró a Alix y a mí a ver un partido de fútbol en el que se iban a recaudar fondos a beneficio del hospital de San No-sé-cuántos. Durante el primer tiempo estuvo de portero uno que iba disfrazado de Pato Donald, y que en el descanso salió con un cubo a recoger las donaciones. Yo le dije: «Eh, ¿te han despedido, o qué?». Y él me contestó: «Pues sí, me ha tocado pagar el pato». Me eché a reír, vi la cara que asomaba bajo la careta del pato y me entró un escalofrío. Me dedicó esa especie de sonrisa, con sus ojazos azules, de la que se suelen enamorar las estudiantes de enfermería, y le dije: «Creo que nos hemos visto en alguna parte, pero no consigo saber dónde. Debía de estar muy bebida, porque si no, no me lo explico».

Y así fue todo, como la seda, hasta que apareció Yocasta.

Por vez primera casi me alegré de haber inventado a Dominic. Si tenía que encontrarme cara a cara con Kit, mejor afrontarlo con alguien presentable colgado de mi brazo.

De pronto me percaté de que Belinda me estaba hablando y de que yo ni siquiera la escuchaba.

—… y encima me he dejado la prenda azul en casa, de modo que se puso hecha un manojo de nervios, y fue entonces cuando esa perversa de Maggie…

La peluquera me lanzó una mirada como si me dijese: *Tú no te preocupes, que todo esto ya lo he visto antes.*

En realidad, dijo esto otro:

—Discúlpame, pero tengo que ir al servicio.

Cuando nos quedamos a solas, Belinda no estalló a parlotear con todo su malhumor. Se limitó a lanzarme una mirada tensa, como si quisiera indicarme que estaba hasta la coronilla de todo aquello.

—Perdona, pero es que hace diez minutos me ha faltado muy poco para lanzarme de cabeza al minibar. Si te casas alguna vez, por lo que más quieras te aconsejo que te largues a un sitio secreto y que lo hagas sin que nadie se dé cuenta.

Teniendo en cuenta las circunstancias, me pareció que lo del minibar tal vez fuese buena idea.

—Pues tómate algo —dije, y comencé a revisar el interior—. Mira, hay Drambuie. A ti te gusta el Drambuie.

—Adelante, pero ponme solo la mitad.

Le serví una copa y deseé poder ventilarme la otra mitad de un trago, pero los licores dulces me ponen la lengua a cien por hora cuando llevo el cerebro todavía en marcha atrás. Antes de que pasara media hora, me daría por decir alegremente: «Josh, ven aquí, que te presente a...». Y en ese momento me hubiese pegado un tiro. Además, necesitaba visitar el lavabo antes de introducir más líquidos en mi organismo.

Tras un sorbo generoso, Belinda señaló con un gesto un vestido todavía envuelto en la funda de plástico que colgaba de la puerta del armario.

—A mamá no le gusta mucho mi vestido. Es una especie de estilo entre griego antiguo y Regencia; se supone que he de llevar un peinado que pegue. Ella piensa que con la línea Imperio da la impresión de que trato de disimular un embarazo de cinco meses.

—¿Y estás embarazada?

—¿Tú estás loca? Sabes perfectamente que mamá me hubiera calado un embarazo a las cinco semanas. Se hubiera dado cuenta antes que yo.

Muy cierto.

—A mí, tu vestido me parece espléndido —dije para tranquilizarla—. Y aún lo estará más cuando te lo pongas. Tú estarías preciosa aunque *Benjy* lo hubiera destrozado a mordiscos y mamá te pusiera una vieja sábana del trastero a modo de vestido griego antiguo.

—Pobre *Benjy* —dijo—. Me hubiera gustado que viniera. —Se aplicaba el esmalte de base en las uñas con gestos de inquietud—. Iba a ponerle una cinta al cuello para que hiciera de paje. El director del hotel dijo que no había problemas, pero mamá decidió que tal vez se excitase en demasía con toda esa comida y nos pusiera en evidencia. Por eso se quedará en la guardería canina hasta mañana, y ya sabes cómo detesta las jaulas.

—No te apures, estará bien atendido —la tranquilicé—. Podrá ladrar todo lo que quiera sin que nadie le diga que se calle de una vez.

Mientras seguía pintándose las uñas di una vuelta por la habitación. Era mucho más grande de lo que me esperaba, y estaba medio aplastada por esos cortinones y colchas típicamente ingleses, con estampados de flores, que tal vez hubieran resultado excesivos si no fueran tan bonitos. Una ventana grande y baja daba al valle, suave y verde, rematado al fondo por los páramos.

Miré la puerta del cuarto de baño. ¿Qué estaría haciendo esa mujer? ¿Le había entrado un ataque repentino de diarrea, o había preferido dejarnos a solas para que charlásemos a gusto, sin testigos molestos?

Con una exclamación de irritación evidente, Belinda se aplicó un algodón con quitaesmaltes en el dedo meñique y empezó de nuevo a pintarse la uña.

—Ya no estarás nerviosa, ¿verdad? —le pregunté.

—No, solo me preocupa que mamá y Maggie tengan una trifulca. —Comenzó a soplarse las uñas, ahora relucientes—. O que papá meta la pata y nos haga pasar vergüenza. Yo que tú iría a rescatar a Dominic. Mamá se moría de ganas de conocerlo. Poco antes de que llegaras, aún seguía dale que te pego con el rollo de siempre: «De veras, espero que esta vez sea un chico simpático... La pobre parece tener tan mala suerte con los hombres...».

Su imitación, más que pasable, me hizo reír, aunque fuera con cierto esfuerzo y me saliera una risa hueca.

—De Kit no se puede decir que fuera un tío antipático, pero con todo me dejó plantada.

En realidad, mamá lo había diagnosticado diciendo que era «un chico adorable», aunque yo nunca lo llevé a casa. Consciente del exceso de trabajo que suele tener un médico joven, ella tampoco insistió. Se habían visto una sola vez, en un viaje de fin de semana para ver no sé qué espectáculo en el West End londinense. Lo llevé al hotel en el que se hospedaban para tomar una copa con ellos antes de salir.

Tomé una pasta de la bandeja del café y me dirigí hacia la puerta.

—Iré al rescate. Hasta luego.

—Entonces, deséame suerte.

No éramos dos hermanas muy amigas de los besos y de los abrazos, ni de decirnos «te quiero, bonita» unas tres veces al día, después de las comidas, pero, como era una ocasión especial y me sentía algo mal por no haberlo hecho antes, volví y le di un fuerte abrazo.

—Que tengas la mejor suerte del mundo, y eso que no la vas a necesitar. Estarás tan preciosa que se me saltarán las lágrimas, ya lo verás.

Por un instante me retuvo abrazada y luego me soltó.

—Anda, lárgate antes de que empiece a moquear.

Estaba a punto de reírse, pero le temblaba la voz y le brillaban los ojos.

Y a mí de repente me pasó lo mismo.

—Debo de estar haciéndome vieja —le dije a la vez que me secaba el ojo con la yema del dedo—. Me estoy volviendo chocha y sentimental...

Me pasó un pañuelo de papel y también se secó los ojos.

—Anda, lárgate de una vez, pedazo de arpía. Ve a rescatar a tu juguetito antes de que mamá lo despedace.

—Ni se te ocurra llamarme arpía, pedazo de guarra.

Bajé corriendo las escaleras, deseosa de hacer una parada técnica en el cuarto de baño, pero temerosa de dejar a Josh sin mi asistencia ni un minuto más.

Estaba en el bar con papá. Se me aquietó el pulso nada más verlos. Saltaba a la vista que se habían entendido a las mil maravillas; se llevaban mejor que dos fósforos en una papelería. Estaban acodados en la barra, riéndose de algo como dos viejos camaradas.

Ya no sentía las inclinaciones parricidas de antes. A pesar de ello, avancé hacia los dos tratando de aparentar cierto enfado, aunque sonreía de alivio.

—Papá, ¿por qué me dijiste lo que me dijiste? ¡Pensé que había pasado algo catastrófico!

—¡Es que para tu madre ha sido catastrófico!

Ya no tenía pinta de estar acosado por el enemigo, y hacía gala de su buen humor de siempre. Era casi tan alto como Josh y empezaba a echar un poco de barriga, pero no estaba gordo. Tenía el cabello entrecano, pero todavía espeso. Cuando se esforzaba a fondo, podía parecer una especie de oso de peluche bastante distinguido, y tenía una voz tonante, de barítono, que le iba que ni pintada. Con un traje gris oscuro y una flor blanca en el ojal, llevaba también un chaleco de seda de un estampado bastante atrevido.

Me acomodé en un taburete de la barra, muerta de ganas de pedir media pinta de vodka y una pajita. Ojalá. Josh, por el contrario, parecía perfectamente relajado, como si estuviera en su salsa. El bar era del típico estilo inglés, anticuado y mundano, con estampas de caza en las paredes, arneses de latón de las caballerías y gran abundancia de tazones de peltre.

—Escúchame bien, anciano padre —le dije en tono ominoso—. No quiero oír ni una sola, ni una, ¿me entiendes?, historia vergonzosa sobre aquello que hizo Belinda en el baño. ¿Queda claro?

Josh estuvo a punto de atragantarse con un trago de cerveza.

—Eso ni siquiera se me hubiera ocurrido, cariño —dijo papá.

—A mí no me mientas. Si te atreves a decir cualquier cosa que resulte remotamente vergonzosa, le diré a todo el mundo que tu consumo de Viagra empieza a afectar tu sentido de la discreción.

Seguramente sería suficiente. Adoptó el aire de osito arrepentido que muchas veces empleaba para salirse con la suya ante mamá.

—¿Y dónde está Maggie? —pregunté.

—Supongo que estará sacándole brillo a la escoba. O dándose una vuelta por los jardines con David y Zoe.

David era el señor Freeman. Sarah no iba a venir. Ella y James tenían huéspedes a los que habían invitado con muchísima antelación a pasar el fin de semana en su casa de campo, de modo que les resultaría imposible. Lo lamenté, porque Sarah era la única Freeman que me caía bien.

Cuando ya empezaba a preguntarme si no podría permitirme siquiera el lujo de un sorbito de vodka, apareció mamá a la carga, como si fuera un barco de guerra.

—Ah, cariño, por fin te encuentro. Tienes la habitación lista. Como estaba reservada, la podéis utilizar para cambiaros. —Tal como esperaba, hizo un aparte conmigo—: Debo decirte, cariño, que me parece encantador —me susurró—. Una pena que no podáis quedaros a pasar la noche, pero supongo que no tiene remedio, ¿verdad?

Sin darme tiempo a responder, se le formó una arruga de ansiedad en el entrecejo y se volvió hacia «Dominic».

—Ay, perdona. Se me olvidaba preguntarte por tu

pobre amigo. Es terrible que su mujer lo haya abandonado así, por las buenas. ¿Cómo se encuentra?

El corazón se me subió hasta las amígdalas, pero no tenía de qué preocuparme.

—Muy bien, gracias. —Esbozó otra de sus sonrisas perfectamente calibradas—. Vuelven a estar juntos como si nada hubiera pasado. Fue un malentendido, un problema técnico en el extracto de una cuenta corriente. Parece que le habían cargado por error una noche en un hotel en el que no estuvo.

—¡Qué típico! —comentó mi madre.

Yo casi quedé patitiesa de admiración. Para improvisar mentirijillas brillantes, la verdad es que me daba cien vueltas. Sin embargo, ya se sabe: es preferible dejar el juego mientras vas ganando. Le lancé una sonrisa perfectamente calculada.

—Si has terminado ya la cerveza, ¿no te parece que lo mejor será que subamos a cambiarnos?

Ni siquiera pestañeó.

—Cuando tú quieras.

Mientras terminaba el vaso recogí mis cosas.

De momento, sobre ruedas.

—Es una pena que no podáis quedaros a pasar la noche —le dijo mamá—. De todos modos, si cambiáis de idea, tenéis la habitación a vuestra entera disposición. Sería muy agradable que os quedarais a cenar... En estos festejos nunca hay tiempo para charlar como es debido.

Antes de que tuviera el menor margen para desarrollar un tema tan peligroso, agarré a Josh del brazo.

—Vamos, cariño. Hemos de irnos.

Me pareció rarísimo llamarle «cariño». Nunca he sido dada a esos apelativos afectuosos. Se me da mejor el «muévete, pedazo de jabalí».

—Espero que no te hayan sometido a un tercer grado —murmuré camino de las escaleras.

—No te preocupes, no ha sido difícil de manejar. —A mitad de camino, añadió secamente—: Salta a la vista que tu madre no es una de esas madres que saben de sobra en qué andas metida, pero que prefieren fingir que no se enteran.

—¿Estás de broma? Al cabo de cinco meses, lo normal es que dé por supuesto que somos algo más que buenos amigos.

Sin embargo, entendía muy bien por qué lo había dicho. Los padres de Alix, por ejemplo, eran tremendamente quisquillosos con aquello de «no bajo nuestro propio techo». En la única ocasión en que llevó a Simon, su ex, a casa de su madre, esta le dijo: «No me importa lo que hagáis cuando estáis en casa, pero el somier de esa cama cruje una barbaridad, y eso a tu padre le hará sentir incómodo».

Encontramos la habitación 5 al final del consabido tramo de escaleritas, al final de un pasadizo de techo tan bajo que Josh tuvo que agachar la cabeza. Decorada con la misma tapicería de flores que la habitación de Belinda, aunque la mitad de grande, contenía dos camas gemelas bastante juntas una de la otra.

—¿Qué es lo que hizo Belinda en el cuarto de baño? ¿O no lo debo preguntar? —preguntó.

—Hizo caca y se lo contó a toda la calle, pero solo tenía dos añitos. —Tomé el neceser—. Disculpa, pero tengo que ir al lavabo.

Aunque estaba a punto de reventar, me avergüenza confesar que en este punto se adueñó de mí un ridículo temor adolescente. A través de la puerta cerrada con pestillo le oí claramente cerrar el armario, lo cual me hizo pensar que él podría oírme perfectamente, y no me apeteció que supusiera que, de pronto, las cataratas del Niágara acababan de desviar su curso para pasar por el condado de Lancaster. Así, tras almohadillar la taza con abundante papel higiénico, recordé haber tomado exactamente esa misma precaución cuando hice un viaje escolar, un intercambio, a Francia. A mis quince años, hubiera preferido morirme antes de permitir que el hermano de Marie-Louise, que a sus diecisiete años era de una guapura increíble, se figurase qué estaba haciendo yo. A punto estuve de cortarme las venas cuanto tuve que decirle a su *papa* que había *blocéed le* retrete sin querer.

Por fortuna, las cañerías de Lancaster están hechas de materiales más sólidos. Me lavé los dientes y, entretanto, dije a mi reflejo que se calmase de una vez. Hasta el momento, todo iba sobre ruedas.

Sintiéndome algo mejor, salí y colgué mis cosas. Como la habitación tenía el tamaño del columpio de un hámster y las camas ocupaban la mayor parte de la misma, me alegré doblemente de tener el baño. No me hubiera entusiasmado precisamente desnudarme casi del todo delante de Josh, pues llevaba unas bragas de lo más hortera, regalo de Navidad, con un rótulo delante que decía *¡Hola, guapetón!*, y tampoco tenía los muslos en su mejor momento.

Me pareció que se había puesto serio, de una manera que daba a entender que se acabaron los chistes sobre los dolores de cabeza, así como cualquier otra observación que pudiera ser malinterpretada.

—¿Quieres cambiarte en el cuarto de baño, o paso yo?
—Úsalo tú. Por cierto...
Se volvió desde la puerta.
—Es probable que venga mi ex —le dije—. Kit. Por eso, si pudieras hacer todo lo posible por parecer encandilado conmigo, te estaría muy agradecida.
Le expliqué sucintamente la situación.
Alzó la ceja.
—Hace falta valor, ¿no?
—Supongo que sí, pero también es posible que no venga. A mí, la verdad, lo mismo me da una cosa que otra.

Con otra ceja enarcada se llevó sus objetos al cuarto de baño y cerró la puerta.

Al cabo de veinte minutos llamó antes de salir.

—¿Estás visible?

—Ya casi estoy.

Todavía ante el tocador, me apliqué una segunda capa de pintalabios color cereza mientras él guardaba su ropa usada en el bolso de viaje. Me volví sobre la silla y lo miré de arriba abajo.

—¿Qué te parece? ¿Estoy presentable? —preguntó con un punto de sarcasmo.

«Presentable» no era la palabra más apropiada. Se había puesto un traje gris claro, una de esas camisas blancas que llevan engastada una especie de raya del mismo tejido y una corbata azul con puntitos blancos. En la bocamanga se le veía un gemelo de oro.

Todo era obviamente «perfecto», pero nada destacaba en particular. Lo que sí llamaba la atención era la totalidad del envoltorio. Tenía pinta de ser llamativamente comestible, como decía Alix algunas veces.

—Muy presentable —dije—. Espero que cuando te llegue la vejez te sirva de consuelo saber que a mi madre le diste la oportunidad de machacar a Maggie Freeman.

—Tengo unas ganas locas de conocer a esa señora —dijo como si tal cosa—. Me ha dicho tu viejo que, en la intimidad, la llama Winnie «Caravinagre».

Si papá le había contado algo así, estaba clarísimo que se habían entendido de maravilla.

Traté de dar a entender que me daba igual su opinión cuando le dije:

—Bueno, ¿y qué te parezco yo?

No estaba muy convencida con el traje. Habría preferido algo oscuro, que me adelgazase, pero no está bien visto ir de negro a una boda, y en el trabajo vestía continuamente de gris y de azul. Era un traje de un delicado amarillo pálido, primaveral, con una falda estrecha y una chaqueta cruzada, con la longitud suficiente para cubrir lo peor. Tenía un corte que me sentaba muy bien, aunque más valía que así fuese, ya que me había costado un ojo de la cara. Llevaba una camisola de seda de un azul precioso, entre el de las islas griegas y un azul marino algo claro. Me había recogido el pelo en un peinado suave, pero ligeramente sexy, que al menos por esta vez me había salido tal como yo quería.

La verdad es que estaba segura de tener una pinta estupenda.

—Muy apropiado para la ocasión.

Caramba, muy amable.

—Diría incluso que estás bastante atractiva —siguió diciendo—. ¿Qué debo hacer si alguien decide prestarte una atención excesiva? ¿Le dejo hacer, o le digo que se largue, que eres mía?

—Lo más probable es que me pille por banda algún vejestorio aburridísimo, en cuyo caso es imposible librarse de ellos sin resultar descortés. Si así fuera, te agradecería que acudieras en mi rescate.

Me di una buena rociada con Aqua di Gió.

—Bueno, ya está. Creo que eso es todo. ¿Bajamos?

—Como tú digas. Para eso eres la jefa.

Nada más tomar el bolso me acordé del collar.

—Ay, Dios. Casi lo olvido... —De un compartimiento del bolso de viaje extraje un collar de tres vueltas, de lapislázuli y perlas, que me habían regalado mis padres dos Navidades atrás.

En circunstancias normales, me habría cerrado el broche en un periquete. En cambio...

—¿Quieres que te ayude?

—Si no te importa... —Incliné un poco la cabeza, para dejarle espacio suficiente.

Llegada a este punto era consciente de que dejar las antenas apagadas mientras durase la tortura no iba a ser precisamente fácil. No hubo nada de particular en su breve toqueteo de mis zonas erógenas secundarias, aunque me acarició con delicadeza la base del cuello y lo hizo como si tuviera un doctorado en tales menesteres. Con todo, creo que tuve derecho a sentir cierta palpitación. Por algo había pagado una fortuna.

Cuando estuvimos de vuelta en el pasadizo, en el que era preciso agacharse, noté otra andanada de lombrices (disculpas por mezclar las metáforas, pero es que así me pareció) que surgía con la intención de anegarme.

—Me siento fatal —confesé—. No consigo librarme de este horroroso presentimiento de desastre.

—¿Por qué?

Porque, y lo digo casi en broma, ¿qué pasaría si el auténtico Dominic fuese primo de Paul? Si alguien dijera algo así como que «tiene gracia, pero he conocido a otro Dominic Walsh», y apareciese el verdadero D.W., y dijera «Dios del cielo, si tú eres la mujer que se agarró una cogorza de espanto y me escribió su número de teléfono en el brazo»... ¿Y si...?

Opté por limitarme a otros horrores más probables.

—¿Y si alguien te interroga acerca de tu trabajo? ¿Y si te hacen preguntas realmente complicadas de contestar?

—Tranquilízate de una vez —dijo para apaciguarme—. Todo saldrá bien.

—¿Te importa ponérmelo por escrito?

—Sophy, cálmate. Si sigues estando así, presa de una tensión tan evidente, conseguirás que todo el mundo sospeche que hay gato encerrado. Ponte una sonrisa en la cara. Adopta cierto aire de confianza. Ten aplomo, vaya...

—¡Eso a ti no te cuesta nada!

—¡Cálmate de una vez! Los débiles de corazón no se salen con la suya por poner el grito en el cielo, créeme.

—¿Lo dices por experiencia propia?

—¿A ti qué te parece?

Se me antojó una pregunta interesante, aunque nunca tuve la oportunidad de contestar. Como se oían voces conocidas por el pasillo, enderecé la gelatina que en esos momentos tenía por columna vertebral.

—Venga, vamos antes de que quede paralizada de miedo.

Los contactos sociales previos a la ceremonia fueron de maravilla, al menos si se tiene en cuenta mi pánico latente. No vi a Kit, aunque tampoco escruté a fondo entre el gentío. Kit era la última de mis preocupaciones en esos momentos. El salón de la boda tenía una bóveda de vigas de madera y paredes de piedra antigua, de modo que casi recordaba una iglesia, solo que no despedía ese pútrido olor a misales enmohecidos. Había muchísimas flores por todas partes, que daban un grato perfume al ambiente. Nos apretamos en las hileras de sillas tapizadas de terciopelo rojo oscuro y comenzó a oírse un sordo, apagado murmullo de expectación, hasta que alguien comenzó a tocar la *Marcha nupcial* en un órgano.

Estiré el cuello para ver a la novia y vi primero a Kit. Estaba sentado al fondo, pegado al pasillo, y nuestras miradas se cruzaron unos instantes. Algún órgano interior se me desperezó y cambió de postura un momento, aunque no fue alarmante. Fiú, me dije, y logré componer una sonrisa fría, pero elegante, antes de que entrase Belinda cogida del brazo de papá.

Su vestido le hubiera sentado de maravilla a cualquiera, pero a Belinda le quedaba asombroso. Era una mezcla de sencillez y de belleza deslumbrante; le formaba pliegues abullonados a partir del corpiño, donde lucía una puntilla de encaje. La verdad es que sentí ganas de llorar un poco. Mamá gastó varios pañuelos de papel; yo diría que hasta los cínicos más encallecidos habrían preferido fingir que padecían un repentino ataque de alergia debido a la cantidad de flores que habían colocado en la sala.

No sé qué sucede con los trajes de hombre, pero consiguen que hasta los tíos más normales parezcan pasables, y, como Paul distaba mucho de ser normal y corriente, comencé a entender el canguelo de Belinda. De haber sido yo, no me hubiera importado llevarme unas esposas plateadas, por si acaso tuviera que vérmelas con alguna depredadora al acecho. Para cualquier Yocasta que haya en este mundo, robarle el corazón a un tío el día de su propia boda sin duda tiene que ser un reto picante, irresistible, aunque solo fuera por la cantidad de puntos extra que podrían anotarse.

La ceremonia fue sencilla, digna y, cuando hubieron intercambiado los votos del matrimonio y los anillos, exhalé un suspiro de alivio.

Al pasar a la sala contigua, Josh me preguntó:

—¿Así que ha venido?

—Sí, pero ahora no lo veo entre la concurrencia... —y acto seguido le di un codazo—. Es aquel de allá, el que está con la chica del vestido rojo.

Me alegró que Kit estuviera tan estupendo. Pocos centímetros más bajo que Josh, llevaba una chaqueta azul marino y una corbata que, supuse, tomó prestada del armario del padre de Sonia. Se le veía moreno, y tenía su cabello rubio, el de toda la vida, bastante aclarado, por lo cual me pregunté si su traslado a Barnstaple tendría algo que ver con su pasión por el surf. Una vez me pasé un fin de semana de marzo temblando de frío en una playa del norte de Devon, preguntándome si estaba tan loco como los demás, arriesgándose a contraer una hipotermia a fuerza de tanto deslizarse sobre las olas.

—¿A qué se dedica? —murmuró Josh.

¿Por qué será eso lo primero que preguntan siempre?

—Es médico.

Yocasta también lo era; seguramente por eso dejé de ver *Urgencias*. Me quedaba demasiado cerca, sobre todo por las pasiones que se destilan junto a la máquina de respiración asistida mientras otro pobre paciente la espicha delante de los personajes.

Sonia, con su vestido rojo, me vio y se animó mucho al saludarme cuando fuimos a por la primera copa. Tras un «hola» muy rápido, hizo un aparte conmigo.

—No te importará que haya traído a Kit, ¿verdad? —me dijo en un susurro—. Al principio dijo que de ninguna manera, que se sentiría fatal, pero insistí y le dije que a nadie le importaba que viniese. Al final, casi he tenido que traerlo a rastras.

—No, por mí no hay problema —dije en tono cálido, pero distante—. Agua que no has de beber...

—Bueno, pues gracias a Dios. Iré a decirle que no piensas darle un sopapo. ¿No crees que Belinda está espléndida? En cuanto a Paul, me muero de los celos. ¿Cómo es que yo no conozco siquiera de lejos a tíos tan apuestos? La verdad es que últimamente no me como ni una rosca —dijo, y desapareció como había venido.

Mientras circulábamos entre los demás invitados con las aflautadas copas de champán en una mano, volví a ver a Kit. Me dedicó una sonrisa algo forzada; yo le miré de nuevo con frialdad, aunque con simpatía, y en el acto deseé haberme mostrado más cálida. Sabe Dios por qué, pero empecé a lamentar que se sintiera tan a disgusto. Probablemente fue porque me di cuenta de que no iban a saltar las llamaradas de los rescoldos que aún quedasen encendidos. Esos rescoldos no parecían ni por asomo capaces de prender de nuevo en llamas. La verdad es que me sentí como si acabara de ver a un viejo amigo con el que hubiera tenido una discusión muy acalorada y me invadiera el deseo de que ojalá no nos hubiéramos distanciado de ese modo.

Con todo, mantuve la esperanza de que se fijase en mi amado, que se estaba comportando como un actor premiado con el Oscar. De vez en cuando, según nos movíamos por la sala, apoyaba levemente la mano en mi cintura, o bien en la espalda, justamente a la altura de la nuca.

Aquello era un desperdicio pecaminoso. Me encontraba a una mínima distancia del hombre más atractivo que había visto en muchísimo tiempo, pero estaba tan alterada que era incapaz de disfrutarlo. Me sentía como alguien que trata de pasar diez kilos de crack de contrabando y que cuenta con que le echen el guante en cualquier momento.

Por razones de seguridad, traté de alejar a Josh de todos los invitados pertenecientes al género masculino, pues era muy probable que le preguntasen de inmediato a qué se dedicaba. Traté de reconducirlo hacia las invitadas a las que conocía lo suficiente para controlar la conversación. Y si se aburría con los continuos «hay que ver qué guapa está Belinda», pues que se aguantase.

A la sazón, nos abrimos paso hasta la feliz pareja. Belinda parecía estar en pleno subidón. No dejaba de sonreír.

—Te presento a Dominic... Pensé que seguramente querías echarle un vistazo —dije.

Ella se rió y le dio un beso. «Dominic» estrechó la mano de Paul.

—Enhorabuena. Eres un hombre muy afortunado —le dijo con una sonrisa perfecta.

—Gracias —respondió Paul—, no hace falta que me lo digas.

—Supongo que no habrá manera de que me metáis en una maleta, ¿verdad? —dije—. Siempre he tenido muchísimas ganas de conocer África.

Paul se rió a medias.

—Seguro que podrías convencer a Dominic —dijo—.

Con una insinuación así... —De repente, miró hacia otra parte, por encima de mi hombro—. ¡Brian! Me alegro de que hayas podido venir. ¿Cómo no tienes una copa? Jane, confío que Saskia se encuentre mejor.

Se desplazó hacia un lado para conversar con la pareja: los dos tenían cuarenta y tantos e iban muy elegantes.

Con un mohín de disculpa, Belinda nos lo explicó.

—Perdonad... Son su jefe y su señora. La semana pasada, su hija se cayó de un caballo y se rompió un hueso. Él creía que no podrían venir.

Al cabo de unos minutos seguimos nuestra ronda.

—Jefe o no jefe —dijo Josh con un seco murmullo—, debería haberte concedido quince segundos más antes de ir como un loco a hacerles la rosca.

—Venga, no fastidies —dije con irritación, en parte porque estaba de acuerdo.

—Perdona, son cosas que no aguanto. Nadie puede obligar a su esposa, y menos si lo es desde hace tan solo media hora, a disculpar su comportamiento.

—Pues a mí no me ha importado —mentí.

Circulamos hacia la zona en que estaban Maggie Freeman, Zoe y Oliver, quien no me pareció tan timorato como había dicho mamá, aunque tampoco fuese como para echar las campanas al vuelo.

Maggie había sido rubia en sus buenos tiempos, y su peluquera se encargaba de garantizar que lo siguiera siendo. En la piel se le notaban las huellas de muchas vacaciones caras tomando el sol; a juzgar por su expresión, no le hacía ninguna gracia comprobar que las aspiraciones de mamá se habían hecho realidad. Dicho de otro modo, acababa de apuntarme cincuenta puntos. En las pasadas Navidades me entró a saco cuando fuimos a tomar la tradicional copa de la víspera en casa de los Freeman. Primero me dijo que «tengo entendido que has encontrado por fin un novio nuevo», pero acto seguido lo redondeó con un «hay que ver, cada vez que te veo te pareces más a tu madre», que en el lenguaje particular de Maggie equivale a decir «Dios mío, hay que ver cómo has engordado». Y mamá oyó lo que me dijo, y se mostró indignada y leal a mi causa. «Al menos se te ve muy sana. Zoe se está poniendo absolutamente anoréxica, de veras —barbotó—. Y estos pastelillos de carne son horrorosos. Si Maggie no sabe hacer la masa quebrada, debería reconocerlo y comprarla hecha en la tienda.»

Zoe no estaba ni mucho menos anoréxica. Elegante y delgada, que no flaca, tenía el pelo corto, rubio, recogido en una coleta, y llevaba un bonito traje de lino. Nunca me ha caído nada bien. Cuando eran pequeñas, trataba a Belinda como una bruja, de modo que me agradó ver su sonrisa artificial, producto de los celos, cuando me presenté hecha un brazo de mar con mi amado Dominic del brazo.

—Hemos oído hablar de ti —dijo Maggie con su voz modulada, aunque un tanto chillona—. Por lo visto, eres banquero, ¿no?

Con una espléndida sonrisa, Josh le dio la mano.

—Sí, para purgar mis pecados. Tenía que escoger o eso, o el sacerdocio.

A Maggie Freeman se le pusieron los ojos como platos.

—¡No es posible! ¿De veras?

—No, la verdad es que no.

La risa estentórea que acogió esta salida no procedió de boca de ninguna de las Freeman, sino de mi vieja y buena amiga Tamara, que acababa de sumarse a nosotros y que era absolutamente la última persona de quien pudiera esperar que me causara un ataque cardíaco.

Tras estrechar la mano de «Dominic» con el debido decoro, dijo así:

—Espero que no te hayas sentido molesto porque

llevo mirándote fijamente, aunque a ratos, durante media hora. Es que me recuerdas a alguien, solo que no consigo saber a quién.

Dios del cielo. Tan temprano y ya era hora del haraquiri.

Josh solo esbozó una mínima sonrisa, como si le divirtiera el comentario.

—Si tengo un doble por ahí, confío en que al menos se haya portado como debe.

—Cuando me acuerde, ya te lo diré —le dijo ella con una sonrisa.

Con una risita a la que quise dar un aire de total indiferencia, tomé a Josh del brazo.

—Lo acabas de echar a perder, cariño. Ya sabía yo que terminarías por salir en uno de esos programas de televisión en los que ayudan a la policía a localizar a los delincuentes. Ya te dije yo que no te quitaras el pasamontañas.

—Es que me producía picor —dijo él—. Además, no pude resistir la tentación de hacer un gesto obsceno mirando a las cámaras de seguridad.

—Es que me tiene soliviantada —dijo Tamara—. De todos modos, yo conozco a trillones de personas.

—Tamara promociona zonas de turismo —dijo Zoe—. En invierno representa a algunas estaciones de esquí; en verano, los mejores enclaves playeros. Es posible que tropezase con ella en la Costa de la Piña Colada.

Añadió una risita para diluir el tono despectivo de su comentario, pero Tamara no le prestó la menor atención.

—Tarde o temprano me acordaré —dijo.

Cambié de tema a toda prisa.

—Qué lastima que Sarah no haya podido venir. Tenía muchas ganas de verla. ¿Qué tal le van las cosas?

Maggie se mostró encantada de hablar de este asunto.

—Le va de maravilla, gracias por preguntarlo. Fuimos a pasar el Fin de Año con ellos. Estaba muy ajetreada, pues tenía infinidad de huéspedes, pero su casa es grandísima, conserva en gran parte la estructura del siglo XVI, no sé si lo sabías. Y el día de Año Nuevo se organizó una partida de caza, claro. James es muy aficionado. Había unas treinta personas para almorzar, de modo que Sarah estuvo muy ocupada por tener que supervisarlo todo.

—Sarah es cocinera y obtuvo el Cordon Bleu —le expliqué a «Dominic»—. Antes llevaba un restaurante de lo más chic en Manchester.

—Y más vale —añadió Maggie—. El cocinero de James no tenía ni la más remota idea de lo que había que hacer con una trufa. Ya se sabe, a esos cazadores no se les puede dar cualquier cosa. Tamara fue a pasar el fin de semana hace unos días, ¿no es cierto?

—Así es —dijo ella muy animada—. Es una casa sensacional. Cualquiera se pondría verde de la envidia.

Una vez reforzado el estatus de Sarah, Maggie se concentró en «Dominic».

—James a menudo recibe la visita de profesionales de la City que acuden a sus partidas de caza. Es posible que conozcas a algunos. ¿A ti no te gusta la caza?

—Antes sí que disparaba, pero no he ido al faisán. Mi puntería no iba más allá de las corolas de las margaritas. Una vez traté de darle a las ruedas de la bici del cartero, pero no acerté. Los blancos móviles son bastante complicados con una escopeta de aire comprimido.

Hasta Zoe le rió la gracia, aunque Maggie se mostró tan adusta como era.

—No creo que tenga ninguna gracia —dijo la vieja bruja avinagrada con sequedad.

—Disculpas. —Le lanzó una sonrisa capaz de neutralizar el vinagre más ácido de la tierra—. ¿Le apetece que le traiga otra copa de champán?

Pasado un minuto me lo llevé de allí, antes de que Maggie volviera a darle la lata con los profesionales de la City y siguiera sondeándolo a base de preguntas. Tenía la sensación de ir avanzando por un campo de minas, con bombas lapa a cada paso.

—¿De qué demonios te conoce Tamara? —le dije en un susurro.

—No tengo ni idea. Que yo sepa, no nos conocemos. De lo contrario, me acordaría.

Estaba segura de que sí. Tamara era tan atractiva como para ser memorable.

—Debe de ser un caso de identidad confundida —siguió diciendo con firmeza—. Tranquilízate, ¿quieres?

Con la mano que apoyaba levemente sobre mi cintura me dio un pellizco.

—¡No me hagas eso! —masculló entre dientes—. ¡Me haces cosquillas!

El riesgo de verme desenmascarada de pronto había sido más que suficiente para revolverme las tripas. ¿Y si se producía otra situación semejante? Nunca había sufrido un ataque de pánico, pero en esos momentos me pareció perfectamente posible. Me sentía acalorada, con dificultades para respirar, y tanto más desesperada por empeñarme en que no se me notara.

—Voy al lavabo —balbuceé—. Ve a charlar con mi padre; da la impresión de que le irá bien algo de alivio. Le entusiasma el *cricket*, así que le puedes preguntar qué opina de los australianos. Eso bastaría para que se pasara toda la tarde hablando por los codos.

Me abrí camino hasta la recepción, donde todo estaba misericordiosamente en calma. Encontré allí un rinconcito donde esconderme, junto al vestíbulo, donde había un sillón pretendidamente decorativo. Al lado, había una mesa de caoba estrecha con un jarrón lleno de flores y un cenicero.

Bien, ¿para qué estaban aquellos cigarrillos de urgencia? Revolví en el bolso y maldije mi suerte. Me los había dejado en la habitación, en el bolso de viaje. Maldije de nuevo y me acomodé en el sillón cerrando los ojos.

Y los volví a abrir enseguida.

—¡Sophy! ¿Te encuentras bien?

—¡Kit!

Por un instante pensé que me había calado. Fue Kit quien me hizo dejar el tabaco, aunque no porque me lo echase en cara. Al contrario, fue su manera de condescender con mi hábito, pese a saber que en el fondo lo detestaba, cosa que tuvo un efecto contundente sobre mí, tal como él había supuesto desde el principio.

—¿Te encuentras bien? —repitió de modo visiblemente azorado.

—Sí, claro… Solo tenía calor.

Con un gesto no menos avergonzado, que yo recordaba a la perfección, se pasó una mano por el pelo.

—Los he visto al entrar. —Hizo un gesto hacia la pared que estaba tras él—. Como me sentía mal por no haberles hecho un regalo a los novios, pensé que uno de estos podría valer. ¿Tú qué opinas?

La pared era, de hecho, una minigalería repleta de cuadros pintados por artistas de la zona, de modo que me levanté a echar un vistazo. Hombro con hombro contemplamos las bellas acuarelas, casi todas ellas paisajes, enmarcadas con muy buen gusto y con discretas pegatinas en una esquina.

Los precios me produjeron un sobresalto.

—La verdad, yo creo que no hace falta. Supongo que ni siquiera estabas al corriente de que se iban a casar, al menos hasta que llegaste a casa de Sonia, ¿no es así?

Asintió.

—No tenía ni la menor idea.

—Entonces…

Continuamos fingiendo un gran interés por las

acuarelas. El ambiente se iba haciendo más espeso, debido a unos cuantos fantasmas que estaban todavía por salir.

—Bueno, ¿y qué tal te va? —dijo a la postre.

—Muy bien. ¿Y tú?

—No me puedo quejar. Tu Como-se-llame parece un tío estupendo.

—Lo es. —No pensaba ponerme efusiva, y él era consciente de ello—. ¿Qué tal Yocasta? —añadí a la ligera.

—No tengo ni idea. Hace muchísimo que no la veo.

Me alegré de saberlo.

—¿Le salieron verrugas en los pezones?

Se volvió hacia mí con un gesto de perplejidad.

—Es lo que deseé que le ocurriese —le expliqué—. Y no te voy a decir ahora lo que te deseé a ti.

Se lo dije en tono de chanza, con la intención de que se relajase el ambiente, pero solo conseguí que él pareciese más incómodo.

—Nunca quise hacerte daño —dijo en voz baja.

Ahora pienso que debiera haberle dicho algo que lo sosegase, algo para que no se sintiera mal, pero la verdad es que no pude.

—No voy a fingir que no me sentí herida, pero por fortuna todo eso ya es agua pasada. Olvidémoslo, ¿de acuerdo?

No se dignaba mirarme a los ojos.

—Creo que no debería haber venido.

—Entonces, ¿por qué lo has hecho? —Con franqueza, empezaba a sentirme un tanto exasperada—. En fin, ya que estás aquí, ¿no podrías al menos intentar no dar la impresión de que estás experimentando una sutil tortura? ¡Que estamos en una boda, por Dios, no en un funeral! ¡Ríete! Si no eres capaz, mejor que te vayas a casa y que dejes de intentar que sea yo quien también se sienta fatal.

Dejé que asimilara en silencio mis palabras y atravesé de nuevo la recepción. Cuando volvía a preguntarme si no sería buena idea subir a la habitación a por un cigarrillo, me encontré de frente con Tamara.

—¿Adónde vas?

—Al servicio. Los del otro lado están llenos de gente. —Me miró con cierta curiosidad—. No te habrás peleado con Dominic, ¿verdad? Me pareció que estabas un poco tensa.

¿Tan evidente había resultado?

—Qué va. He salido a por un cigarrillo, y él dijo que estaba dispuesto a dejarme si me daba por volver a fumar. Solo que he olvidado el tabaco en la habitación.

—Pues ten, toma uno de los míos.

Gracias a Dios que hay almas pecadoras como una. La seguí hasta los lavabos, donde no había nadie, y me ofreció su tabaco antes de desaparecer en el retrete.

—He conocido a tu ex —me dijo desde dentro—. Me pareció increíble que Sonia me lo presentase. Una absoluta falta de tacto, vaya, el haberlo traído a remolque. ¿No te parece? Por cierto, ¿no te has quedado patidifusa?

—Podría decir que sí.

La primera calada me supo a rayos, claro, pero estaba dispuesta a sufrir a cambio de un cierto placer.

—¿Todavía enciendes velas a la virgen para…?

—No, qué va. Estuve hablando con él en el vestíbulo, y salta a la vista que preferiría no haber venido.

—Sí, esa es la impresión que me dio. De todos modos parece una dulzura de muchacho, nada que ver con lo que yo me imaginaba. ¿Qué opina tu pareja de que haya venido?

—Le da lo mismo. ¿Debería molestarle?

—No, supongo que no.

Cuando salía, arrojé el cigarrillo a la taza y tiré de la cisterna. Me bastaron con dos caladas. Ya me sentía ligeramente mareada.

—No me lo podía quitar de la cabeza, ¿sabes? Es curioso cuando te parece conocer a alguien, y no sabes de qué —dijo Tamara mientras se lavaba las manos—. Pero por fin he caído en la cuenta. Creo que fue por su chiste sobre la escopeta de aire comprimido.

Como es natural, me moría de ganas de saberlo, pero también me moría de ganas de cambiar de tema.

—Fue hace una eternidad —siguió diciendo sin darme tiempo a reaccionar en un sentido u otro—, pero tiene algo, o una forma de mirar, que... No tendrá un hermano gemelo, ¿verdad?

—No, que yo sepa. A menos que haya muerto, claro. —Muy a mi pesar, tuve que preguntárselo—. ¿Y cómo dices que se llamaba?

—Josh.

¡Santo Dios!

—Pues está claro que no puede ser el mismo.

—Está claro, pero es que aunque fuera el mismo tampoco podría acordarse de mí.

Con una risita, se arregló el pelo delante del espejo. No me quedó más remedio que preguntárselo.

—No me digas más... Un ligue de verano en la playa de Newquay, cuando tenías diecisiete años.

—Qué va. Ni siquiera. —Riéndose más fuerte, prosiguió así—: Si te lo cuento, ¿me prometes que no te reirás de mí?

Habría hecho falta una voluntad mucho más fuerte que la mía para dejar las cosas en ese punto.

—¡Pues claro que no me reiré de ti!

—Bien, pues has de saber que fue mi primer amor.

5

Mi primera reacción fue de absoluta incredulidad. Conocía a Tamara desde que teníamos diez años, y nunca le había oído mencionar a ningún Josh. Acto seguido pensé que iba a matarlo. Si de hecho tenía contactos en la zona, conocidos de los que no me había dicho ni palabra...

—No es que llegase a pasar nada. Yo creo que él ni siquiera se enteró —siguió diciendo—. Iba al mismo colegio que Jerry. A lo sumo llegué a verle tres veces cuando íbamos a las funciones teatrales del colegio y esas cosas, y no creo que fueran más.

Fiú. Jerry era el hermano mayor de Tamara. Había estudiado en un internado a muchos kilómetros de distancia con gran alivio por parte de Tamara, ya que era un chico insoportable.

Se acomodó en el tocador de color rosa y encendió un Marlboro Light.

—Yo tendría unos trece años, no más. Llevaba aquel repugnante aparato dental y todavía estaba desesperada por llenar un sujetador de la talla 75A, ¿te acuerdas?

—Más o menos.

Tamara tenía ahora la silueta que había tenido yo muchos años atrás, entre una 36 y una 38.

—Todo comenzó después de un partido de rugby

—siguió diciendo—. Mis padres nos llevaron a todos a comer unas chuletas con patatas. Vinieron un par de amigos de Jerry, que al parecer estaban permanentemente muertos de hambre, porque sus padres no habían ido a visitarlos. Los padres de Josh vivían en el extranjero. Recuerdo que a mamá le dio lástima y que le dijo que le enviaría algunas golosinas. Fuera como fuese, se sentó a la misma mesa que yo a comer. Me guiñó un ojo y me mangó un par de patatas fritas. Eso fue todo. Me quedé colada por él.

Comenzó a reírse por lo bajo sin poder evitarlo.

—A Jerry le dio una vergüenza terrible. Me quedé boquiabierta mirando a Josh, como una lela. Eso fue terrible para la imagen que tenía entre sus amigos; Josh debía de ser por entonces el rey de la pandilla, el que más molaba. Poco faltó para que lo expulsaran por haber usado la motocicleta del conserje o algo así; si no lo echaron, tengo entendido, fue porque sus padres estaban en el extranjero. Yo no podía quitarle los ojos de encima. Si me lo hubiera pedido, le habría dado todas mis patatas. Poco después me caí adrede en un camino de gravilla para que él me ayudara a levantarme. Y me hice daño de veras, claro.

No me costó trabajo mostrarle mi simpatía por eso.

—Yo una vez hice algo parecido, solo que fue con Stuart Dangerfield, el del picadero. Debió de ser demasiado evidente.

—Supongo que esto también lo fue. Jerry era un mierda. «Dios, qué anormal es esta cría», dijo. Pero Josh le dijo que se callara la boca, y por eso le quise aún más.

No es de extrañar.

Soltó una risita tintineante al acordarse de todo aquello.

—Llené un montón de páginas de mi diario escribiendo sobre él. Era uno de aquellos diarios que tenían cierre. Dibujaba corazoncitos rosas en todas las páginas, tenía dulces fantasías con él: nos encontrábamos en una casa, aislados por la nieve, y él tenía neumonía y yo lo cuidaba con todo mi cariño. Para entonces, cómo no, ya no tendría que llevar el aparato dental. Y cuando se reponía del todo, me miraba de repente y me decía: «Dios mío, Tamara, pero qué guapa eres…». Y luego nos dábamos un casto besito. Dios, qué inocente pude llegar a ser entonces… Aunque no duró demasiado, ¿eh?

Tuve que sumarme a sus risas. Pongo a Dios por testigo de que necesitaba ese alivio, aunque solo durase el rato que dedicó ella a comentarlo.

—Si no tiene un hermano gemelo, debe de ser un primo. Qué más da: se lo voy a preguntar.

—¡No!

Cuando su mirada de asombro se tornó curiosidad encendida, supe que mi protección era muy endeble, caso de que no estuviera del todo hecha trizas.

—Mira, lo más probable es que sea él. Si te digo una cosa, ¿me prometes que no dirás ni palabra?

Estaba medio convulsionada de curiosidad, a punto de estallar.

—Sophy, ¿qué te pasa?

Me costó medio minuto explicárselo para que se hiciera una idea. Como era de esperar, se partió de risa. Típico de Tamara. Tras las previsiones tan catastrofistas de Alix, fue un alivio colosal verla reírse sin poder contenerse.

—Dios mío, ya sabía yo que estabas agitada, pero nunca, nunca me hubiese imaginado…

—Confiemos en que nadie más se lo haya imaginado. Me daba pavor que se topase con algún conocido. Gracias al cielo que solo has sido tú.

—No te apures, que no se lo diré a nadie. ¡Un acompañante de pago! Supongo que no debería decírtelo, pero no deja de ser un poco siniestro, ¿no? Desde luego, ha echado a perder mis inocentes fantasías de niñez. Yo me imaginé que sería veterinario, como lo hubiera sido yo si hubiese tenido más conocimientos de ciencias. Soñé que viviríamos en una casita de campo y que nos dedicaríamos a salvar juntos a los pobres animales.

—Estuvo en el ejército.

—Bueno, eso tiene más lógica que lo de la veterinaria. Ahora que me paro a pensarlo, me lo puedo imaginar reptando tras las líneas enemigas para volar unos cuantos tanques. ¿Y a qué se dedica ahora?

—No he querido preguntárselo. Yo diría que no tiene ocupación, y que por eso necesita la pasta.

—¿Cuánto te cobran?

Se lo dije.

—¡Carambolas! No creo que yo pagase tanto. ¿Cómo se te ha ocurrido?

Le hablé de Maggie, del factor «fanfarronada», por así decirlo.

—Maggie no hizo más que jactarse ante mi madre de lo de Sarah. Se pasó varios meses refocilándose literalmente, y ahora hace lo mismo con Zoe y con su maravilloso Oliver, de modo que se trataba al noventa por ciento de matar de envidia y odio a la pesada de Maggie. Nunca me ha caído bien esa vieja bruja.

—Si quieres que te diga la verdad, no creo que tenga motivos para refocilarse. —Miró hacia la puerta, pero todavía no había nadie desesperado por sumársenos—. Yo diría que Sarah mantiene las apariencias cuando sus padres van a visitarla, pero la otra semana, cuando estuve en su casa, te juro que estaba hasta las orejas. No creo que lleguen a separarse, pero estaban el uno con el otro como dos invitados al programa de *Jerry Springer*, ¿sabes?, ese en el que se sacan los ojos delante de las cámaras y se ponen a caldo. Prácticamente están a la greña.

La escuché con tanta avidez como culpabilidad.

—Si te lo cuento es porque sé que no se lo dirás a

nadie —siguió—. Confío en que nadie se haya enterado. Cometí el error de contárselo a mamá, porque ella también está harta de Maggie y sus baladronadas. Le hice prometerme que no lo contaría, pero ya sabes cómo son.

La verdad es que James me cayó bien cuando lo vi en la boda: tranquilo, callado, con un seco sentido del humor.

—Pues parecía que estaban estupendamente. ¿Qué les ha pasado?

Dedicó dos minutos a enumerar las fallas del presuntamente perfecto estilo de vida que llevaban en el campo. Fincas hipotecadas de las que Sarah tenía noticia, aunque nunca les dijo nada a sus padres. Una casa que se comía todos los ingresos, que costaba un dineral mantener caldeada durante la mayor parte del año. Sarah trabajaba como una esclava los fines de semana en que celebraban partidas de caza y de pesca, aparte de dar alojamiento y comida a los huéspedes. James trabajaba también muchísimo. No habían disfrutado de unas vacaciones desde la luna de miel. Los dos terminaban el día destrozados, con ningunas ganas de tener relaciones sexuales. Además, el dormitorio estaba congelado todas las noches. La madre de James, por lo visto, seguía empeñada en vivir como la Marquesa de Carabás. El hermano menor de James se negaba a mover un dedo, aparte de meterse toda la pasta por la napia. Tuvo con el coche de Sarah un accidente que terminó en siniestro total. Ciego de nieve. James y su madre se negaban a aceptar que se estuviera metiendo toda la pasta por la napia. La madre no hacía más que mimar al hermano menor. Luego, James tuvo que correr con los gastos de la madre, porque el director del banco se debió de poner bastante borde con ella. James se negaba a asumir la catástrofe familiar. Etcétera.

—Dios Santo —dije al final—. Pobre Sarah.

Toda la envidia residual que pudiera tener se derritió como nieve de mayo. Y es que le había tenido cierta envidia, a qué negarlo. En el fondo, era natural. La casa era uno de esos montones de piedra noble que parecían haber crecido allí mismo. Era fácil imaginársela desdeñando incluso cualquier residencia de estilo georgiano por parecerle demasiado nueva.

—Yo diría que con el tiempo lo resolverán —dijo Tamara encogiéndose de hombros—. Pero como se entere Maggie... En fin, le estaría bien empleado por tanto refocilarse.

Mis lombrices, aquietadas durante cinco minutos gracias a todas aquellas novedades, volvieron en masa. En tropel, vaya.

—Mejor será que vuelva al zoo, no sea que alguien haya decidido coser a mi amado con preguntas incómodas.

—Espera un momento... Esta braga se me ha vuelto a meter por la raja... —Tras recolocársela, siguió hablando—. Debo decir que me parece muy noble por tu parte. Dudo mucho que yo aflojara tal cantidad de pasta solo porque mi madre quedase en público como desea. En fin, espero que él no haya pensado que estás desesperada.

—Lo más probable es que sí. Pero me da igual, porque no pienso volver a verle.

—Ya, pero a nadie le hace gracia que un tío piense que estás desesperada, y menos si es un tío como él. Tal vez debieras haberle dicho que sí tienes pareja, pero que es un impresentable en opinión de tus queridos padres, y que esa era la razón por la cual necesitabas a alguien presentable, claro.

¿Cómo no se me había ocurrido antes esa idea?

—¿Impresentable? ¿Qué quieres decir? —dije, a la vez que me pintaba apresuradamente los labios.

—No sé... Alguien que ha cumplido condena por

causar violentas lesiones a otra persona, o algún trotskista furibundo, salido del Jurásico...

—Ahora ya es un poco tarde.

—¿Le dirás que le he pillado? —dijo cuando salíamos de los lavabos.

—Entonces tendría que decirle que te lo he contado yo.

—Pero eso no tiene importancia. Solo te pido que no le recuerdes lo tonta que era cuando estuve colada por él... Si es que llegó a percatarse, claro. No creo que Jerry llegase a decirle nada. Se habría muerto de vergüenza. Uno solo reconocía entonces la existencia de sus hermanas si tenían buenas tetas y se dejaban dar un revolcón.

Me costó un minuto localizar a Josh. Cuando lo vi, una nueva andanada de lombrices asesinas me dio de lleno. Estaba conversando con un trío de amigos de Paul, y todos parecían muy capaces de ponerse a hablar del trabajo a los veinte segundos de haber sido presentados.

Me apliqué una sonrisa luminosa y me lo llevé a un lado.

—¿Por qué no has ido a charlar con mi padre, como te indiqué? —le dije en un susurro.

—Es que estaba rodeado.

—¡Ya lo sé! ¡Por una panda de viejas! Exactamente por eso le hubiera encantado tu interrupción.

—Eh, si desapareces durante un cuarto de hora, ¿qué quieres que le haga? —murmuró—. ¿Quedarme por ahí colgado, como el típico idiota?

—Perdona. Estuve hablando con Kit en el vestíbulo. Se siente fatal.

—Ese es su problema. Si quieres saber cuál es mi opinión, no debería haber venido ni en sus peores sueños.

Aunque eso fuera exactamente lo que se supone que debía decir alguien que estuviera perdidamente enamorado de mí, no lo dijo en el tono apropiado, con manifiesta indignación. Fue más bien como si dijera que estaba hasta las narices de todo aquello, dándole un aire de «¿cómo se me habrá ocurrido meterme en un lío semejante?».

—De todos modos, ¿qué estabas haciendo en el vestíbulo? —murmuró.

—Si quieres que te diga la verdad, no se me ocurrió nada mejor para superar un ataque de pánico.

Igual que él, murmuraba entre dientes sin perder la sonrisa, por si acaso alguien diera en pensar que estábamos reñidos.

—No me extraña. Antes de desaparecer, parecía que estuvieras en la última fase del rígor mortis. —Volvió a ponerme la mano en la cintura—. Todavía estás medio histérica. Hazme caso y relájate de una vez.

Rehíce mi tensa sonrisa pintada de color cereza con la esperanza de que pareciese más espontánea.

—Cariño —le dije entre dientes—, bastante agitada estoy, ¿sabes?, así que déjalo ya, ¿quieres?

Alzó los ojos al techo.

—¿Por qué me habré dejado meter en semejante lío? —susurró.

—¡Nadie te ha obligado! —masculló entre dientes sin perder la sonrisa—. ¡Si no eres capaz de aguantar el tirón, dilo cuanto antes! Nos montamos una trifulca, que nos vea todo el mundo tirarnos los trastos a la cabeza y así te puedes largar con viento fresco.

—Estupendo —murmuró—. Te doy un empujón contra esa montaña de flores y te acuso a voz en cuello de engañarme con otro. Mejor dicho, con otra mujer, así será menos tópico, menos tedioso. Tú me puedes soltar entonces una bofetada y así terminamos con esta farsa. Salta a la vista que eres tú la que no está a la altura, de modo que si vas a seguir temblando como un conejo asustado, no seré yo quien pretenda estar a tu altura.

Con un detalle propio de un auténtico amante, que sin duda hubiera engañado a cualquiera que nos mirase, se acercó más a mí.

—Por cierto, amorcito: tienes una mancha de carmín en los dientes.

—¿Y por qué no me lo has dicho antes? —busqué un kleenex en el bolso, me froté los dientes y se los enseñé—. ¿Ha salido?

—Sí.

—Oye, si de veras te estoy poniendo de los nervios, vete a la habitación a ver el canal de los deportes. Le diré a todo el mundo que tienes una jaqueca de espanto, o que estás hecho polvo debido al estrés de los ejecutivos, si así lo prefieres.

—El «estrés» que pueda tener desaparecería en el acto si dejaras de estar tan nerviosa y cogieras el toro por los cuernos. Eres tú la que ha ido por ahí contando una mentira como la copa de un pino, así que más te vale armarte de valor y aguantar hasta el final con la cabeza bien alta.

—¡No lo hice por mí! ¡Lo hice por mamá, para que dejara de estar preocupada por mí! ¿O es que no lo entiendes todavía?

No era nada fácil hablar en susurros de ese modo a la vez que sonreía con toda la dentadura al aire, por si acaso alguien nos estuviera mirando. De hecho, nos estaban mirando: para empezar, la señora Gardner, que había vivido a seis casas de mis padres durante unos tres siglos.

—Hola, señora Gardner —le dije alegremente por encima del hombro—. ¡Qué sombrero tan bonito!

Josh siguió el recorrido de mi mirada.

—¿Te parece bonito? —musitó—. Es horroroso. Además, con ese sombrero parece una gorgona jubilada.

—¡Parecerá una gorgona jubilada se ponga como se ponga! ¡Solo intentaba mostrarle mi simpatía!

—Tal vez sea más sensato si me muestras a mí tu simpatía. —El sombrero de la señora Gardner, de todos modos, había aminorado la tensión. Noté que de nuevo parecía relajarse, que se expandía como una de esas correas extensibles para perros—. Anda, respira hondo y cálmate —añadió con sequedad.

Hice acopio del poco valor que me quedaba.

—No es necesario que me atosigues, cielo. Anda, ven a que te presente a los miembros del clan que me resultan más humanos.

Lo llevé a donde estaban tía Barbara y Diana, que eran invitadas dignas de toda confianza. Diana era tres años menor que yo y pesaba unos cuarenta kilos menos. Tenía el cabello largo, sedoso y reluciente, así como una boca con gran movilidad, algo malvada.

—Ojalá te pudieras quedar —me dijo poniendo morritos—. No me iría nada mal tu compañía. Esto se va a poner aburridísimo con tanto vejestorio.

—Gracias, querida —dijo tía Barbara con placidez.

—Madre, no me refería a ti.

—La verdad es que no podemos quedarnos —dije a modo de disculpa—. Dominic toma mañana mismo un avión para viajar a Malasia.

—Es una pena —dijo él con una sonrisa capaz de convencer a cualquiera.

Apareció de repente mamá.

—Nos estamos haciendo las fotos en el jardín. ¿Podéis venir?

Diana y su madre la acompañaron. De pronto nos quedamos prácticamente a solas.

—No te habrán hecho aquellos tipos ninguna pregunta comprometedora, ¿verdad?

—No, nada que no pudiera resolver sobre la marcha. Eso sí, podrías haberme dicho que estamos «prácticamente prometidos».

—¿Quién demonios te ha dicho eso?

—Una mujer con un sombrero rosa. Hablaba por los codos. Me pilló de pasada; comentó que, según tenía entendido, estamos «prácticamente prometidos». «¡Qué bonito!», dijo antes de largarse.

—¡Pues salta a la vista que no!

—Lo que tú digas, mi amor.

Me entraron ganas de decirle que dejara de reírse, pero ni siquiera lo intenté. Si todo aquello le producía una cínica diversión, al menos tendría aspecto de estar relajado, cosa en la que me sacaba bastante ventaja. La del sombrero rosa debía de ser Trudi, del club de golf, que en sus mejores momentos pedía a gritos que alguien la estrangulase.

Seguimos a todos los demás hacia el césped soleado, donde las invitadas parecían otras tantas mariposas de brillantes colores junto a sus parejas, vestidas con mayor sobriedad. Se hicieron fotos en la terraza, en el césped, ante un fondo de rododendros en flor, sobre la hierba aterciopelada. Me arrastraron para hacer las inevitables fotos de familia; como era de suponer, a «Dominic» también lo llevaron a rastras.

—Pensé que sería buena idea que os hagáis una foto los dos con Paul y Belinda —dijo mamá con entusiasmo—. Allí mismo, en la terraza.

Para entonces ya se había tomado unas cuantas copas de espumoso; se le notaba en las mejillas sonrosadas, pero incluso para mamá era demasiado obvia la foto de las dos felices parejitas. De haber sido verdad lo de Dominic, me habría sentido tan mortificada como cuando tenía siete años, cuando tropezó y cayó de bruces el día en que las madres hicieron una carrera en mi colegio, enseñándole las bragas a todo el mundo. Me di cuenta de que Josh se estaba riendo en silencio; se le notaba incluso en las comisuras de la boca.

Me lo imaginé dentro de un par de días, contándolo todo a sus amigotes. «Dios, no es de extrañar que tuviera que contratar a alguien. Tiene una madre capaz de aterrorizar a cualquiera en menos de cinco minutos. Manifiestamente desesperada por casarla cuanto antes.»

No me cupo duda de que estaba pensando algo parecido, tal vez algo mucho más grosero, de modo que adopté una sonrisa de plástico y me sentí como una idiota de remate apretada contra él mientras el fotógrafo nos hacía una larga sesión de fotos.

Solo gracias a Tamara, que me sonreía con aire de conspiradora desde el otro extremo del césped, me pude relajar y sonreír de veras. La pobre mamá no podía ser tan terrible. A Paul al menos no lo había aterrorizado.

Terminada la sesión fotográfica nos invitaron a pasar a una carpa en cuyo interior había otro millar de flores rosas y crema que despedían un intenso perfume. Los manteles blancos, la cubertería de plata y las copas resplandecían al contrario que yo, más apagada que nunca, en previsión de las incómodas preguntas que sin duda surgirían a lo largo del almuerzo.

A Josh lo colocaron casi frente a mí en una mesa redonda. De vez en cuando, mientras degustábamos el salmón, me lanzó un guiño. Sin embargo, ojalá no le hubiera sentado mamá junto a tía Rosemary, quien se acababa de divorciar de tío George después de no dirigirle la palabra durante dos años. Rosemary no era precisamente una mujer reposada. Movía los ojos sin cesar, como si fuesen dos calculadoras dementes. Calibraba el potencial económico de todo el mundo, su trasfondo familiar, etcétera. Trabajaba como agente inmobiliaria en Cobham, y de ahí surgió el siguiente tema de conversación.

—De veras, tendrías que convencer a Sophy para que se comprase una casa —le dijo a Josh en tono admonitorio—. Es ridículo pagar un alquiler con la edad que tiene, sobre todo si gana un buen sueldo.

—Ella lo prefiere así —dijo él.

—Así es. Díselo bien claro —dijo la abuela Metcalfe, que estaba sentada a mi derecha.

Tal vez no había sido un acierto ponerlas tan juntas. Rosemary era la hermana mayor de mamá, y mentiría si dijese que las dos ramas de la familia se llevaban mejor que los de *La casa de la pradera*, por más que quisiera.

En la familia hay una marcada división entre el norte y el sur. Mamá era de Hampshire, donde su padre fue funcionario del Estado. Era de una familia de clase media, respetable, sin demasiado dinero, pero dando la impresión de tenerlo. Su madre, la abuela Simons, procedía de una familia normal y corriente, apegada a las tradiciones.

La familia de papá, por el contrario, era de clase obrera. Por tanto, los abuelos Simons se quedaron de piedra cuando su hija conoció a papá en Dales, adonde fue a pasar un fin de semana, para anunciar poco tiempo después su intención de casarse con él.

Por entonces, él trabajaba en un pequeño taller. La abuela Simons, que pretendía que mamá se casara como mínimo con un otorrinolaringólogo, le suplicó que no lo hiciera, que no desperdiciara su potencial con un mecánico que se ensuciaba las manos al trabajar. Nunca le había perdonado a papá que, con el tiempo, se hiciera cargo del negocio, que le fuese extremadamente bien y que proporcionase a mamá una casa y un estilo de vida mejores que el resto de sus hermanos. En principio, no tenía derecho a semejante éxito. Mamá tendría que haber terminado con cinco hijos mugrientos y un marido que se matase a beber cerveza todas las noches. Tendría que haber trabajado de fregona para impedir que les embargasen el televisor; tendría que haber llorado diciendo: «Oh, Madre, ¿por qué no te hice caso?».

La abuela Metcalfe, como es natural, se percataba de todo esto. No le tenía la menor simpatía a Rosemary, a quien contemplaba como una esnob contraria al talante de la gente del norte, a imagen y semejanza de su madre.

—Cariño, yo ni siquiera entiendo por qué tuviste que irte a Londres —dijo—. Yo no volvería a Londres ni aunque me pagasen.

Había estado en Londres una sola vez, veinte años antes. Parece ser que una dependienta engreída en una tienda del West End la miró en plan despectivo. No se lo había perdonado nunca.

—Es que quería cambiar de aires —dije cuando retiraban los platos de los entrantes—. Y debo decirte que no todos los londinenses son malos como el demonio.

—Mmm —dijo—. La verdad es que tu nuevo novio me gusta. —Miró a Josh de arriba abajo—. ¿Cuánto tiempo dices que lleváis juntos?

—Unos cinco meses —contesté.

—¿Sin vivir juntos? Pensé que en estos tiempos todas las parejas vivían juntas. Se ahorra bastante, ¿no?

Tía Rosemary puso cara de «oh no, hay que ver cómo son estos campesinos».

—Señora Metcalfe, creo que eso es asunto de ellos.

A la abuela Metcalfe le encantaba agitarla.

—Solo era una pregunta. Y a Sophy no le importa, ¿verdad que no, cariño?

Llegó el segundo plato: cordero lechal de Gales aderezado con romero y patatas nuevas.

—Claro que no —dije, a la vez que me preguntaba cómo cambiar de tema antes de que la cosa se pusiera más fea de lo que estaba—. Ni siquiera nos lo hemos planteado.

—Yo creo que Sophy prefiere mantener su independencia —dijo Josh, todavía frío como la vichyssoise.

—Bueno, supongo que en eso tiene razón —dijo la abuela Metcalfe—. Vivir con un hombre hace que se termine el misterio. Una termina por fregarle los platos, hacerle la comida, plancharle las camisas y todo eso. Y para todo eso hay tiempo de sobra cuando os caséis. ¡Ay! Este cordero está muy poco hecho. ¡Fíjate! ¡Si está sonrosado! Puaj, se me revuelve el estómago solo de verlo.

Rosemary se encontró con una oportunidad perfecta para ponerla en su sitio.

—Se supone que ha de ser así, señora Metcalfe. Lo hacen a la francesa.

—¿Y qué pasa con la manera tradicional inglesa de asar el cordero? ¿Ya no se estila, o qué? Yo es que no puedo comer el cordero tan poco hecho.

—Les pediré que te lo cambien —dije.

—No te tomes la molestia, cariño. Me comeré la guarnición. —En un susurro, añadió—: No me apetece que una camarera de medio pelo vaya a pensar que no tengo ni idea.

Sin haberse percatado del susurro, Josh llamó a un camarero. No hubo comentario alguno por su parte, no le miró de mala manera, pero la pobre abuela Metcalfe quedó un tanto azorada.

—No pretendía molestar a nadie.

—Y no es molestia para nadie —dije—. Estoy segura de que tienen algo de cordero más hecho. Puedes tomarlo como tú quieras.

Desde el otro lado de la mesa, Josh le lanzó un guiño.

—Y si a alguien no le gusta, que le zurzan.

—Claro que el cordero bien hecho puede ser una delicia —dijo Rosemary, quien evidentemente pensaba que se había excedido—. En Chipre lo cocinan en los hornos del pan hasta que se desmenuza. Lo llaman *kleftiko*.

—En cambio, supongo que no será una delicia si está asado en mi horno de gas, fabricado en Bolton —replicó la abuela Metcalfe—. Para que las cosas sean una delicia, tienen que ser extranjeras. Coriandro. Ahora, en televisión a todo le ponen un toque de coriandro. Si yo pusiera un toque de coriandro en mis huevos revueltos, seguro que serían una delicia. Delia Smith lo diría en uno de sus libros de cocina.

Ahí me pareció ver que había una conversación sin riesgos de ninguna clase. Si consiguiera centrarla sobre uno de sus temas preferidos, era muy capaz de hablar por los codos. Con solo lograr que se centrase en el asunto de la Unión Europea (esos malditos alemanes, mira que venir a decirnos que no podemos tomar cortezas de beicon ahumado, ¿para qué ganamos la guerra, eh?, etc.), estaríamos a salvo hasta el día siguiente.

Cuando estaban recogiendo los platos, apareció Sonia y se agachó a mi lado, poco menos que arrodillándose.

—No le habrás dicho nada a Kit, ¿verdad? Es que se ha largado. Dejó un regalo para Paul y Belinda, llamó a un taxi y se dio el piro.

En el acto me sentí fatal, aunque me pregunté por qué motivo debía sentirme así.

—Solo hablé dos minutos con él. No es que estuviera muy cómodo, la verdad.

—Eso fue lo que me dijo. En fin, supongo que ha sido culpa mía por haberlo arrastrado hasta aquí.

Volvió a su mesa y me sentí aún peor por ser tan irritable. La pobre muchacha vino con sus mejores intenciones. Si en el fondo tenía el tacto y la capacidad diplomática de un sapo cancionero, no era culpa suya.

Al menos, no hubo desastre alguno con Dominic; cuando llegaron los cafés y los *petit fours* ya empezaba a suponer que saldríamos incluso con nota de la prueba, para reírnos sin parar en el camino de vuelta a casa.

—Ojo, que Rosemary tiene toda la razón —me dijo la abuela Metcalfe cuando por fin nos levantamos de la mesa—. No tiene ningún sentido echar el dinero en el bolsillo del casero. Cómprate tu propia casa, chiquilla. Y no te vayas a vivir con él, cariño. No lo hagas si le quieres de veras. Es mejor mantenerlo interesado en ti.

Engañarla de semejante manera fue peor que haber engañado a papá y a mamá. Con todos sus parabienes me iba a resultar dificilísimo deshacerme de él cuando llegara el momento. ¿Cómo iba a justificar que lo había dejado plantado?

La tarde transcurrió sin ningún atisbo de pánico, hasta el punto de que casi empecé a pasármelo bien. Como eran menores los nervios con los que había de vérmelas, enseguida se presentó otro problemilla. Josh continuamente me ponía la mano en la cintura, y mis antenas, que habían pasado una hora entera medio adormiladas, se habían despertado y estaban haciendo su agosto. Con todo, todavía estaba en condiciones de asumirlo. Todas las palpitaciones estaban estrictamente bajo control; no era más que un placer sensual, pero pasajero, para saborearlo en secreto, culpabilizándome, como si fuera un paquete entero de esas galletas bajas en calorías con las que consigues adelgazar si logras comerte un montón. Una vez incluso me dio una palmada en el trasero, de una manera totalmente innecesaria, grosera y excesivamente familiar.

—¡Ni se te ocurra hacerme eso! —mascullé, y la verdad es que no volvió a intentarlo el muy maldito.

Antes de que me diera cuenta, Belinda subió a su habitación a cambiarse. Apenas había charlado con ella a lo largo de la tarde. Estuvo continuamente rodeada, riéndose mucho y, sospecho, cogiendo una moderada curda. Y así se la veía tanto más hermosa, lo cual me pareció una soberana injusticia, caso de que alguien quiera conocer mi opinión.

Mientras Josh se fue a inspeccionar las cañerías, me

senté en las escaleras de la terraza, al sol. Con su característica expresión, a caballo entre la perversidad y la inocencia, vino Tamara a aparcarse a mi lado.

—He hablado con Sonia. Piensa que le sigues gustando a Kit, y que por eso se ha largado a la francesa.

Me quedé patitiesa.

—¿No se da cuenta de que fue él quien me dejó plantada?

—Sí, pero piensa que esa otra mujer... ¿Cómo se llamaba?

—Carabruja.

—Bueno, pues piensa que lo de Carabruja no fue más que una cosa pasajera. Según Sonia, no ha soportado verte toda acaramelada con «Dominic», y por eso se ha ido a ahogar sus penas en unas cuantas pintas de Boddies.

—Más probable me parece que algún vejestorio, carne de geriátrico, se haya enterado de que es médico y le haya pedido que le echase un vistazo a su úlcera varicosa. Y lo más probable es que se haya sentido fatal, cosa que me parece muy natural.

—Sí, eso mismo le he dicho yo.

—Es que se supone que tú no has de decir tal cosa —protesté un tanto irritada—. Se supone que tú has de darme un masaje en mi patético ego y mostrarte completamente de acuerdo con ella.

A Tamara le cambió la expresión de manera poco o nada sutil.

—¿Me estás diciendo que todavía le quieres?

—¡No! Solo agradezco la justicia poética del caso. O quizá sea la ironía poética, si se tienen en cuenta las circunstancias. ¿Y tú?

—Sí, de acuerdo, pero no le llamaría poética ni nada por el estilo. ¡Ese gilipollas se ha llevado su merecido!

Las dos nos echamos a reír de manera tan incontenible que alguno de los invitados de mayor edad, que pasaba por allí y que parecía medio torrija, nos lanzó un guiño provocador y dijo:

—Ay, ay, ay... Estas bellas jovencitas que no saben beber champán... Hacen que un vejete como yo se sienta desbordante de vida.

—¿Será grotesco ese pedorro de viejo? —susurró Tamara cuando ya no podía oírnos—. Lo más probable es que haya tenido una fantasía en la cual las dos le azotamos con su braguero anatómico.

Volvimos a desternillarnos.

—Ojo, que Sonia a lo mejor tiene toda la razón —siguió diciendo cuando se nos pasó la risa—. Josh es exactamente la clase de tío que tienes que llevar colgado del brazo si quieres que un ex se entere de lo que se está perdiendo.

Por primera vez, una parte de mí comenzó a preguntarse si era de hecho tan imposible. Al mismo tiempo, he de confesarlo, me sentí en cierto modo recompensada.

—Como decía Sonia... —siguió diciendo—, «la verdad es que está estupenda cuando se pone así de guapa, ¿que no?, espero que yo pueda estar igual de guapa cuando cumpla treinta años».

Más caramelos para el ego.

—Qué monada de chiquilla —suspiré.

Tamara volvía a reírse.

—Ya casi se me olvidaba... antes de que Belinda subiera a cambiarse, le oí decir a tu madre: «No te olvides de lanzar el ramo de novia, querida, antes de marcharte. Y no hará falta que te diga adónde tienes que apuntar, ¿eh?».

—Me juego lo que quieras a que ya está marcando en el calendario los sábados de junio del año que viene. Gracias a Dios que no es de verdad.

—Es una pena que la pobre Belinda no lo sepa. ¿Sabes lo que le contestó?: «Dios del amor, ¿quieres que el pobre Dominic salga corriendo, o qué?».

Ojalá no hubiera molestado a mamá. La verdad es que no tuve mucho tiempo para pararme a pensarlo. Josh acababa de volver, y un rumor colectivo nos convocaba a la entrada de la Posada, pues los novios estaban a punto de marcharse. Aún no había aparecido, pero pocos segundos después de que nos sumásemos a la multitud expectante, mamá me arrancó del lado de Josh toda agitada.

—No te vas a creer lo que me ha contado Jane Dixon, y aún no hace siquiera media hora.

Así pues, Tamara tenía toda la razón.

—¿Qué? —le dije, como correspondía a la situación. Bajó la voz.

—Me ha dicho que el matrimonio de Sarah Freeman... quiero decir, Sarah Lambert... no va nada bien. Parece ser que discuten y se pelean a todas horas. Y él tiene un problema con la bebida. Ella incluso está pensando en dejarlo.

—Mamá, estoy convencida de que no puede ser cierto.

—Solo te digo lo que me ha dicho Jane, cariño. Tienen la propiedad hipotecadísima, y esa es la razón de que él celebre todas esas partidas de caza, a las que invita a un montón de gente a la que se le sale el dinero por las orejas. Pero lo más espantoso es que Maggie no tiene ni la más remota idea. Jane lo ha sabido gracias a Tamara, que lo supo por la propia Sarah cuando fue a pasar un fin de semana con ella.

Sin darme tiempo a decir ni mu, volvió a la carga.

—Pobre Maggie. —Me lanzó una mirada a la defensiva—. Sí, cariño, ya sé lo que estás pensando, pero no me estoy refocilando. De hecho, no puedo evitar sentir un poco de lástima por ella.

Fue una sorpresa como la copa de un pino. De todos modos, supongo que es más fácil amar a tu enemigo si, de entrada, te inspira algo de compasión.

—Verás, Tamara me ha dicho algo, pero no creo que sea para tanto. Por lo que más quieras, no vayas contándolo por ahí.

—Sophy, sabes que yo casi nunca... ¡Mira, ahí vienen!

En el acto, el aire se llenó con una cacofonía de voces bien moduladas que les deseaban lo mejor. Con un vestido color crema, magnífico, Belinda lanzó el ramo más o menos hacia donde estaba Sonia, compuesta y sin novio, lo cual suscitó una risa estentórea de veras por parte de todos los presentes.

Antes de que se marchasen logré despedirme de ella.

—Cuídate —me susurró Belinda a la vez que me abrazaba con fuerza—. No dejes que mamá te lo asuste. Hacéis una pareja sensacional.

Para entonces, yo ya iba bajando el río de la Culpa en una canoa sin remo.

—No te preocupes. Sé de sobra cuándo estoy metida en algo que vale la pena. Pásalo bien y dales recuerdos con cariño a todos los elefantitos que veas.

Cuando por fin se fue el coche, arrastrando un par de botas viejas, se me acercó Tamara con toda la pinta de habérselo pasado en grande.

—Poco faltó para que se llevasen algo menos aburrido que los buenos deseos de costumbre —rió—. Sonia llevaba una monumental polla hinchable, pero se pinchó en cuanto intentamos atarla al coche.

Se marchó y me dejó muerta de risa, extraordinariamente feliz a tenor de las circunstancias.

—Pues más vale que se haya pinchado —dije a Josh, que todavía estaba riéndose—. Mamá se hubiera puesto de todos los colores. —Eché un vistazo al reloj—. Creo que dentro de una hora, o así, podremos marcharnos. Debes de estar deseoso de largarte.

—No ha sido tan terrible.

—No tienes por qué ser tan cortés. Las familias de

los demás suelen ser una pesadilla, sobre todo si se trata de la tarde entera y aparecen en masa.

La mitad de los invitados ya se marchaban, mientras el resto volvía a la carpa, donde se acababa de servir el té.

Haciendo caso omiso, con nobleza, de la *pâtisserie*, me acomodé en una mesa y me serví un sándwich de salmón ahumado.

—Total, más vale que tome algo ahora. De lo contrario, tendremos que parar en una estación de servicio y volveré a ponerme hasta las orejas de comida basura.

Josh se acomodó a mi lado y tomó un sándwich. Casi habíamos salido del peligro, no había nadie que pudiera escucharnos. Me pareció que una muestra de agradecimiento no sería tentar demasiado a la suerte.

—Eres un mentiroso excepcional. La historia de tu amigo y la tarjeta de crédito casi es de Oscar.

—Ya te dije que podría apañármelas.

—Es que no pensé que pudieras hacerlo tan bien.

—Ay, gentes de poca fe... —Me pasó su sándwich—. Ten, pruébalo.

Tomé otro.

—Llevaba días imaginándome lo peor que podía suceder —seguí diciendo—. En las últimas veinticuatro horas creo que he tenido varias camadas de gatitos y unos cuantos elefantes de paso. Si pudieras imaginarte los horrores que he vivido...

—Exacto. Esa es la cuestión. Eran imaginarios. Te has puesto de los nervios por nada.

—¿Qué dije yo del exceso de confianza injustificada? La verdad es que no eran tan imaginarios —dije con un punto de acidez—. Tamara te conocía de antes.

Se volvió hacia mí con cara de absoluta incredulidad.

—¿De cuándo?

—¿Tú fuiste al colegio con Jerry Dixon?

—¿Con Jerry? —El estupor se le pintó en la cara con todas las letras—. Dios, no me digas que es su hermana.

—Has dado en el clavo.

—Dios Santo...

Por un instante vi que los antiguos recuerdos afloraban a la superficie.

—Te iba a preguntar si tienes un primo o algo por el estilo, así que más o menos tuve que confesar.

—¿Se lo has dicho? ¡Pensé que se trataba de que nadie lo supiera! ¿Y si ha ido contándolo por ahí?

—¡De ninguna manera! —Aún estaba vagamente perplejo—. Si se acuerda de ti es porque le quitaste un par de patatas fritas —dije—. Se quedó muy molesta contigo.

—Nunca la hubiera reconocido.

A medida que se le quitaba de la cara la expresión de asombro, un temblorcillo mínimo en la comisura de los labios me indicó que tal vez recordase algo más que las patatas fritas.

—Cuéntame —dije.

—Los padres de Jerry eran estupendos para cenar con ellos por ahí.

De nuevo me pasó el platillo de los sándwiches.

—No, gracias. —Miré por encima del hombro los platos cubiertos con paños de holanda—. Ojalá apareciera alguien para llevarse todos esos *éclairs* antes de que me ponga como una cerda.

—Tampoco creo que eso fuera tan terrible. —Sin darme tiempo a parpadear, me había puesto uno delante de las narices. Recubierto de chocolate, estaba lleno a rebosar de crema—. Abre bien la boca.

Habría sido descortés rechazar su ofrecimiento. Abrí la boca, me lo metió dentro.

—Estaba intentando dejarlos para siempre —dije.

—No hables con la boca llena. —Se puso en pie de un salto—. Voy a hacer una llamada telefónica.

Bueno...

Me rapiñé otro sándwich sin dejar de preguntarme

a quién iba a llamar, o si iba a dar informe de sus progresos. Me lo imaginé perfectamente.

—*¿Qué tal te va, cariño?*
—*Pues como era de esperar, un asco.*
—*¿Cómo es?*
—*Sobrada de kilos y neurótica. Acabo de meterle un* éclair *para que se calle, pero sigue hablando por los codos.*

Revolcándome en pensamientos así de felices, me comí otro sándwich de salmón. Podría haberme dado el lujo de otro *éclair*, pero la gente empezaba a marcharse, de modo que fui a despedirme de Tamara.

—A lo mejor llamo un día a Jerry y le pregunto si sigue en contacto con Josh —dijo—. Me intriga por qué alguien como él se dedica a hacer de acompañante. De hecho, tengo previsto ver a Jerry dentro de un par de semanas. Se acaba de mudar a una casa muy antigua cerca de Cambridge. Trabaja para una empresa que comercializa *software*.

Jerry había sacado un título de ingeniero informático en Cambridge, se había quedado para siempre en la región y unos cinco años antes se había casado.

—Supongo que tendrá hijos e hipotecas —dije.
—Hipotecas, sí. Hijos, no. El único feliz acontecimiento que esperan que se produzca, a ser posible cuanto antes, es un divorcio sobre la base de que el matrimonio fue prácticamente un desastre desde el primer día. Va a dar una tremenda fiesta de estreno de la casa nueva, y también para celebrar que vuelve a estar soltero, gracias al cielo. Si me ha invitado es porque le gusta Charlotte, la chica con la que trabajo, y quiere que la lleve, claro, junto con cualquier otra buenorris, a ser posible bien caliente, tal como dijo con toda su delicadeza, ya sabes cómo es. Los hermanos son como la peste, te lo digo en serio. —Abrió los ojos como platos—. ¿Por qué no vienes? Jerry puede ser un auténtico coña-

zo, pero monta unas fiestas de cine, eso te lo aseguro.

Hice una mueca.

—No, gracias. Suena demasiado a mercado de carne, y de carne últimamente paso.

—Vaya, no me digas. Si voy, es porque tiene un amigo italiano que es clavadito a David Ginola. Jerry lo trajo hace unas semanas, porque fueron a ver al Manchester United. Fue entonces cuando conoció a Charlotte. Tiene un acento que me produce debilidad en las rodillas, ¿sabes lo que te quiero decir? ¿No hay algún poeta muerto que escribiera un poema sobre los cabronazos latinos?

—Será «imposible latino». *Ese suave, imposible latín, que suena como si estuviera escrito sobre satén*, o algo parecido vaya. Byron, creo que es.

—Bueno, pues eso dijo el poeta, pero creo que cabronazo latino también hace al caso.

Me despedí de Tamara y, a mi regreso, los *éclairs* habían desaparecido.

Media hora más tarde, Josh y yo subimos a recoger nuestras pertenencias. De todos modos, nunca se puede desaparecer así como así de una fiesta de ese estilo. Hay que pasar como poco veinte minutos diciendo «Adiós, hasta otra, encantado de veros», a todos los seres más espantosos de la fiesta, a los que cuentas con no volver a ver durante otros diez años como mínimo.

De cara a las últimas despedidas, nos dirigimos al bar. Aquello se prolongó hasta la terraza, en donde se habían congregado la mayor parte de los invitados. El sol del crepúsculo bañaba las lajas de piedra y el césped con una luz dorada; a lo lejos, se oía balar a los corderos. El ambiente era tan apacible, tan apetecible, que de pronto me entraron unas ganas locas de pedir un doble de lo que fuera, con pajita, sentarme al sol y no tener que meterme en el coche, a conducir durante varias horas.

Al cabo de un instante se me ocurrió que el ambiente no era tan relajado como debiera. En las conversaciones se notaba cierto mar de fondo, titubeos, gestos de lástima.

Cuando ya estábamos en el umbral, tía Barbara se fijó en mí.

—Tu madre te está buscando. Me temo que está agitadísima —dijo, como quien dice «prepárate para una buena».

A su lado, Diana ostentaba su sonrisa perversa.

—Pobre Sophy. Con todo lo bien planeado que lo tenía... Yo que tú me iría corriendo.

Me quedé helada.

Tamara.

—¿Nos hemos perdido algo? —dijo el idiota que tenía a mi lado.

—Ay, aún no se han enterado —dijo tía Barbara.

—¿Enterarnos? ¿De qué? —dijo el idiota.

—Lo acaban de dar en las noticias —dijo una voz a mis espaldas.

Nos volvimos en redondo. El barman pasaba un trapo sobre la barra.

—Avisos de bomba en las autopistas. Yo pensé que ya habíamos terminado con esos jaleos. Hay retenciones de treinta kilómetros en la M6, y la M1 está cerrada al tráfico. Las demás carreteras ya están intransitables. El mensaje de la policía es bien simple: «No viajen si no es estrictamente necesario». —Dejó el trapo en la fregadera—. ¿Le pongo a alguien una copa?

Como no había estado en ningún momento tan cerca como entonces de desmayarme de alivio, estuve a punto de pedirle una. En los tres segundos anteriores a su explicación, mi cerebro no dejó de hacer conjeturas sobre el modo infernal en que se hubiese difundido mi secreto. No sabía a quién se lo había dicho Tamara, pero supuse que debía de ser compañero del periodista que cubriese las bodas para el periódico local, o compañero de alguien de la radio... Casi me imaginé a otro colega en *News of the World*, dispuesto a ofrecer diez de los grandes por una exclusiva sobre mi «Falsa historia de amor».

Son asombrosas las cosas que se nos pasan por la cabeza cuando una piensa que va a tener que pegarse un tiro en menos de tres minutos.

Traté de aparentar que estaba solamente decepcionada, y me senté en uno de los taburetes del bar.

—Dios santo, no lo puedo creer. No es posible. No llegaremos a casa hasta pasada la media noche, después de viajar por carreteras repletas de coches...

—Si tu madre tiene algo que decir al respecto, no iréis por ninguna carretera —sonrió Diana—. Sí, por cierto. Póngame una piña con Bacardi —le dijo al barman de pasada—. ¿Todavía tenemos barra libre, o hay que pagar?

—Deja que invite —dijo Josh—. ¿Le apetece tomar algo, Barbara? ¿Y a ti, Sophy?

—¿Cómo voy a tomar algo? —dije con irritación—. ¡Tengo que conducir!

—Ah, cariño, por fin te encuentro —dijo papá—. Supongo que te habrás enterado —añadió al verme con tan mala cara.

El dichoso alivio ya se me estaba pasando, de modo que ahora sí estaba realmente molesta.

—Sí, gracias. Es para subirse por las paredes.

Pisándole los talones a papá llegó mamá: daba la impresión de ser el gato que se ha zampado al pez de la pecera e incluso al periquito de la jaula.

—Ah, cariño, aquí estás. Te he buscado por todas partes. Gracias a Dios que tengo tu habitación reservada, porque ahora es imposible que os marchéis en coche...

Mi cinismo interior me llevó a sospechar si no habría orquestado todo el asunto a propósito, si no habría hecho ella la llamada de alarma entre un té y otro, pues no le habría costado nada.

«En fin, lamento muchísimo el trastorno —me la imaginé diciéndole al inspector jefe—. Comprenderá usted que no podía malgastar una habitación de hotel que ya tenía reservada para ellos. Sophy puede ser muy terca, ¿sabe usted? Ha salido a su padre. No se imagina usted lo que tuve que hacer para convencerle de que fuera al médico a mirarse las almorranas.»

—¿Qué quieres decir? ¿Cómo que es imposible? —pregunté casi a gritos—. Puede que tardemos un par de horas más, pero...

—Ni se os ocurra. El tráfico debe de ser un caos. Tómatelo con calma y piensa que puedes disfrutar de una velada en paz y tranquilidad con la familia.

—Solo es un contratiempo. Un atasco no creo que nos mate.

—¡Por favor, cariño, no digas eso! —adoptó su mejor voz de angustia—. ¡Estarás agotada! ¡Me harás pasar un rato fatal pensando que te puedes dormir al volante!

Chantaje emocional, para variar.

—No, no temas. Para que no te preocupes, dejaré que Dominic conduzca al menos la mitad del trayecto.

El corazón me dio un brinco. Me había faltado un pelo para decir «Josh».

—No podría —señaló—. He bebido...

Hubiera sido capaz de matarlo allí mismo. ¿No se había dado cuenta el muy imbécil de que estaba buscando alguna excusa válida?

Como siempre, mamá recurrió a papá para que apoyase su iniciativa.

—Díselo tú, Ted. Ya sabes que, si se marcha, me pondré de los nervios.

—Seguramente es lo más aconsejable, cariño... —dijo.

—Papá, es que no podemos quedarnos —dije a la desesperada—. Ya os dije que Dominic tiene que regresar.

—¿A qué hora tiene que regresar?

—A eso de la una —repuso Josh—. A la una y media estaría bien.

No me pude creer lo que había dicho.

—Pero si tu avión sale a la una y media, ¿no?

—No, cariño. A la una y media es cuando debo irme al aeropuerto...

—Ya, pero...

—Pues asunto resuelto, hija —dijo papá—. Si os marcháis mañana temprano, tendréis tiempo de sobra. Aunque las autopistas sigan cerradas, el resto de las carreteras estarán despejadas a primera hora.

Me volví a Josh en busca de auxilio.

—Tú decides —dijo con la placidez y el tono razonable del plácido, razonable, pesado de Dominic.

—Pues ya está, cariño —dijo mamá con tono triunfal—. Con eso no puedes discutir, ¿verdad que no?

Desde luego, sí que podría. Estaba a punto de largarme sin que nadie me descubriese, de modo que no podía permitir que lo echaran a perder.

—Yo preferiría volver ahora —dije con gran firmeza—. También tengo cosas que hacer.

Por ejemplo, cogerme un cabreo espectacular por haber perdido la ocasión perfecta para salirme con la mía sin que nadie se diera cuenta.

Asunto resuelto. A los cinco minutos nos fuimos.

Por las escaleras una vez más, a la habitación 5.

6

—¿Por qué demonios dijiste que tenías que marcharte a la una y media? —le dije como si estuviera a punto de matarlo, a la vez que metía la llave en la cerradura—. ¿Qué hay del trabajo que debías hacer sin falta mañana por la mañana?

—Lo haré en el avión. No lo olvides: llevaré mi modernísimo portátil de alto ejecutivo, siempre infalible.

—Oh, por Dios...

Me había entrado dolor de cabeza, un cóctel de palpitaciones, tensión y fatiga. La propia habitación me daba ganas de vomitar. Aquellas florecillas abigarradas del papel pintado eran más que suficientes para provocarle una migraña a cualquiera.

—Bueno, ¿y qué demonios se supone que iba a decir? —preguntó—. Tú deberías haberme dicho a qué hora sale el avión. ¡Llevabas horas quejándote de que ni por el forro podrías volver a casa hoy mismo! Y por eso pensé que te apetecía quedarte.

No pensaba decirle que aquello solo había sido una tapadera improvisada después del ataque de pánico.

—¡Pues no era así! ¿No era evidente?

—También pensé que tal vez te preocupase el hecho de obligarme a cambiar de planes. Pero está claro que esa es una idea que no puede ser más descabellada

—añadió a la vez que volvía a meter sus cosas en el armario.

—¡Claro que me preocupaba eso! ¡Supuse que harías cualquier cosa con tal de marcharte!

—¿Te quieres tranquilizar, por favor? —dijo con un tono de voz muy cortante, y cerró la puerta del armario—. A fin de cuentas, es lo más sensato. El tráfico debe de estar enloquecido, el viaje era demasiado largo, tu madre seguramente se hubiese puesto histérica.

—¡Eso no ha sido más que un chantaje emocional!

—Mucho me temo que no del todo.

De acuerdo, no lo había sido del todo. Mamá siempre se quedaba preocupada, al menos hasta recibir una llamada que le dijera: «Ya estoy en casa, ¿vale?».

—Y al menos, ahora te podrás tomar una copa —señaló—. Si quieres que te dé mi opinión, a mí también me sentaría de cine.

—¿Tú estás de broma, o qué? ¿No te has percatado de que estuve a punto de cagarla? Si ahora me pongo a trasegar vodka...

—Yo no he dicho nada de «trasegar». Solo he hablado de tomar una copa. Si tú no te lo puedes permitir, yo sí me tomaré una.

—Oh... —dándome la vuelta, murmuré una versión muy poco delicada del clásico «déjame en paz».

—Te he oído —dijo.

Estupendo.

—¿A ti te parece que lo que más me apetece ahora mismo es quedarme tirado en medio de Lancashire? —preguntó de mal humor—. La verdad es que mañana tengo una cita para el almuerzo. ¿No te parece que hubiese preferido volverme a casa y dormir en mi cama?

—Pues entonces, ¿cómo demonios no me apoyaste? —le espeté. Se lo hubiera dicho a gritos, pero la cabeza me dolía una barbaridad—. Era imposible que me saliera con la mía, con mamá y papá dándome la lata, y encima tía Barbara metiendo el remo... Además, si hubiera seguido ofreciendo resistencia, habría terminado por resultar sospechosa. Ya me había parecido que mamá empezaba a preguntarse si no habríamos tenido una discusión.

—Si de veras estabas empeñada en que nos marchásemos, tendrías que haberles plantado cara.

—¿Cómo les vas a plantar cara a media docena de apisonadoras?

—¡Subiéndote tú también en una apisonadora! ¡Por la fuerza!

—Por favor, no me lo vayas a echar en cara, ¿quieres? Tengo un dolor de cabeza tremendo. Estoy agotada. Llevo en pie desde las cinco y media de la mañana, y con unos nervios...

—Pues entonces más vale que nos hayamos quedado.

Desde determinado punto de vista, no le faltaba razón. Ni siquiera tenía una camiseta que ponerme para dormir, y si acaso estás pensando «¿qué más da?», tal vez sea el momento de explicar que, cuando duermo, doy vueltas sin parar y a menudo me quito la sábana y el edredón. Algunas veces (detesto tener que reconocer que es un hábito muy poco elegante), dormida, incluso adopto una actitud bastante infantil, con la cara enterrada en la almohada y el culo en pompa. Un noviete que tuve antes de Kit me pilló de semejante guisa, me despertó dándome una recia palmetada y, el muy hijoputa, se echó a reír.

—Mira, lo siento mucho, pero es que no estaba preparada para esto de compartir la habitación y demás.

—Yo tampoco lo estaba. —Seguía apoyado de espaldas contra la ventana, con los brazos cruzados sobre el pecho—. ¿De veras te parece algo tan tremendo?

Empezaba a darme cuenta de que mis reacciones eran desmedidas. A fin de cuentas, las camas eran separadas, no de matrimonio. Seguramente se les habían acabado las habitaciones con cama de matrimonio, gracias al cielo. A lo mejor, aunque solo fuese para variar, podría dormir sin deshacer toda la cama. Con suerte, él dormiría como un tronco y no se enteraría de nada.

—No, supongo que no es para tanto. De todos modos, a veces hablo en sueños. Confío en que no te moleste, o que no te desveles.

—Ni se te ocurra. Ayer me acosté tarde. Seguro que caigo rendido. A no ser que haya un terremoto, es poco probable que me despierte.

Pues gracias a Dios.

—Mira —siguió diciendo con un tono firme, pragmático—: ¿por qué no te das un baño, o una buena ducha? Seguro que te relajas. Si quieres, te puedo traer una copa, y luego me quito de en medio y te dejo a tus anchas.

Qué típico de los hombres. Después de ponerte tan furiosa que incluso te dan ganas de abofetearlos, se vuelven un dechado de amabilidad, se preocupan por ti y te hacen sentir fatal.

—Sí, por qué no. Un poquito de vodka y doble de tónica.

—Enseguida vuelvo.

Quitándome los zapatos, me dejé caer cuan larga soy sobre la cama. Una vez más la ley de Murphy, cómo no. Como los desastres que tanto me había temido no llegaron a materializarse, el destino tenía que improvisar por su cuenta otro completamente inesperado.

Rebusqué en el bolso hasta encontrar dos paracetamoles, me serví un vaso de agua y llamé por teléfono a casa. No había nadie; mejor así. No podría haberme enfrentado a una autopsia de los hechos con Alix, teniendo en cuenta que aún no había muerto nadie. Dejé un mensaje, me volví a tumbar y me estaba quedando adormilada cuando Josh llamó a la puerta.

—Servicio de habitaciones.

No había cerrado con llave, de modo que quiso mostrarse como un chico bien educado, por si acaso me sorprendiese en bragas.

Pues vaya.

—Aquí tienes —dijo—. Ah, lo siento. No estarías dormida, ¿verdad?

Obviamente, debía de tener cara de alelada, como quien acaba de abrir el ojo.

—Casi —confesé.

—Bueno, pues que disfrutes del baño. Nos vemos luego.

A punto estaba de abrir la puerta cuando me pudo un ataque de nervios.

—¡Dominic!

Se dio la vuelta.

—¿Qué pasa?

—¿Y si, por error, te llamo Josh? ¡Antes estuve a punto...!

Se paró a pensarlo un instante.

—Les diremos que es un apodo.

—¿Un apodo? ¿Cómo vas a justificar que a una persona llamada Dominic le llamen Josh?

Se encogió de hombros.

—Tampoco tiene por qué tener relación. Digamos que antes tocaba la trompeta, pero que tocaba tan espantosamente mal que me pusieron por apodo Joshua, ya sabes, el Josué que derribó a trompetazos las murallas de Jericó.

—Me parece un poco traído por los pelos.

—No tanto. La verdad es que tocaba la trompeta y que lo hacía fatal. Los vecinos dijeron que era un perturbador del orden público.

—Más o menos como yo con mi violín.

Logré esbozar una especie de sonrisa anémica, obviamente tan enfermiza que se lo volvió a pensar.

Medio exasperado, se pasó una mano por el cabello.

—Mira, si va a ser un quebradero de cabeza tan monumental, lo mejor será que nos vayamos ahora mismo. Tú insistes en que nos vamos y yo te apoyo.

Había dicho «ahora mismo». Solo de pensar en volver a aguantar todos los pros y los contras una vez más con mamá, me sentí agotada. Además, con un estupendo vodka-tónic en la mano...

—No estoy segura, no sé si podría afrontar ahora el viaje. Antes estaba dispuestísima, ahora no tanto. Pero si de veras lo prefieres...

—Si quieres que te diga la verdad, no lo prefiero. Al contrario. Lo que ahora mismo me apetece es un buen whisky, seguido de una cena y varias horas de total olvido.

Al margen del whisky, igualito que yo. Después del día que habíamos pasado, ese viaje en coche acabaría con ambos.

—Bueno, pues si puedes compartir habitación conmigo una noche, yo creo que también podré.

—Entonces, seguiremos el plan A. Te veo en la planta baja, que disfrutes del baño. —Hizo una pausa en la puerta—. Y pon al mal tiempo buena cara. Llevabas todo el día esperándote un desastre, así que está claro: este es el desastre.

Cuánta razón, chico.

En cambio, al cerrar la puerta a sus espaldas, me dije que ya había sobrevivido a lo peor. Con pararme a pensar a fondo cada cosa antes de abrir la boca, sin duda sobreviviríamos a lo que nos quedaba por delante, aunque... ay, empezaba a echar de menos a Colin, quien con toda su simpatía no me hacía tilín. Bastante destrozada estaba ya sin la tensión añadida de pasar una velada y una noche entera con un hombre que me gustaba a rabiar, fingiendo además que no (ante él, claro está) y, al mismo tiempo, fingiendo que sí (ante la familia, como es natural)... Pero no sé si me explico.

Tampoco es que aquello le fuese a resultar muy divertido a Josh: a fin de cuentas, más horas de tedio con los tediosos parientes de otro, durante las cuales trataría por todos los medios de contener los bostezos. Pobre tipo.

Y pobre novia, si es que la tenía. Me pareció muy noble por mi parte sentir lástima por la pobre novia de un tipo que me gustaba, pero la verdad es que sí se la tuve, aunque solo fuese un poco. Con su acidez de costumbre, las palabras de Alix volvieron a mí de golpe y porrazo: «¿De veras te apetecería liarte con un hombre capaz de hacer lo que hace y encima porque quiere?».

Más bien era cuestión de preguntarse si, en efecto, me apetecía liarme con un hombre capaz de hacerlo, y punto. Tal vez incluso acabase de llamar a la pobre chica.

—*Mira, no te enfades, pero tenemos que quedarnos a pasar la noche.*

—¿¿¿CÓMO???

—*Es por culpa de las autovías. Seguramente lo habrás visto por la tele. Su madre se pone histérica solo de pensar que se pasará horas al volante...*

—¡Oh, por Dios!

Bang.

Y solo acababa de empezar. Me lo imaginé dedicado a los mismos menesteres dentro de unas cuantas semanas. Me lo imaginé dándole un beso a su novia antes de marcharse a «trabajar».

—*Como se te ocurra cogerle el gusto a esa chica, te mato.*

—*Por Dios, querida... ¡Nunca le podría coger el gusto!*

Bang.

De haber sido yo la chica en cuestión, me pasaría la noche hecha un manojo de nervios. Me imaginaría a una arpía estilo Yocasta encima de él: *Adelante, ya sabes que en el fondo lo estás deseando. Y ella nunca se podrá enterar...*

Luego le olisquearía la ropa, el pelo, etc., en cuanto volviera a casa.

—*La has besado, ¿no?*

—No, para nada. Parecía una cerda de geriátrico.

—*Me juego lo que quieras a que sí, maldito mentiroso...*

—De acuerdo, lo hice, pero solo fue un besito. En el fondo, me dio pena.

—*¡Mentiroso! ¡Las cerdas de geriátrico no huelen a perfume del caro! Te ha gustado, ¿no es verdad? ¡Y me juego cualquier cosa a que le has tocado también las tetas! ¡Se lo voy a decir a las de esa maldita agencia, y te van a despedir en un visto y no visto! ¿Por qué no consigues un trabajo como Dios manda?*

Por otra parte, ¿qué le iba a decir a las amigas cuando te preguntasen en qué trabajaba?

—Bueno, es una especie de... acompañante, pero es una ocupación estrictamente correcta, nada que temer, y es solo provisional, hasta que encuentre otro trabajo tan fenomenal y tan bien pagado como el que tenía antes.

Me imaginé perfectamente las caras que se les pondrían: *¿Ah, sí? No me digas...*

No, gracias. Prefería quedarme con Darcy y Clooney cualquier día de la semana: fantasías bien calientes cuando más te apetezcan, y sin la necesidad de depilarte las piernas. Además, tampoco se pondrían a protestar en el supuesto de que te apeteciera ver *Hospital de animales* por televisión.

Al bajar de la habitación, paré en el mostrador de recepción para pedir que nos despertasen a las seis.

—¿Quieren desayunar antes de marcharse? —me preguntó la recepcionista—. Me temo que solo podrá ser un desayuno continental, pero no hay problema si quiere...

No, gracias: solo quería salir de allí a toda caña.

No es lo que le llegué a decir, claro. Josh seguramente querría comer algo.

—Pues sí, muy amable, gracias.

Tomamos las copas de antes de la cena en un ambiente relajado. Josh se mostró extraordinariamente hábil en el arte de desviar todas las conversaciones de su propia persona. El restaurante estaba repleto, como correspondía a una noche de sábado. Amueblado de modo cómodo y acogedor, al estilo de una pequeña casa de campo, daba a la terraza. Las puertas estaban abiertas; para estar a mediados de mayo, la noche era increíblemente templada. A la luz rosácea y desvaída del crepúsculo, el jardín despedía una belleza y una paz extraordinarias. Aún se oía piar a algún pájaro, al menos hasta que comenzó a sonar la música. Yo ni siquiera me había fijado en que había una pequeña pista de baile, al menos hasta que un desenfadado y joven DJ comenzó a poner las acarameladas, cursis canciones de antaño que, según imaginó sin duda, les gustarían a todos aquellos vejestorios a la hora de bailar.

Varias parejas ocuparon la pista con el clásico aire de quien espera no estar quedando en ridículo. Poco a poco se llenó la pista, y mamá empezó a mirarme de modo expectante. Sin embargo, como Josh estaba conversando con tío Mike, media naranja de tía Barbara, y como es de suponer que no se percató de lo que se esperaba de él, hice como que no me daba cuenta.

En circunstancias normales, debo decir que sin duda sería la primera en reconocer que bailar con un hombre que te gusta es una de las experiencias más deliciosas de esta vida. Pagar por su compañía y tener que compartir habitación con él, más tarde, era algo que daba otro cariz a las cosas. Además, yo no soy una masoquista. ¿Por qué vas a atormentarte por hacerte adicta a algo que al cabo de veinticuatro horas, como mucho, será historia?

Fui a sentarme al lado de la abuela Metcalfe.

—Cariño, ¿te encuentras bien? —me susurró—. Antes me pareció que estabas con los nervios de punta.

¿Se me había notado tanto?

—No, es que estaba un poco fatigada. Ha sido un día muy largo.

—Entonces, tanto mejor que os quedéis a pasar la noche —dijo—. Espero no haber metido la pata —añadió al poco—, cuando dije lo que dije sobre eso de vivir juntos. Después me pregunté si no estarías un poco molesta por lo que dije.

—No, ¡en absoluto! —Hice todo lo posible por emitir una risita displicente—. Él es demasiado ordenado y metódico; me volvería medio loca en menos de una semana.

Cambié de tema cuanto antes, no sin preguntarme si su manía por el orden no podría ser un pretexto perfecto para romper nuestra relación. Si no estábamos cohabitando, era cuando menos dudoso. Así las cosas, ¿a qué clavo ardiendo me iba a agarrar? ¿A que me producía un fastidio no especificado? Algunas personas me fastidiaban solo por su manera de decir «¡buenos días!», o por su costumbre de levantar una esquina del sándwich del almuerzo y olisquear su contenido antes de dar el primer bocado. A veces, me ponía enferma, casi a punto de echarme a chillar, solo de esperar a que lo hicieran. Si viviera en Los Ángeles, estoy convencida de que ya le habría pegado un tiro a alguien.

—... ¿y qué opinas de la luna de miel? —La abuela Metcalfe seguía dale que te pego—. Por lo que dicen, va a visitar media África. Yo diría que les costará una fortuna.

—Él se lo puede permitir.

—Lo que quiere es mimarla. Si quieres que te diga una cosa, yo creo que no le sentará nada bien que la mimen ni un pelo. Tu padre y tu madre siempre la han mimado. Entre tú y yo, cariño, siempre pensé que a ti te dejaban un poco de lado.

—Oh, abuela, no es verdad...

—No me refiero a nada material, niña, sino al modo en que la trataban. Siempre la tenían entre algodones.

Por poco me eché a reír.

—¡Pero es que yo nunca quise que me tuvieran entre algodones! Mamá siempre ha necesitado a alguien de quien ocuparse. ¡Y para mí fue una alegría que Belinda estuviese a mano para disminuir esa presión!

Con la pista de baile ya llena al completo, mamá no pudo quedarse quieta ni un minuto más.

—Oye, Sophy, ¿no vais a bailar un poco Dominic y tú?

Con una ceja enarcada, como si dijera «¿y bien?», Josh me miró casi de reojo.

Me pilló preparada, con la sonrisa de disculpas y todo lo necesario.

—Me temo que no, mamá. Los pies me tienen muerta. Ya sabía yo que iba a ser un error estrenar unos zapatos.

Y es verdad que eran nuevos, aunque eran de esa suavísima piel italiana, que te sienta como unos guantes de cabritilla.

—Pues quítatelos, bonita.

—Ya bailo yo con él. —Nunca torpe a la hora de avanzar a toda máquina, Diana sonrió con malicia—. Dominic, en pie.

Se fue con ella con total elegancia, y mamá hizo todo lo posible para que no se le notase que se había picado.

Mientras escuchaba las peroratas de la abuela Metcalfe, miraba de reojo a las parejas que bailaban en la pista sin remilgos: daban la impresión de estar pasándolo bien. Diana, desde luego, lo estaba disfrutando. El clan de los Metcalfe tiene más mujeres que hombres, y nunca resulta muy divertido ponerte a bailar con tu padre.

Cuando volvieron, me di cuenta de que iba a pasar al ataque.

—Vamos, Sophy —dijo exactamente en el tono persuasivo y halagador que sin lugar a dudas hubiese empleado un novio de verdad—. Habrá que bajar un poco toda esa cena, ¿no?

Aunque solo fuese por guardar las formas, podía permitirme unas chanzas.

—Querrás decir bajar un poco de grasa —repliqué.

Su manera de mirarme fue inequívoca: *Cualquier cosa que puedas hacer...*

—Si quisiera un insecto disecado, ya me lo buscaría —dijo.

—Bien dicho, sí señor —dijo mamá—. Tiene un tipo estupendo. Cariño, te lo he dicho mil veces: a los hombres no les gustan las flacas.

Deberíamos haber impedido que tomase ningún licor después de la cena. Al cabo de unos cuantos Cointreaus, su potencial de avergonzar al más pintado se desborda.

—Si quieres que te diga cuál es mi opinión —siguió diciéndole a tía Barbara—, son todas esas flacuchas las causantes de que haya tanta anorexia entre las jóvenes. No entiendo por qué no usan de modelos a chicas de verdad, con unas cuantas curvas bien puestas.

—Susan, eso tiene su razón de ser. —Tía Barbara estaba tan sonrosada, tan arrebolada como mamá—. Todos los diseñadores de moda son homosexuales. No les apetece que sus ropas revistan ningún buen escote, ningún buen culo. A los culos de las chicas me refiero.

—Si lo que quieren son los culos de los chicos, Barbara, bienvenidos sean: eso digo yo.

Las dos se echaron a reír como dos chiquillas de colegio, con uniforme, riéndose de un chiste obsceno en el fondo de la clase.

—Dios mío, si no se las puede llevar a ninguna parte —sonrió Diana—. Están las dos borrachas como cubas.

Conteniendo a duras penas una carcajada, Josh enarcó una ceja.

—Vamos, Sophy. Un par de bailes antes de que me convierta en calabaza.

—Si no bailas con él, bailaré yo —sonrió Diana.

—Pues ve tú. Prometo no arrancarte los ojos con las uñas. —Lancé una sonrisa dulce, a modo de disculpa, a Josh—. Perdona, cielo, pero es que los pies me tienen muerta, de verdad.

Diana quedó encantada. Tras otro tema movidito, el DJ puso uno más lento.

Tras mirarlos durante un minuto y medio, le hablé en un susurro a la abuela Metcalfe.

—Necesito respirar aire puro. Voy a salir un momento al jardín.

Una vez en la terraza, me quité de todos modos los zapatos: mamá seguramente me estaba mirando. La hierba estaba suave y un poco húmeda, el aire perfumado a hierba recién cortada, olía a verano. Una brisa suave me acarició el cabello mientras paseaba hasta un banco de piedra cercano al arroyo.

Confié en que a mamá no le diera por pensar que estaba de morros porque «Dominic» estuviese bailando con Diana.

Y es que, la verdad, lo estaba.

Me llaman «Perversidad».

Me senté a escuchar el dulce murmullo del agua sobre los guijarros, preguntándome si, en efecto, no era yo la foca más boba de toda la creación. En el aire cálido de la noche, la canción que estaba sonando me llegaba a los oídos. El condenado DJ sabía bien a qué jugar. Era una de esas baladas lentas, ensoñadoras y eróticas que, bailándolas con un hombre que ya te hace palpitar, se pueden convertir en una experiencia poco menos que orgásmica.

Y la maldita Diana estaba bailando con él.

Recordé haberme sentido un poco de ese mismo modo en una fiesta de cumpleaños, con seis años de edad. Tras haber rechazado con toda cortesía el último mini *petit suisse* por pensar que parecería un descaro por mi parte quedármelo, me puse más verde que un pepino al ver cómo se lo zampaba Emma Jenkins minutos más tarde.

Por otra parte, tal vez fuese lo mejor. Disimular una palpitación semiorgásmica mientras bailas toda amartelada con un tío estupendo es empeño casi imposible. Solo un Neanderthal de los pies a la cabeza se hubiese perdido el mensaje, y yo tampoco deseaba que al pobre hombre le entrase el canguelo por pensar que me lo iba a tirar de cualquier manera en plena noche.

Allí fuera se estaba de cine, con la luz toda suave y crepuscular. Me imaginé que poco más tarde el jardín podía incluso dar un poco de miedo; de momento, ya había un pájaro que cantaba de un modo misterioso e inquietante, como un alma perdida en el páramo. Me puse a pensar en Heathcliff (una vez tuve alguna fantasía al pensar en él) y me pregunté si la Posada no estaría encantada. Me imaginé a una pobre criada, seducida por el Joven Amo, expulsada de la casa una desoladora noche de enero. Acurrucada contra un murete de sillares sin cimentar, se habría muerto de frío, aunque no sin antes jurar, con su último aliento, que obsesionaría al maligno sir Deveril por toda la eternidad convertida en fantasma. Desde entonces, su pálido espectro, frío como una tumba, se había colado en...

—¡Dios! —El corazón se me subió a las amígdalas—. ¡No se te ocurra hacer eso!

—¿Hacer qué?

—Acecharme por la espalda.

—Yo no te he acechado —dijo—. He venido caminando con toda normalidad, sin siquiera quitarme los zapatos.

No me apeteció decirle que me había parecido el espectro de la doncella embarazada.

—No te había oído, y me has dado un buen susto.

—Lo siento. —Permaneció a un par de pasos de distancia, sin chaqueta ni corbata, con el primer botón de la camisa desabrochado. Sin duda estaba acalorado después de bailar con Diana—. ¿Te encuentras bien?

—¡Pues claro! ¿Por qué no me iba a encontrar bien?

—No sé, pero tu madre se lo estaba preguntando.

Debiera haberlo supuesto.

—¿Así que te ha enviado a ver cómo estoy?

—No. No exactamente. «¿Tú crees que Sophy está bien, allí fuera y a solas?», me ha preguntado.

—Pues no sé qué ha pensado que me iba a pasar por estar aquí sola.

Se sentó en el banco de piedra, a medio metro de mí.

—A lo mejor supuso que hay peces asesinos en el riachuelo.

Estuve a punto de echarme a reír.

—No es un riachuelo, sino un arroyo. Voy a tener que enseñarte el dialecto norteño que hablamos por estas latitudes.

—No, gracias. Bastantes problemas tuve con el ruso.

Como nunca me lo hubiera imaginado como un políglota, no me sorprendió que hubiese tenido problemas.

—¿Era rusa esa escuela?

—Sí, pero prácticamente aprobé por los pelos. Solo porque me hacía ilusión enrolarme en el servicio secreto, en el MI5, y hacer una de James Bond. Aún estábamos en plena guerra fría.

Tuve que echarme a reír.

—Supongo que te encantaban todos los inventos de Q... Los mecheros explosivos, los coches con asientos de eyección automática...

—Y no te olvides de las cautivadoras espías que se

me tirarían a los brazos… o que se arrojarían encantadas de la vida a mi cama —dijo como si se relamiera, aunque en son de burla—. A los dieciséis años, aquello era casi más incitante que los inventos de marras. —Bajó la mirada—. ¿Qué tal tus pies?

Así pues, esa se la había tragado.

—Ahora que me he quitado los zapatos, estupendamente.

Moví los dedos de los pies y sentí la hierba, fresca y mojada por el rocío.

—Entonces, ¿por qué no te los quisiste quitar para bailar conmigo?

Empezaban a entrarme ganas de que se hubiese quedado dentro. Mis palpitaciones parecían de nuevo despertar.

—Me hubiera hecho una carrera en las medias, seguro.

—Es la disculpa más patética que me han dado nunca. Si yo estaba dispuesto a hacer el esfuerzo, podrías haberme seguido la corriente.

¿Esfuerzo? Con Diana no había parecido que le costase ningún esfuerzo, maldita sea.

—Es que no me apetecía, ¿te vale? Además, Diana estaba demasiado ansiosa.

—Sí, y tu madre se quedó un poco picada por eso, al menos si quieres que te dé mi opinión. Quería vernos entrelazados a ti y a mí, no a Diana y a mí.

—Pues tendrá que tragárselo, qué remedio. Por otra parte, no es que me apeteciera entrelazarme contigo. No te lo tomes a mal, pero no me entusiasma tu loción para después del afeitado.

—A mí tampoco me entusiasma tu perfume, pero lo hubiese aguantado por una noble causa.

—Lo siento mucho. No me había dado cuenta de que llevas todo el día con la nariz torcida, hablando metafóricamente, claro.

—No es para tanto. —Acercándose un poquito más, aspiró mi aroma—. Se te ha suavizado.

Como a fuerza de palpitaciones a punto estaba de caerme del banco, la verdad es que no quise que se acercase más. Sin embargo, pensé en el pastelillo que se zampó Emma Jenkins y me armé de valor. Sopló una racha de brisa que me alborotó el cabello. El pájaro de piar ultraterreno volvió a sonar como un alma en pena.

Me estremecí.

—¿Tienes frío? —me preguntó.

—No, es ese pájaro. Canta como un alma en pena. Me ha hecho pensar en Heathcliff y en *Cumbres borrascosas*.

Soltó una risita.

—Lo más probable es que tenga hambre. Me han dicho que suelto un chillido similar cuando solo encuentro una cebolleta solitaria y un par de cervezas en la nevera. Y si ni siquiera hay cervezas, la cosa puede ponerse muy grave.

Cuando ya me estaba preparando para ponerme en plan fisgona y preguntarle si vivía solo, hizo un gesto como si señalase algo por encima del hombro.

—¿Quieres que vuelva a informar de que no te pasa nada grave, o tal vez de ese modo echaría a perder el objeto del ejercicio?

El objeto, por supuesto, no era otro que alejarlo de Diana y hacerlo venir a mi lado.

—Lo siento. A mi madre no se le dan nada bien las sutilezas, y menos después de unas cuantas copas. A veces puede dar vergüenza ajena.

—A mí no me dio vergüenza ajena.

—No, claro. Es natural. Las madres dan vergüenza a sus hijas, no a los demás.

Miré por encima del hombro a las luces de la Posada.

—Lo más probable es que ahora mismo nos esté mirando.

—En tal caso, deberíamos cumplir con el guión.

Supongo que subconscientemente estaba deseando que dijera exactamente eso. Pero lo cierto es que no me lo esperaba.

—¿Qué quieres decir? —le pregunté con toda mi inocencia.

—¿Un paseíto a la orilla del río?

Poniéndose en pie, me tendió la mano. No es que fuese necesario, pero como sin duda resultó un gesto caballeroso y galante, aunque fuese solo en beneficio de mamá, se la cogí. Entonces me soltó y me pasó el brazo por la cintura. No fue un brazo leve y testimonial, como durante la recepción, sino un brazo de auténtico amante al ir de paseo, uno de esos brazos que te sujetan con fuerza y te ponen las caderas a la par de las suyas.

La tentación de pasarle un brazo recíproco por la cintura o por los hombros se me hizo casi insufrible, aunque en tal caso nada hubiera impedido que mis 90D se apretasen contra su costado, y esto tal vez hubiera sido un exceso.

—Antes pensé que Tamara lo había echado todo a perder —confesé—. Estuve a punto de morirme.

—Eres tú la que no debería haberlo echado todo a perder. De ese modo, es imposible que tengas algo que ganar.

—Ya lo sé, pero decírselo a alguien me pareció un alivio colosal, sobre todo a alguien como Tamara. A ella solo le pareció una idea descacharrante.

—Es una pena que a ti no te pareciera descacharrante. Así no te habrías pasado el día entero hecha un manojo de nervios.

—¿Descacharrante? —A punto estuve de cabrearme de verdad—. Habría sido descacharrante si nos hubieran puesto al descubierto en plena recepción. Yo me habría meado encima de la risa.

—¡Cálmate! Te estás poniendo otra vez como una moto.

Y me dio un pellizco en la cintura que me hizo cosquillas.

Aquello era poco menos que adictivo.

—¡No lo hagas! ¡Tengo cosquillas!

Volvió a hacerlo.

—Pues a lo mejor debería hacerte cosquillas. Unas buenas carcajadas te relajarían aunque solo fuese durante dos minutos.

—¡Pero si estoy relajada!

—Ni mucho menos. Sigues tan tensa como el cordaje de una raqueta de Pete Sampras.

Me retiró la mano de la cintura. Me tomó de la muñeca y me llevó hacia una gran haya que estaba a unos pasos del arroyo.

Dios mío, me dije: ¿y ahora qué?

—Ya va siendo hora de que regresemos —dije con la esperanza de que no me temblase la voz—. Se me están empapando los pies.

—Enseguidita. —Apoyado contra el tronco del haya, me abrazó de forma muy liviana por la cintura, sujetándome de espaldas—. Deberías aprender del riachuelo. Tú déjate llevar por la corriente.

—Qué fácil es decirlo.

A duras penas salieron las palabras de mis labios. El modo en que me abrazaba me resultó de pronto infinitamente más erótico que cualquier artículo de una revista masculina sobre «Cómo poner a cien a tu pareja».

Con todo, tampoco eso habría resultado muy difícil.

—¿Crees que tu madre sigue mirándonos? —musitó.

Me hubiese apostado cualquier cosa. Me la imaginé dándole un codazo a papá.

—*Mira esos dos.*

—*Deja de espiarlos, corazón.*
—*No los estoy espiando, querido. Solo es que me interesa. Además, seguramente no me ven.*
—Yo no diría que no —dije.
—Entonces, es una pena decepcionarla.

En ese instante me sentí como la típica buenorris alborotada y casquivana en su primera cita. Por decirlo sin excesiva propiedad, estaba tan atontada que ni me di cuenta de lo que pasaba.

—¿Qué quieres decir? —le pregunté como una idiota.
—A que no lo adivinas…

Nunca pensé que sería capaz de llegar a ese punto. Estuve segura de que era contrario a las normas de la agencia. Sin embargo, si alguna vez hubo una chica que se mereciese de veras un obsequio…

Muy despacio, me hizo dar la vuelta. Con las manos muy leves, posadas sobre mi cintura, me atrajo hacia él.

Ya era un poco tarde, lo reconozco, pero justo entonces se esfumó la buenorris alborotada y mariposona. O sea, que no soy así de torpe. Una no llega a los treinta sin saber cuándo le toma el pelo un hombre capaz de llevársela por la calle de la amargura.

Sin embargo, esos juegos siempre se me han dado bien. Sobre todo cuando una puede jugar sucio de verdad.

Me di cuenta con toda exactitud de lo que iba a hacer él. No me equivoqué. Un lentísimo, seductor, martirizante roce de labios, garantizado para dejarme jadeando, babeando, esperando, deseando más de lo mismo.

El problema residía en que, una de dos: o estaba demasiado hambrienta de esta clase de cosas, o a él se le daban de maravilla. Supongo que fue una combinación de poderío y de amabilidad lo que acabó por vencer mi resistencia. Los brazos en torno a mi cintura decían «no te puedes escapar», pero sus labios decían… «ni siquiera aunque lo desearas de veras».

Añádanse a todo esto el leve roce de una mejilla bien afeitada y ese elusivo aroma masculino: a punto estuve de caer en sus manos. A fin de cuentas, habían pasado meses, qué caramba, desde la última vez que estuve a la distancia de un pálpito de un hombre remotamente igual de buenazo. Me entró tal tembleque que por poco perdí el aplomo de cara al siguiente acto.

Tal como había dado por hecho que sucedería, tras esta tentadora migaja se echó atrás. Esa era la idea, estaba clarísimo. Arrojarme una migaja para que la picotease, ver qué patéticamente decepcionada me había dejado, reírse de mí para sus adentros.

No le di ocasión.

Dispuesta a ir a por todas, le puse el brazo alrededor del cuello, lo atraje con fuerza hacia mí y terminé como es debido lo que él había empezado. Si quieres que te cuente los detalles morbosos, fue uno de esos besos que bien podría haberle dado a un hombre que me gustase hasta enloquecer cuando no lo hubiera visto desde un mes antes y cuando contase con un frenético desvestirnos mutuamente y un rampante acoplamiento en menos de dos minutos.

Y en cuanto pasaron un par de segundos, o tres, yo ya no estaba actuando. Por supuesto que percibí su asombro, noté que estaba (literalmente) patidifuso, pero tuvo que ser problema suyo. Me puse manos a la obra —aunque no sea exacto decirlo así— con una meticulosidad devoradora, explorando trozos de su boca que ni siquiera él sabía que tenía en su sitio. Y al cabo de unos instantes, pensando evidentemente en que a caballo regalado no le mires el dentado, y menos si es yegua y ninfómana, me respondió con la misma moneda. De pronto me abrazó de manera más estrecha, apretando mis 90D contra su pecho, y créeme si te aseguro que no se quejaron. Ese extraño órgano sin nombre, que solo cobra vida propia en tales ocasiones, de pronto se lanzó al ataque con voracidad alarmante; todo mi instinto, hasta entonces en estado de hibernación, había enloquecido. Él me devoró por su parte con tal afán que mi yo primigenio y femenino se puso a chillar: «*¡Deprisa! ¿Para qué te crees que te han puesto sobre la faz de la tierra?*».

Por eso supongo que agradecerás si te digo que el seguir al pie de la letra mi plan original me costó mucho más dominio de mí misma del que por norma general poseo. Tras poner fin a la succión labial con una especie de «plop» pegajoso, me aparté de él. Tenía el corazón desbocado, pero no hice ni caso.

—De acuerdo, creo que así está bien —dije con un deje de brillantez—. No hace ninguna falta que nos pasemos de la raya.

Su expresión era todo un poema. Una cara repleta de confusión muy masculina, batida, agitada y removida. Todo junto.

Me había ganado cincuenta puntos de una tacada.

Adopté mi mejor aire de inocencia y desconcierto.

—¿Por qué pones esa cara? No me digas que era tu ideal...

—No, en absoluto.

También adopté un aire ofendido.

—Si mamá nos estaba mirando, hemos hecho bien en darle algo que mereciese la pena mirar. Si eres capaz de seguir con la actuación durante otros cinco minutos, podemos volver. Se me están empapando los pies. ¿Te importa repetir lo del brazo en mi cintura, por favor? —añadí con toda mi dulzura—. De lo contrario, parecerá algo raro...

No estábamos lejos del banco de piedra, donde recogí mis zapatos.

Él no dijo ni palabra.

Aún me latía el corazón desbocado por el camino de vuelta. Una vez dentro, dije:

—Voy un momento al lavabo. ¿Me puedes conseguir un refresco? Por ejemplo, un 7Up.
—Eso está hecho.

Me hacía falta un sitio donde respirar, ¿y qué mejor que un lavabo para una reflexión privada?

Qué cabronazo.

Supe que no me lo había imaginado. No llegaban a tanto mis paranoias, pero supongo que con solo parpadear me lo hubiese perdido. Un ligerísimo temblor de los labios, un minúsculo destello en sus ojos.

Muerto de risa, seguro, o —para ser más exactos— desbordado por esa gracia que a los hombres les hace su propia conducta machista y condescendiente. *Pobre foca*, o algo por el estilo. *Es patética: nadie la ha querido desde hace meses, está desesperada por un poco de ternura y romanticismo, y por tanto se estremece al sentir con deleite y anticipación lo que con tanta elegancia estoy a punto de concederle.*

Obviamente, yo me había engañado al pensar que esos ardores estaban bien ocultos. ¿Cuánto tiempo llevaba percibiéndolos él? ¿Toda la tarde?

Con todo, no debería sorprenderme. Desde mucho antes había sospechado que los ardores tienen un componente químico. Tal vez se nos escape una especie de hormona que diga «ven a por mí», y el tío la capta con sus receptores hormonales masculinos como si fuésemos la gran polilla cornuda en plena estación del apareamiento. Todo un tanto primitivo, pero es que la mayoría de los tíos son bastante primitivos, qué caramba. Y como ese «ven a por mí» solo se percibe mediante la parte más primitiva de sus cerebros, no llegan a ser muy conscientes del proceso. Piensan que todo se debe a su brillantez cuando se trata de descubrir el grado de follabilidad.

Hasta que pasaron unos cuantos minutos no se calmó del todo mi descabalada sensibilidad. Todas las sensaciones que él había desperezado tras meses de hibernación (aquí no cuento las fantasías) se quejaban a voz en cuello por sentirse víctima de una trampa. «¿Y bien? —despotricaban—. ¿Nos han armado todo este revuelo para nada?»

Valió la pena, sin embargo, verle la cara. Incluso empecé a preguntarme si no estaría encantado con la necesidad de pasar la noche en la Posada, más que nada por pasar un buen rato.

En cuanto se me acompasó el pulso, regresé al comedor sintiéndome entera y adustamente satisfecha. Al pararme a pensarlo, caí en la cuenta de que esa diversión disimulada a medias fue muy pareja de la expresión que se le puso cuando de repente se acordó de Tamara. *Dios mío, esa Tamara. La mequetrefe flacucha que estaba convencida de que yo era lo más grande del mundo desde que se inventó el Ken de la Barbie.* A fin de cuentas, Jerry tuvo que decirle algo. Tal vez los dos se rieron a gusto, a espaldas de la pobre Tamara.

Evidentemente repuesto, estaba conversando con tío Mike.

—Cariño, tu refresco —me indicó un vaso sobre la mesa.

—Gracias, cariño. —Con una estupenda sonrisa, lo cogí—. Me lo llevaré arriba. La verdad es que estoy cansada, y mañana tenemos que madrugar mucho. Dejaré la puerta abierta. No tropieces con nada, no vayas a despertarme, ¿quieres?

Confié en haber dejado bien claras mis instrucciones: *No se te ocurra subir todavía a la habitación; me gustaría acostarme con la intimidad que requiere.*

Le di un besito en la mejilla, hice lo propio con mamá y papá, les prohibí en redondo que se levantasen temprano para despedirnos, me despedí del resto y me marché.

Josh me concedió tres cuartos de hora. Abrió la

puerta sin hacer ruido. Dejé encendida una de las lámparas de las mesillas y una ventana abierta. Extraños plañideros cantos de los pájaros llegaban desde la noche. Las cortinas se mecían con la brisa.

No es que pudiera ver gran cosa. Todavía con el sostén y las bragas, por si me daba por destaparme en plena noche, permanecí inmóvil, la cabeza bajo el edredón por si él se fijaba en que me temblaban los párpados.

Cerró la puerta sin hacer ruido. Se movió por la habitación como si pisara cáscaras de huevos. Como si estuviera petrificado ante la sola idea de despertarme.

Tal vez le había dejado más pasmado de lo que suponía. Tal vez le petrificaba esa criatura hasta el momento inofensiva, pero capaz de perder el control de repente y de saltar sobre él en plena noche.

A los cinco minutos estaba en la cama con la luz apagada. Seguí sin moverme, deseando que se pusiera a roncar o algo parecido, de modo que pudiera yo relajarme y dormirme, y enterarme solo de la llamada de recepción para despertarnos a las seis.

Bajo el edredón, tiré del jersey que llevaba puesto durante el trayecto de ida; lo dejé en el suelo, junto a la cama, pensando en esa eventualidad.

Con las cortinas echadas, la habitación estaba en penumbra, de modo que no iba a descorrerlas yo. Salí de la cama y recogí algunas cosas. Incorporándose, Josh se rascó la cabeza, parpadeó y dio la impresión de que no le sentaría nada mal dormir otras cuatro horas más.

—Voy a darme una ducha rápida —dije.
—Adelante.

Salí del baño en menos de diez minutos. Él estaba a medio vestir, con los pantalones que llevaba en el trayecto de ida y sin camisa. Con las cortinas descorridas, estaba de pie junto a la ventana, una mano apoyada en la pared.

Su espalda desvestida era como cabía esperar: olivácea, musculosa, comestible. No me hubiese ido nada mal verle algunos puntos negros, cualquier cosa que me diera asco.

Veinte minutos después estábamos abajo sin haber intercambiado siquiera diez palabras. Alguien había preparado cruasanes, mantequilla, mermelada, etc., y alguien con los ojos medio cerrados de sueño apareció con una jarra de café.

—Voy a llamar a la Asociación de Automovilistas, a ver cómo están las carreteras.

Mientras iba al teléfono, me serví el café y unté un pedazo de cruasán con mantequilla baja en calorías. Tras el impresionante desayuno del día anterior, más me valía controlarme un poco.

Volvió Josh.

—La M6 sigue cerrada al tráfico, pero en la M1 no hay problema.

—Podría haber sido peor.

Devoró un cruasán entero con mermelada de moras, y luego otro. Cuando cogió el tercero, la visión de todos esos trillones de calorías bajándole por la garganta me empezó a dar repelús.

—Oye, no te los pensarás comer todos, ¿verdad? Contaba con que saliéramos a esta hora.

Echó un vistazo a los tres cuartos de cruasán que quedaban en mi plato.

—Sophy, si tú quieres morirte de hambre, adelante, pero no esperes que te haga compañía.

—¿Qué tal has dormido? —dije por mostrarme amable.

—Bien, gracias.

A punto estábamos de marcharnos cuando oí la voz de mamá en las escaleras. Infalible.

—Os dije que no os levantaseis —exclamé, tratando de mostrarme exasperada al ver a mis padres a todo correr, tras haberse vestido obviamente de cualquier manera—. Es demasiado temprano.

—No seas tonta, cariño. ¿Cómo no íbamos a bajar a despediros?

Nos siguieron afuera, a la quietud del amanecer. Cuando todo estuvo cargado en el coche y estábamos a punto de marcharnos, mamá aprovechó la ocasión:

—Por cierto, cariño, ¿sabes que Paul y Belinda vienen a quedarse con nosotros la misma noche en que regresen de su viaje de novios?

Quedé boquiabierta.

—¿La primera noche?

Me pareció inequívocamente dolida.

—Estarán deseosos de ver las fotos, cariño. Para entonces ya las tendremos reveladas, así que les propuse que vinieran a cenar. Y fue Paul el que sugirió quedarse a dormir en casa. No le apetece pasarse toda la velada bebiendo agua mineral.

Según el Evangelio de mamá, siempre es el tío quien conduce.

—Y estaba pensando que sería muy agradable que pudieseis venir vosotros también —siguió diciendo—. Seguro que os gustará ver las fotos y pasar la noche todos juntos.

Le dediqué mi mejor sonrisa.

—Estupendo, mamá. Ya te llamaré.

No terminó así la cosa, claro. Con una sonrisa indecisa, se volvió hacia Josh.

—Ven tú también, Dominic. Será una cosa informal, dentro de dos sábados. Los seis solos, una simpática cena en casa...

—Seguramente estará ocupado, mi amor —dijo papá.

Tuve que dejarlo en manos de Josh. Con su sonrisa hubiese ganado de calle el primer premio en un concurso de yernos potenciales.

—Es muy amable por su parte, señora Metcalfe. Tendré que ver la agenda. Aún me quedan dos reuniones en el extranjero y puede que se me acumulen los viajes, pero si no fuera así estaré encantado de ir a cenar a su casa.

Mamá casi se puso colorada de alegría.

—Nos agradará mucho que vengas. Ha sido un placer conocerte por fin. Y que tengas un buen viaje.

Por fin nos largamos.

A menos de medio kilómetro, le dije:

—Como se te ocurra decir que «ya te lo había dicho», te juro que te mato.

—Al contrario. Me apetece muchísimo. Me juego cualquier cosa a que tu madre es una cocinera sensacional.

Le miré de reojo y me di cuenta, demasiado tarde, de que esa era su triste idea de un buen chiste.

—No te apures, no te pienso pedir que repitas la farsa —dije con toda mi acidez—. Esto ha sido una excepción, así que se acabó lo que se daba.

—Me alegro. —Lo dijo casi malhumorado—. Creo que has ido demasiado lejos.

—Ya lo puedes decir.

Reduje la marcha detrás de un tractor. Las ovejas pastaban a los dos lados de la carretera, y un poni solitario asomaba la cabeza sobre un murete de piedra sin mortero. Si hubiese ido sola, habría sido capaz de pararme a charlar con él.

No estaba muy segura de cuál sería la ruta más adecuada sin tomar la autovía. Era fácil olvidar que existía un camino.

—Me hará falta que me eches una mano con el mapa, ¿quieres?

Lo cogió del asiento de atrás.

—Entonces, ¿qué excusa piensas darles esta vez?

—Ya te lo dije: que te he dejado.

—¿Y con qué pretexto, si se puede saber?
Tiene gracia, pero se me acababa de ocurrir una buena idea al respecto.
—Mucho me temo que no te va a gustar —le dije con dulzura.
Y la verdad es que me lo temía, ya lo creo.

7

—¿Te acuerdas de que tuviste un grave ataque de paperas?

Me miró como si me fuese a apuñalar.

—Por desgracia, han surgido complicaciones —seguí diciendo—. Acaban de descubrir que eres estéril.

—Vaya, muchas gracias.

Se lo tenía bien merecido por jugar conmigo.

—Como es natural, eso me ha supuesto una gran alteración. Ha trastocado mis planes, ya que no he descartado del todo la idea de tener hijos un buen día.

Adoptó un tono más sardónico.

—Así que tengo que desaparecer, ¿no es así? ¿Solo porque no puedo darte hijos?

—Mucho me temo que sí. —Por fin adelanté al tractor y saludé al hombre que lo conducía—. Y mamá se va a sentir sumamente aliviada al saber que te he dejado para siempre.

—¿Tú crees? —dijo en tono de *¿a quién pretendes engañar?*

—Me temo que sí. Me dirá que he hecho lo que debía, y que en realidad no le habías caído muy bien, o que ya se había dado cuenta de que tenías una mirada acerada.

—Y una mierda.

—Lo hará. —Aguardé unos instantes antes de servirle el plato fuerte—. Y es que además no te importaba nada ser estéril. A decir verdad, al saberlo te mostraste encantado de la vida. Ya me habías dicho que no querías tener hijos, que en el fondo los niños no son más que un engorro carísimo, y que así te habías ahorrado la molestia de hacerte la vasectomía. —Debía de tener a mi diablillo preferido encaramado sobre el hombro, incitándome a seguir—. Espero no haberte ofendido.

—¿Por qué demonios iba a ofenderme?

—Por tu inminente esterilidad y la consiguiente mancilla de tu hombría.

—Sophy, si eso te hace feliz, por mí como si me quieres castrar. Gira a la derecha en el siguiente cruce.

Por el tono en que lo dijo, fue como si dijera: *Si de veras crees que me importa un comino lo que les digas a los demás, te estás pasando de lista.*

Durante el kilómetro siguiente me sentí con un tremendo hormigueo por todo el cuerpo. Cuando ya empezaba a hacerme a la idea de que reinaría un silencio glacial durante todo el trayecto, él tomó la palabra.

—Tengo la impresión de que empiezas a estar hasta la coronilla de mí.

Como nunca supuse que se tomaría la molestia de decirlo, bajé un poco la guardia.

—Me pregunto por qué razón lo dices.

—Estás hasta la coronilla de mí desde esta noche. —Hizo una pausa—. Desde que se produjo cierto incidente bajo un árbol.

Por fin lo sacó a relucir. Reduje la marcha al llegar al cruce y miré a ambos lados.

—Supongo que tú también estarás algo cabreado conmigo, porque te gané la partida.

—No fue una partida.

Se me empezaban a caldear los ánimos de manera muy agradable.

—Josh, por favor, no me tomes por una imbécil. No soy una niña de diecinueve años, con los ojos como platos y la cabeza llena de serrín. Sé perfectamente qué es lo que quisiste hacer.

—¿Ah, sí? Pues ¿por qué no me lo aclaras?

—¡Venga, hombre! —Estaba segura de que no eran imaginaciones mías. No llegaba tan lejos mi paranoia—. ¿De veras crees que no me di cuenta? Te dijiste: pobre foca, está claro que está desesperadita, así que será divertido darle un poco de emoción.

—¡En absoluto! —subió ligeramente el tono de voz—. Todo esto se te está yendo de las manos. Lo que dices no guarda ninguna relación con la realidad. Fue un acto impulsivo.

—¿Impulsivo? Y una mierda. Sabías perfectamente lo que estabas haciendo. Te estabas divirtiendo a mis expensas. O al menos creíste que te podrías reír a mi costa, vaya —añadí con aspereza.

—Eso es una estupidez.

Al cabo de un par de kilómetros de silencio muy tenso, tomó de nuevo la palabra.

—¿Sabes qué estoy pensando? Estoy pensando que eres una paranoica. Creo que tienes la paranoia de suponer que todo el mundo cree que estás desesperada.

—¡Ayer por la noche tú pensaste que yo estaba desesperada!

—¡Ni mucho menos! —Calló un momento—. Pero si me perdonas que te lo diga, si vas por ahí comiéndote crudo a todo el mundo, como te me comiste crudo a mí ayer por la noche, a cualquiera le dará por pensar que estás desesperada.

Contraataqué con un arrebato de furia.

—Solo quise quitarte de la cara la sonrisa de suficiencia que llevabas, eso es todo. Para tu información, te diré que no estoy desesperada por «comerme» nada.

—No, claro que no —dijo en tono sardónico—.

Está claro que «comes» con regularidad y de manera satisfactoria. Por eso tuviste que ir a pagar por un almuerzo de ficción en una agencia de acompañantes.

Llegados a este punto, me faltó poco para parar el coche y echarlo a patadas, pero casi de inmediato siguió hablando:

—Mira, lo siento. Perdona, no debería haberlo dicho.

—Cállate de una vez, ¿quieres? A no ser que prefieras volver a pie, claro. —No creo que estuviera pensando conscientemente en lo que había dicho Tamara, pero supongo que parte del cerebro la tenía con el piloto automático—. Para tu información, suelo «comer» en casa. Con regularidad y de manera satisfactoria.

Lo malo de que tu cerebro te juegue estas pasadas es el sobresalto que te llevas cuando estas cosas te salen de la boca.

No solo fui yo. Su incredulidad también fue casi palpable.

—¿Me estás diciendo que tienes una relación estable?

Tamara, hija mía, bendita seas.

—¿Y por qué demonios no iba a tenerla?

—¡Si me dijiste que no!

—¡Yo nunca dije tal cosa! ¡Solo dije que me había inventado un novio decente para que mi madre no me diera la lata!

—¿Me vas a decir que tienes un novio «indecente»?

—Acabas de dar en el clavo. Y no te ha costado mucho.

—No me digas más. Está casado, es bisexual y tiene antecedentes penales.

Una vez más, no es que fuera consciente del modo en que me puse a inventar, pero mi cerebro había encontrado otra plantilla y ya la contorneaba.

—No sé a qué viene tanto sarcasmo. Solo es indecente o, mejor dicho, inapropiado para mí, a ojos de mis padres. Y lo es porque no tiene una buena formación ni un trabajo sensacional. La verdad es que, hasta hace poco, ni siquiera tenía trabajo. Vivía en la calle.

Lo acababa de ver con toda claridad, hasta el último detalle de la mentirijilla.

Por un momento pareció digerir en silencio lo que le había dicho. De alguna manera se había disipado la tensión, como si de hecho le hubiera dicho la verdad.

—¿Vive contigo?

—Sí. Es posible que lo vieras ayer. Estaba conmigo, asomado a la ventana, cuando llegaste.

Supe que a Ace no le importaría, aunque tampoco tendría que decírselo.

—Sí, sí vi a alguien. —Siguió tras un momento—. Si no es meterme donde no me llaman, ¿cómo has llegado a conocer a un tipo así?

Tuve que pedir prestados los detalles a otro, pero en mi cerebro ya se había formado la imagen.

—Vendía *La farola* cerca de mi trabajo. De vez en cuando le compraba un ejemplar y me paraba a charlar un minuto con él. A veces me preguntaba si de veras era un «sin techo». De eso nunca se puede estar muy segura, y tampoco es que fuera terriblemente desaseado. Nunca se lo pregunté. Así fueron las cosas durante muchísimo tiempo; me llegó a parecer un detalle más del paisaje, un elemento del mobiliario urbano.

Eso me hizo sentir mal. El tipo había existido en realidad, y todo eso era estrictamente cierto.

—Lo vi, como de costumbre, el día anterior a la Nochebuena. En el trabajo habíamos tomado un par de copas y me sentía bien. Por eso le llevé una lata de cerveza y un paquete de patatas fritas, le di un billete de diez libras y cogí el tren. —Eso también era cierto—. Al día siguiente fui a casa de mis padres, a pasar las Navidades como de costumbre: el fuego en la chimenea, la mitad del pavo para el perro, cantidades enormes de bombones y turrón, y eso que todo el mundo está harto de tanto comer. En fin, los abusos de costumbre. Y no pude dejar de pensar en él, preguntándome qué clase de Navidad estaría pasando.

Como Josh no decía ni palabra, seguí a la carga.

—Cuando volví al trabajo, él ya no estaba allí. Hacía un tiempo de perros: aguanieve, heladas de noche... Y no dejaba de preguntarme si tendría un sitio donde esperar a que pasara el temporal.

Por si acaso te lo sigues preguntando, todo sigue siendo completamente cierto. Llegué a preocuparme bastante por el tipo en cuestión. Me preguntaba qué haría si me lo volvía a encontrar en una noche heladora, con una tos de pulmonía, con aspecto de estar enfermo.

Ese fue el punto en el que de veras tuve que mentir, aunque solo dije lo que me había dicho que haría en el caso de que llegara a suceder tal cosa.

—Apareció al cabo de una semana. Hacía más frío que nunca. Parecía tan animado como siempre, pero tenía una pinta fatal. Temblaba sin poder contenerse y tenía una tos espantosa. No pude dejarlo a la intemperie, de veras. Paré un taxi, lo metí de un empujón y me lo llevé a casa.

A estas alturas seguramente te aliviará saber que me sentía más culpable que un condenado por dármelas de ciudadana noble y honrada, bienhechora y, en el fondo, coñazo. Aunque me hubiera dicho que me lo llevaría a casa, era muy consciente de que me acobardaría cuando llegara el momento, por miedo a que fuese un esquizofrénico aficionado a los cuchillos de cocina, o un adicto al crack muy capaz de llevarse cualquier objeto de valor en cuanto le diera la espalda un minuto.

En realidad, no tuve que tomar decisión alguna: no volví a verlo. En esa esquina empezó a vender otro personaje *La farola*. Cuando le pregunté «¿Qué ha sido de Mick?», me dijo que no tenía ni idea. «A lo mejor ha encontrado plaza en un albergue.»

Así pues, envié un donativo a Cáritas y me volví a sentir culpable por no haberlo hecho antes.

Había empezado a llover. Las gotas, minúsculas, salpicaban el parabrisas. Lo suficiente para poner el limpia a la mínima velocidad.

—¿Y se quedó? —preguntó por fin.

Asentí.

—Se repuso rápidamente, pero aún hacía tanto frío que volvería a ponerse enfermo si salía a la calle. Y estaba en los huesos. Le hacía buena falta lo que mi madre llama «un reconstituyente».

Ya puesta, al menos debía tratar de ser convincente.

—¿Y así empezó la cosa?

—Sí.

Pensé que, a fin de cuentas, tal vez debiera contárselo a Ace. Seguro que se partiría el pecho de la risa, con lo cual al menos disminuiría mi sensación de culpa. A Alix no se lo podría decir nunca. No le importaría ver a su hermano convertido en un «sin techo», un gamín descarriado incluso, pero a lo mejor le daría por pensar que, en secreto, me gustaba. Y Dios me libre.

El tráfico era más denso por momentos. Por otra parte, la tensión entre nosotros dos había terminado por disiparse. En su lugar se instaló una suerte de silencio desconcertado. Me percaté de que se estaba preguntando, completamente desorientado, qué demonios me iba a sacar de la manga a renglón seguido: tal vez una confesión de asesinato, tal vez la revelación de que estaba sometida a tratamiento para curarme de una leve esquizofrenia.

—¿Qué edad tiene? —preguntó.

—Veintiséis.

Me pareció perfectamente aceptable: así no quedaba como una robacunas.

—¿Y cómo le has explicado...? ¿Se lo has contado a él?

Pensándolo bien, me di cuenta de que a él no le haría ninguna gracia que hubiera un Dominic en escena.

—No tiene ni idea de que exista Dominic. Se pondría malo. Solo le dije que eras un viejo amigo del novio, que provisionalmente estabas sin medio de transporte y que te iba a llevar yo a la boda.

Empezaba a ser sin duda brillante en esto de las mentirijillas.

—Le dije que mis viejos a veces se ponen un poco pesados, y que por eso mismo no podía hablarles de él. Aunque lo hubiera hecho, él se habría negado a asistir. Una fiesta de ese estilo debe de ser, para Ace, lo más parecido a una pesadilla.

—¿*Ace*? ¿Qué clase de nombre es ese?

—Es un apodo, ¿tú qué te crees? Son sus iniciales.

—¿Y durante todo este tiempo les has ocultado a tus viejos su existencia?

—No, o no del todo. Algo tuve que decirles por si acaso cogía él el teléfono. Les dije que, para variar, tenía un nuevo compañero de piso, no una compañera: de hecho, el hermano de mi compañera de piso. Me hubiera sido imposible contarles su historia. Papá hubiera tenido un ataque al corazón. Seguro que habría pensado que era un delincuente de poca monta, o un drogadicto como poco.

—¿Cómo sabes que no ha sido drogadicto? ¿Cómo puedes estar segura de que nunca ha compartido jeringuillas sucias con otros?

—Pues porque lo sé, ¿te vale? Solo ha consumido maría, según me ha dicho. Y hay millones de personas que fuman maría.

(Ace se metía de vez en cuando un éxtasis, pero la marihuana era su droga preferida.)

—¿Por qué no me hablaste ayer de todo esto? —dijo Josh al cabo.

Buena pregunta.

—No había ninguna necesidad de que lo supieras. Era mejor que no lo supieras, vaya. De haber pensado que tenía a otro en casa, tal vez no te hubieras comportado tan bien como lo has hecho.

Eso no me lo pudo discutir.

Había dejado de llover, pero el día seguía triste y sombrío. Adelanté a una autocaravana con la esperanza de que sus ocupantes fuesen camino de algún ferry y del sol del sur.

—Lo de «Dominic»... ¿fue antes o después de Ace? —me preguntó—. Lo digo más que nada para poder distinguir la realidad de la ficción.

Y lo dijo con un deje sardónico que no me sorprendió demasiado.

—Muy poco antes. Por eso, como es natural, lo mantuve en escena.

—Claro, es natural.

Durante un buen rato seguimos en silencio, con la sola excepción de sus indicaciones.

—Dime una cosa: ¿por qué vivía en la calle?

—Lo de siempre. Un hogar destrozado, un padre insultante y violento, una educación interrumpida... Lo metieron en un reformatorio, pero se escapó. Carece de educación formal, cosa que no le ha ayudado a encontrar trabajo.

—¿Y tiene trabajo ahora?

—Sí, en una megatienda de discos y vídeos.

Igualito que el Ace de verdad. Qué gracia.

Estaba yo un tanto sobresaltada por la facilidad con que iba tejiendo mentirijillas sin cesar, aparte de lograr como si tal cosa que me creyeran del todo. Cierto que últimamente había tenido mucha práctica en eso. Tal vez debiera poner una agencia de «Alquiler de Trolas».

Por fin nos acercábamos a la M1. Empezaba a ser necesaria una conversación ligera, pero creo que el cerebro se me había agotado a fuerza de inventar bolas.

Mientras repasaba el poco interesante paisaje en que estábamos, trataba de agotar mis últimos recursos.

—¿Te has fijado en esos campos que son como chapas de hierro ondulado? Me han contado que datan de la Edad Media.

Miró el prado ondulado de forma sucinta.

—Son los restos de un tipo de cultivo propio de aquella época —seguí diciendo—. Los cultivaban por surcos. Un surco de tal cosa, otro de tal otra...

—¿De veras?

A duras penas contuvo un bostezo.

Yo al menos lo intentaba.

—De ahí hemos sacado la palabra *furlong* —insistí—. Viene de *furrow long*, *surco largo*.

Ahogó otro bostezo.

—Lo tendré en cuenta. Puede que me salga en un crucigrama.

—Nunca se sabe. Las informaciones inservibles también pueden tener su utilidad.

Puse la radio. En las noticias dijeron que la policía había localizado un pequeño artilugio explosivo en una alcantarilla, y que dos ecologistas obsesivos, con algo en contra del motor de combustión interna, les «estaban ayudando en sus investigaciones». Trataban de vincular a los sospechosos con un incidente semejante que había ocurrido antes en un aparcamiento de varias plantas.

Pensé en todos los automovilistas que, cabreados, seguramente esperaban que les cayesen veinte años. Lo cierto es que al menos habían hecho feliz a una persona. Mamá era capaz de enviarles una bonita tarta a los dos, por cortesía de la Trena de Su Majestad.

—Están como las putas cabras —masculló Josh.

—Puede que sea un poco demasiado extremista, pero yo creo que tienen razón —dije en tono de compasión, con la esperanza de tocarle un poco los cojones.

—Así que a ti te gustaría volver a la época de los coches de caballos, no me digas más.

—No seas bobo. Existe ese invento que es el ferrocarril.

—Entonces, ¿por qué no cogimos un tren?

—Porque los dos billetes, más los taxis para tomarlo, llegar a la posada, tomar un tren de vuelta y volver a casa, me habrían costado un dineral.

—¿Y qué es lo que tratas de decir exactamente?

—No trato de decir nada, ¿vale? ¡Solo he sido torpe!

—De acuerdo, de acuerdo. —Al cabo de un momento añadió—: ¿Por alguna razón en concreto, o es algo que no debo preguntar?

—Pensé que esa la adivinarías tú solito.

—Sí, bueno, eso lo has dejado claro.

Pasados otros dos o tres kilómetros dijo:

—¿Te molesta que eche el asiento para atrás y duerma un rato?

—No, como quieras.

—De lo contrario, no estoy seguro de poder aguantar el almuerzo de hoy —siguió explicando a la vez que echaba el asiento hacia atrás—. Una anfitriona que nos servirá dos o tres platos soporíferos, un anfitrión que nos pondrá hasta las orejas de un vino no menos soporífero, y los tres esperan que les dé unas tres o cuatro horas de conversación nada soporífera...

Al menos, no le faltarían asuntos de los cuales hablar a sus anchas.

—No parece que te apetezca mucho. ¿Por qué no les das una disculpa?

—Porque son amigos míos.

Eso me puso justamente en mi sitio.

—En caso de que te duermas, ¿dónde quieres que te deje?

—Cerca de una estación de metro, donde sea. Ealing, por ejemplo.

Seguía sin saber en dónde vivía. Desde luego, no se lo iba a preguntar.

Al cabo de pocos minutos, o estaba dormido como un tronco o lo fingía estupendamente. Tal vez no quisiera tener que hablar, cosa que en el fondo no podía extrañarme. O tal vez estuviera cansado. Tal vez se hubiera pasado la noche entera sin pegar ojo, dando vueltas. Tal vez hubiera tenido una pesadilla en la que debía acompañar a una mujer normal y corriente a una boda en la que resultaba que él era el novio. Puede que incluso Cenicienta apareciera en su mal sueño: «*¡Sorpresa, sorpresa!*». Mamá lo regaría de confeti, Sonia blandiría una polla hinchable... Suficiente para que cualquiera se despertase de un sobresalto, empapado de sudor frío.

Tampoco me hubiera extrañado que en esos momentos tuviera otras pesadillas; por ejemplo, una sobre la idea de darle un beso como si tal cosa a una mujer de aspecto inofensivo que, a renglón seguido, se convertiría en araña y se lo zamparía de un bocado.

Le desperté poco antes de llegar a Ealing Broadway. Cuando paré el coche en la boca de metro había vuelto a salir el sol.

Se cerraba el círculo.

Aún parecía medio dormido.

—Gracias por todo —dijo educadamente—. Y cuídate.

—Lo mismo digo.

Pensé que había terminado, pero sin soltar la manilla se quedó quieto.

—Mira —dijo—, siento mucho lo de ayer por la noche. Tenías razón. En cierto modo me resultó divertido.

No me pude creer que lo reconociera como si tal cosa.

—Pero como nos estaba mirando tu madre y todo eso... —siguió diciendo.

Y yo estremecida de anticipación, claro... Eso nunca lo llegaría a reconocer, por supuesto. No contaba con que lo hiciera. Me resultaba mortificante que hubiera sido tan obvio.

—Es posible que mi reacción fuera algo exagerada. Siento el tiempo extra. Ya sé que ha sido un coñazo.

—Al menos, la cena estaba estupenda.

Esbozó esa sonrisilla algo seca, que debiera incluir un aviso sobre sus efectos en la salud del consumidor.

Ojalá no lo hubiera hecho, me dije.

—Bueno, pues te debo una. Si alguna vez necesitas un favor, ya sabes dónde puedes encontrarme.

—Te llamaré la próxima vez que necesite una mentira convincente para ahorrarme la asistencia a alguna cena tediosa.

—Qué simpático.

—Te lo decía completamente en serio. —Por fin salió del coche y recogió sus cosas del asiento de atrás—. Cuídate. —Hizo un gesto hacia la calle, hacia una guardia de tráfico que se aproximaba—. Más vale que te vayas, antes que los tiburones del aparcamiento se te echen encima.

—Pues adiós. Ojalá no tengas que esperar mucho a que pase el tren.

Lo vi despedirse por el espejo retrovisor. Siguió unos segundos sobre la acera, y su espalda desapareció por la boca del metro.

En fin, me alegré de verle la espalda y perderlo de vista.

Si acaso, hubiese preferido verlo de frente, y punto.

Con todo, debía contar los pros. No hubo ningún desastre. Salí bien librada de todo el entuerto, y sin tener siquiera que abrir el celofán del paquete de tabaco de emergencia. A buen seguro que me tenía merecida una palmada en la espalda y un Mars de chocolate. A tal efecto, paré en la tienda de la esquina.

Cuando por fin llegué a casa, salió Ace a recibirme. Estaba de hecho levantado, aunque no vestido, y estaba haciendo algo de pasta con queso rallado. De haber tenido siquiera media oportunidad, Ace viviría única y exclusivamente de pasta con queso rallado.

—Entonces, ¿no has tenido que pegarte un tiro? —sonrió—. ¿Todavía te dirige la palabra tu vieja?

—Está encantada conmigo. Fue todo de ensueño. Si quieres que te diga la verdad, yo diría que ya está marcando los sábados de junio del año que viene. —Dejé mis cosas en el suelo—. ¿Dónde está Alix?

—De parranda con ese... Como se llame.

—¿Qué?

—Un viajecito rápido en el Eurostar. Se les ocurrió en el último minuto.

Aun cuando estuviera en plena fase de preparación de una tarta de ruibarbo que él se comería hasta las últimas migajas, me pareció excesivo: de parranda o, mejor dicho, de fin de semana de amor, mientras yo me encontraba con camadas de elefantes recién paridos.

—Fantástico —masculló mientras ponía al fuego el agua para el té.

—De todos modos, ya le has demostrado que estaba equivocada —dijo a la vez que se servía una montaña de macarrones—. Estaba convencida de que te iba a salir el tiro por la culata y de que te ibas a comer el marrón. Era ella la que estaba cagando huevos de avestruz.

Metí la bolsita del té en una taza.

—¿Cagando? ¿No querrás decir empollando?

—Ya sabes lo que quiero decir. Estaba tan nerviosa que se le hacían las bragas un gurruño.

Me lo imaginé.

—¿Quieres un poco? —me ofreció a la vez que rallaba un trozo de Cheddar curado sobre la pasta—. Hay montones.

Podría haber matado a alguien: centenares de calorías y total ausencia de vitaminas buenas para la salud.

—No, gracias —dije con nobleza—. No tengo tanta hambre.

En realidad, se me empezaba a pasar el momento de ponerme a dieta, ya que la temporada del biquini estaba a la vista. Y no debería ser la clásica dieta de «voy a empezar mañana», sino más bien de «tengo que empezar ahora mismo».

—Como quieras. —Dejó el rallador en la fregadera—. Estuvo a punto de quedarse, por si llamabas presa del pánico en el supuesto de que a él lo hubiesen calado en la boda. Llamó esta mañana, más que nada para cerciorarse de que no te habías suicidado aún.

En tal caso, se lo podía perdonar.

—A mí me pareció un buen tipo —siguió diciendo—. Vamos, que no era un gilipollas integral. ¿Te entendiste bien con él?

Como Alix no estaba allí en medio, pude contárselo con toda tranquilidad.

—Fue lo que tú llamarías un desastre total. No te podrás creer lo que hice.

Mientras se metía la pasta a paletadas en la boca, le conté toda la aventura... sin entrar en el detalle de que Josh me gustaba más que comer con los dedos.

Fiel a las expectativas, a punto estuvo de atragantarse con la pasta.

—Qué pena que no te lo hayas traído a tomar una cerveza —sonrió—. Si me hubieras llamado desde un área de servicio para ponerme en antecedentes, habrías estado orgullosa de mí. —Adoptó una mueca estilo matón de película y amenazó con el dedo índice a la nevera—. Espero que no le hayas puesto tus sucias manos encima. Esta noche me la pienso pasar al microscopio. Como le encuentre una sola huella dactilar en las tetas, te voy a mandar a unos amigos míos a que te hagan un careto nuevo.

Me tuve que reír, aunque noté algo de verdad en su burda imitación.

—Por lo que más quieras, ni se te ocurra decírselo a Alix.

—¿Por qué? ¡Si seguro que le hace gracia!

—Por lo que más quieras, Ace. Esto es un asunto entre tú y yo. Bastante boba me siento tal como están las cosas.

—De acuerdo, no te apures.

—Y tampoco se lo digas a Tina —añadí. Tina era su novieta—. Sobre todo a Tina no le digas ni una palabra. Seguro que piensa que soy una foca patética, un vejestorio.

Estaba convencida de que ya me consideraba así. Tenía veintiuno, aparentaba diecisiete, a menudo me hacía sentir como si yo tuviera cuarenta y tantos.

Ace no me llevó la contraria, lo cual me pareció de agradecer, pero en cambio mandó al carajo el factor de los buenos sentimientos y de amor propio que me quedaba.

—No es muy sensato dejarte suelta por ahí —sonrió—. Tú necesitas un gorila que te guarde las espaldas.

Le quité un par de macarrones.

—Ya sé que ahora parece una bobada, pero es que me enfurecí. Me di perfecta cuenta de lo que le estaba pasando por la cabeza… Estaba pensando que me daría un poco de emoción…

—Suena insufrible.

—Así es. Pero en el coche, a la vuelta, incluso lo reconoció a medias. Me pidió disculpas. En parte, porque todo era una actuación a beneficio de mamá, claro.

Su expresión de iluminado me recordó que Ace no es tan tonto como parece a menudo.

—En el fondo te ha gustado, ¿que no?

Ahora que me había calado, no me importó reconocerlo.

—Bueno, sí. Un poco.

—¿Solo un poco?

—Bueno, me gustó bastante, a qué negarlo. Supongo que por eso me cogí tal cabreo, porque él se había dado cuenta. Ya te lo dije, ¿no? Te dije que todos piensan que estoy desesperada.

Rebañó con el dedo el queso fundido que le quedaba en el plato y lo lamió.

—Que alguien te guste no te convierte en una desesperada —me advirtió—. Lo que pasa es que te estás poniendo paranoica.

En eso tenía toda la razón.

Alix y Calum llegaron a casa a eso de las once, cargados de compras. Ostentaban ese aspecto sonrosado y complacido que solo se consigue con un delicioso abuso de comida y de buen vino, y con un montón de inventivas travesuras en las habitaciones de hotel, las duchas, etc. Qué pena que ya no se hable nunca de «un fin de semana guarro». Eso de la «excursión de fin de semana» no tiene ni la mitad de gracia.

—A vosotros dos no os pienso dirigir la palabra —dije, fingiendo estar malhumorada—. Mira que largaros a Francia a jugar a papás y a mamás mientras yo estuve a punto de suicidarme...

—¡A punto estuve de no ir! —protestó Alix—. ¡Calum vino con los billetes para darme una sorpresa!

—Todo es culpa mía, como de costumbre —dijo él a modo de disculpa.

—Que lo decía en broma, so bobo. —Les di un beso a cada uno—. Solo estoy celosa. Pero todo fue bien.

—¿Cómo era? —preguntó Alix.

—Hecho a medida para el papel. A mamá le encantó. —Eché un vistazo a todas las bolsas—. ¿Comida? ¿Solo habéis comprado comida? Vaya, supuse que al menos te habrías comprado unas bragas en las Galeries Lafayette.

—No ha tenido ni tiempo —sonrió Calum—. Yo apenas he hecho otra cosa que salivar como un loco al probar todas esas tartas típicas francesas.

Habían traído algunas muestras: *tarte aux pommes, tarte aux abricots*, y ambas estaban diciendo «cómeme» allí mismo y sin tardanza.

Mientras partían una, llegaron desde la cocina risas carraspeantes. Dio la impresión de que a Calum se le habían pasado las ganas de probar tarta francesa y que, en cambio, deseaba algo más afrutadamente inglés. Alix sonaba como si estuviera medio pedo. En sus risas se notaba un inconfundible aroma a *«Estate quieto, que me está gustando»*.

No fue la primera vez en que sentí el aguijonazo de la envidia. No fue por la media hora de guarradas que sin duda iban a gozar los dos juntos antes de hacerse algo más viejos, ni tampoco por su desenfrenado fin de semana, aunque yo no me hubiera resistido en el caso de que Darcy o Clooney hubiesen venido a verme con los billetes en la mano. Fue por la facilidad con que compartían algo tan íntimo. Por su manera de reírse juntos.

Volvieron de la cocina con grandes porciones de tarta francesa y con vasos de vino, de modo que aplacé el comienzo de mi dieta, aparcándola en el mismo sitio en que la dejaba cada vez que aparecía algo apetitoso en el menú.

Les hablé de Kit, y Alix se mostró consecuentemente indignada. También les comenté las conjeturas de Sonia, y Alix, que más bien llevaba tres cuartos de pedo, dijo:

—A lo mejor tiene razón. A lo mejor debieras haberle hecho pensar que aún lo querías, de modo que hubiese... hip, vuelto arrastrándose a ti, y entonces podrías haberle dicho... hip, que se largase con viento fresco.

En teoría muy satisfactorio, sí, aunque tenía la sensación de que nunca podría ponerme realmente de mala leche con Kit. No porque sea incapaz de soltar toda mi mala leche, a ver si nos entendemos; portarme como una malvada de tomo y lomo con un cabronazo de ex que viniera arrastrándose me hubiese apasionado una barbaridad. Sin embargo, a Kit era imposible llamarlo cabronazo, pues no era más que una presa fácil e indefensa para todas las Yocastas de este mundo. En todo caso, los ex cabronazos nunca vuelven arrastrándose. Para ser sincera, no pensé que Kit lo hiciera. Me había formado mi propia teoría sobre por qué dejó que Sonia lo arrastrase a la boda. Había sido una ocasión única para verme en un entorno civilizado, rodeada de gente, en donde podría hacer las paces civilizadamente conmigo y largarse aliviado. Y yo lo había echado todo a perder.

Ojalá no hubiera sido así, pero qué remedio.

A lo largo de los dos días siguientes, lejos de estar aliviada una vez finiquitada la ordalía, me sentí inquieta e irritable. Tarde o temprano mamá iba a llamarme para dar esperanzadas noticias acerca del fin de semana en cuestión, y todo el barullo volvería de nuevo. La historia de las paperas era demasiado disparatada, pero no se me ocurría nada que pudiera resultar verosímil, al menos sin convertir a Dominic en un individuo completamente despreciable.

De todos modos, la inspiración me llegó un miércoles por la tarde, mientras tomaba una copa rápida con Alix y Calum en La Rata y el Hurón. Había un perro pastor algo viejo y zalamero que trataba de hacerse amigo de un tipo que no le hacía ni caso. Le lamió el brazo y el hombre se enojó; se puso a despotricar sobre la higiene, sobre el hecho de que no se debiera admitir a los perros en un lugar público, etc. Fue un auténtico peñazo, pero le agradecí la inspiración.

Dominic, acababa yo de descubrir, no soportaba a los perros ni en pintura. Entendía la necesidad de los perros guía para ciegos, de los perros de la policía, etc., pero todos los demás le parecían poco menos que alimañas. Empezaba a hilar tan fino en esto de las mentirijillas y las artimañas que lo ideé hasta los más mínimos detalles. Todo había empezado en la cocina; estaba yo fregando una fuente de lasaña que se había incrustado. «Qué pena que *Benjy* no esté aquí —dije—. Dejaría la fuente limpia como una patena en un abrir y cerrar de ojos. Es casi mejor que el Scotch-Brite.»

Al oírme, Dominic se quedó boquiabierto del asco. ¿De veras permitíamos que el perro limpiase los restos de los platos? «Pues claro —le contesté—. Ese es su trabajo. Y después los metemos en el lavavajillas, donde el agua termina con todos los gérmenes. También los seres humanos tenemos gérmenes, por Dios.»

La discusión no nos llevó a ninguna parte. Los perros se lamen el trasero, dijo. Y la pirula. A lo cual le contesté que a lo peor estaba celoso, porque él no podía lamerse la suya. (Tal vez esta parte no se la contase a mamá.) Se desató una trifulca en toda regla, casi hasta el extremo de tirarnos los platos a la cabeza. Para mí había sido una revelación, casi como si se hubiera hecho miembro de la Sociedad de la Tierra Plana o del Frente Nacional.

Gracias a Dios que *Benjy* a fin de cuentas no había sido el paje en la boda de Belinda. Es un animal muy bien educado; sin duda le habría dado la pata a Josh y esa excusa recién inventada se me habría ido al garete. A menos que de veras le desagradasen los perros, claro. Nunca se sabe.

También estuve malhumorada en el trabajo. El tiempo seguía siendo seco y soleado, lo cual me ponía aún más inquieta e insatisfecha. El aire acondicionado no funcionaba del todo bien, una de las plantas se me estaba muriendo y Sandie, nuestra consultora de gestión en prácticas y chica para todo, seguía haciendo ruido al sorber las Coca-Colas. Para colmo, Neil se pasaba por allí casi a diario, tratando de conseguir por todos los medios que Harriet fuese con él al Met Bar o cualquier otro sitio. Cuanto más le decía ella que no, mayor era su insistencia.

—Es porque soy agente de la propiedad inmobiliaria, ¿verdad? —le preguntó él entonces, en el colmo del patetismo.

—No, Neil —dijo ella—. Es porque eres un poco tonto del culo y porque te crees que eres el no va más. ¿Quieres largarte de mi mesa, por favor?

—Todo el mundo nos odia —siguió diciendo lastimeramente—. Somos una minoría perseguida. ¡Y alguien tiene que sacar partido del boom de la propiedad inmobiliaria, por Dios! ¡Alguien tiene que inventarse todas esas mentiras sensacionales que aparecen en los comunicados de prensa!

Tal vez estuviera en el trabajo que peor me sentaba, pensé, pero en ese momento me encontraba mecanografiando un largo y complicado *e-mail*.

—Pues ve a inventarte lo que quieras, ¿vale? —le dije con irritación—. Algunas tenemos todavía trabajo por hacer.

En cambio, se acercó a la bandeja del café y me birló una galleta de avellana.

—Quizá debiera haber seguido con el marketing.

—¿Y por qué no lo hiciste? —le preguntó Sandie.

—Porque es un trabajo demasiado duro, cariño. —Con una súbita, luminosa sonrisa, se volvió hacia mí—. ¿Has tenido noticias de Dominic?

Tras el susto, reaccioné tarde.

—¿De quién?

—De Dominic Walsh, de nuestra delegación de

Wimbledon. Le diste tu número de teléfono en la juerga de Jess, ¿o es que no te acuerdas?

—Dios Santo, ¿de veras? —dijo Jess—. ¿Era aquel que se parecía a Tom Cruise, solo que más alto?

Hay ocasiones en las que me juro que no volveré a tocar una gota de alcohol, aunque se me suele pasar pronto.

—Por lo que yo recuerdo, como si se parecía a Freddie Kruger —mentí—. Creo que estaba un pelín achispada.

—¿Achispada? Llevabas una tajada morrocotuda —se rió Neil—. De todos modos, él sí que se acuerda de ti. El otro día encontró tu número. Comentó que a lo mejor te llamaba. «Adelante, hijo», le dije yo. «No es tan fiera como la pintan.»

—Qué amable por su parte haber pensado en mí después de tanto tiempo —dije con acritud—. Pero la verdad es que últimamente estoy muy liada, sobre todo con mis clases de punto de cruz y mi grupo de apoyo para dejar el alcohol por Jesucristo Nuestro Señor.

—Entonces, le diré que aún sigues por la labor —sonrió. Con las manos en los bolsillos, se acercó a la mesa de Jess—. ¿Y tú cómo estás, corderito? ¿Ya te has puesto las pilas para esa divertida excursión por el País de Gales?

—Ni se te ocurra —dijo ella con un estremecimiento—. Esta misma noche he tenido una pesadilla. Me iban a obligar a bajar a rappel el Empire State. «¡No puedo!», me puse a gritar. Y me dijeron que, si no lo hacía, mandarían a un rottweiler para que se comiese a la pobre *Alice*.

Alice era su gata.

Sandie soltó un bufido y Neil le guiñó el ojo de un modo que yo no tendría que haber visto.

—El descenso a rappel debiera ser la menor de tus preocupaciones —dijo a la vez que le daba a Jess una palmadita en el hombro—. Lo que sí te tiene que preocupar son todos esos cachas obsesionados con el sexo, todos ex miembros de los SAS, que te han de tender una y mil emboscadas. Una de las mujeres que estuvo en mi curso dijo que tampoco fue tan mal, siempre y cuando a una le agrade que un individuo de cien kilos, pura fibra, se la tire hasta dejarla inconsciente sobre un lecho de cagarrutas de oveja.

—¡Por favor! —dijo Jess.

Sandie volvió a bufar.

—Neil —dije yo—, ¿te quieres largar de una puta vez?

—Dios, cómo me gusta cuando te enfadas —sonrió, pero se largó antes de que pudiera tirarle algo a la cabeza.

—La verdad es que es tonto del culo —dijo Harriet.

—Las cosas que dice... —dijo Jess.

—Seguro que sí hay unos cuantos tíos cachas —se rió Sandie—. En cambio, lo de las cagarrutas de oveja...

—Unos jacintos silvestres estarían mucho mejor —reconoció Jess—. Un lecho de jacintos silvestres en el corazón del bosque...

Harriet y yo intercambiamos una mirada de alarma.

—En julio no creo que quede ni un jacinto silvestre —señalé.

—¡Ya lo sé! Lo decía solo en teoría.

Se sonrojó un poco aturullada, y comenzó a ordenar los papeles que tenía sobre la mesa.

Harriet y yo intercambiamos una mirada inequívoca: *¡Caramba!*

Después, miré a Jess con ojos muy distintos. En más de una ocasión la había visto con la mirada perdida a lo lejos. Luego se ponía colorada de vergüenza cuando yo tenía que hacerla volver en sí.

Seguramente hace falta una fantasiosa para reconocer a otra. Sospeché que Jess debía de estar ideando algo del estilo de Mills y Boon, más o menos en la línea de una novela rosa con todas las de la ley:

—*A mí no me puedes engañar* —dijo él con apasionada crispación—. *Tras esa apariencia tan gazmoña, tu cuerpo arde deseoso de mí.*

—*No, de veras. Siempre se me ponen así los pezones cuando...*

—*Hablas demasiado. Quítate la ropa antes de que tenga que arrancártela de tu carne trémula.*

—*Oh, en tal caso, adelante...*

Confieso haber sentido un minúsculo escalofrío al pensar en esta fantasía por persona interpuesta, cosa que me deprimió sobremanera. Me imaginé en el plazo de seis años, tan desesperada como Jess y comprando por catálogo unos cuantos vibradores *king size* de superficie lisa.

El miércoles por la noche telefoneó mamá.

—¿Has tenido noticias de Belinda? —le pregunté con la esperanza de prevenir lo inevitable.

—Sí, cariño. Solo una llamada muy corta. Acababan de regresar de una visita guiada y habían visto a una leona en plena caza. Una pobre cebra, me dijo. Creo que estaba un poco dolida. Supongo que es la Madre Naturaleza, pero ya sabes cómo se pone.

Como estaba a punto de destrozar su sueño familiar, me frenó su manera de seguir hablando:

—Espero que no te importe, cariño, pero hemos convertido tu dormitorio en un almacén. Solo serán unas semanas. Trudi sigue muy nerviosa y titubeante, y me ha pedido que le guardemos algunas pertenencias hasta que tome una decisión.

Como seguramente recordarás, Trudi era la del Sombrero Rosa de la boda.

Divorciada dos veces, acababa de vender su casa y

seguía dudando si a) vivir en Marbella con un tipo quince años más joven que ella, o b) encontrar un bonito piso donde jubilarse en Harrogate. Como había dicho papá, seguramente disolvía su tratamiento hormonal rejuvenecedor en un buen vaso de Eco.

—La verdad es que estoy un poco enojada, porque dijo que serían solo unas cuantas cosas, pero hay montañas de cajas de cartón. En tu dormitorio ya no cabe ni un alfiler —siguió diciendo—. Y papá llegó a enfadarse de veras, no solo porque Trudi diera por sentado que él se encargaría de todas las idas y venidas, y de subir los bultos por las escaleras. No quiso que sus cosas se guardasen en el garaje, ya que últimamente ha habido algunos robos de poca monta por la zona. Como dijo papá, si se puede permitir un estiramiento de piel y una operación para levantarse los senos, también se podrá permitir un guardamuebles y un mozo de cuerda que se ocupe de los bultos. Y luego dijo que «seguramente también le sentaría de maravilla una dosis de ese otro bulto, al menos conociendo a Trudi». Yo le dije que no fuera tan grosero, pero no pude contener la risa.

Como me quedó bien claro que aquella iba a ser la clásica conversación acerca de nada en concreto, emití una risa de cortesía y me acomodé para aguantar todo el tiempo que se prolongase.

—Espero que no te importe, cariño —volvió a decir.

—No, en modo alguno —le dije muy contenta—. Al menos mientras no le dé por guardar en mi dormitorio a su muñeco hinchable y ejercitarse con él en mi cama.

—Cariño, eso sí que ni de broma. Pero tampoco importa demasiado: si venís el próximo fin de semana, tú puedes dormir en el cuarto de Belinda y Dominic en la cámara de tortura, como se empeña en llamarla papá. A Paul y a Belinda tengo que dejarles la cama de matrimonio del cuarto de invitados, por supuesto.

Me quedé poco menos que sin habla ante la astucia con que había obrado: me había adormecido, me había inducido una sensación de falsa seguridad antes de colarse de rondón a mis espaldas, como haría un lobo montaraz con una oveja descarriada.

La cámara de tortura, por si acaso te lo estás preguntando, es la habitación más pequeña de la casa, donde hay una cama individual, una bicicleta estática y un aparato de remo, ninguno de los cuales llegaría a estropearse por el uso excesivo.

Me volví a preparar para destrozar su sueño, pero ella había vuelto a lo suyo.

—De veras confío en que pueda venir, cariño.

—No estoy tan segura. Lo que pasa es que...

—Oh, cariño, tú insiste. Convéncele. Será una delicia teneros a los cuatro en casa. Las fotos estarán listas dentro de un par de días. Estoy segura de que habrá algunas de vosotros dos.

Tenía que dejar de andarme por las ramas y darle el hachazo.

—Mamá, ¿quieres hacer el favor de escucharme un momento?

—Te estoy escuchando, cariño. Por cierto, no he tenido más noticias de Sarah. No le he dicho a nadie ni palabra, por descontado. Ayer vi a Maggie; es evidente que no tiene ni idea. No puedo evitar el sentir un poco de lástima por ella, aunque no entiendo por qué. Si fuese justo al contrario, no creo que ella tuviera ninguna lástima por mí. Le dije que seguramente ibas a venir con Dominic y se limitó a decir «¿ah, sí?», como si no le interesara lo más mínimo...

—Mamá...

—Y esta mañana estuve con Jane Dixon. Por cierto que le pareció un encanto de chico. A todo el mundo le pareció que hacéis una pareja de veras encantadora.

—¡Por todos los santos! —exclamé. No sé muy bien

qué me había pasado, pero fue como si algo me hubiera explotado en el cerebro—. ¿No te das cuenta de lo obvia, lo burda que puedes llegar a ser? ¡Es como si fueras a tocar la flamante *Marcha nupcial* en cuanto entre él por la puerta!

Nada más decirlo me entraron ganas de cortarme la lengua.

Se hizo un horrible silencio.

—Lo siento, mamá. No quise decir… —dije débilmente—. Es que he pasado un mal día.

Más silencio.

—Ya lo sé, ya sé que solo tratabas de ser acogedora —seguí diciendo más desesperada—. A él le pareciste muy simpática. Me lo dijo en el coche, a la vuelta. Y dijo que se podría apostar cualquier cosa a que eres una cocinera excelente.

Cuando por fin tomó la palabra, mamá adoptó esa vocecilla cargada de dignidad que emplea cuando está sumamente dolida, amargamente herida o mortalmente ofendida, según se mire. En este caso, las tres opciones a la vez.

—Lo siento muchísimo. No diré una sola palabra más. Si podéis venir, nos encantará veros, aunque solo si os encaja. Tengo que irme, he dejado un estofado de ternera al fuego.

—Mamá, por favor…

Clic.

Desesperada, me quedé mirando el teléfono.

Ahora sí que la había hecho. Y buena.

—Se repondrá —dijo Alix para tranquilizarme—. Dile que estabas fatal. Dile que estabas molesta porque acababas de tener la famosa discusión con él a cuento de los perros. Así podrás dejar que pasen unos cuantos días, y luego lo abandonas y, ¡bingo!, problema resuelto.

—Ya, pero ¿qué me dices de este otro problema? Nunca se pone así de desdeñosa. Me siento morir.

—Ya se repondrá —dijo Alix.

Todavía no le había contado a Alix ni lo del beso ni la mentira sobre Ace; solo le había dicho que Josh se portó de maravilla.

Con tanto mentir, empezaba a ponerme histérica. Es una tensión terrible, pues hay que recordar a quién le has contado qué mentira.

A la noche siguiente telefoneé a mamá, pero luego deseé no haberlo siquiera intentado. Seguía muy enojada conmigo, y en menos de medio minuto se disculpó porque había dejado la plancha encendida en el piso de arriba.

El sábado por la mañana llamó Tamara.

—Bueno, entonces, al final, ¿te apetece venir a la fiesta de Jerry? Es el fin de semana.

—La verdad es que no, pero gracias de todos modos. Empiezo a pasar del mercado de la carne.

A la vez, me sentía un pelín carnosa. A pesar de haber hecho dieta rigurosa durante dos días y medio, había ganado medio kilo. Sin embargo, lo más probable es que fueran líquidos. La temperatura había subido más aún, y había bebido cantidades industriales de agua mineral, vodka baja en calorías, etc.

—Dios, cualquiera diría que estás hecha un vejestorio —se burló—. Por cierto, hablé por teléfono con Jerry. Hace una eternidad que no ha visto a Josh, pero le pareció graciosísimo que se haya dedicado a ir de acompañante...

—Eh, ¿no le habrás dicho que fue conmigo?

—Claro que no. Tampoco hubiera sido tan grave, porque rara vez va a casa. Solo le dije que fue con una mujer extraordinariamente atractiva cuya pareja no pudo ir con ella, de modo que contrató a alguien para quitarse de encima a los borrachos y a los sobones que una se encuentra siempre, incluso en las mejores bodas. ¿Te parece bien?

—Excelente. Por cierto, no te lo vas a creer, pero el muy cabronazo pensó que estaba desesperada. Terminamos quedándonos a dormir por el estado de las carreteras, y más adelante ya no me cupo duda ninguna.

—¿Se lo intentó hacer contigo?

No quise entrar en detalles.

—No exactamente, pero me di cuenta. Por eso me inventé un novio «inapropiado a las circunstancias», de modo que Josh ahora piensa que no estoy disponible, en vez de estar muerta de las ganas, como pensaba antes.

Se echó a reír.

—¿Cumple condena por causar violentas lesiones a otra persona, o es algún trotskista furibundo?

—Ni lo uno ni lo otro. —Le conté brevemente lo de Ace—. Y con eso se le borró la sonrisa de la cara, te lo puedo asegurar.

—Seguro que sí —se rió—. Por cierto, Jerry cree que Josh tiene un negocio propio, o que al menos lo tenía, solo que no consigue acordarse de qué era. Le dije que no le podía ir demasiado bien si tenía que redondear sus ingresos haciendo de acompañante. Jerry se echó a reír y me dijo que no le fuera con esas, que no me enteraba de nada. ¡Si él también estaba pensando en dedicarse a lo mismo!

Como el día siguiente se esperaba más caluroso incluso, pensé en ir a tomar el sol al parque del barrio. Todos mis biquinis parecían haber encogido desde el verano anterior, pero eso al menos significaba que la superficie expuesta al sol sería mayor. Metí en un bolso una toalla, un libro y una botella de agua y desenterré mis gafas de sol. Alix estaba aún en casa de Calum. Ace seguía en la ducha.

—¡Ace! —le grité—. Me voy al parque. Si quieres hacer algo, hay que fumigar el cuarto de estar.

—¡Hecho! —gritó—. Pero préstame tu crema de depilar para los pelos del culo. Tina piensa que los tengo hechos un desastre.

—¡Pues usa la suya, joder!

Antes de marcharme, me acordé de la planta que tenía en el alféizar de la ventana del cuarto de estar. La había comprado cuando era muy chiquita por solo cinco libras, pero había crecido tanto que ya la había tenido que cambiar dos veces de tiesto. Con el tiempo que hacía, era preciso regarla prácticamente a diario. Mientras le daba un buen chorro de fertilizante líquido sonó el teléfono, pero, como muchas veces lo dejamos con el contestador puesto, como si estuviéramos fuera, por si es alguien con quien no nos apetece hablar, saltó el contestador de inmediato.

—Andrew —dijo una exasperada voz de mujer (todavía no me acostumbraba a que alguien pudiera llamar «Andrew» a Ace)—, si estás ahí, ¿quieres hacer el favor de coger el teléfono?

Siguió un resoplido aún más exasperado.

—Empiezo a estar harta de todas esas piezas de motocicleta desmontada que hay en el garaje. Como no vengas a llevártelas el fin de semana que viene, tu padre se las llevará al basurero. No te lo vuelvo a advertir.

—Entendido, madre, a ver si te calmas un poco.

Acababa de entrar con una de mis toallas enrollada a la cintura.

Cuando tuve que recoger dos colillas de la tierra del tiesto, sentí cierta simpatía por su madre.

—¿Cuándo piensas dejar de usar mi planta como si fuese un maldito cenicero?

—¿Y tú me lo dices? Es una crueldad tenerla ahí metida, en una birria de tiesto, cuando esa planta debería estar en la selva. Ayer por la noche estuve conversando con ella. Me dijo que tú nunca le hablas. Me dijo que solo la quieres como planta objeto, y no por ser la que es. Incluso le di media cerveza sin presión para que se animase un poco.

—Oh, lárgate a depilarte los pelos del culo.

Le dejé las dos colillas en la mano y me encaminé al parque. No estaba muy lejos. Era un oasis verde, rodeado de árboles, salpicado de las variedades de temporada de *Lata de cocacolus desperdicius*, *Paquetus de patatas con sabor a cebollus* y alguna cagada de perro debidamente aromática.

Encontré un rincón bastante protegido cerca de un árbol. Me embadurné con crema protectora factor 8 y me tumbé con el libro, procurando no prestar demasiada atención al modo en que la crueldad del sol hacía brillar mis carnes blancuzcas, que parecían casi una laguna llena de natillas.

No obstante, un par de personas se me antojaban infinitamente más groseras que yo en ese sentido. Estaban tendidas como dos ballenas sin que les importase lo más mínimo. Me sentí agradecida; por comparación con ellas me sentí más que pasable. Por otra parte, unas delgadas repugnantes también habían encontrado su sitio sobre la hierba para tomar el sol. Para añadir más leña al fuego y rematar la herida con un insulto, dos de ellas estaban perfectamente bronceadas. Lo cual me hubiera parecido perfectamente admisible si fueran del sexo masculino. Siempre es una ventaja que realza el paisaje.

El libro que me llevé no era malo, pero resultó inevitable que me pusiera a mirar a diestro y siniestro. A resguardo tras las gafas de sol siempre se puede mirar a cualquiera, pero pareciendo el colmo de la discreción. A unos treinta pasos de mí, una asquerosa y morena arpía se levantaba cada dos por tres para embadurnarse de crema bronceadora y mostrarse a todo el mundo. La braga del biquini era poco más que un tanga, y el culo que apenas tapaba bien podría haber sido el anuncio de una de esas cremas anticelulíticas que cualquier crédula medio boba compra aunque cuesten una fortuna, con la vana esperanza de que además funcionen a pedir de boca. (De acuerdo, yo también caí una vez en la tentación.) Todos los tíos decentes que había por allí la miraban embobados.

Volví a mi libro, aunque el sol me había calentado la cabeza y la complejidad del crimen en el que se habían visto envueltos unos abogados un poco chungos se me empezaba a escapar por completo. Dejé el libro sobre la hierba y volví a mirar a la del tanga. De nuevo estaba de pie, untándose la crema sensualmente en los hombros. ¿De veras era preciso que se pusiera de pie para eso? ¿O acaso tenía la esperanza de que un tío estupendo captase la indirecta y se ofreciera a aplicársela? Hizo una pausa para hacerles una carantoña a dos bebés que iban en un cochecito, empujado por un papaíto típico «Hombre Nuevo», con pantalón corto y camisa desabrochada. Cómo no: se detuvo a conversar con ella. Ella seguía embadurnándose de crema mientras charlaban; en cualquier momento, el «Papaíto Hombre Nuevo» le diría que le permitiese darle la crema en la espalda. Estaba muy pasable; de hecho, se parecía muchísimo a...

No me lo pude creer.

¡Dos bebés! ¡Gemelos!

Medio paralizada por la sorpresa, permanecí tendida muy quieta, parapetada tras las gafas de sol, sin perder detalle. La del tanga seguía haciéndoles carantoñas a los dos bebés, pero él no comenzó a embadurnarla de crema. Al cabo de otros veinte segundos siguió su camino.

Directamente hacia mí.

8

Para el momento en que me quedé helada, inmovilizada por el pánico durante unos segundos, ya era demasiado tarde: no había manera de recurrir a mi opción preferida, esto es, vestirme cuanto antes y largarme de allí. Desde luego, todavía estaba a tiempo de dar un viraje y así tal vez no me viese. Incluso aunque me viese, también era posible que le diera por fingir no haberme visto, pero con toda la grasaza que me colgaba visiblemente por todas partes ni siquiera se me ocurrió arriesgarme. ¿Qué contraste iba a ofrecer yo respecto a la del tanga, maldita sea?

Con gafas de sol es fácil simular que estás dormida. Ni siquiera hay que preocuparse por si se te mueven los párpados. Consciente de ello, relajé toda la musculatura y comencé a respirar de esa forma lenta, rítmica, que da a entender que una está como un tronco. Para mayor garantía, abrí la boca solo un poco.

Ni siquiera con gafas de sol me atreví a dejar los ojos abiertos, de modo que aquello fue como para ponerse histérica, y tuve que esperar más o menos una eternidad. La verdad es que a punto estaba de dar por buena la estratagema, falsa alarma, cuando oí una especie de chirrido, como de cochecito de niño, muy cerca de mí.

Cesó el chirrido. También dejó de latir mi corazón. O poco menos.

—¿Sophy?

Lo había dicho a modo de prueba, como si no estuviera muy seguro. Me concentré en la respiración y seguí sin mover un solo músculo.

A continuación oí pasos amortiguados sobre la hierba y cayó sobre mí una sombra. Luego, a juzgar por un susurro como de ropa y un crujido de cuero de zapato, supe que se estaba arrodillando para mirarme más de cerca.

—¿Sophy?

En fin. Cuando estoy acorralada suelo ser una mujer de recursos. Moví ligeramente la cabeza y el brazo, y hablé sin vocalizar, con voz de dormida: «No, ya he comprado las gambas…». Dejé que se perdiera la voz y abrí un poco más la boca, como si estuviera a punto de echarme a roncar sonoramente. Suspiré.

Por un instante no percibí el menor movimiento de la sombra, ningún ruido. Uno de los bebés comenzó entonces con esa especie de gimoteo que va in crescendo, anuncio de que se va a poner a berrear en cualquier momento.

—Vale, Katie, vale —dijo él, a mitad de camino entre su afán de sosegarla y un murmullo para no despertarme—. Ya nos vamos.

Solo que no se fue, o no de inmediato. Acto seguido le oí decir:

—Joder, Ben, otra vez no, por lo que más quieras. ¿Qué coño te da de comer tu madre, eh?

—Ba ba ba ba ba ba —dijo el crío.

—Ba ba ba te voy a dar yo a ti, sucio mocoso del carajo.

De todos modos, lo dijo en un tono razonablemente afectuoso, en voz baja. Y entonces sí que oí el chirrido de las ruedas del cochecito que se alejaba a buen paso.

Al menos transcurrió un minuto hasta que me atreví a abrir los ojos.

¡Gemelos! Y, ya puestos, seguro que había una señora de, o al menos una compañera de, dispuesta a abrirse de piernas, claro. En fin: al menos, dejaría de malgastar mi tiempo y mis fantasías en una causa que estaba perdida de antemano. (Es cierto: ya lo había malgastado.) Si me da por fantasear acerca de alguien a quien de hecho conozco, prefiero que al menos teóricamente esté disponible. Como sobre este asunto hablo con sobrado conocimiento de causa, no en vano es todo un arte en el que estoy especializada, puedo asegurar que eso siempre aporta un valor añadido a la fantasía.

Volví a casa dos horas después con un vago dolor de cabeza, seguro que causado por el sol, y buena parte de mi piel merengue bastante sonrosada. Me encontré a Ace tirado en el sofá viendo el fútbol. El cuarto de estar parecía mínimamente más limpio; al menos habían desaparecido un par de Hula Hoops de la asquerosa alfombra marrón. La alfombra estaba en cambio decorada con páginas sueltas de *News of the World*; la mesita del café, literalmente repleta de latas de cerveza vacías; había un tarro también vacío de Pot Noodles, que solo de verlo me dio grima, y un carozo de manzana.

—Dios, ¿cómo es posible que seas tan dejado? —le increpé, como si yo fuera tan esmerada como Jess con las cosas de la casa.

—Cuestión de genes, Sophe. ¡Venga, vamos allá! —Esto último se lo dijo a la pantalla, de donde brotaba un tremendo rugido colectivo. Ace se llevó las manos a la cabeza con gesto de desesperación—. ¡Pajillero! ¡Si eso lo hubiera metido hasta mi madre!

—¿Y quién dices que le está dando una paliza a los pobres Soplapollas? —pregunté—. ¿Otra vez son niñas de Thessalonika menores de trece años, o qué?

—Qué graciosa, ja, ja, ja. —Volvió la cabeza hacia

mí—. ¿Te has encontrado con el de «Sementales de Alquiler»?

Me sentí como si una masa de gelatina enorme y violenta me acabara de dar en todo el estómago.

—¿Qué?

—¡El carahuevo ese de la boda! Vino por aquí a buscarte media hora después de que te fueras. Dijo que le habías prometido hacerle un favor, y como tenía que cuidar a un par de «gremlins» de su hermana...

—¿De su hermana? ¡Pensé que eran suyos!

Se le arrugó el entrecejo.

—Vaya, así que lo has visto. Y a los enanos. Pues yo hubiese jurado que lo primero que iba a decirte era que no son obra suya.

—¡Si ni siquiera hablé con él, so bobo! ¡Lo vi venir y me hice la dormida!

Se me quedó mirando con la boca abierta y bajó el volumen de la tele.

—¿Cómo? Quiero decir, ¿por qué?

—¿Y a ti qué te parece? Tenía todas las carnes al aire, toda la grasa a la vista, y además me pareció que estaba jodidamente bien casado el muy capullo. —Entré en la cocina hecha un basilisco y me puse una copa de vino blanco de Sudáfrica que encontré en la nevera. Ace me siguió—. ¿Y qué querías que pensara yo al verlo con dos críos en un cochecito? ¿Quién le manda ocuparse de los niños de su hermana o de quien sea? —le espeté sin darle tiempo a respirar.

Me ventilé la copa de un solo trago.

—Dijo que su hermana había tenido que ir a la peluquería. Que se los iba a cuidar hasta la hora del almuerzo. Oye, ¿tú le dijiste que le harías un favor?

—Pues sí, pero nunca pensé que se lo tomaría tan al pie de la letra.

Supongo que, inconscientemente, deseaba que lo hiciera, y que precisamente por eso se lo dije. Bueno, de acuerdo, no hubo nada inconsciente cuando se lo dije. Se lo dije con el mismo espíritu con el que una se compra, un suponer, un billete de lotería, sin la más mínima esperanza de que te salga el número.

Ace se abrió otra cerveza.

—Si quieres que te dé mi opinión, los «gremlins» no eran más que una excusa. A ese tú le gustas, te lo digo yo, y si vino fue para sondear a la oposición.

Me dio de lleno otra gelatina, aunque no por ese motivo.

—¡Si se supone que tú eres mi pareja!

—¡Ya lo sé, so mema! Me quedé un poco patidifuso, es verdad, pero enseguida actué de cine. —Sonriéndose al recordar su actuación estelar, adoptó de inmediato una mueca extraña, como quien pone cara de pocos amigos—. «¿Y a ti qué se te ha perdido por aquí?», le dije. Tal que así. —Repitió su interpretación en un tono vagamente agresivo, con los brazos en jarras—. Y cuando me dijo quién era, le dije... —Volvió a fruncir el ceño y habló en tono beligerante—: «Ya sé quién eres, chaval. Te vi venir la semana pasada. Te estuve viendo por la ventana, a ver si te enteras.»

Debo decir que lo hizo francamente bien. Tan agresivo que resultaba convincente.

—Y él más o menos se puso tal que así... —Enarcó una ceja con un aire levemente sardónico—. Y dijo a qué había venido, y entonces le dije yo: «Bueno, chaval, pues ya ves que no está, ¿no?». Preguntó que adónde habías ido, así que le dije que a tomar el sol al parque. En fin, ¿qué quieres? Pensé que te gustaría verlo. Y dijo entonces que iba a ver si te encontraba y si estabas por la labor de hacerle el favor ese que le debes, de modo que le dije... —repitió el gesto amenazante— «más te vale que solo sea un favor, chaval. Más te vale». Y se largó. ¿Se puede saber por qué demonios no has aprovechado para hablar con él?

—¿Para qué iba a hablar con él? ¡Si pensé que estaba casado, o que tenía compañera en cualquier caso...!

—Si quieres que te diga lo que pienso de todo esto, tú a ese le gustas. Solo ha venido a ver qué pinta tengo yo.

—Ya, no me digas.

Sin ánimo para dedicar un segundo más a esa posibilidad tan deliciosa que, de seguir dándole vueltas, haría que se me parase el corazón, me bebí de un trago otra copa de vinazo.

—Vale, pues no. —Ace puso su mejor cara de estar hasta arriba—. Solo necesitaba una idiota que le hiciera un favor, y pensó que tú eras pan comido. Y ahí estuve yo, dejándome los huevos en el intento de animarlo...

—¿Cómo demonios ibas a animarlo?

—Dios, Sophe, a veces eres como para darte de comer aparte. Actué como un perfecto subnormal... Mierda, se me olvidaba contarte lo mejor. Según se marchaba, le llamé: «¡Y si por un casual te la encuentras, pregúntale qué coño ha hecho con mi camiseta negra! La eché a lavar hace varios días». Un reto, ¿lo ves? Para hacerle pensar: ¿qué habrá visto en un tipo así? Y para que enseguida decidiera hacer algo al respecto, ¿comprendes?

—¡Pensará que estoy como una cabra si soy capaz de aguantar a un tipo así!

—¡Pues pensé que me estarías agradecida! —dijo con voz dolida.

—Lo siento, ¿de acuerdo? Estoy segura de que lo hiciste a las mil maravillas, pero ¿cómo iba yo a saberlo?

—Carajo, casi se me olvida —siguió diciendo—. No te vas a creer quién llamó por teléfono mientras él estaba en la puerta. Tu amado falsario tiene un rival salido de las procelosas aguas de tu pasado. Y yo estoy hecho trizas, la verdad.

En el acto pensé en Sonia.

—¿No me irás a decir que llamó Kit?
—No, ese no. Llamó Dominic el Genuino. Dejé sonar el teléfono por si acaso fuera mi madre otra vez, de modo que saltó el contestador. Estaba a todo volumen, de modo que él se tuvo que enterar.
—Ace, como me estés tomando el pelo...
Fui corriendo al contestador y lo puse.
«Hola, soy Dominic —dijo una voz suave, que denotaba una absoluta confianza en sí mismo—. Dominic Walsh. Este es un mensaje para Sophy. Mira, disculpa por no haberte llamado antes, pero entonces estaba emparejado, y luego resulta que perdí tu número de teléfono. Si todavía te apetece que salgamos a cenar o lo que sea, llámame al...»
—¡Será mamón! —exclamé, y maldije al mismo tiempo a la ley de Murphy y a Neil, quien sin duda le había acicateado para que me llamase—. ¿Y me llama a estas alturas? ¿Después de que hayan pasado varios meses? ¿Cuando tengo a Josh como quien dice a la puerta de casa?
—Supongo que debe de ser como los autobuses, Sophe. Te pasas horas esperando uno, y de pronto aparecen dos a la vez.
—¡No tiene nada que ver con los autobuses! ¡Ese tío ha pensado que estoy como una cabra!
—No lo creo. A fin de cuentas, lo que busca es una cita contigo.
—¡No me refiero a él, idiota! ¡Me refiero a Josh!
—Ah, ya —dijo—. Por lo que veo, no le dijiste que había un genuino Dominic.
—¡Pues claro que no!
—Bueno, al menos aún puede que piense que estás desesperada.
—Qué va. Pensará que estoy loca de atar. ¿Le dijiste algo al respecto?
—Bueno, me quedé patidifuso, y me parece que él

también. Pero creo que estuve sensacional. —Sonriendo al recordarlo, siguió hablando—. Creo que me deberían contratar para actuar en *Gente del barrio*. —De nuevo adoptó un gesto malencarado—. «No tengo ni idea de quién es ese pajillero, pero lo voy a borrar ahora mismo.»

Y así se había mostrado mi pareja.

—Dios mío... —me dejé caer en el sofá y escondí la cara entre las manos.

—Oye, ¿qué querías que le dijese? —me preguntó muy dolido—. ¿Que bienvenido, que ahí estabas esperándole, que estaba harto de una pesada que ni siquiera me sabe lavar la ropa?

—¡Un millón de gracias! Creo que ahora mismo me voy a pegar un tiro.

Sin embargo, antes me tomé otra copa de vino y el final de los Pot Noodles de Ace. Para entonces, la cabeza me zumbaba a cien por hora y se me habían quitado por completo las ganas de suicidarme. Me tumbé en la cama enfurruñada. Todo era culpa de la del tanga, por haberse plantado adrede en su camino y haberme puesto en ridículo.

Seguramente quedé adormilada. Me desperté con la boca reseca y una sensación horrible. Todo el mundo había salido. Volví a poner el mensaje de Dominic, más que nada para comprobar que no había imaginado la confianza que puede llegar a tener un hombre, con tanto aplomo que ni siquiera sabe deletrear la palabra «rechazo». «Si todavía te apetece que salgamos a cenar o lo que sea...» Así es como se dice, en el lenguaje de los tíos, *te expones a un buen polvo, que quede claro*. Borré el mensaje de inmediato, odiándome en primera instancia por haberle hecho el juego a su ego masculino.

Ace volvió a eso de las siete y media con Tina y comida china para dos.

—Gracias por pensar también en mí —dije, y los

dos parecieron quedar muy cortados, con lo cual me sentí fatal—. Bah, da lo mismo. Prefiero algo de comida griega, ¿qué más da?

Salí a la calle camino del Kouzina y procuré estar más amable a la vuelta, sobre todo con Tina, que no en vano conseguía irritarme a menudo. Además, tenía la sensación de que se me notaba. Tenía una clara tendencia a reírse con disimulo, decía «básicamente» cada dos por tres, y no dejaba de darle vueltas a una cuestión tan espinosa como que hacerse un *piercing* en el ombligo le doliera o no.

Se marchó una hora después de que yo regresara.

—No le habrás contado lo de Josh, ¿verdad? —dije a Ace nada más cerrarse la puerta.

—¡Qué va!

—Me juego cualquier cosa a que sí, sapo repugnante. Como se lo digas a Alix, te juro que te mato. Bastante jodido es pensar que estoy chalada, que soy una neurótica sin remedio. No me gustaría que ella pensase lo mismo.

—Conozco esa sensación —suspiró—. Y no es que ella piense que estoy chalado, ni que soy un neurótico sin remedio. Lo que ella piensa es que soy gilipollas, y punto.

Cuando por fin regresó con Calum, Alix consiguió deprimirme un poco más. Habían pasado el día en Brighton; almorzaron en The Lanes y luego se tumbaron en la playa a hacer el vago; allí, sus muslos estilo la del tanga habían adquirido un bronceado digno de una semana en Antigua. Fue el final perfecto para un día que había sido como un montón de mierda. Preguntándome qué demonios habría hecho yo en mi vida anterior para merecerme semejante mala suerte, me llevé las natillas sonrosadas a la cama.

Durante toda la semana siguiente hubo un ominoso silencio por parte de mamá. En varias ocasiones traté de ponerme las pilas y mentalizarme para llamarla y decirle que había terminado con Dominic. La última vez que la llamé no obtuve respuesta.

El jueves por la noche me llamó Tamara.

—Ojalá vinieras a esa fiesta. Estoy casi segura de que Charlotte no vendrá. Se ha apuntado a un curso en la Universidad Abierta y le queda un trabajo por entregar, y ni siquiera lo ha empezado. La verdad, yo tampoco me tomaría la molestia de pensar siquiera en ir, pero no puedo quitarme de la cabeza a Paolo.

—A lo mejor, ni siquiera va.

—Sí que irá. Lo ha dicho Jerry. Y seguro que ni siquiera se te ocurre imaginar lo que ha dicho sobre mí. Dijo que parezco «un angelito de Botticelli». Si eso no quiere decir, traducido del italiano, «situación de lo más prometedora», no sé qué querrá decir. Anda, vente. No tienes nada mejor que hacer, ¿verdad?

—Aparte de ver *Cita a ciegas*, la verdad es que no —reconocí.

—Pues anímate. Seguro que nos reiremos. Y si no nos divertimos, nos podemos emborrachar y hablar mal de todo hijo de vecino. Jerry ha reservado habitaciones en el pub de la zona. Algunos se quedarán con él, pero la casa aún está peor que un basurero. Parece que el cuarto de baño es prehistórico, así que se lo podemos dejar a los chicos que no encuentren nada mejor. ¿Te mando por fax las instrucciones para llegar? Venga, ¿nos vemos en el pub a eso de las ocho?

El sábado por la tarde aún no había hablado con mamá. Como no me la podía quitar de la cabeza, me alegró todo lo que supusiera una distracción. Llegué a las ocho y diez. El Jabalí Azul era uno de esos sitios de techos bajos, enorme, antiquísimo, aunque no era hortera, ni menos aún cursi como una bombonera. De existir un cliente habitual, se trataría sin duda de un granjero curtido a la intemperie, de esos que aseguran que no se andan con mariconadas, que prefieren tomarse una buena jarra de cerveza y que no sea a la intemperie. Alrededor se extendían los campos y había alguna que otra casa de campo sin pretensiones. Hacía calorcillo, aunque no tanto como en Londres. Me imaginé el sitio en invierno, cuando el viento soplara directamente desde Siberia.

Me hicieron pasar de inmediato a una habitación bastante decente con vistas a los campos. Tamara estaba a medio vestir, con un secador de pelo en la mano. Charlotte había ido con ella, pero aún estaba en bragas.

—Se decidió en el último minuto —dijo Tamara—. Ya lo ves: las fiestas de Jerry siempre son mejores que un trabajo pendiente de psicología.

Cuando no estudiaba, Charlotte trabajaba para una compañía que realizaba estudios de mercado, en la cual trabajaba temporalmente Tamara, al menos mientras no se aburriese y pidiera el despido. Algo más baja que Tamara, tenía un tipo similar al suyo, y el pelo recogido en una coleta que le caía hasta la espalda. Era muy atractiva, aunque de manera poco corriente; parecía más bien tímida, como si se limitase a seguir la pauta marcada por Tamara.

—Mucho me temo que estamos en la misma habitación —dijo Tamara, y señaló la cama plegable que había junto a las otras dos—. Jerry se ha encontrado con más huéspedes de los que esperaba. Y el cuarto de aseo está en el rellano, de modo que no es, que digamos, un cinco estrellas. Yo tendré que irme dentro de nada. Le prometí a Jerry que le echaría una mano para preparar la comida.

Se largó al cuarto de hora, con un vestidito de seda

color jade. Recién peinada, estaba más atractiva que nunca.

Charlotte y yo nos miramos mutuamente.

—La verdad es que no quería venir, pero ella no dejó de darme la lata —confesó—. Más bien creo que confía en que las dos nos hagamos compañía la una a la otra si Paolo cae en sus redes.

De tonta no tenía un pelo.

—Y yo que pensé que pretendía que le hiciera compañía si lo de Paolo no le salía bien...

Nos echamos a reír. En el acto, nació entre ambas una relación de aliadas.

—De todos modos, Jerry me gusta bastante —siguió diciendo—. Ya sé lo que dice ella, que no lo soporta y todo eso, pero estoy convencida de que son ganas de hablar y nada más.

Sobre eso, no estaba yo tan segura.

—Una de dos: o es eso, o le han lavado el coco. Hubiera jurado que siempre le diría que se buscase a otra idiota que le echara una mano con la comida.

—Ah, ya. Te equivocas. Si ha ido, es porque quiere estar presente por si Paolo aparece de los primeros.

—Esa estrategia no sirve para nada. Pero ya veo que le ha dado fuerte.

—Nosotras no tenemos por qué darnos prisa, ¿verdad que no? —preguntó—. Yo dejaría que se caliente la fiesta por sí sola. Además, tengo que ducharme. He pasado un calor terrible en el coche.

Aún estaba en el cuarto de baño cuando Tamara regresó tres cuartos de hora después como una moto.

—Escucha, me ha parecido que debía avisarte —dijo nada más llegar—. Ha venido Josh.

—¿Cómo?

—Como lo oyes. Yo no sabía nada. Parece ser que Jerry lo llamó el otro día y le dijo que viniera si le apetecía, pero a mí no me dijo nada. Con todo, conseguí hablar con él a solas, solo fue un momento, y me dijo que por lo que más quisiera no dijera nada sobre sus actividades de acompañante, más que nada por si los cotilleos, en fin, ya sabes. Él sabía que yo iba a venir, aunque está claro que tu presencia le ha sentado de cine. Me preguntó si también venía tu otra mitad, gracias a Dios que me avisaste, así que le dije: «Ah, te refieres a ese. Bueno, últimamente se ha portado como un pelma, así que ella lo ha dejado cocerse a fuego lento».

Al menos, eso casaba con la actuación de Ace.

—¿Y qué te dijo?

—Nada, pero escucha lo mejor de todo. Me acordé de lo que me dijiste, eso de que él terminó convencido de que estabas desesperada, así que tuve una idea genial. «De todos modos», le dije, «no creo que ese le dure mucho más. Creo que su ex quiere volver con ella. Estuvo en la boda». Brillante, ¿no? Así pues, ahora te los podrás quitar de encima a tu manera.

Procuré parecer a un tiempo entusiasmada y agradecida por su solidaridad frente al enemigo, cosa que no me resultó nada fácil, aunque creo que no lo hice del todo mal. Incluso solté una risita de contento.

—Pues más me vale no beber más de la cuenta. De lo contrario, voy a tropezar con tantas mentiras en danza.

Eso en el supuesto de que antes no me ahogase en un mar de mentiras, claro.

¿Qué había dicho Josh sobre aquello de echarlo todo a perder? No solo que en tal caso no tienes nada que ganar, sino que además te pisotean. Tomé en el acto la decisión de no poner a Tamara al corriente del encuentro, o casi-encuentro, que tuvo lugar en el parque. Sería capaz de coserlo en el panorama dando las puntadas menos oportunas, y entonces sí que yo terminaría por parecer una imbécil de los pies a la cabeza.

—Bueno, la verdad es que estás estupenda —dijo.

—Gracias.

Había escogido unos pantalones negros, ceñidos, y una camisola que me cubría justo las caderas. La mayor parte era de seda fina, aunque las mangas y la franja superior del corpiño eran tan transparentes como unas medias finas, de 10 denier, aparte de dejarme al aire tres dedos de escote. Me había costado una pasta, y se notaba.

—Seguro que tendrás que quitarte de encima a muchos más —dijo—. Y eso será suficiente para que se le borre la sonrisa de la cara.

Volvió corriendo a casa de Jerry. Charlotte y yo fuimos caminando poco después. Tenía un nudo tremendo en el estómago, con todas las mariposas de la jungla aleteando allí dentro. En mi ánimo aún pesaban las palabras de Ace: «Tú a ese le gustas...», aunque en esos momentos me parecía que no tenían ningún sentido. Si fuera cierto, ¿por qué no había ido de nuevo a insistir con el favor que le debía? En cambio, sí que había ido a esa fiesta, una fiesta más que nada para gente sin pareja, sin tener la menor idea de que yo estaría en ella.

Tal como había dicho Tamara, la casa de Jerry estaba a una distancia considerable. Era una especie de casa de campo de techos bajos, grande y desparramada, dentro de un jardín bastante grande. Que constaba más que nada de una extensión de césped sin segar. Allí se iban acumulando un montón de coches que llegaban por un camino de gravilla. Iban desde el Mercedes deportivo hasta el Golf más baqueteado. Me pregunté cuál sería el de Josh. El lugar estaba sin adecentar; supuse que había sido la casa de algún viejo arruinado, que no se había gastado una sola libra en la propiedad durante más de cincuenta años. Estaba claro que tenía grandes posibilidades, al menos si su dueño estuviera dispuesto a gastarse cien mil libras en ella.

En el interior, todo hubiera resultado muy despojado de no ser porque ya había docenas de personas que habían pasado hacía rato de la mera fase de calentamiento. Un vestíbulo de lajas de piedra conducía a una enorme sala cuadrada, junto a la cual se abría una inmensa cocina campestre, con techo de vigas vistas y una descomunal mesa de pino que hacía las veces de barra.

Con aire de estar inequívocamente mosqueada, Tamara descargaba quesos y patés de un inmenso frigorífico Westinghouse que parecía nuevecito, tal vez el único objeto posterior a los años sesenta que se veía en toda la cocina.

—¿A que no te lo crees? Paolo tiene pensado ir antes a otra fiesta —murmuró—. Me siento a morir. Me juego lo que quieras a que al final no aparece. A Jerry podría matarlo ahora mismo. Va y me dice: «¿Ah, no te lo había dicho? Pues vaya. En fin, llévate todo esto, ¿quieres?». —Comenzó a repartir cuencos de *crudités* y salsas variadas—. No quiero ni pensar por qué me presto yo a estas cosas. Me he pasado horas enteras troceando zanahorias y manojos de apio. En cambio, debería haber meado en ese ponche de ron. Auténtico ron de las Antillas: una garantía para perder los papeles sin darse cuenta. Si quieres que te diga lo que pienso, Jerry está a la espera de que alguna pobre se desmaye a fuerza de tomar ponche y así le ahorre las molestias y no tenga que entretenerse en los veinte segundos que acostumbra a dedicar a los prolegómenos, ¿sabes?

Charlotte y yo nos miramos de reojo. Seguimos a Tamara y llevamos los comestibles a una gran sala vacía, en donde habían colocado una tremenda mesa de pino pegada a la pared. Ya estaban colocadas encima las barras de pan y las tablas para los quesos y los patés. De un enorme equipo musical brotaba una música de jazz más bien sosa, como para pasar el rato. Tamara también puso cara de pocos amigos.

—Detesto esa música. Tendría que haberme traído

mi cinta de Agadoo, aunque solo fuera para joderle la marrana.

Charlotte y yo nos miramos de nuevo de reojo.

No tuve que tomarme la molestia de explorar la sala en busca de ya se sabe quién, pues solo había dentro media docena de personas. Unas puertaventanas amplias se abrían al jardín, donde habría unos cuarenta invitados charlando. Todavía no vi a Josh. Más allá del seto se abría un prado donde pastaban unas vacas. Empezaba a anochecer, pero había bombillas colgadas allí fuera.

Dos minutos después, armada con un refresco burbujeante (me convenía estar despejada), me acerqué con Tamara y Charlotte hasta el jardín. Tamara ya se había ventilado una copa de ponche e iba mediada la segunda.

—Bien, a ver quién es la guapa que ahora me hace callar —dijo a la vez que oteaba al personal—. Estoy con ganas de poner a parir a medio mundo. Ese me valdrá para empezar. —Señaló a un tipo pelirrojo, barbudo, con una camisa de pana de color mostaza—. Fijaos qué camisa. No tiene ni idea de vestirse. Y tiene las manos fláccidas y húmedas como un pez. Profesor de universidad, ¿que no? Jerry todavía sale con sus colegas de la universidad. Seguro que es doctor en gilipolleces y gansadas o algo por el estilo. Y además ha venido a rastras con su pareja. Es esa de la camisa de color crema, la que debe de medir casi dos metros.

Solo acerté a verla por detrás. Tenía una melena larga y rubia, y unas piernas que obviamente le llegaban hasta los sobacos, aunque llevaba una falda de color crema hasta media pierna, abierta por detrás. Alta y esbelta, con sus tacones casi alcanzaba la estatura de Josh, que estaba a su lado y que parecía escuchar con gran atención lo que estuviera diciendo la arpía. (Sí, ya sé que soy una bruja, pero solo un humanoide se hubiera abstenido de sentir esa instantánea contracción estomacal en que se traducen unos celos morunos, en estado puro.)

Flanqueando semejante visión se hallaban también Jerry y Barbarroja.

—Se llama Svetlana —siguió diciendo Tamara—. Una estudiante de San Petersburgo que tiene una beca para no sé qué investigación. Desde luego, si ha venido a realizar un estudio en profundidad sobre la imbecilidad intrínseca del macho anglosajón, está en el lugar más indicado. Mira cómo babea Jerry solo de verla.

—Si estáis en busca de alguna clave —dijo un tío que apareció de repente al lado de Tamara—, Jerry y sus amiguetes han hecho apuestas para averiguar si se trata de la típica espía que solo con sus encantos femeninos se ha de abrir camino, cama a cama, hasta averiguar cuáles son sus últimos descubrimientos en el campo de la microelectrónica.

—Ya, pero será en sus sueños —dijo Tamara con toda su mordacidad—. Roger, te presento a Charlotte y a Sophy.

Tras los rituales apretones de manos, todavía seguía con un nudo en la boca del estómago al ver a Josh. De pronto, volvió la cabeza un ápice y me vio. Alzó las cejas para reconocer con sutileza mi presencia, y esbozó una media sonrisa. De nuevo se me contrajo el estómago —a ese paso, se me iba a quedar en la décima parte de su tamaño habitual—, y él me lanzó una mirada como si tal cosa. Sin embargo, como Roger me había preguntado si la M11 había sido un coñazo, tuve que concentrarme en él. Antiguo colega de Jerry, era bastante simpático, aunque en esos momentos me iba a costar Dios y ayuda poder hablar de cualquier cosa, de modo que fue un gran alivio que al cabo de un par de minutos fuera a rellenarse la copa. Como si lo que dijera pudiese sonar a acicate para mezclarnos con los demás, dije sin pensar:

—¿Qué? ¿Vamos a mezclarnos con los demás?
—Ya lo puedes jurar —dijo Tamara—. Primero,

vamos a arruinarle a Jerry la charleta. Me vendrán de cine unas risas.

Y así fue, querida lectora: a los diez segundos me encontré separada de Josh solo por un cuerpo (el de Tamara) y todas mis mariposas se desataron, comenzaron a revolotear como posesas y a multiplicarse como los conejos.

No había visto a Jerry desde hacía una eternidad, pero no había cambiado casi nada. Era un rubiazo de más de metro ochenta de estatura, de estilo dorado, escandinavo, todo un guaperas que se daba el aire de que no lo sabía.

—Hola, Charlotte —dijo—. Me alegro de verte.
—Supongo que te acuerdas de Sophy —dijo Tamara.
—Más o menos —dijo él—. ¿Qué tal?

Nos presentaron a Svetlana y a Barbarroja, cuyo nombre aún se me escapa.

—Esta es Charlotte —dijo Tamara a Josh—. A Sophy creo que la conociste en la boda.

Un chispazo perezoso asomó en su mirada.

—Sí, claro. ¿Cómo va? —dijo.
—Bien, gracias —respondí.

Svetlana podría tener cualquier edad comprendida entre veinticinco y treinta y cinco; hasta que le vi de veras la cara, tuve la esperanza de que fuera normalita, por no decir un asco. Por eso me tuve merecido que casi perteneciera a la misma clase que Belinda. A pesar del pelo rubio y nórdico, a pesar de los ojos azules, tenía unos pómulos vagamente eslavos y unos ojos que despedían un brillo irresistiblemente atractivo. En dos palabras, era la última persona a la que una desearía ver a menos de un palmo del hombre que se había adueñado de sus fantasías. A la vista de la planta que tenía, casi entendí a la perfección ese ridículo chiste masculino sobre la típica espía que solo con sus encantos femeninos se ha de abrir camino, cama a cama, hasta los secretos que persigue. Con un lógico golpe de memoria, me acordé como es natural de las fantasías adolescentes de Josh acerca de James Bond y me pregunté si no estaría reviviéndolas en presencia de la dueña de aquellas piernas inacabables.

Con todo, hice lo posible por mostrarme simpática.

—¿Y cuánto tiempo tienes previsto estar aquí? —le pregunté con toda cortesía.

Ojo, que era durísimo tener que mirar a una mujer tan alta. Como suelo ser la más alta de casi cualquier grupo, no estaba acostumbrada ni de lejos a sentirme como una enana.

Habló con un marcado acento ruso, arrastrando las «eles» y las «erres» de manera muy sensual.

—Unos seis meses, perro no en Cambrridge todo el rato. Tengo amigos en otras universidades. Es buena cosa verr el país, conocerr gente.

—Desde luego que lo es, al menos mientras una sea selectiva —dijo Tamara con un tono entre malévolo y dulzón, que sin duda hubiera engañado a todo el que no la conociera—. No hagas caso de lo que te digan esta pandilla. Los ingleses son unos mentirosos de tomo y lomo y unos cerdos sexistas, faltaría más.

A Svetlana se le formó una tenue sonrisa.

—Los rusos también son unos cerrdos sexistas —dijo—. Además, son unos vagos. Son solo las mujeres las que trrabajan. Además, no hacen más que beberr vodka a todas horas y les zurran a sus mujerres.

—A mí, mi ex a veces me zurraba —dijo Jerry—. Estaba como una cabra.

—¿Cómo dices? —Svetlana alzó su ceja con elegancia, como una rusa de pura cepa.

—Que estaba loca. —Se dio con el dedo en la sien—. Una histérica.

Tamara dio otro sorbo a su ponche asesino.

—Ni muchísimo menos —replicó—. Si yo tuviera

que vivir contigo, también te daría una zurra de vez en cuando. Es que tiene algunas costumbres que dan verdadero asco —le dijo a Svetlana con toda su dulzura.

Ver la reacción de Jerry me distrajo de Josh. Cualquier idiota se hubiera percatado de que a Jerry le molestó lo indecible la intromisión de Tamara. Además, saltaba a la vista que tanto si le gustaba Charlotte como si no, en esos momentos le gustaba Svetlana muchísimo más, de modo que confié en que Charlotte no se rebotase. Cuando dijo como si tal cosa que «Jerry me gusta bastante», la verdad es que dio a entender mucho más que eso.

Y como Tamara se había quedado con todo y lamentaba que él estuviera de cháchara con Svetlana y que ninguneaseʼ a Charlotte, su pequeño demonio personal le estaba llevando en volandas.

—La inmensa mayoría de los ingleses son banales y pueriles, qué quieres que le haga —siguió diciéndole con toda su dulzura—. Solo se ríen con los chistes marrones.

—¿Cómo dices? —dijo Svetlana, al tiempo que a Jerry se le notaban las ganas de estrangular a su hermana allí mismo, sin más prolegómenos.

—Los chistes marrones. De pedos —dijo Tamara con toda su dulzura—. Tal que así —emitió un gráfico ruido de cuesco sonoro que no casaba nada bien con su cara de ángel botticelliano.

Svetlana soltó una de esas risas que sueltan los extranjeros cuando piensan en privado que los ingleses no solo están locos, sino que además son peligrosos.

—Crreo que debo irr al cuarrto de baño —dijo a Jerry—. Porr favorr, ¿dónde está?

—Te lo enseñaré —dijo él, claramente encantado de disponer de una excusa para llevarse a Svetlana lejos de Tamara.

—Si no anda con cuidado, se meterá dentro con ella —dijo Tamara al verlos marchar—. Seguramente le dirá que es una antigua costumbre inglesa, que los anfitriones acompañan a sus invitadas hasta el lavabo para impedir que se cuelen las ratas de las cloacas. —Miró su copa ya vacía—. Yo no sé los demás, pero a mí me iría bien otra de estas.

Charlotte fue con ella, Barbarroja se evaporó y de golpe y porrazo me quedé a solas con mi jungla de mariposas revueltas y con Josh, que miró marcharse a Tamara.

—¿Debo deducir que está un poco enojada con Jerry? —preguntó.

—Solo un poco.

—¿Por qué?

No iba a delatar lo de Paolo.

—Viene de antiguo —dije encogiéndome de hombros—. Siempre han estado a la greña, como dos lobeznos, desde que eran niños.

—Entonces, ¿por qué ha venido ella?

—Es que no es para tanto. Más bien es una costumbre, si quieres que te diga la verdad.

Tamara desapareció en el interior y Josh se volvió hacia mí. Por si acaso te interesa, diré que tenía un ligero bronceado que le hacía más atractivo que nunca. Sujetaba una lata de cerveza en una mano. Llevaba una camisa negra, de manga corta, y unos tejanos. Nunca hubiera dicho que le quedarían tan bien, lo cual solo demuestra lo tosca que debo de ser en tales asuntos.

Me estaba mirando directamente a los ojos, pero no estuve muy segura de lo que me decía su mirada. Detecté una huella de entretenimiento particular, en la línea de «obviamente está medio loca, así que será perfecta para reír un rato».

—¿Cómo está tu amiga? —preguntó—. Me refiero a la que tiene fobia al rappel.

—Pues sigue con su fobia, pero parece que ha empezado a tomárselo con calma, a ver los aspectos positivos del asunto y todo eso.

Hizo un gesto involuntario con la boca.

—¿Y tú? ¿Sigues muerta de miedo con la idea de hacer espeleología?

—Dios, ¡no! —dije muy deprisa—. He de dar un buen ejemplo a mi equipo. Me he persuadido de que puedo con todo lo que me quieran echar encima. Una humillación ritual puede ser incluso algo divertidísimo, ya lo sabes, y me apuesto cualquier cosa a que todos los sádicos proceden de familias disfuncionales, benditos sean.

—Parece que ese tío también te ha dado caña. Yo que tú me lo tomaría con mucha más calma.

—Si tú lo dices... ¿Cuántos compromisos te han salido desde el mío? —lo dije rápidamente, sin darle tiempo a entrar en cuestiones más delicadas, como Dominic—. Espero que no te haya tocado una pesadilla semejante.

—La verdad es que no he tenido ninguno.

—¿Cómo? ¿Ninguno?

—Ya sé que no es lo más adecuado para mi ego —confesó—, pero así es. Julia Wright opina que tal vez tengo un aire demasiado convencional. Muchas clientas prefieren a los tíos de pelo largo, ya sabes.

Había en el archivo gran cantidad de tíos de pelo largo, desde luego, y todos ellos parecían modelos en paro. En mi opinión, cualquier clienta que los prefiriese en el fondo necesitaba una revisión psiquiátrica a fondo.

—Hablando de tipos con el pelo largo, conocí a tu otra mitad.

Dios del cielo...

—Sí, eso tengo entendido.

—Espero que no se pusiera muy borde contigo —siguió diciendo—. Un mentecato y un maleducado, si me perdonas que lo diga a las claras. Está claro que pensó que yo iba con intenciones no muy claras.

Me moría de ganas de preguntarle si era cierto, pero un miserable refresco no te suele dar las agallas necesarias para tal cosa.

—He de permitirle ciertas cosas —dije encogiéndome de hombros—. Es un poco inseguro, ya lo ves. A fin de cuentas, la situación podía parecer sospechosa a su juicio. Tal vez tú pensabas que yo no sería capaz de resistirme al encanto de un pobre tío con dos críos pequeños, y entonces llevarías a cabo tus ruines intenciones.

Fue una pista para que dijera: «Bueno, de eso se trataba».

Pero ni por el forro.

—Entonces, ¿por qué me indicó dónde estabas?

A punto estuvo de pillarme en un renuncio, pero respondí enseguida.

—Porque sabía que yo no me plegaría a tu juego —dije con dulzura—. No sirvo de nada con los niños pequeños. No es que no se me den nada bien; es que no los entiendo. Basta con que los mire para que se echen a llorar.

—Yo tampoco soy muy bueno en esas lides.

—Entonces, ¿por qué estabas cuidándolos, eh?

—Fiona tenía que ir a la peluquería —explicó—. Su pareja está en el extranjero. Se quedó en la calle sin las llaves de su casa la noche anterior. Tuve que ir con la llave de repuesto. Y como le debo unos cuantos favores, le dije que me los quedaría un par de horas por la mañana para que ella se tomase un respiro. Vive relativamente cerca de ti y pensé que podía ir paseando con ellos al parque y ver si estabas dispuesta a hacerme el favor que me prometiste.

—Pues siento mucho no haber cumplido.

—También yo lo sentí. Después de tres horas con ellos, estaba de los nervios. No me pienso dejar embaucar para cuidarlos al menos hasta que lleguen a la fase en la que puedes llevarlos a un McDonald's y luego plantarlos delante de un vídeo.

Por mal que se me den los niños, pensé que hubiera estado dispuesta a echarle una mano si al menos hubiera estado decorosamente vestida para la ocasión.

—¿No pudiste recurrir a nadie más para que te echara una mano?

—Llamé a un par de amigas. La primera me pidió disculpas porque estaba, dijo, muy ocupada. La segunda fue más sincera, y me dijo que antes que cuidar niños prefería dedicarse allí mismo a realizarse una ablación, así que muchas gracias.

Casi me daba lástima. A fin de cuentas, ¿cuántos hombres se prestarían para cuidar a un par de gemelos? La compasión sentimental que me invadió de pronto no tenía nada que ver con que el vello dorado de sus brazos estuviera a una distancia mínima y escalofriante de los míos, claro está. Tampoco tenía ninguna relación con los aromas que acudían hipnóticos a mi nariz, esto es, un cóctel embriagador de olor a camisa limpia, loción para después del afeitado, cuerpo varonil y caliente, etc.

—¿De veras pensaste que conmigo tenías más posibilidades?

—No, pero pensé que valía la pena intentarlo.

Siguió con la mirada a una rubia que podría haber sido la del tanga, solo que vestía unos ajustados pantalones blancos bajo los cuales al parecer no llevaba bragas, o tal vez fuera otro tanga, y seguramente era eso lo que trataba de dilucidar mirándola con tanta atención, maldito fuese.

Una vez hecho eso de manera evidente, se volvió hacia mí.

—A decir verdad, te encontré en el parque, pero estabas dormida.

—¡Estás de broma! —Logré componer una expresión que me pareció adecuadamente sorprendida—.

Pues espero que no estuviera roncando como una cerda. ¿Por qué no me despertaste?

Me pareció una excelente idea preguntárselo.

—Por pensar que me soltarías una sarta de insultos. Uno de los renacuajos acababa de ensuciarse por segunda vez, así que me lo pensé mejor y preferí dejarte roncando.

—En serio, espero que no llegase a roncar —dije en un tono que, esperé, pasara por denotar cierta vergüenza.

—No, pero sí que hablabas en sueños.

—Espero no haber dicho nada que me haga enrojecer de vergüenza.

—No, no tienes por qué. A no ser que la basura te dé vergüenza, claro.

Con gran amabilidad me tomó por el brazo y me apartó del camino de un tipo que se aproximaba con una bandeja llena de copas en precario equilibrio. Lo había visto venir, pero hice como que no con la esperanza de que Josh hiciera exactamente lo que hizo, de modo que es fácil imaginar a qué honduras me sentí transportada.

Me soltó casi de inmediato. Le hice la siguiente pregunta como si tal cosa.

—¿Te quedas a dormir en el pub?

—No. Me quedaré aquí mismo o volveré a casa en coche.

Como acababa de ocurrírseme una picante fantasía acerca del tropiezo que podríamos tener en un pasillo a mitad de la noche, su respuesta fue como un mazazo en toda la cabeza antes de haber llegado siquiera a lo mejor.

—Bueno, ¿y ya te has librado de mí? —siguió diciendo.

—No. No exactamente, aunque el otro día se me ocurrió una razón excelente.

—¿Ya no es lo de las paperas?

—No. —Le hablé de nuestra riña a cuento de los perros, cosa que pareció divertirle una barbaridad—. Solo que no la he puesto en práctica —confesé—. Me quedé encasquillada cuando llegó el momento de usarla.

—¿Qué quieres decir?

—Le dije a mamá que ella era demasiado obvia, demasiado mandona, y que a ese paso terminaría por amedrentar al pobre Dominic —le expliqué.

Hizo un gesto de fastidio.

—Dios —dijo.

—Ya lo puedes decir. No veas la cara que se le puso, no sé si me explico.

—Me lo imagino.

—Prácticamente no me ha vuelto a dirigir la palabra desde entonces. Casi ni me atrevo a llamarla por teléfono para decirle que te he dejado. De hecho, es posible que te contrate de nuevo, más que nada para hacerla feliz otra vez, y luego sí que te dejaré.

Como es natural, no me había propuesto decir tal cosa. No acierto a explicarme por qué lo hice. Tal vez solo por verle palidecer y salir corriendo.

El hipnótico gesto que hizo con las comisuras de los labios podría significar cualquier cosa.

—No estoy seguro de poder aguantar otra sesión con tus nervios a flor de piel.

—Ah, si se trata de eso podría compensarte con una bonificación —dije alegremente—. Desde luego, te hará falta para aguantar todos los oes y los ayes a cuento de las fotos de la boda. Pero no estoy segura de poder afrontar de nuevo lo de la agencia. Bastante vergüenza pasé la primera vez. Si acaso, tendría que ser un acuerdo privado.

Esta vez el gesto fue más acusado.

—Qué perversa eres… Conseguirás que me echen a patadas de la agencia.

Si quieres que te diga mi opinión, a los hombres

como él no les debería estar permitido mirar a las mujeres como yo de esa manera, y me baso para decirlo en el hecho de que esas miradas nos llevan a hacer soberanas tonterías, como fingir de repente un desmayo, de modo que ellos te sostengan en sus poderosos, musculosos brazos, etc., etc.

—En fin, no ha sido más que una idea. Si mamá no me dirige la palabra hasta las próximas Navidades, supongo que será un gran alivio.

También tuve ganas de decirle unas cuantas cosas más, por ejemplo: «A Ace me lo he sacado de la manga, so bobo. ¿No te has dado cuenta de que me gustas más que comer con los dedos? Y, ¿por qué razón tenías que tener los ojos entre castaños y verdes, como un río sobre el que brilla el sol al atardecer?».

—¿Por qué no le dices —dijo de pronto— que me has dejado sin más y apareces con tu ex? Tengo entendido que vuelve a la carga.

Aunque una mitad de mi ser quiso aclararle las cosas, la otra mitad aplicó una buena dosis de psicología masculina a la situación. Un mentecato y un maleducado, como pretendía parecer Ace, era una cosa; Kit era otra bien distinta.

—Por eso deduzco que Ace tiene los días contados —añadió.

—No estoy muy segura de que ahora mismo me apetezca estar con ninguno de los dos —dije a la ligera. Con inspiración, pensé. Aquello no era del todo una mentira—. Puede que me venga bien estar a mis anchas durante una temporada, sin pareja.

Más inspiración, más brillante aún. Pista perfecta para que dijera: «En tal caso, ¿tienes algún plan para el martes por la noche?».

Sin embargo, nada más decirlo volvió Jerry con toda la pinta de haberse convertido en Thor, el Dios del Trueno, y estar pasando por uno de sus peores días.

—No entiendo qué mosca le ha picado a Tamara, pero me están dando ganas de soltarle una buena bofetada —murmuró—. Svetlana llegó a preguntarme si tenía problemas «psiculógicos».

—Venga, no será para tanto —dijo Josh para quitar hierro a la situación.

—Ya te digo yo que sí. —Y me dijo—: Lo que pasa es que este tiene debilidad por ella. Ella estaba enamoradita perdida de él cuando aún jugaba con sus Barbies. No hacía más que escribir páginas y páginas sobre él en su...

—Jerry, ni se te ocurra sacar todo eso a relucir —dijo Josh con sequedad—. No era más que una niña. No la habría reconocido en la vida.

Si me hubiera quedado algo de líquido en el vaso, me las habría ingeniado para derramarlo accidentalmente sobre los bonitos pantalones de Jerry. Los amores de adolescencia no son, por cierto, las cuestiones que un hermano sensible saca a relucir, y menos en una fiesta.

—Lo que quieres decir es que te asombra que haya resultado tan pasable —dijo Jerry—. Lo digo en términos estrictamente estéticos. A veces es peor que un dolor de tripas, de modo que yo no me haría ilusiones en ese sentido, compañero. Sobre todo si Paolo asoma por aquí.

Josh alzó una ceja.

—¿Quién?

—Paolo. Un italiano que es amigo mío. Tamara está loca por él. No habrás pensado que ha venido hasta aquí solo para verme a mí, ¿verdad?

Se había levantado una brisa, lo cual me dio la excusa perfecta para largarme.

—Me voy adentro. Necesito una copa, y aquí empieza a hacer algo de frío.

Por el camino me crucé con Svetlana. Un tipo indecente, dos pasos detrás de ella, dio un codazo a otro y le dijo:

—Joder, imagínate esas piernas a tu alrededor.

Por poco me dieron ganas de vomitar, aunque ya no estaba preocupada por ella.

9

Bueno, eso es mentira. Sí que lo estaba. La verdad es que estaba preocupada por cualquier mujer atractiva que hubiera en un radio de cinco kilómetros a la redonda, si bien empezaba a destacar una por encima de todas las demás.

Debí de haber incurrido en un error de cálculo monumental, pues aún no había caído siquiera en la cuenta. Josh tal vez no supiera que yo iba a estar en la fiesta, pero sí sabía que iba a estar otra.

—*¿De qué demonios te conoce Tamara?*
—*No tengo ni idea… De lo contrario, me acordaría.*

Retrospectivamente, su respuesta más bien sonaba a: *Créeme, dudo mucho que la hubiera olvidado.* Lo de menos era que ella estuviese totalmente pendiente del tal Paolo.

Me empezaron a entrar ganas de haberme quedado en casa con *Cita a ciegas*. De todos modos, me coloqué mi mejor sonrisa, di la impresión de estar pasándomelo en grande y fui en busca de Tamara y de Charlotte.

No fue tan difícil fingir durante la hora siguiente que me lo estaba pasando en grande. En medio de la horda de invitados había unas cuantas personas divertidísimas, incluidos dos tíos bastante pasables que se pusieron a flirtear conmigo de esa manera que a una le hace sentirse especialmente bien (nada que ver con esos otros flirteos que te producen escalofríos), y que tenían tal provisión de chistes que me sentí agradecida de llevar un rímel a prueba de lágrimas.

En un momento determinado, Josh vino a sumársenos, aunque como uno de los dos chistosos me estaba prestando una tremenda atención, aparte de halagarme sin medida, me concentré en él. Pasó un rato hablando con Tamara y con Charlotte; al cabo se marchó por donde vino. En parte, esto aquietó mis celos morunos, aunque también pensé que a lo mejor se las estaba dando de ser un tío ultraguay.

Solo volví a hablar con él algo más tarde. Para entonces había pasado de los miserables refrescos al ponche de ron. Como era un vicio letal, pensé que sería atinado hacer un segundo ataque a los restos de la comida. Mientras me preparaba un platillo apareció Josh a mi lado y tomó uno de los palitos de apio que quedaban.

—Quería hablar contigo en privado —murmuró.

Me pareció vagamente ominoso.

—¿De veras? —dije con animación—. Prueba el paté de salmón con gambas. Está estupendo.

Partió la punta de una baguette y se puso una cucharada.

—¿Por qué no me dijiste que Dominic existía de verdad?

Como estaba preparada, no me fue difícil contestar.

—¡Es que no existe de verdad!

—Pues a mí me pareció un tío de carne y hueso.

—¡Ah, lo dices por la llamada de teléfono! —Hice un encogimiento de hombros que me pareció perfecto y añadí un par de palitos de apio al plato—. Sí, Ace quedó bastante patidifuso. —Después de tantas mentiras, seguramente vendría muy a cuento una pequeña dosis de verdad—. Si de veras quieres saberlo, te diré que lo conocí en una fiesta en la que me agarré una cogorza de espanto y le anoté mi número de teléfono en el antebrazo. —Añadí un par de tomates cherry—. Por eso, cuando mamá me telefoneó pocos días más tarde, pensé que él me serviría como plantilla hecha a medida. Me vino que ni pintado. No tengo imaginación como para inventarme a un tío de la nada. —Adopté una sonrisa brillante—. ¿Satisfecho?

—Supongo. —Introdujo el apio en lo poco que quedaba de *hummus*—. ¿Qué es esa cosa rosada de aspecto anémico?

—*Taramasalata*.

Metió otro pedazo de apio para probarla.

—Bien, entonces dime una cosa: ¿cuándo te vas a armar de valor para ser mala de verdad y abandonarme?

—Después del próximo fin de semana, dando por hecho que vaya a casa de mis padres. Si mamá sigue irritada y dolida conmigo, el ambiente no será el más propicio, y no me apetece darle el disgusto delante de Paul y de Belinda.

—Si hay algo peor que las riñas de familia, son esos ambientes de familia.

—Claro que, por otra parte, si no voy aún se enfadará más conmigo.

—Yo diría que estás en una situación en la que es imposible ganar.

Hizo una pausa para ver pasar a Svetlana con Jerry a su lado.

—Obviamente prendado —dije—. Él con ella, claro.

—No estoy muy seguro de que sea un sentimiento recíproco —dijo sin dejar de mirarlos.

Empezaba a preguntarme si él habría renunciado a Tamara y tenía alguna otra idea. A modo de alternativa, tal vez nunca hubiera tenido la menor intención con Tamara, tal vez fuese mi paranoia a punto de desbordarse. A punto estuve de decirle «supongo que a ti también te encanta», pero cambié de tercio:

—Es muy atractiva —dije, con la esperanza de que él contestara: «Sí, pero no es mi tipo».

—Y muy interesante, como solo pueden serlo las rusas. ¿Quién habló de adivinanzas envueltas en misterios, envueltos a su vez en enigmas?

—Churchill, pero creo que lo dijo más bien pensando en la política.

Entre el gentío se oyeron esas risas alborotadas que solo surgen con un chiste bueno de verdad. Miré hacia allá y vi al chistoso de antes, que me lanzó un guiño de lo más gratificante. Le devolví la sonrisa y confié en que Josh la hubiese captado. Tal vez se le escapó, no en vano seguía pendiente de los enigmas.

—Es lo mismo —dijo—. El carácter de una nación está inscrito de forma innata en su política. Fíjate en Italia.

—O en Rusia —dije, un tanto molesta por no ser también yo, a sus ojos, una adivinanza, un misterio, un enigma—. Está hecha un barullo desde ni se sabe cuándo, así que ¿cómo lo interpretas?

—Sobre eso tendré que volver más adelante —dijo.

Lo tenía bien empleado. Al menos se concentró de nuevo en la comida.

—Debería haber venido antes por aquí —dijo, a la vez que rebanaba los restos de un tosco paté de cerdo incrustado en un plato de cerámica—. Los más tragones ya se han cepillado todo lo apto para carnívoros. A lo mejor me dejo convencer y vamos a la sesión de fotos de casa de tus padres —añadió con un punto sardónico—. Al menos allí sí que se comerá bien. Tu madre parece de las que saben hacer un buen asado. Hace meses que no me como un asado en condiciones.

A mamá últimamente le había dado por el *couscous* y las ensaladas exóticas, pero, como su descripción había sido acertada, no me pude resistir a seguirle la corriente, aunque solo fuera con tal de posponer su fascinación por las rusas misteriosas.

—Suele hacer un estupendo solomillo de buey, en su punto, que le compra a un carnicero que solo vende género orgánico. Si no, una pierna de cordero con más patatas asadas de las que nadie en su sano juicio se podría comer, y con coliflor gratinada con queso...

—Calla —gruñó a la vez que se metía la última rabaneta en la boca.

—Y cebollas asadas si es cordero, y toneladas de salsa de carne, la mitad de la cual va a parar al perro, al que también le gusta roer el asado hasta dejar los huesos pelados, de modo que eso tendría que darte verdadero asco, a la vista de nuestra trifulca. Por otra parte... —empezaba a sentirme de lo más creativa—. Acabo de tener una idea mucho mejor. ¿Te acuerdas de lo que le dijiste a Winnie Caravinagre a cuento del sacerdocio?

Fue de lo más satisfactorio verlo reaccionar algo tarde.

—Para purgar mis pecados...

—Eso, pero ya sabes lo que suelen decir de quienes dicen en broma las cosas más serias. —Me hice a un lado para que otro pudiera alcanzar la *taramasalata*—. Ya lo tengo: te has hartado de la sordidez del mundo de las finanzas y has redescubierto tu vocación de antaño.

Manifiestamente encantada con la idea, tomé uno de los últimos tomates cherry.

—Brillante, ¿no? Lo del perro nunca me gustó demasiado. Claro que también podría atribuirte una perversa inclinación por las bragas de encaje... —a punto estuve de meter la pata hasta el corvejón añadiendo «tal como me sugirió Ace», pero me contuve a tiempo—. O por el látex, si prefieres.

—Ya puestos, creo que prefiero lo de las paperas —dijo en un tono tan seco como los martinis de James Bond.

—Lo que tú quieras, cariño —añadí con una sonrisa maliciosa, también perfeccionada frente al espejo del cuarto de baño cuando tenía dieciséis añitos—. Solo que lo mejor será que lo aclaremos antes de que llame a mi madre y le diga que se te hace la boca agua solo de pensar en uno de sus asados, no sea que le dé por presentarse delante de Maggie Caravinagre para anotarse unos cuantos puntos de más. Claro que siempre podría decirle, sin más explicaciones, que te has convertido en algo peor que una almorrana.

De nuevo emitió ese enloquecedor destello que bien podría indicar que se reía conmigo o de mí, a saber.

—Lo dejo en tus manos —dijo—. ¿Qué le debo llevar? ¿Unas flores o unos bombones?

—Mejor las flores, porque siempre está a régimen.

—¿Alguna variedad en particular?

Hubo en su tono algo que me dio una sacudida por dentro.

—¡Josh, que lo decía en broma!

—Bueno, yo también. —Me quitó el último tomatillo del plato—. ¿Tú crees que quedará algo de paté en la cocina?

Me sentí tan imbécil que, de haber sido de las que se sonrojan, me habría puesto del color de uno de los vestidos de gala de Barbara Cartland.

—¿Por qué no vas a echar un vistazo?

Nada más decirlo, el chistoso se me acercó y me cogió del brazo.

—Sophy, te necesito para zanjar una discusión.

Bendito seas, me dije.

—Disculpa —le dije con toda mi amabilidad, y me dejé arrastrar.

Media hora más tarde, Paolo seguía sin aparecer. La máscara de animal de fiesta que se había puesto Tamara comenzaba a resquebrajársele. A punto de echarse a llorar, aunque fingiendo estar solamente enojada, me arrastró hasta un rincón.

—Qué cabronazo —murmuró—. Si he venido y he

troceado todas esas malditas verduras era por pensar que él llegaría pronto, y porque así podría demostrarle lo dulce que soy, lo hogareña y domesticada que soy. Eso nunca lo hubiera hecho por un inglés. Solo saben hacer esos chistes pueriles sobre lo bien que les sienta la cocina a las mujeres. Los italianos son distintos, ¿no crees?

—Es probable que no —dije—. Pero cualquier muestra de sexismo con voz de satén y en latín suena mucho mejor. Piensa en un gamberro gritando a voz en cuello «Enséñanos las tetas», e imagínatelo en italiano.

—Supongo... —Estaba haciendo todo lo posible, pero saltaba a la vista que le hubiera encantado sentarse en el suelo, como una cría de tres años, y echarse a gemir y a gritar que ya no pensaba jugar con nadie—. Si Jerry piensa que le voy a ayudar con la recogida, está completamente equivocado. Tú míralo con Svetlana. Da vergüenza ajena, en serio. Se ve de lejos que ella solo pretende ser bien educada. Si quieres saber mi opinión, yo diría que va detrás de Josh.

Ya me había fijado en los cuatro o cinco tipos que rodeaban a Svetlana, entre los cuales estaban Josh y Jerry, pero había procurado apartar la mirada. En ese momento me fijé en el séquito de la princesa rusa, y bastaba con observarlo durante menos de diez segundos para darse cuenta de que sus intervenciones estaban destinadas sobre todo a Josh, mientras que Jerry hacía todo lo posible por llamar su atención.

—Jerry aún tiene esperanzas de salirse con la suya, el muy asqueroso —murmuró—. Creo que debo decirle que deje de quedar como un perfecto idiota.

—Yo que tú no lo haría.

Sin embargo, poco después la vi hablar en susurros con Jerry, el cual no pareció ni mucho menos alegre. A pesar de los pesares, no dejó en paz a Svetlana. Supongo que debió de ser unos diez minutos más tarde cuando los dos grupos convergieron, de modo que fuimos unos diez o doce los que discutimos enfebrecidos sobre si las jugadoras de tenis deberían ganar el mismo dinero que los jugadores, al menos en Wimbledon.

Y de pronto, como un milagro acaecido para devolver a Tamara la mejor de sus sonrisas, se presentó Paolo en la fiesta. Deshaciéndose en profusas disculpas por haber llegado tan tarde, con un acento tan satinado que me produjo cierta debilidad en las rodillas, enseguida se plantó a su lado. Entendí perfectamente lo que sentía Tamara, aunque a mí no me suelen gustar los tíos de pelo largo. No solo era de una apostura fantástica, sino que además parecía simpatiquísimo: una combinación como para figurar en la lista de especies en peligro de extinción.

Jerry, con todo, seguía tan picado que no dejó de lanzar flechas envenenadas.

—Gracias a Dios que has venido —dijo en son de broma, aunque no creo que nadie se dejara embaucar—. Se ha portado como una loca.

Tamara le lanzó una mirada de advertencia, pero él la detuvo con otra que le dio a entender: «Tú te lo has buscado».

—La verdad es que en tiempos estaba colada por Josh, mi viejo amigo —siguió diciendo en tono de chanza, aunque hablando tan fuerte que todo el mundo se enteró—. Llevaba un diario en el que escribía cosas como «Jesusito de mi vida, si haces que Josh me quiera aunque solo sea un poco, te prometo que dejaré de morderme las uñas. Por favor, por lo que más quieras, haz que me crezcan las tetas y que se me pongan por lo menos como las de Suzy Clarke».

No me pude creer que hubiera dicho una cosa así delante de todo el mundo. Tamara, en cambio, se había echado a reír como todos los demás, con la sola excepción de Charlotte, que se había puesto blanca como el papel, y de otra chica que parecía asombradísima.

—Jerry —dijo Josh—, para purgar tus pecados...

—Lo que pasa es que estás celoso porque tú no le gustabas a ninguna —dijo Tamara entre risas—. Por cierto: ¿cómo encontraste mi diario, eh? Lo solía esconder debajo de la jaula de los hámsters...

—Y ese fue el primer sitio en el que lo busqué —rió él por su parte, como si todo fuera una conversación entre amigos.

Todo el mundo volvió a reírse, y Tamara también.

—Sí —dijo sin haber terminado de reír—, pero eso no tiene ni la mitad de gracia que aquella vez en que sorprendí a Jerry en el cuarto de baño. Tenía dieciséis años.

Por el destello que asomó en los ojos de Jerry, me di cuenta de que en ese momento empezaba la pelea en serio y de que iban a despellejarse.

—¿Y qué estaba haciendo en el baño? —preguntó una chica con cara de lela.

Como tenía el vago recuerdo de que Tamara me contó en cierta ocasión algo verdaderamente grosero sobre las actividades clandestinas de Jerry en el cuarto de baño, contuve la respiración.

Tamara se estaba riendo a carcajadas.

—Parece que no estaba muy satisfecho con sus medidas —rió—. Se la estaba midiendo con mi regla de *Hello, Kitty*. «¡Puaj!», le dije. «¡Quítate eso de la pirula!» Me contestó así: «¡Lárgate, mequetrefe! Como se te ocurra decírselo a mamá, te prometo que crucifico al hámster!».

Las carcajadas fueron generales, e incluso Jerry se echó a reír, seguramente aliviado de que no hubiera sido algo peor.

Cuando ya se aquietaba el jaleo, Tamara preguntó a todos:

—¿Quiere alguien un café? Voy a hacer un poco.

Instantes después la seguí hasta la cocina y me la encontré llorando como una Magdalena.

—¡Soplapollas! —dijo aún llorosa—. ¿Cómo ha sido capaz de ridiculizarme así delante de Paolo?

—¡Pero si estuviste sensacional con tus risas! —le dije para calmarla—. ¡Incluso lo dejaste a él por los suelos!

—A él le da lo mismo —sollozó—. ¡Será cabronazo...! Cuánto lo odio. Debiera haberles contado a todos lo de aquella vez que le pillé pelándosela en el lavabo.

—Eso pensé que ibas a contar —le confesé—. ¿Es que no teníais cerrojos en el cuarto de baño de tu casa, o qué?

—Los tornillos siempre estaban aflojados. Papá era un inútil para el bricolaje —sollozó de nuevo, a la vez que tomaba del rollo un pedazo de papel de cocina—. Tampoco creo que a Jerry le hubiese importado que lo contase. Seguramente se habría reído, convencido de quedar como un muchachito propio de su edad.

Entonces entró Josh.

—Supongo que ahora vendrás a reírte otro poco de mí —dijo ella con un hilo de voz.

Estaba clarísimo que no. Su expresión era bien fácil de interpretar.

—Me ha parecido una charlotada por su parte —dijo—. Oye, no estarás llorando, ¿eh?

Fue más que suficiente para que Tamara empezara de nuevo.

—¿Por qué tuve que tener un hermano como él? —sollozó—. ¿Por qué no pude tener uno más parecido a ti, eh?

Me hice a un lado, incapaz de ayudar en nada, mientras él la tomaba entre sus brazos y le dejaba secarse las lágrimas en su camisa. Enferma de celos y de culpabilidad por tenerlos, sin poder soportarme, salí de la cocina y a punto estuve de tropezar de frente con la lela.

—Te estaba buscando. Tu amiga no se encuentra nada bien —dijo—. Se llama Charlotte, ¿no?

No habían sido las flechas envenenadas de Jerry lo

que la puso tan pálida. Me la encontré en el cuarto de baño, donde estaba en pleno bostezo en technicolor sobre la taza.

—Seguramente habrá sido el ponche de ron —le dije, a la vez que la ayudaba a enderezarse.

Estaba horriblemente pálida y temblorosa. Le llené un vaso de agua y se lo pasé.

—No, no creo que haya sido el ron. Cuando veníamos, paré en la autopista a tomar un sándwich de gambas. No me supo muy bien, pero no pensé que...

Volvió a decorar la taza del retrete.

—Te acompañaré al pub —dije.

—No, de veras... Puedo ir yo sola. No me gustaría que te fueras tan pronto...

—No pasa nada. Si quieres que te diga la verdad, ha sido más que suficiente.

La lela estaba toda preocupada ante la puerta del lavabo, preguntándose si podría echar una mano. Lamento llamarla así, porque se portó realmente bien, pero es que su nombre se me escapa.

—Voy a llevarla a la habitación que tenemos en el pub. ¿Querrás disculparnos si alguien pregunta por nosotras?

Charlotte aún vomitó una vez más por el camino, pegada a un seto. Se puso muy intranquila por el follón que estaba armando, dijo que era más desagradable que esos *hooligans* que van a Tenerife a hartarse de cerveza, pero parece que se acabaron las vomitonas, lo cual estuvo francamente bien si se tiene en cuenta que el cuarto de baño estaba en el rellano.

—Y no entiendo cómo me puede haber gustado Jerry, la verdad —siguió diciendo hecha unos zorros—. Me pareció una mezquindad por su parte decir lo que dijo delante de todo el mundo. Debiera haberme quedado en casa y haber hecho ese asqueroso trabajo que me falta por entregar.

A la media hora de regresar, estaba metida en la cama y dormida como un tronco, mientras yo permanecía tendida en la cama de al lado con la televisión al mínimo, más que nada para no pensar en otras cosas. Un golpecito en la puerta anunció la llegada de Tamara con los ojos como platos.

—¿Está bien?

—Más o menos.

—Me siento fatal. No me di cuenta de que os habíais ido las dos hasta hace diez minutos. Vuelve tú si quieres, ya me quedo yo con ella.

—No, no me importa quedarme. —Fingí un bostezo para demostrarlo—. Si quieres que te diga la verdad, estoy un poco cansada.

—¿Pero te lo has pasado bien? —preguntó con evidente preocupación.

—Desde luego. Estuviste sensacional.

—Gracias. Me habría sentido fatal si hubieras venido en balde. —Contuvo su sonrisa maliciosa como pudo—. ¿Qué te ha parecido Paolo?

—Una monada. Por lo que veo, te sientes mejor.

—Ya lo puedes decir. —Dejó de reprimir su sonrisa—. Me sentí como una idiota al llorarle encima a Josh. Estuvo encantador, ¿no crees? Sin embargo, al cabo de un minuto también Paolo vino a ver qué me pasaba. Le hizo mucha gracia que hubiera estado enamorada de Josh. «Pobrecita Tamara», decía sin cesar a la vez que me acariciaba el pelo. Por eso, al final casi me alegré de lo que dijo Jerry. Paolo me está esperando abajo, de modo que si aquí todo va bien, me vuelvo con él.

Al menos, ella sí era feliz.

Permanecí despierta durante varias horas, viendo alguna película basura, pero sin enterarme de nada. Estaba ya casi segura de que el consuelo que Josh dio a Tamara fue más que nada por elemental simpatía, cosa que sin embargo me hizo sentirme más desamparada. Si al menos se hubiera echado a reír con Jerry, demostrando su insensibilidad, hubiese tenido una razón perfecta para mandarlo al guano.

Más que nada para torturarme un poco más, me permití una fantasía en la que el coche se me estropeaba cuando estaba cayendo una tormenta del demonio, a solo cien metros de donde vivía él. Tenían que ser cien metros, de modo que cuando él se asomase para mirar por la ventana estuviera yo calada hasta los huesos y me viera correr hasta la cabina de teléfonos más cercana, ya que se me habría olvidado recargar el móvil. Me ofrecería una ducha caliente y el uso de su albornoz. El resto queda a tu entera imaginación.

Eran las tres y media cuando me dormí. Me despertó Tamara cuando llegó a las seis y diez.

—Perdona —susurró—. No quería despertarte. ¿Cómo está Charlotte?

—Bien, muy bien. ¿Y tú? ¿Lo has pasado en grande?

—Fenomenal. Acabamos de tomarnos una sopa de gamberros y unos bocadillos de beicon.

—¿Sopa de qué?

—De gamberros. Una tarrina de helado de vainilla, un tarro de miel y una botella de coñac, todo bien mezclado en una palangana.

—Pues qué asco.

En cambio, podría haber matado a alguien a cambio de un bocata de beicon. Para colmo, tenía un hambre lobuna.

—Paolo vendrá a verme dentro de dos fines de semana —siguió diciendo—. Lo cual me viene como anillo al dedo, ya que mis queridos viejos se van de viaje a Viena para celebrar su aniversario de boda.

¿Cómo era posible que todo el mundo, menos yo, disfrutase de unos fines de semana bien guarros?

—Y no me equivocaba respecto a Svetlana —me dijo en un susurro cuando se metió en la cama—. Poco después de que tú desaparecieras se marchó con Josh. Parece que él sabe hablar algo de ruso, aunque no creo que se dedicasen a hablar de gran cosa. Me alegro: a Jerry le está bien empleado, por ser tan idiota. Que descanses.

Sensacional. Me quedé despierta hasta las siete. Me levanté sin hacer ruido, dejé algo de dinero para pagar mi parte de la habitación y una nota diciendo que tenía cosas que hacer. Y me largué a pegarme un tiro.

A la noche siguiente, cuando estaba saliendo de la ducha, sonó el teléfono. Me llamó Alix.

—Es tu padre —dijo, lo cual bastó para que se me hiciera un nudo de inquietud en el estómago.

Él nunca telefoneaba. Hablaba conmigo a menudo, pero solo después de que mamá me anunciase que él estaba a su lado y que le apetecía decirme algo.

—¿Todo en orden? —le pregunté a bocajarro.

—Más o menos. Tu madre está en su clase de informática; de lo contrario, no te llamaría. —Noté que titubeaba de una manera que me anunció lo que se me venía encima—. Cariño, lo que pasa es que...

Se me hizo un nudo esta vez en la garganta.

—Sé que está dolida conmigo. No era mi intención, pero es que no dejaba de darme la lata, tú sabes cómo se puede llegar a poner. Creo que estaba cansada, y lo que dije me salió sin pensar...

—Lo sé, cariño, pero se lo ha tomado muy a pecho. No me lo dijo hasta ayer por la noche. Ya me había dado cuenta de que algo pasaba, pero no me lo quiso decir. Empecé a pensar que a lo peor se había encontrado un bulto en el pecho, qué sé yo, hasta que anoche le pregunté si era eso y ella se echó a llorar sin poder contenerse.

Me sentí como si fuera cuarenta y ocho montones

de mierda juntos y cubiertos por una gruesa capa de culpa.

—Lo siento muchísimo —dije con un hilo de voz—. No era mi intención. De veras, no pensé que se lo fuera a tomar así.

—Ya lo sé, cariño, pero ahora se le ha metido en la cabeza que te avergüenzas de ella, y que por eso no trajiste antes a Dominic.

Me sentí tan mal que a punto estuve de confesar sin esperar más.

—Siento mucho presionarte, cariño, pero... ¿de veras no hay forma de que venga? —siguió diciendo—. Para ella sería muy importante. Tenía algo planeado también para el domingo, un almuerzo entre los seis, solo que Pud cumple ochenta y cinco años, no sé si te acordarás de ella, y está empeñada en que vayamos a celebrarlo al Molino Viejo.

«Pud» era la abuela Metcalfe; el Molino Viejo era un espléndido restaurante a diez kilómetros de allí.

—Sé que mamá te lo dijo, pero ¿le has dicho tú algo? —siguió—. Quiero decir que si a Dominic no le apetece, lo último que desearía es que tuvieras que presionarlo, claro...

¿Hasta qué punto puede una sentirse fatal?

—A decir verdad —respondí—, se lo comenté el otro día. —Eso al menos era verdad—. Pero debió de sonar el teléfono o algo parecido, porque se nos olvidó decidirlo. Se lo preguntaré, pero te pido por favor que aún no digas nada. Me da en la nariz que tiene algún compromiso, de modo que no te puedo prometer nada.

Una vez empiezas, las mentiras van saliendo igual que los pañuelos de papel de una caja, enredados unos tras otros. En cuanto sacas uno, el siguiente ya está esperando salir.

—La llamaré mañana mismo, sin falta —le dije.
—No le digas que te he llamado yo, ¿de acuerdo?

—¡Pues claro que no!

—Gracias, cariño. —Lo dijo tan aliviado que me sentí mal por partida doble—. Sé que a veces se suele exceder un poco, pero lo único que desea, de veras, es que seas feliz.

Corrección: mal por partida triple.

—Lo sé, lo sé.

—Bueno, pues adiós. Cuídate.

A los cinco minutos de colgar, estaba llorando a moco tendido. Me sentía más culpable que nunca.

Alix me trajo un vodka-tónic bien grande.

—Es un poco drástico, pero supongo que podrías convencerle de que te acompañe a esa velada, y después lo dejas de una vez por todas.

No pude creer que ella hubiera expresado lo que yo misma no me habría atrevido a expresar, por si acaso me declaraba en el acto loca de atar.

—No estoy segura de poder afrontar lo de la agencia por segunda vez. Estoy convencida de que se rieron de mí todo lo que quisieron en cuanto cerré la puerta.

—Tal vez no sea necesario. Si estaba en la fiesta, seguro que el hermano de Como-se-llame tendrá su número de teléfono.

Como es natural, ya lo había pensado.

—Ojo, que no me gustaría verme en tu lugar —siguió diciendo—. ¿Y si se le ocurre pensar que te gusta, y que solo utilizas todo esto como simple excusa para…?

Hecho. Se acabó. Ya nunca podría decírselo. Supe que mamá no era la única razón por la que empezaba a pensar en una nueva charada. Me tenía obsesionada, no hacía más que soñar con él. Aunque le estuvieran esperando seis u ocho Svetlanas, necesitaba verlo una vez más. Solo de pensarlo, me entraban palpitaciones.

—Eso es imposible.

—Yo no estaría tan segura. Cualquier tío que se

dedique a ir por la vida dándoselas de acompañante de agencia tiene que tener, en lo sexual, un ego del tamaño de la Cúpula del Milenio.

Si decidía defenderlo, Alix me cazaría en el acto.

—¿Y qué más dará, al menos mientras tenga contenta a mi madre?

—Supongo que la segunda vez será mucho más fácil —añadió—. Ahora bien, ¡vaya gasto! Me hace sentirme fatal. ¡Piensa la de cosas que podrías hacer con esa pasta!

Cuando llamé por teléfono, Tamara no estaba en casa. Su madre, sí. Le expliqué que necesitaba el teléfono de Jerry, pues deseaba contactar con uno de los invitados que fueron a su fiesta.

—Sí, ya me han dicho que fuiste —me dijo la señora Dixon—. Qué bonito, ¿verdad?, que todos os mantengáis en contacto después de tantos años. ¿Llevaste también a Dominic? Tamara no me dijo nada.

Tal cantidad de mentiras empezaban a formar una capa de hielo fina como un barquillo. Dijera lo que dijese, seguro que se lo decía a mamá.

—No, tuvo que estar fuera un par de días, así que...

No tenía ningunas ganas de llamar a Jerry. Seguro que me hacía alguna molesta apostilla. Sin embargo, debí de pillarlo en un momento en que tenía prisa, pues me dio el teléfono de Josh prácticamente sin decir palabra.

Era un número de British Telecom, no un móvil.

—Yo que tú lo llamaría de inmediato —dijo Alix—. Es posible que tenga algún compromiso, ya sea social o profesional. Sin embargo, es de suponer que no sale con nadie. De lo contrario, la habría llevado a esa fiesta.

Como me sucedía cada vez que me acometía un ataque de celos morunos, se me encogió el estómago.

—Espero que tengas razón. Por lo visto, se fue de la fiesta con una rusa que parecía sacada de la portada de *Vogue*.

Alix soltó un bufido.

—Pues espero que la rusa en cuestión anduviera con cuidado. A saber lo que se puede pescar. Estoy segura de que esos tipos van por ahí más salidos que los gatos callejeros.

—¡Él no es así!

—No, contigo no, porque no se lo pediste de rodillas —dijo sin arrepentirse—. Estoy segura de que saben dar el pego. A la fuerza; de lo contrario, nadie buscaría sus servicios. Mierda, esa pasta se me va a pasar de punto...

Fue a vigilar los *penne* que habíamos puesto a cocer veinte minutos antes. Nerviosa, presa de las palpitaciones de turno, me sentí agradecida por poder llamar a Josh sin su presencia. No esperaba encontrarlo; marqué apresuradamente.

—Carmichael —dijo con voz neutra, tras solo dos timbrazos.

—Josh, aquí Sophy. —Casi pude ver que se había quedado de una pieza, así que seguí hablando sin darle tiempo a decir ni palabra—. Me ha dado tu número Jerry. Siento muchísimo molestarte, pero debo decirte que al final me gustaría hacerte la propuesta de que vengas a la sesión de fotos, con todos sus oes y sus ayes. No lo he sabido hasta ahora, pero está claro que he irritado a mi madre mucho más de lo que suponía. Acabo de hablar con mi padre y parece que ella está llorando a todas horas, convencida de que me da vergüenza y de que por eso nunca te llevo a casa.

—¡Dios!

—Ya lo puedes decir. —Prácticamente se me habían vuelto a saltar las lágrimas de pura culpabilidad—. Se ha pasado varios días sin decirle a papá qué le pasaba, imagínate. Él llegó a pensar que se había encontrado un bulto en el pecho o algo parecido. Estaba preocupado de verdad. Ayer por la noche la obligó a contárselo y ella se echó a llorar de nuevo. Y parece que tenía algo pensado para el domingo. Se me había olvidado del todo que a la semana siguiente mi abuela cumple ochenta y cinco años, de modo que había reservado mesa en un restaurante, una sorpresa para la abuela, para almorzar solo con la familia más inmediata. Ella había pensado en un estupendo fin de semana, así que ahora se siente fatal.

—¡Joder! —Hizo una pausa—. Lo que pasa... es que tengo planes para el próximo fin de semana.

Se me hundió el corazón.

—Ah, pues no importa, no pasa nada, olvídalo, siento haberte molestado, adiós.

Colgué, me encogí de hombros y fingí que se trataba de un contratiempo de menor cuantía en el esquema general de la vida misma.

Los *penne* estaban algo pasados, pero nos los cenamos encantadas, con tomate y salsa de albahaca fresca, aunque eso tampoco sirvió para subirme la moral.

—Siempre podrías decirle a tu madre que es él quien te ha dejado, pero que no querías decírselo, y que por eso estuviste tan arisca el otro día —me sugirió Alix.

—Ya, pero es que en ese caso pensará que ha sido ella la que lo ha amedrentado. Dios, ¿por qué le habré dicho lo que le dije?

—Eso digo yo. ¿Por qué se lo dijiste? —preguntó con un punto de exasperación.

No pude contestarle la verdad: «¡Porque ese tío me gusta más que comer con los dedos, y por lógica estaba aterrada ante la idea de que el exceso de celo de mi madre tuviera ese efecto si lo nuestro fuera cierto y fuera en serio!».

—¡No lo sé! —repuse—. ¡Me estaba poniendo de los nervios!

—Dile que es él quien te ha dejado —dijo con firmeza—. Así, al menos sentirá lástima por ti. A Maggie siempre podrá decirle que fue al revés.

Ya casi estaba decidida a tomar esta resolución cuando sonó el teléfono. Pasaban veinte minutos desde que yo colgué.

—¿Sophy? Soy Josh.

El corazón y el estómago me dieron un vuelco simultáneo. Intenté decir «Ah, ¡hola!», como si me estuviera mirando las uñas con total indiferencia, pero tuve la impresión de que no podría decir ni palabra.

—Mira, a lo mejor es posible que hagamos algo —siguió diciendo—. El viernes por la noche voy a ver a una persona en Durham…

—¡En Durham! ¡Pero si eso está lejísimos!

—Ya, pero no tenía previsto quedarme todo el fin de semana. ¿A qué hora se supone que hemos de llegar el sábado a casa de tus padres?

—Como muy tarde, a eso de las siete.

—Perfecto. ¿Qué te parece si me recoges en Piccadilly, en Manchester, a las seis? ¿Llegaríamos?

—¿Te refieres a la estación de Piccadilly, en Manchester? ¿Es que no vas en coche?

—No, a Durham un viernes por la noche no, gracias. Ni soñarlo. En tren se tarda la mitad. ¿Puedes estar en Piccadilly a las seis?

La cabeza me daba vueltas.

—Sí, pero ¿no prefieres verificar antes los horarios de los trenes?

—No creo que haya problema. Nos vemos el sábado a las seis, ¿de acuerdo?

De acuerdo. Fresca como una lechuga iceberg.

—Supongo que lo que pasa es que quiere la pasta —dijo Alix—. Págale el billete del tren. Ya puestos, te va a costar más que si lo llevaras en avión.

Me sorprendió en ese punto que no hubiera mencionado ningún sórdido asunto de negocios.

—¡Dios, si no hemos hablado de dinero! ¡Qué vergüenza! ¿Tú crees que debería volver a llamarlo?

—Yo no me tomaría la molestia. Habrá dado por hecho que se trata de la misma cantidad que la otra vez. Llévate la chequera o un montón de billetes. Me juego lo que quieras a que prefieren el pago en metálico. Lo metes en un sobre y se lo pasas cuando todo haya terminado.

Entendido. Pero antes pensaba hacer una cosa más.

Pensaba hacer lo que debiera haber hecho en la fiesta, es decir, tener las agallas suficientes para decirle que lo de Ace había sido una mentira absurda y que aún le debía un favor, de modo que si le apetecía cenar conmigo la semana que viene, o la próxima…

Y si en ese momento hubiera visto formarse en su cara una expresión de «oh, mierda…», y si hubiera comenzado a explicarme con toda su cortesía que tenía previsto estar muy ocupado durante los próximos catorce años, sonreiría y le diría: «No importa, solo era una idea».

—¿Y si justo después lo dejas plantado? —preguntó Alix—. ¿Tiene previsto darle a *Benjy* un buen puntapié?

—¿Estás loca? Lo más probable es que se haga sacerdote.

—¿Cómo?

Le expliqué la semilla que había plantado él en el imaginario de Maggie.

A Alix no le impresionó.

—Ya puestos, ¿por qué no añades que además es gay? Es decir, hoy día la mitad de los curas son gay. No es de extrañar que lleven esas largas sotanas negras.

Mentalmente, archivé la idea en el apartado urgencias desesperadas/últimos recursos.

A la tarde siguiente llamé a mamá. Tras darle la buena nueva me pasé dos minutos explicándole cuánto lo sentía, a lo cual añadí que había estado muy fatigada, que no había pasado una buena racha y que no lo había dicho en serio, que no entendía qué me había podido pasar.

Más trolas para la colección.

Me sentí algo mejor al ver que ella también se largaba alguna.

—Yo tampoco he querido ser nunca ni molesta ni desmoralizadora, cariño. En cuanto a las marchas nupciales, nunca pensé en tal cosa. Ya sabes que nunca he sido una de esas madres que están desesperadas por ver casadas a sus hijas. Claro está que a papá y a mí nos encantará verte asentada con alguien simpático y de toda confianza, pero sabes de sobra que yo nunca he dicho ni palabra.

Antes de que colgase le hice mi última ofrenda de paz.

—Por cierto, me ha dicho que confía en que prepares un asado. Dijo que tienes toda la pinta de ser una excelente cocinera, que seguro que los asados caseros se te dan de maravilla, y que hace una eternidad que no prueba una de esas exquisiteces.

Si con eso no deshacía el entuerto, no lo arreglaría con nada.

A la media hora llamó Tamara. La señora Dixon, cómo no, le había comunicado todos los detalles de mi llamada, y Tamara estaba perpleja.

—¿Qué, al final ligaste con alguien?

—Ojalá. Iba a llamarte de todos modos, porque hay noticias en el frente Dominic. —Pasé a explicarle lo esencial—. Así pues, si te enteras de que el sábado voy a ir con él, no pongas cara de desconcierto, ¿quieres?

—¿Quieres decir que está de acuerdo?

Lo dijo de una manera que me produjo inquietud.

—¿Por qué no iba a estarlo?

—No, por nada. Solo que Jerry le tomó al parecer el pelo con lo de su profesión de acompañante, y él dijo que solo lo había hecho una vez, por una apuesta. Claro que a lo mejor le da vergüenza reconocer que necesita la pasta. Ojo, que eso no lo digo yo. Jerry cree que la apuesta consistía en ver si se salía con la suya, y me da en la nariz que sí.

Últimamente Tamara hacía maravillas a la hora de subirme la moral.

Salí el sábado a la una y media, con lo cual tendría tiempo de sobra, pero el tráfico estaba de auténtica pesadilla, iba lentísimo, y mis nervios iban en aumento a cada kilómetro, convencida además de que llegaría tarde. Avancé por carriles jalonados de conos rojos, tuve mil visiones en todas las cuales Josh miraba el reloj, exasperado, hasta decir al final: «Al infierno... Me marcho».

Por otra parte, ¿quién era la misteriosa persona a la que había ido a ver?

¿Qué hay en Durham?

El castillo y la universidad.

¿Qué hay en las universidades?

Estudiantes borrachuzos, sobre todo los viernes. Estudiantes colocados hasta las cejas.

¿Qué más?

Eh... ¿estudiantes becados para una investigación?

A ver, ¿puedes concretar un poco más?

Eh... ¿estudiantes de visita, procedentes de San Petersburgo?

Desde luego, era una posibilidad digna de tener en cuenta.

No hubo premio alguno para quien averiguase por qué circuitos transitaba mi imaginación. Svetlana no llevaría aquella falda larga, por descontado; si acaso, llevaría un osito de satén o una gargantilla de terciopelo, como aquella espía rubia en *Desde Rusia con amor*. Fruncría el morro como una estrella de una peli porno: «Querrido, ¿de verras te tienes que irr? ¿Es que esa furrcia enloquecida no se puede buscarr a otrro?».

Y él la besaría con toda la ternura de un enamorado.

«Dios, cuánto me fastidia tener que dejarte, pero es un dinero fácil de ganar. Dime algo poético en ruso para que no se me enfríe la pasión. Di que te pasarás toda la noche retorciéndote encima de mi vergski por la dorada ruta a Samarcanda.»

«Lo que yo digo es que la zurrzan a esa furrcia enloquecida, mi amor. Quédate aquí conmigo y te pondrré caviarr y crema agria por toda la vergski y te la chuparré hasta que grrites sin poderr contenerrte.»

Devoré medio paquete de gominolas dándole vueltas al asunto.

Al contrario que la última vez, íbamos a pasar menos de una hora en el coche. ¿Cómo debía tomármelo? ¿En plan agradable, con compañerismo? ¿En plan frío, como si tal cosa? ¿Suave y placentero, como el tiempo que en principio debíamos disfrutar, aunque de eso nada? Había pasado la ola de calor; estábamos de vuelta a la humedad y al frío de marzo. Había llegado el verano de forma definitiva.

Al final llegué con veinte minutos de antelación. Como siempre, no había un solo sitio donde aparcar, de modo que tuve que dar vueltas y más vueltas bajo la llovizna, acordándome de mi suerte. Volví a las seis menos un minuto y allí estaba, pertrechado con dos ramos de flores.

—Pensé que también debería llevar uno para tu abuela —explicó a la vez que los dejaba en el asiento de atrás.

Aquello era una grosería y una injusticia, mostrarse tan dulce y tan considerado cuando yo estaba buscando a la desesperada alguna razón de peso para dejarle plantado. A punto estuve de decirle: «Anda, dame la factura para que la añada a tus gastos», de modo que él pudiera contestar: «De acuerdo. Mira, precisamente el tren desde Durham me ha costado cuarenta y cinco libras».

—No tendrías que haberte tomado la molestia —dije por el contrario—. Ya le he comprado yo un regalo.

Aún tenía que envolverlo: la última novela de Catherine Cookson y una caja grande de bombones Thornton.

—¿Cómo están las cosas con tu madre? —preguntó.

—De vuelta a la normalidad, o poco menos, así que gracias por arrimar el hombro. De verdad. Espero que el fin de semana no sea de pesadilla.

—Digámoslo de este modo: si he sobrevivido al fuego, caer en la sartén debe de ser pan comido. ¿Qué tal Charlotte?

—Parece ser que bien. Creo que comió algo en mal estado. —Como si tal cosa, añadí—: ¿Qué tal en Durham?

—No he visto gran cosa. Ya sabes cómo es.

Pues sí, muchas gracias. Más o menos recordaba cómo podía llegar a ser, si es que era eso lo que había estado haciendo. A este paso, portarme como una buena amiga iba a ser demasiado pedir, sobre todo si se tiene en cuenta que el tráfico estaba fatal y que eso me suele poner de muy mal humor.

Consciente de todo ello, traté de calmarme. A fin de cuentas, lo que hubiera hecho o lo que hubiera dejado de hacer no era asunto mío. Tuviera lo que tuviese entre manos, que hubiera cortado por lo sano para acudir en mi auxilio en la hora de mi mayor necesidad tal vez incluso diera a entender que nunca había supuesto que fuera nada del otro jueves.

Teóricamente animada por esta conjetura, me detuve en un paso de peatones en el que esperaba a cruzar una señora de avanzada edad. El hombrecillo verde del semáforo debía de ser perfectamente visible, pero ella seguía indecisa.

—Vamos, señora —la animó Josh—, que es bien fácil. Primero un pie, luego el otro, pasito a paso...

Como seguía titubeante, protestó:

—Todas hacen lo mismo. Miran al semáforo y miran al coche, y vuelta a empezar, como si hubiera gato encerrado. Yo juraría que todos esos ancianos están convencidos de que se trata de una monstruosa jugarreta ideada por la brigadilla de limpieza de vejestorios.

Tuve que morderme los labios.

—Pobrecilla. No digas eso. Además, no todos hacen igual.

—En eso tienes razón. No hacen todos lo mismo. Suelen ser los de sombrerito de lana. Algo tienen que tener los sombreros de lana. Cuando se los pone una señora de avanzada edad, generan un enfurecedor exceso de indecisión.

—¿Y qué me dices de los hombres de avanzada edad? Me refiero a esos hombrecillos que conducen, esos ancianos de sombrero calado hasta las cejas. Esos sí que titubean, y mucho más que ninguna anciana.

—Sería un interesante asunto para investigar a fondo —musitó—. Las propiedades indecisas de los sombreros de lana, aplicadas a las cabezas de los pensionistas. ¿Tú crees que habría que colocarlo bajo el epígrafe «productos textiles» o en «psicología»?

—Yo diría que encaja mejor en «mamonadas».

A partir de ese momento, todo fue como la seda, en plan de compañerismo. ¿Cómo te vas a mantener fría y distante con un hombre que sabe hacerte reír?

—¿Me has traído tú desde Londres? —preguntó.

—Creo que será lo más sencillo. —Tuve dudas acerca de la siguiente pregunta, por si acaso la respuesta me ponía enferma—. Confío en que la persona a la que has ido a ver no se haya enojado al saber que debías marcharte.

—Yo diría que no hay motivos de preocupación. ¿Por qué vuelves a conducir tú? ¿No parecerá extraño?

«Antes de contestar a eso —quise decirle—, ¿te importaría mucho contestar a mi pregunta anterior de manera más concreta y decir, por ejemplo, que le importó un pimiento?»

—No veo por qué —dije en cambio—. A ti te gusta que te lleven. Es algo que te relaja.

No me contradijo.

—¿Cuándo regresaron los recién casados?

—Creo que esta mañana a primera hora. Del aeropuerto habrán tomado el tren de alta velocidad a Manchester y habrán ido a casa de Paul. Bueno, ahora es la de Paul y Belinda. Él tiene una casa en Altrincham, a unos veinte kilómetros de donde viven mis padres.

—Ha sido una luna de miel muy larga. En Kenia, ¿no?

—Y Tanzania, me parece.

—¿Tuvo Belinda alguna situación desagradable, o espeluznante incluso, debida a los animalillos?

—No lo sé, pero si ha sido un safari de cinco estrellas, por todo lo alto, tendrían que garantizar encuentros en la tercera fase con toda clase de bichos, desde los elefantes hasta el *Tyrannosaurus rex*.

—Me refería a los *dudus*, no a los de gran tamaño.

—¿Los... qué?

—Los *dudus*. Es como se dice «ciempiés» en suahili.

Me eché a reír y siguió contándome:

—De pequeño viví algunos años en el este de África.

—¿De veras? ¿En dónde?

—Primero en Zambia, luego en Kenia. Mi viejo trabajó allí bastantes años. Era ingeniero y viajaba bastante, de modo que de los nueve a los once años nos enviaron a un internado.

Lo cual concordaba con lo que me había dicho Tamara.

—¿Has vuelto alguna vez?

—No, pero mis padres sí. Mi madre se sintió muy desilusionada, sobre todo con Nairobi. Dijo que estaba irreconocible.

—Paul y Belinda han pasado un par de noches en Nairobi, en algún hotel de postín. Paul ha escogido personalmente los lugares en que se han alojado.

—Seguramente el Norfolk —dijo—. Tiene muchísimo carácter; es de los tiempos de las carretas de bueyes. Mi viejo me contó que en otros tiempos había justo enfrente una charca hasta la que se acercaban a beber los leones. Parece que incluso se contaba una historia apócrifa sobre un tal lord Delamere que acertó a cazar un león desde la barra del bar. Recuerdo que me dio por pensar que sería sensacional pasear con un rifle colgado del hombro, a todas horas, y despachar con toda la calma del mundo a un animal hambriento que estuviera a punto de abalanzarse sobre el camarero. Después, vuelves a por tu jarra de cerveza y dices como si tal cosa: «No sé en qué se va a convertir este maldito local. Seguro que dentro de nada permiten la entrada a las mujeres».

—¡Serás sexista!

—Supongo que lo era. Seguro que estaba aún en esa etapa libre de complicaciones, a los doce años de edad, en la que no llegas a entender qué es lo que ven los demás en las chicas.

Habida cuenta del estado en que me encontraba, me pareció un comentario vagamente inquietante. Kilómetro a kilómetro, el calentamiento «Sophal» iba en aumento hasta alcanzar peligrosos niveles. Una vez más, de buena gana me hubiese ventilado un par de vodkas con hielo, limón y un generoso chorrito de ambrosía sexual. Me latía la sangre más deprisa. Me cosquilleaban las terminaciones nerviosas. El mero aroma de la loción para después del afeitado bastaba para que me sintiera ligeramente atontada.

En fin, seguro que conoces de sobra esa sensación.

Me alegré de que se hubiera franqueado conmigo. Así podría hacerle algunas preguntas sin parecer una metomentodo.

—Julia Como-se-llame me comentó que habías estado en las Fuerzas Armadas. En la Marina, ¿no?

—Sí, entré cuando tenía dieciocho años. Como comentó el profesor responsable de la elección profesional, era algo mínimamente mejor que la cárcel, que es donde hubiera terminado, sin duda.

Mi expresión le hizo reír.

—Me estás tomando el pelo.

—No del todo. Digamos que si alguna vez tengo un hijo que sea como fui yo, me estará bien empleado. Pero es cierto que me quise alistar. Me apetecía aquello de los paracaidistas con sus ametralladoras y bazucas.

—¿Tal vez por ser más accesible que el MI5? —dije—. ¿Y cuándo lo dejaste?

—Hace ya varios años.

—¿Te hartaste?

—En parte, sí. Me apetecía hacer otras cosas.

No fui capaz de dejarlo así.

—¿Por ejemplo?

—Por ejemplo, poner un negocio propio. Bueno, no es solo mío. Tengo un socio. Así resulta más llevadero eso de largarse durante unos cuantos días; él se ocupa de los asuntos pendientes. Y cuando se arma un lío y la fastidiamos, siempre le puedo culpar a él.

Me eché a reír, en parte aliviada por el hecho de que «socio» fuese un término inequívocamente masculino. No había hecho falta siquiera minuto y medio para que mi cerebro idease una arpía calcada a la del tanga, con título de asesora fiscal, que se ocupara de llevarle la contabilidad y que, además, cada noche se lo follara hasta dejarlo sin sentido.

Me alegré de que no estuviera en el paro, aunque

poseer la mitad de un negocio tampoco garantizaba que anduviera sobrado de nada, máxime si era medio pequeño negocio más bien en situación estable, no demasiado boyante, que fue a lo que sonó su descripción. Los pequeños negocios en situación a lo sumo estable tampoco suelen satisfacer, en general, a los directores de las sucursales bancarias.

De ahí saltaron mis pensamientos a lo de la apuesta, aunque eso no se lo iba a preguntar. Como había dicho Tamara, tal vez solo fuera una estratagema debida a que le diese vergüenza reconocer que sí, que necesitaba la pasta. Por otra parte, me parecía uno de esos tipos a los que no les da vergüenza nada.

A punto estaba de preguntarle a qué clase de negocio se dedicaba cuando poco faltó para que nos matásemos. Íbamos por una carretera tranquila y supongo que yo no estaba muy concentrada, o no tanto como debiera, cuando dos chiquillos de unos once o doce años salieron despendolados, en sendas bicicletas, por un camino lateral. Tuve que dar un volantazo y acabé en la cuneta del lado contrario.

—Joder.

Se me había desbocado el corazón.

Josh soltó un hondo suspiro.

—¿Estás bien?

—Más o menos.

Ninguno de los dos chiquillos se había caído de la bici. Evidentemente asustados, no obstante, miraban el coche boquiabiertos.

—Vaya mocosos descerebrados —murmuró Josh—. Hasta los gatos tienen más sensatez. Aguarda un momento...

Iba a decirle que más le valdría ahorrarse la saliva, pero ya se había bajado del coche y cerró de un portazo. A grandes zancadas, se plantó ante ellos y sus gestos de pavor dejaron paso de inmediato a esa clásica actitud de desafío que, cada vez que la veo, me hace dar gracias a Dios por no haberme dedicado a la enseñanza.

Como estaban subidas las ventanas no llegué a oír lo que les decía, aunque al verlo por detrás y al imaginar sus gestos me quedó claro que les echó una bronca de padre y señor mío, como hubiera dicho papá.

Al cabo de un minuto volvió caminando al coche con aire todavía cabreado. Los chicos se largaron a toda prisa. Subió y cerró la portezuela con más fuerza de la necesaria.

—Bueno, creo que he ejercido mi incuestionable autoridad.

—Ya lo he visto.

—Como es natural, han aprendido la lección. Uno me mandó a donde pican las gallinas y el otro me dijo que no se me ocurriese acercarme a él, que su madre ya le había advertido cómo somos los viejos babosos como yo.

Me mordí los labios aunque en realidad no fuese necesario, ya que en su boca había asomado una sonrisa sumamente sarcástica.

—En fin, seguramente terminaré con uno de esos —suspiró—. Ya lo dije antes: el precio de ser un mocoso descarado consiste en tener, más adelante, un mocoso descarado de tu propia cosecha.

Arranqué el coche.

—A lo mejor son dos, sobre todo si se lleva en tu familia lo de los gemelos.

—Por favor, ni se te ocurra.

Cuando adelanté a los dos chiquillos, nos hicieron los dos un inequívoco gesto con el dedo en alto y nos sonrieron como dos monos del zoo.

—No sería un mal pretexto para dejarte plantado —dije—. Si tus hijos van a ser unos delincuentes... A lo mejor puedo decir que te has hecho una prueba genética para detectar la presencia del gen delincuente, y que has dado positivo.

—¿Así que ya hemos llegado incluso a la fase en la que se planea eso de tener hijos?

—¡No!

¿Acaso me había delatado con semejante observación? Es decir, yo tenía la vaga idea de que algún día sí me gustaría tener hijos, pero aún no había llegado ni de lejos al momento del pánico debido a mi reloj biológico. O no me pasaba muchas veces, vaya. Solo una vez al mes, cuando me entraba esa tristeza debida a un subidón hormonal, me imaginaba a los cuarenta y tres años de edad, yendo a clase para aprender trucos sobre el mantenimiento del coche y fingiendo que me interesaba muchísimo aquello de las bujías, por si acaso algún tío medianamente decente se mostrase interesado por mí. Además, sería para entonces Tía Sophy para los hijos de Belinda y los de Alix; sería la Pobre Sophy para Belinda y para Alix, y esta le diría a Calum: «¿Y qué me dices de ese Ken, el de tu trabajo? Ya sé que es un poco ababol, pero no deja de tener su encanto, ¿verdad?». Y mamá me seguiría llamando por teléfono todos los martes por la noche para preguntarme: «Y bien, cariño, ¿ha pasado algo últimamente?».

Dejé a un lado esta pesadilla recurrente y dije como si tal cosa:

—La verdad, creo que al final no aduciré ninguna excusa en concreto. Les diré que lo hemos dejado como amigos, que la historia terminó por sí misma.

Lo cual suponía que más me valdría encontrar un novio de verdad y bien prontito, o me las vería de nuevo en la casilla de salida.

Josh no hizo el menor comentario. A medida que nos acercábamos a casa me empecé a preguntar si Winnie estaría ya al tanto de los problemas conyugales de Sarah y, en tal caso, si también se había enterado de que mamá se había enterado con anterioridad. Eso reduplicaría su mortificación, sin duda. De hecho, llegué a preguntarme si podrían restablecer alguna vez sus relaciones normales, de guerra fría. Lo más probable era que se acalorase la guerra durante un tiempo, y que comenzara el lanzamiento de gases venenosos.

Se lo dije a Josh.

—Me siento fatal al pensar en Sarah. No la he visto desde que volvió de su luna de miel, pero fuimos amigas durante muchos años.

—Eso es bastante corriente —comentó—. La mitad de mis amigos casados están separados o divorciados. Una chica, conocida mía, incluso se encaprichó con uno de los invitados de su boda y se largó con él al término de la luna de miel.

—Dios...

—Sin embargo, el novio era un cabronazo de cuidado. Así se le borró la sonrisa de la cara durante un tiempo.

Faltaba poco menos de un kilómetro.

—Espero que tengas un hambre devoradora —dije—, porque mamá tiende a dar por supuesto que los hombres poseen el apetito desmesurado de un adolescente. Siempre prepara más de lo necesario, y cuando no quieres repetir suele pensar que no estaba bueno. Siempre le sale todo de maravilla, pero aún pide disculpas por cada uno de los platos que sirve a la mesa. La carne estará demasiado hecha o demasiado poco hecha, las patatas estarán demasiado crujientes o no lo suficiente, la salsa estará demasiado espesa o muy poco ligada. Lo que quieras.

—Son todas iguales —dijo con una carcajada.

El pueblo constaba de una pintoresca callecita en la que aún quedaban unos cuantos trozos adoquinados. Había muchos maceteros repletos de flores y unas cuantas tiendas, algunas todavía abalconadas: tiendas de comestibles, antiguas herrerías, etc. En los últimos veinte años, casi todas ellas habían dejado su lugar a esas tiendas especializadas que se suelen ver en las zonas rurales de nivel económico más bien pudiente: prendas de montar a caballo o de paseo al aire libre, cuero italiano que valía un ojo de la cara... Últimamente incluso se había instalado un carnicero que solo vendía productos orgánicos, especializado en venado (bajo en colesterol) y capaz de preparar cualquier corte de vacuno con una precisión de cirujano.

Desde esta calle salían dos caminos serpenteantes, flanqueados por verdes prados. Semiescondidas tras jardines bien cuidados, las casas construidas desde comienzos de siglo eran una ecléctica mezcolanza de estilos, desde el gótico de imitación hasta la imitación de una típica villa marbellí. La nuestra era lo que un agente de la propiedad inmobiliaria llamaría «casa familiar de gran tamaño y de falso estilo Tudor». Cuando era adolescente atravesé una fase en que la despreciaba y me parecía una sosería, un aburrimiento de casa. Ahora la veía como era en realidad: una casa cómoda, segura, tradicional. Como mis padres, vaya.

—¿Cuánto tiempo llevan viviendo aquí? —preguntó Josh cuando llegamos.

—La compraron cuando yo tenía cinco años. Estaba en mal estado. La han ido remodelando desde entonces. —Aparqué junto a un Porsche negro y resplandeciente—. Es de Paul —añadí—. Espero que no lleven más de una hora aquí. Y espero que Belinda no haya cogido un bronceado de esos que te mueres de la envidia. Ah, y este es *Benjy*.

Vino dando saltos desde un lateral de la casa, ladrando alborozado y saltando para darme un lametazo en la cara.

—¿En parte perdiguero? —preguntó Josh a la vez que lo acariciaba.

Benjy era de color castaño, con una mancha blanca en el pecho.

—Eso creemos. El resto, a saber de qué raza. Lo recogimos de una perrera cuando tenía seis meses.

Aún estábamos a muchos metros de la puerta cuando la abrió papá.

—Sophy, cariño, gracias a Dios que estás aquí.

No pensaba dejar que me pillara de nuevo desprevenida.

—No me digas que… *Benjy* se ha ventilado el asado, mamá está armando un jaleo de miedo en la cocina y a ti te ha dicho que vayas a por algo de comida preparada.

—Ojalá fuera solo eso.

Se me acababa de formar un bulto frío y horroroso en la boca del estómago. No estaba fingiendo. De pronto, me pareció verlo envejecer muchísimo.

10

—Papá, por Dios, ¿qué ocurre?
—Se trata de Belinda. Ha desaparecido.
—¿Cómo? ¿Desaparecido? ¿Qué quieres decir…?
Se encogió de hombros sin saber cómo explicarlo.
—Lo que oyes. Le dejó a Paul una nota y desapareció. El último día del viaje de novios. Horas antes de que tomasen el vuelo de regreso.
De pronto me sentí entumecida y con cierto hormigueo en la piel, como si estuviera a punto de desmayarme.
—¿Quieres decir que lo ha abandonado?
Solo asintió con un gesto.
Se me había secado la boca.
—Y él… ¿cómo está? —pregunté como una estúpida.
—Pues no muy bien. Y tu madre tampoco se lo ha tomado nada bien. —Se dirigió a Josh—. Lo lamento. Parece que no has elegido el mejor fin de semana para venir a vernos.
Josh me tocó el brazo.
—Aquí fuera, parados los tres, no solucionaremos nada.
Arrancándome del sitio a duras penas, caminé sin sentir nada sobre la alfombra color melocotón del recibidor, donde unas cuantas antigüedades relucían con un brillo intenso. Dejamos nuestras cosas allí mismo, en el

suelo, y pasamos por la puerta doble a la sala de estar.

Como esperaba encontrarme a mamá o llorando a moco tendido o corriendo de un lado a otro como un pollo sin cabeza, lo que me encontré me pareció casi peor. Estaba sentada en un sillón, muy quieta. Igual que papá, parecía totalmente aturdida, completamente confusa y, de repente, mucho más vieja. Volvió la cabeza, le temblaban los labios.

—Oh, Sophy...

Aparte de rodearla con los brazos, no se me ocurrió qué otra cosa hacer.

—Mamá, intenta no preocuparte.

Mi comentario sonó a lugar común, a algo patético, pero no se me ocurrió nada mejor. Seguía entumecida, en parte porque un tardío penique del tamaño de un meteorito acababa de desprenderse del techo y me había dado de lleno, dejándome casi KO.

—No hemos sabido nada hasta la llegada de Paul, hace media hora —dijo mamá, con una voz temblorosa que por poco no reconocí—. Pensó que a fin de cuentas tal vez hubiese ido a la casa de Altrincham, o que al menos habría llamado por teléfono aquí, pero no hemos tenido ninguna noticia. Él cree que seguramente llamará aquí.

Paul estaba de pie, mirando por la ventana, de espaldas a nosotros.

—Paul —le dije—, ¿te encuentras bien?

—Pues claro que no me encuentro bien. ¿Tú te encontrarías bien?

Se volvió en redondo; agitado, tenso, se pasó una mano por el pelo.

—¿A qué está jugando, digo yo? —preguntó sin interpelar a nadie en concreto—. Quiero decir, ¿a qué coño está jugando, eh?

—Siéntate, Dominic —murmuró papá—. Permíteme que te ofrezca una copa. ¿Qué te apetece?

—Un whisky de malta, si hay. Solo, sin hielo ni agua.
—Papá, tráele a mamá un brandy —le dije—. Creo que le sentará bien. A mí también. Ya puestos...

Al marcharse papá, un silencio gélido y terrible cayó sobre nosotros. Era como si se acabase de producir una muerte en la familia.

—¿Qué decía en su nota? —pregunté al fin.

Sin decir palabra, me pasó una hoja de papel con el membrete de un hotel.

> Querido Paul:
> Lo lamento muchísimo, pero he cometido un terrible error. Ya no me parece nada bien seguir ocultándolo. Tomaré un avión de regreso que sale antes que el tuyo y pasaré unos días con unos amigos. Lo lamento muchísimo; no ha sido culpa tuya, así que no te culpes por nada. Por favor, diles a papá y a mamá que no se preocupen. Muy pronto me pondré en contacto con ellos. Lo lamento muchísimo.
> Con cariño,
>
> BELINDA

Me sentí fatal.
—Lo siento mucho, Paul. No sé qué decir...
—Yo sí sé qué decir —murmuró.

No le pude culpar por nada. Estaba herido y enojado.

Quise enseñarle la nota a Josh, pero aún estaba sentado a un par de metros, en un extremo del sofá, y a Paul no le haría ninguna gracia que su humillación fuese compartida con poco menos que un perfecto desconocido. Me alegró que Josh tuviera la elemental sensibilidad de no pedirme que se la leyera en voz alta, y que tampoco se arrimase para leerla por encima de mi hombro.

Volvió papá con las copas. Tras dar un sorbo de agua de fuego, volví a leer la nota.

—¿Qué quiere decir con eso de que tomará «un

avión de regreso que sale antes»? ¿Cómo es que estuvo tanto tiempo a su aire, que pudo organizar todo esto a tus espaldas?

—Yo estaba jugando al golf. —Se dejó caer en el otro extremo del sofá—. Habíamos vuelto a Nairobi para pasar el último día, y yo quería jugar al golf en el club de campo. Creo que tenía derecho a jugar al golf un par de días, teniendo en cuenta que la luna de miel había durado casi tres semanas. Por Dios...

Me hice a la idea casi de inmediato.

—¿Tuvisteis una riña?

—¡No! —Lo dijo casi con enfado—. Bueno, yo no diría que fuese una riña. Ella no tenía demasiadas ganas de que yo me fuera a jugar al golf, pero es que no había gran cosa que hacer. Me dijo que se iba a hacer unas compras y que luego estaría en la piscina.

—¿Y al volver te encontraste con que ya no estaba?

—¿Tú qué crees? —dio un sorbo del vaso que tenía en la mano—. Es que no me lo pude creer.

Tras una larga pausa, una pausa horrorosa, subió enojado el tono de voz.

—¿Cómo ha podido hacerme esto a mí? ¿Qué demonios se le ha metido en la cabeza?

No le contestó nadie.

—Me quedé en estado de shock —siguió diciendo—. Debieron de pasar veinte minutos hasta que se me ocurrió hacer la debida comprobación en el aeropuerto, pero dio lo mismo. Ese otro vuelo ya había despegado.

—¿Y qué hiciste? —pregunté.

—¿Tú qué crees? —su voz adoptó un deje sarcástico, amargo—. Me senté y la tomé con el minibar. Poco faltó para que perdiera yo mi vuelo.

—Estoy tan preocupada... —dijo mamá con voz llorosa—. ¿Y si la hubieran secuestrado?

—Eso es imposible, cielo —dijo papá para tranquilizarla.

—Podría ser, ¿por qué no? Tal vez la obligaron a escribir esa nota para que pareciera como si...

—¡De ninguna manera! —exclamó Paul presa de la tensión—. ¡Las personas que han sido secuestradas no hacen el equipaje minuciosamente y hasta sus últimos detalles, incluido el maldito esmalte de uñas! No dicen en recepción que «más tarde veré a mi marido, aunque ya me encargo yo de pagar los extras de la habitación antes de marcharme».

Tras unos momentos de silencio, tomó papá la palabra:

—Muchacho, sé que estás enojado, pero no es preciso que a Sue le hables de ese modo.

—Mis disculpas —murmuró él.

Mamá se puso en pie con gesto de debilidad.

—Iré a ver cómo está la cena... —También habló con debilidad en la voz, como si estuviera a punto de quebrársele.

La seguí a la enorme cocina, que dos años antes había remodelado con madera de pino envejecida.

—Y ahora la cena se ha echado a perder —dijo llorosa a la vez que abría el horno para mirar el asado—. Ya casi estaba más o menos listo, e iba a bajar el horno, pero con todo este lío se me ha olvidado, y ahora, mira qué desastre... Se ha secado toda la pieza.

—Nadie se dará cuenta —le dije—. Además, tampoco creo que nadie tenga mucha hambre.

—Y las patatas se me han pasado... —Con lágrimas en los ojos, pinchó una con un tenedor—. Un desastre.

Josh acababa de aparecer detrás de nosotros.

—Pues a mí me gustan así.

—Puede, pero a nadie más le gustan así —dijo mamá toda llorosa—. Como si se lo doy todo al perro... Bueno, más vale que prepare la salsa, y los rábanos picantes, se me habían olvidado los rábanos picantes...

—Comenzó a buscar en el estante de las verduras presa de una gran agitación—. ¿Dónde estarán? Estoy segura de que he comprado rábanos frescos...

—Yo me ocupo de encontrarlos —dije para calmarla—. Y de hacer la salsa. Tú ve a sentarte y tómate esa copa de brandy, ¿quieres?

De pronto, perdió por completo el frágil control que tenía de sí misma. Con un hondo suspiro y un sollozo que no contuvo, se cubrió la cara con ambas manos.

—Todo ha sido culpa mía —lloró.

Abrumada, me la llevé hasta la mesa de pino y le hice tomar asiento. Con una mirada de total desvalimiento que lancé a Josh, la rodeé con un brazo.

—¿Cómo iba a ser culpa tuya?

—Es un castigo que me tengo bien merecido. —Debido a sus sollozos, apenas se le entendía lo que estaba diciendo—. Es porque me refocilé con lo de Sarah Freeman. Bueno, tampoco fue para tanto, pero es cierto que me refocilé. No lo pude evitar, Maggie había sido de lo más petulante conmigo. Hay una palabra para expresarlo, una palabra en alemán, terriblemente larga...

Schadenfreude. Para una persona como mamá, permitirse siquiera un ápice de *Schadenfreude*, alegrarse siquiera un poco de las desgracias ajenas, no tenía ninguna gracia. No podía resultar nada agradable. Generaba una sobredosis de una palabra sencillísima, bisílaba: culpa.

—Aun cuando así fuera, ¿cómo podría tener todo esto ninguna relación con...? —Agarré un trozo de papel de cocina para que se secase las lágrimas—. No es culpa tuya, no puede serlo. Eso te lo tienes que quitar de la cabeza ahora mismo, ¿me has entendido?

Poco a poco fue recuperando el control sobre sí misma.

—Si no estaba segura del todo, ¿por qué no lo dijo? ¿Por qué no dijo algo? —suplicaba entre sollozos, secándose los ojos sin cesar—. Podría habérmelo dicho a mí... ¡Para eso soy su madre!

Si le hubiese dado una respuesta con toda sinceridad, se habría sentido ochenta veces peor.

—Una semana o dos antes de la boda tuve la sensación de que no era la misma Belinda de siempre —siguió diciendo pesarosa—. Pero en ningún momento se me llegó a pasar por la cabeza... Pensé que tal vez fuese yo, que la estaba poniendo de los nervios... Desde luego, estaba tan inquieta que saltaba a la primera de cambio; cada dos por tres me decía «mamá, deja de fastidiar con...». Y sí, sí, ya sé que a veces soy un fastidio, pero si lo hice fue solamente porque deseaba que todo resultase absolutamente...

De nuevo se le disolvió la voz en lágrimas.

Me sentí fatal.

—Era imposible que lo supieras. ¿Cómo ibas a saber nada? Nadie puede leer la mente de los demás.

Yo, sin embargo, sí debiera haberlo sabido. Que Dios me ayude, pero debería haberme percatado de lo que estaba por suceder. Como si se me hubiera grabado en la memoria, aquella conversación telefónica que tuve con Belinda volvía a resonar en mi cabeza una y otra vez. Alguien se había amedrentado y al final se echó atrás, de acuerdo, pero no fue Paul. ¿Cómo era posible que no me hubiera dado cuenta? ¿Cómo me había equivocado de manera tan espectacular?

Volví a pensar en lo resplandeciente que la vi el día en que anunciaron su compromiso, en aquella fiesta, y me pregunté si de veras debía sentirme remotamente culpable. Estaba perdidamente enamorada. ¿Qué demonios había ocurrido entretanto?

Claro está que no podía decir ni palabra de todo esto a mamá. Miró a *Benjy* de repente y de nuevo se le saltaron las lágrimas.

—Pobrecito, si nadie te ha dado de comer... Se me olvidó por completo.

Benjy estaba sentado con aire lastimero ante su platillo vacío. No había llegado a soltar ni siquiera un ladrido de cortesía, pero seguramente se había dado cuenta de que la situación estaba muy tirante.

—Yo le daré de comer —dije para calmarla—. Tú sube a lavarte la cara, anda. Ya me ocupo yo de todo.

En cuanto se cerró la puerta a sus espaldas, me puse a saquear los armarios de la cocina en busca de la comida del perro. Desde que instalaron la nueva cocina, no tenía ni idea de dónde se guardaban las cosas. Al menos, me vino bien tanta actividad.

—Me entran ganas de darme en todo el cogote. Sabía que estaba preocupada, pero lo interpreté todo exactamente al revés... ¿Dónde caramba estará la comida del perro?

Josh estaba apoyado contra la encimera, con los brazos cruzados.

—Creíste que a ella le preocupaba que él pudiera cambiar de idea en el último momento.

—Así es, porque nunca se me pasó por la cabeza que podía ser ella la que se echase atrás. —Encontré una lata de pollo con ternera y rebusqué en los cajones hasta dar con el abrelatas—. Lo que pasa es que no le hice caso. Me irrité, la puse en ridículo. Estaba demasiado alterada por el lío en que me había metido yo solita...

Mientras abría la lata, *Benjy* puso las zarpas y el morro sobre la encimera, tratando de comprobar qué variedad de preparado era el del menú. Dejé el platillo en el suelo, donde procedió a empujarlo de un lado a otro a la vez que daba buena cuenta del contenido, como si fuera una aspiradora con vida propia.

—No entiendo por qué te empeñas tú ahora en echarte la culpa —dijo Josh—. ¿Qué edad tiene tu hermana?

—Veintisiete.

—Edad suficiente para saber qué hace con su vida y qué terreno pisa.

—Pero es evidente que no se dio cuenta, ¿no crees?

Benjy había empujado el platillo hasta un rincón, en donde lo pudo sujetar para darle los últimos lametazos y dejarlo limpio del todo.

Qué maravilla ser un perro. Nada de relaciones complicadas; una cama calentita, una cena enlatada a diario, en fin, como vivir en el cielo.

Josh también lo miraba con atención.

—Siento muchísimo haberte metido en esto —dije.

—No tiene importancia.

—Ya lo creo que la tiene. Y, además, un rosbif reseco...

—He comido cosas mucho peores que un rosbif reseco.

Traté de hacer un chiste para salir del paso.

—Al menos, no tendrás que aguantar los oes y los ayes al ver infinitas fotos de la boda.

—Pues casi desearía tener que sentarme a verlas.

Dejó el vaso vacío sobre la encimera, dobló los brazos y me miró.

—Ya sé que es un tópico lamentable, pero de veras que no se trata del fin del mundo.

Estaba al menos a tres metros de mí y nos separaba una mesa de pino macizo, pero el contacto ocular entre ambos aún me hacía unas terribles cosquillas por dentro. Lo cual solo sirvió para que se me acrecentase la sensación de culpabilidad en otros cincuenta puntos. Teniendo en cuenta las circunstancias, no era el mejor momento para sentir palpitaciones. Aquello era como contar chistes verdes en un funeral.

Me di la vuelta y busqué los rábanos en el estante de las verduras.

—Para mi madre, te juro que sí es el fin del mundo.

—Yo creo que si de veras ha cometido un error, es mejor reconocerlo ahora —apuntó—. Mucho mejor que reconocerlo dentro de cinco años, cuando tal vez tuviera un par de críos en los que pensar.

Cuando me invade la culpabilidad y la tensión, basta con una mínima irritación para que se me encienda la cólera. Y tuve un mínimo motivo para irritarme: no conseguí encontrar los rábanos. Él tenía toda la razón: ¿por qué me empeñaba en culpabilizarme?

—Te juro que podría matarla. ¿Por qué tendrá que convertirlo todo en un drama de semejante envergadura? Si no era capaz de vivir con él, ¿por qué no le ha concedido unos cuantos meses, aunque fuera para guardar las formas, y luego lo deja en paz y sin armar un alboroto?

—Yo creo que es más sensato averiguar por qué se ha plegado a todo esto.

—No resulta difícil de imaginar —dije, y estaba a punto de explayarme cuando me encontré con papá, que volvía con un vaso.

—Paul quiere tomar otra —dijo apesadumbrado, y se dirigió a la nevera—. Está fatal el pobre muchacho, da pena no poder ayudarle... Me siento desamparado.

¿*Desamparado*? Nunca en la vida le había oído decir semejante palabra. Yo hubiera dicho que incluso desconocía su significado. No era capaz de aguantar el verlo de semejante manera. Desarbolado, perplejo, parecía haber envejecido diez años de golpe.

Tomó el hielo del frigorífico.

—Cariño, ¿y tu madre?

—Ha subido a lavarse la cara. Estaba hecha un desastre.

—Pobre Sue —dijo—. Se lo va a tomar muy a pecho, ya lo veo... ¿Te ocupas tú de la cena?

—Por supuestísimo, papá.

—Me alegro. Gracias al cielo que habéis venido, cariño. La mesa está puesta... Supongo que será buena cosa abrir el vino.

—Si quiere, yo me ocupo —se ofreció Josh.

—No, muchacho. Me vendrá bien tener algo entre

manos. Tú quédate con Sophy. Voy a llevarle esto a Paul y subiré a ver a Sue...

Cuando ya casi se marchaba, me acordé de un asunto práctico.

—Papá, ¿hay algo de entrante?

Hizo un gesto en dirección a la nevera.

—Eso creo, cariño. Aguacates, o algo así...

En realidad, eran espárragos. Estaban ya atados en manojos, listos para cocinar. También había salsa holandesa en una salsera cubierta, y un gran merengue que seguramente estaba preparado para la tarta Pavlova, uno de los postres preferidos de Belinda. Me encontré las moras y las fresas silvestres ya preparadas en un cuenco de cristal, y otro cuenco de nata montada, listo para usar como decoración.

Todo dispuesto para una encantadora cena familiar. Todo cariñosamente dispuesto para las dos hijas y sus respectivos amados.

Me podría haber echado a llorar allí mismo.

En cambio, me puse a rebuscar en los armarios como una ladrona enloquecida.

—Por Dios, tiene que haber salsa de rábano picante, aunque sea de bote, en alguna parte. A menos que esté en la nevera, claro. —Y allí la encontré, pero apenas quedaban dos cucharadas—. Nada, guárdala. Tendrá que ser mostaza. Está en ese armario. ¿Me la pasas, por favor? Tengo que preparar la verdura de la guarnición... Dios, si ni siquiera sé qué verdura vamos a tomar... —Revolví el cajón inferior de la nevera y encontré algo de brécol, así como unos cuantos rábanos—. Bueno, parece que todo está bajo control. Echa un vistazo.

Ante la cocina, Josh había empezado a levantar las tapaderas de varias cacerolas:

—Coliflor y zanahoria. Esto no estoy seguro de qué es.

Metí un dedo y lo lamí.

—Salsa de queso. Para la coliflor. Bien, gracias a Dios que ya está preparada.

Las zanahorias estaban cortadas en dados, la coliflor dividida en cogollitos, y ambas esperaban pacientemente sumergidas en sus respectivos baños de agua fría con sal. Devolví los rábanos a su sitio.

—Ahora no estoy para rallar rábanos. Encuentra la mostaza, ¿quieres? Estoy enseguida con los espárragos, lo mismo da la salsa…

Estaba llenando de agua la cacerola adecuada, cuando Josh sacó un tarro de mostaza del armario.

—¡De Dijon no, animal! —exploté—. ¡Mostaza inglesa! ¡Papá nunca probaría la mostaza francesa con el rosbif!

Sin decir palabra, dejó el tarro en su sitio.

—Lo siento —le dije con voz un tanto temblorosa, a la vez que me ponía los guantes para el horno—. Perdona que la tome contigo.

Abrí el horno de golpe y agarré la bandeja del asado; me quemé la muñeca y solté una maldición.

Josh vino a inspeccionar los daños.

—Métela debajo del grifo de agua fría.

Estaba demasiado molesta para hacer caso de su consejo.

—No pasa nada… No creo que me vaya a morir por tan poca cosa.

Según trabajaba yo con irritación, a toda velocidad, él se retiró a una distancia segura, se sentó ante la mesa y le acarició a *Benjy* las orejas.

—No quisiera molestarte, pero si ves que puedo echarte una mano, tú dilo.

Solo consiguió que me sintiera aún peor por haber perdido los estribos.

—Ya me las apaño yo sola, gracias. ¿Te apetece otra copa?

—No, estoy bien.

Comencé a batir la salsa mientras trataba de comprender todo lo ocurrido.

—¡Pero si es que estaba loquita por él! No entiendo qué ha podido pasar, a menos que...

—¿A menos que... qué?

Vacilé un momento.

—Está claro que había una vibración intensamente física entre ambos. Si de algún modo eso empezó a desaparecer, y si ella lo confundió con algo distinto, con algo más...

—Es posible —dijo—. ¿Qué decía en su nota?

Se lo expliqué.

—¿Qué ibas a decir —preguntó después— cuando apareció tu padre por la puerta?

Me volví. *Benjy* seguía tranquilamente sentado junto a él.

—No podía decirlo delante de papá, pero es que sigo creyendo que ella habría aguantado todo lo que le echaran aunque se hubiera encontrado con que él tenía guardadas, no sé, a tres mujeres, bígamas las tres, en el armario. Para destrozar la burbuja que se había formado mamá hay que ser una chalada muy insensible, y te aseguro que Belinda no lo es. Mamá se había pasado varias semanas hablando solamente de la boda. A ella debió de parecerle que iba en una montaña rusa. Cuanta más velocidad adquiría, más difícil se le iba a hacer bajarse en marcha.

Se quedó mirándome.

—Y me juego lo que quieras a que eso mismo es lo que está pensando papá —seguí diciendo—. Solo que él tampoco lo dirá nunca, y menos a mamá. Ella lo averiguará tarde o temprano, y entonces aún se ha de sentir peor que ahora, que ya es decir.

Temerosa de que se me pasara, saqué la coliflor del fuego y la probé con un cuchillo. Si acaso, estaba un poco cruda; si volvía a ponerla al fuego, lo más probable era que se me olvidase del todo. Los espárragos estaban a punto de hervir, y nunca he sabido cuánto tiempo hay que dejarlos. ¿Tres minutos, cuatro?

Dejé la coliflor a escurrir, troceé perejil para las zanahorias. Trabajaba mecánicamente, pensando en otra cosa. Eran demasiadas las piezas que empezaban a encajar aunque fuera ya tarde: lo irritable que estaba aquella mañana; la manera en que bebió más de la cuenta, la manera tan sonora en que se rió por la tarde.

—En todo momento supo que estaba cometiendo un error, pero aguantó el tirón contra viento y marea porque era incapaz de afrontar la alternativa.

—Pues entonces es una actriz excelente. Nadie sospechó siquiera por asomo que algo fuese mal.

—Ya sé, pero... Oh, mierda, los espárragos.

Se me habían olvidado y ahora sí que estaban pasados.

Murmurando maldiciones, los escurrí en el colador.

—Mamá tenía toda la razón. Tendríamos que haberle dado la cena a *Benjy* y haber encargado otra en un restaurante indio. ¿Cómo voy a estar pendiente de los espárragos, por Dios? Podría matar a Belinda, te lo digo totalmente en serio. ¡Mira qué desastre! ¡Esto solo sirve para tirarlo a la basura!

Por encima de mi hombro Josh echó un vistazo.

—Nadie se dará cuenta. ¿Está listo todo lo demás?

—Todo lo listo que puede estar. Ve a decírselo a papá, ¿te importa? Así podrá pastorearnos a todos a la mesa para asistir a esta cena del infierno. Los espárragos están desintegrados, la salsa está llena de grumos y la coliflor está tan *al dente* que parece poco menos que cruda.

Sin hacer más comentarios se marchó, seguramente con la intención de hacerme ver que acababa de hablar exactamente igual que mi madre. Y lo consiguió. A menos que se me cayera la salsa por el camino del comedor, la situación difícilmente podía empeorar.

Fue la cena más funesta de toda mi vida. Y eso que he estado incluso en una cena en la que una pareja se enzarzó en una discusión y se tiraron los trastos a la cabeza el uno al otro de tal manera que al final ella le dijo que se largase a hacer gárgaras, y él en efecto se levanta y se larga. Eso sí, antes de largarse volcó la mesa entera, con los *zabaglione* al limón, el chianti y todo lo demás.

Sin embargo, aún nos echamos a reír después del suceso. En cambio, no imaginé que pudiéramos reírnos en esta otra tesitura.

La mesa estaba puesta con horas de antelación, y a nadie se le pasó por la cabeza el servicio que estaba de sobra. Me lo llevé deprisa y corriendo, aunque eso no modificó el ambiente. Belinda seguía presente sobre nosotros como si fuera una nube de gas nocivo.

No recuerdo que el comedor de casa de mis padres estuviera nunca así, ni siquiera cuando las dos abuelas se disponían al combate en la cena de Navidad. Era una habitación deliciosa, de paredes carmesíes y cortinas liberty de tonos cálidos, aunque más bien adecuada para la comodidad invernal o para cenar a la luz de las velas. Esa noche, con las cortinas abiertas, el jardín húmedo y gélido parecía colarse dentro a pesar de las cristaleras. La temperatura real no tenía nada que ver. Debido a la climatología invernal, la calefacción estaba puesta; un tenue y molesto olor a radiadores calientes se mezclaba con el del asado.

Los espárragos no salieron demasiado mal, aunque a juzgar por el placer que provocaron podrían haber sido hojas de nabo. Después, mientras papá cortaba el rosbif y lo servía, mamá siguió martirizándose.

—Ya sabía yo que tenía que haber hecho un estofado... Eso sí que no se estropea jamás...

—Está estupendo —dije para calmarla.

Estaba lejos de ser su solomillo de buey perfectamente sonrosado, a pesar de lo cual Josh, bendito sea, quiso repetir. Paul comió poco y habló menos, pero se volvió a llenar el vaso más veces que nadie. Me dio miedo que mamá se mostrase preocupada por lo poco que cenó y que lo irritase más aún. De vez en cuando, es capaz de ser peor que esas madres judías en lo que a la comida se refiere: «¡Come, come, tú come!». Esa noche, sin embargo, se dio cuenta de que con un huevo duro nadie se hubiera sentido mucho mejor.

Hasta *Benjy* se percató de cuál era el humor reinante. A nadie le puso la pata en la rodilla con la esperanza de llevarse un trozo de algo. Se acurrucó en silencio bajo la mesa, con la esperanza quizá de que se nos cayese algo al suelo.

—¿Cómo es que no llama por teléfono? —dijo mamá más de una vez—. ¿O es que no se da cuenta de lo preocupados que estamos?

No le respondió nadie. Habría sido difícil decirle: «Pues claro que no llama, es natural. Estará muerta de miedo ante la idea de hablar con cualquiera de nosotros».

Josh estaba sentado frente a mí y yo estaba sumamente contenta de tener un aliado. De vez en cuando me miraba a los ojos y, una vez, me lanzó un guiño poco menos que imperceptible. No es que fuera a modo de chiste, ni inapropiado a la situación; fue más bien un gesto de ánimo, como si dijera de nuevo que «no es el fin del mundo», y ese gesto me hizo sentirme algo mejor. De Paul, a mi izquierda, emanaba una tensión casi eléctrica.

Cuando estábamos terminando el asado, mamá expresó su intención a modo de tentativa:

—Me pregunto si valdrá la pena llamar a alguno de sus amigos.

La tensión de Paul dejó paso a una irritación visible.

—¿Cómo voy a llamar a sus amigos? ¿Cómo voy a preguntarles si saben dónde está mi mujer?

A mamá le tembló el labio. Papá trató de quitar hierro al asunto.

—Yo no creo que haya ido a ver a ninguna de sus amistades de por aquí, cielo.

—Pero es que casi todas sus amistades son de por aquí —dijo mamá a modo de queja—. A menos que haya recurrido a alguna de aquellas chicas que conoció en Londres, claro. Supongo que podría haberlo hecho. Había una tal Trish de la que se hizo amiga en aquella agencia…

Era la agencia en la que estuvo trabajando Belinda durante los meses posteriores a su noviazgo con Marc, cuando vivió conmigo.

Se volvió hacia mí.

—¿Te parece posible que lo haya hecho?

Lo era. Teniendo en cuenta las circunstancias, no era de suponer que hubiese recurrido a nadie que viviera a la vuelta de la esquina. De todos modos…

—No creo que llegara a tener tanta intimidad con sus amigas de la agencia —dije—. Aunque así fuera, la verdad es que no tengo ni idea de dónde viven. Y muchas de sus amigas de por aquí se han ido a otra parte. Tal vez sí haya recurrido a ellas.

Se hizo de nuevo un silencio que se podía cortar con cuchillo.

Cuando llegó el momento de recoger, me hice cargo. Serían cinco minutos de alivio.

—Deja, me ocupo yo.

Papá ya se había puesto de pie.

—No, cariño. Ya ayudo yo a mamá.

En cuanto se cerró la puerta, Paul se pasó la mano por el cabello.

—Por Dios, ¿cómo es posible que me haya hecho esto a mí? —dijo en tensión—. ¿Qué demonios van a pensar todos?

Me alegré de que estuviera enojado; era más fácil hacer frente al enojo que al pasmo o a una actitud llorosa y desconsolada.

—Pues todos dirán que se ha vuelto loca.

—¿Tú crees? —Volvió a pasarse la mano, nervioso, por el pelo—. Yo no. Todos pensarán que es culpa mía. Pensarán que le he hecho algo. O que no le he hecho algo.

—No digas bobadas. Claro que no —dije para calmarlo.

—¿Qué quieres decir? ¿Cómo que «claro que no»? —Se volvió hacia mí con tal irritación que casi me encogí en la silla—. ¡Ni muchísimo menos! ¡Todos van a pensar que es culpa mía, joder!

—Tranquilo, que no hace ninguna falta que le arranques la cabeza, ¿eh? —dijo Josh.

Inmediatamente noté que Paul se ponía de uñas. Comprendí que, para él, la presencia de Josh era tan solo una pulla. *Mi mujer está aquí. Mis mujeres no salen corriendo, ni me hacen parecer un perfecto gilipollas.*

Si supiera la verdad... Me sentí fatal.

—Lo siento mucho —dijo con agallas y con un punto de sarcasmo—, pero a lo mejor se te ha pasado por alto un detalle, y es que esta noche no soy precisamente el Paul afable y contentadizo de otras veces. Puede que a ti te dé igual que tu mujer se largue y te deje plantado tras tres semanas de matrimonio, pero me temo que a mí sí que me jode, y no veas cómo. Y aún me jode más, qué caramba, que todo el mundo vaya a pensar que ha sido culpa mía.

—Si yo estuviera en tu lugar —le dijo Josh—, mi mayor preocupación nunca sería el qué dirán.

Podría haberle dado una patada. Lo intenté por debajo de la mesa, fallé y lo fulminé con la mirada.

—¡Dominic, por favor! ¡Así no conseguirás nada!

Paul se subía indudablemente por las paredes. Yo no le echaría la culpa por eso.

—¿Y a ti quién demonios te ha preguntado tu opinión? ¡No me hace ninguna falta que metas el remo en este asunto, so idiota!

Fue casi un alivio que mamá y papá apareciesen con una Pavlova que nadie en su sano juicio pudo pensar en comer. Después sacaron una tabla de quesos que solo tocaron papá y Josh.

Cuando ya casi habíamos terminado, el teléfono cortó el silencio con una sacudida eléctrica. Antes de que nadie pudiera moverse, mamá se levantó corriendo a coger la llamada.

Estábamos todos sobre ascuas.

Al cabo de menos de un minuto regresó con la derrota pintada en la cara.

—Era Dorothy Clark, por lo de los cafés del centro de día. Le he dicho que la llamaré el lunes. —Le volvió a temblar el labio—. ¿Qué les voy a decir a todos?

Parecía tan cariacontecida, tan angustiada, que me podría haber echado a llorar. En cuanto a papá, daba la impresión de que le apeteciese más que nada tumbarse sin que nadie lo molestase y morirse cuanto antes.

—Tal vez todo se resuelva por sí solo —dijo mamá con un patético intento de resultar optimista—. Tal vez solo estuviera algo confusa.

—¿Confusa? ¿Por qué? —dijo Paul con manifiesta irritación.

Ella miró al plato.

—No lo sé, querido.

Estoy segura de que hasta la Última Cena tuvo que ser más divertida que esta. Una vez terminada, recabé la ayuda «voluntaria» de Josh para que me ayudase a recoger y a servir el café. Mientras los otros rumiaban sus desdichas en la sala de estar, cerré la puerta de la cocina tras nosotros.

—¿Por qué tenías que hablarle a Paul de esa manera? —le dije en un susurro—. ¿Cómo puedes ser tan poco sensible?

—No tenía ningún derecho a abroncarte de semejante forma.

—¡Estaba enojado! ¡Fuera de sí! ¿Tú cómo te sentirías en su caso?

—De acuerdo, no me haría ninguna gracia. Pero tampoco la emprendería con quien no tuviera la culpa, y menos aún con tu madre. Bastante alterada está de por sí.

—Con todo, deberías haberte callado. Se siente humillado hasta la desesperación sin ninguna necesidad de que tú se lo hagas pasar aún peor. Es por lo de la boda, ¿no? Lo que pasa es que te cae fatal.

—Te equivocas. A mí, lo que le pase a ese tío me da igual. Pero me pareció un maleducado, ya que lo dices.

—No fue maleducado contigo, así que no sé por qué te pones así.

Irritada, eché el café en el filtro y comencé a llenar el lavaplatos. *Benjy* estaba allí sentado con toda cortesía, a la espera de que alguien solicitara sus servicios. Dejé la bandeja del horno en el suelo y volqué en ella la salsa que quedaba. Así estaría ocupadísimo al menos durante veinte minutos. A *Benjy* le gustaba hacer a fondo los trabajos que se le encargaban. Sujetaba la bandeja con una pata y no dejó de lamerla hasta que solo quedaron las manchas más requemadas.

Josh me pasó los platos.

—Es evidente que han tenido una riña. Si quieres que te diga lo que pienso, él se siente culpable.

—Estoy segura de que mucha gente tiene una riña durante su luna de miel, pero fue algo más que eso. Ella se dio cuenta de que había cometido un error.

—En ese caso, como dijiste, ¿por qué ha hecho un drama semejante? Si quieres que te diga mi opinión, yo diría que fue una riña de las graves. Tanto como para que tu hermana pensara que más le valía largarse cuanto antes.

Sorprendida, me erguí y le miré.

—¿Qué intentas decir?

—¿A ti qué te parece?

Noté que se me iba el color.

—No pensarás que le ha levantado la mano...

—Esa podría ser una explicación. De lo contrario, ¿por qué está tan preocupado por el qué dirán?

Me costó unos segundos poner su idea en la debida perspectiva.

—Josh, por Dios, la verdad es que la has tomado con él, ¿no? ¿Y solo porque se condujese como un maleducado? ¡De acuerdo, es cierto que lo fue, pero eso no quiere decir que le haya levantado la mano! —Seguí llenando el lavaplatos—. ¡Es una ridiculez!

—¿Cómo lo sabes? —Me pasó la salsera—. Tú misma has reconocido que apenas lo conoces. Tú misma dijiste que solo lo habías visto un par de veces antes de la boda.

—¡Es una ridiculez! —Me enderecé—. Si le hubiera levantado la mano, ella habría tenido la excusa perfecta para cancelar la boda. Y nadie le hubiera dicho ni mu. Lo que pasa es que seguramente se ha dado cuenta de que no estaban hechos el uno para el ōtro, y esa es una sensación imposible de definir. Tendría que haber dicho que era ella quien lo había dejado, y entonces todo el mundo se habría mostrado exasperado con ella, le habrían preguntado por qué accedió a casarse con él, qué demonios. Pásame esos platos, anda.

Lo hizo.

—Y en su nota decía que no era culpa de él —seguí diciendo—. Dijo que él no tenía la culpa de nada.

—Eso no significa nada. Dicen que hay cierta clase de mujeres que siempre se echa la culpa sobre sus hombros si un hombre empieza a zurrarle. He conocido a una; lo aguantó durante años y en todo momento se dijo que era culpa suya, que era ella la que lo sacaba de quicio. Mucho me temo que tu hermana tiene el mismo aspecto de esas mujeres, que son las que además atraen a hombres de esa calaña.

—¿Qué quieres decir? —Lo miré boquiabierta.

—La verdad es que no lo sé. —Hizo una pausa y miró a *Benjy*—. Es una combinación de vulnerabilidad y de...

—De una belleza de cierta clase.

Me sentí fatal al notar el verde aguijonazo de los celos que me traspasó de parte a parte. Belinda también lo tenía encandilado a él. Tenía ese efecto en determinados hombres. Apelaba al anticuado caballero andante que todos ellos llevan dentro. No era de extrañar que le gustara calificar a Paul como el caballero negro, sir Paul el Ruin.

—Tú misma dijiste que es una chica que no se reafirma, que cuenta con que le pasen por encima como apisonadoras. —Cruzó los brazos y me miró de nuevo—. Tal como digo, es un tipo de mujer que conozco de antes. Su propia actitud sumisa es lo que atrae a los amigos de los abusos. Se muestran tan deseosos de hacerse con ellas que casi te dan ganas de vomitar.

Hubo en su voz un resto de no sé qué, un algo que me hizo pensar que no me estaba hablando de una amiga, ni tampoco de una hermana, sino de alguien a quien había amado en vano. Por un instante vi a una mujer frágil y llorosa, de grandes ojos azules, uno de ellos amoratado. *De nada sirve lo que digas, Josh... Yo le amo...*

Y por ser tan idiota como soy, odié a esa idiota por si acaso él aún la amase. Quise imaginármelo cuando le dijese: *Bueno, pues que te zurzan. Yo me largo*.

Sin embargo, en principio debería estar pensando en otra persona.

—Puede que Belinda nunca se reafirme en sus posturas, pero no es una masoquista. Jamás aceptaría ninguna clase de violencia.

Con retraso, recordé los dos ramos de flores que había traído Josh, todavía dejados de cualquier manera en el recibidor, y los metí en un cubo de agua en la despensa. El café estaba listo, de modo que no nos quedaba más remedio que sumarnos al lúgubre ambiente de la sala de estar, al abatimiento generalizado.

—No sé cómo vamos a pasar la velada. No creo que pueda proponer una partida de Monopoly para pasar el rato, ¿eh?

Esbozó esa sonrisilla letal sin la cual podría haber pasado perfectamente. De hecho, esa era otra de las cosas que prohibiría si fuera una dictadora. Los hombres que a una le gustaran a rabiar tendrían prohibido sonreírte a menos que tú les gustaras todavía más. O muchísimo más, ya que insistes.

—Me temo que una partida de Cluedo sería más indicado —dijo—. En versión «la novia robada». *Yo creo que Belinda se largó a Birmingham con Bob el Banquero*. Disculpa —añadió al verme la cara—. Ya sé que no es para echarse a reír.

No, no era eso. Es que acababa de tener un horrible pensamiento. Mejor dicho, dos.

A saber, Marc y una de rebote.

11

Pero eran dos cuestiones que no podía comentar delante de Paul.

Si la cena fue mala, la sobremesa fue peor. Permanecimos incómodamente sentados en la sala de estar. Paul, de puro taciturno, recordaba una estatua de piedra. Me pregunté por qué no se habría largado a su casa, pero había bebido demasiado para conducir, por lo cual tendría que pedir un taxi, y tampoco abundaban por la zona los sábados por la noche. Además, seguía convencido de que Belinda iba a llamar, y deseaba estar presente cuando lo hiciera.

No es de extrañar que no llamase. Él no iba a decirle: «No importa, mi amor. No te guardo rencor». Ni mucho menos.

La sala, como el vestíbulo, estaba enmoquetada en un tono albaricoque y amueblada con varios sofás muy cómodos. Era ideal para las fiestas, y mis padres daban fiestas a menudo, pero resultaba excesivamente grande para cinco personas cariacontecidas. La casa había sido remodelada y ampliada cuando yo tenía dieciséis años. La sala tenía forma de «L»; el palo corto terminaba en un impresionante invernadero en el que mamá tenía sus plantas, tamaño jungla. Detrás había una piscina de tamaño suficiente para ellos dos.

El jardín rodeaba toda la casa: céspedes cuidados con esmero, rosales, un manzano y un ciruelo viejos al fondo, donde las avispas nos hacían enloquecer en verano. Cerca de la casa había una zona pavimentada con su barbacoa de obra, encastrada en la pared. A papá le encantaba lo de la barbacoa; estaba más a sus anchas que en las cenas formales. Le gustaba juntarse con una docena de buenos amigos y achisparse feliz y contento con todos ellos. Le gustaba hacer a la parrilla más costillas y más salchichas de las que nadie se podría llegar a comer.

Papá puso la televisión. Con las noticias, al menos caímos en la cuenta de que las cosas podían ser mucho peores. Dieron una noticia sobre tres chiquillos que perecieron en un incendio. De reojo, vi que mamá se secaba las lágrimas. Sin duda se sentiría culpable por pensar que otra madre estaría sufriendo un millón de veces más que ella.

Benjy iba incansable de papá a mamá y vuelta a empezar, para sentarse a sus pies con una expresión cortés, hasta que mamá entendió el mensaje.

—Pobrecito, que te has quedado sin paseo, ¿eh? ¿Te importa sacarlo a dar una vuelta con Dominic, Sophy?

Di gracias al cielo por la oportunidad.

—Poneos las chaquetas —gritó cuando ya salíamos—. Parece que ha refrescado bastante.

Saqué un chaquetón azul marino de la bolsa, que seguía tirada en el vestíbulo. La chaqueta de Josh, una prenda ligera, de lino, estaba sobre su bolsa de viaje.

—¿No te la vas a poner?

Llevaba una camisa de manga corta de color tostado, sin jersey.

—No, tengo calefacción central —dijo.

No insistí. Conozco a más de uno que se empeña en salir sin chaqueta aunque estemos a una temperatura heladora, solo para demostrar lo machos que son.

Al salir se me ocurrió una idea.

—Voy a llamar a casa. Tal vez Belinda no se haya dado cuenta de que yo iba a estar aquí. A lo mejor ha tratado de localizarme allí.

Subí corriendo y utilicé el móvil. Si me había llamado, no lo llegué a saber. No había nadie, cosa habitual un sábado por la noche, de modo que dejé un mensaje: «Ahora no te lo puedo explicar, pero si por un casual llama Belinda, toma nota de su número de teléfono y llámame enseguida, ¿entendido?».

Sabe Dios qué pensarían Alix y Ace de todo el asunto.

Salir de allí me supuso un alivio sensacional. El cielo estaba cubierto de nubes, pero no soplaba el viento. Había humedad en el aire, aunque era preferible al ambiente que acabábamos de dejar en la casa.

Benjy echó a correr en el acto, decidido a comprobar si su amiga, la señora afgana, había pasado recientemente por allí, o si tal vez había rastros del podenco que vivía más arriba. De ser así, borraría su lamentable olor dejando su rastro, mucho más potente.

—Creo que me he excedido un poco con Paul —dijo Josh cuando pasábamos por delante de la residencia de los Freeman—. De acuerdo, me da lo mismo lo que pueda ser de su vida, pero no me mostré muy simpático teniendo en cuenta cuáles eran las circunstancias. Hablaré con él cuando regresemos.

—Eso tal vez solo sirva para empeorar las cosas. Es evidente que se ha dado cuenta de que no te cae nada bien, y no creo que tú a él le parezcas el no va más. Si entiende que sientes lástima, le dolerá más todavía.

—En ese caso, estaré bien callado.

Fuera como fuese, a mi juicio el daño ya estaba hecho.

—¡*Benjy*! ¡Ni se te ocurra! —Lo aparté de un erizo muerto al que estaba a punto de dar la vuelta con el morro—. Me estaba preguntando si no habrá en todo esto un cierto elemento de rebote, por así decir. —Pasé a explicarle la historia de Marc—. Paul era exactamente lo que necesitaba el ego de Belinda en esos momentos. Es exactamente el tipo del que se enamoraba perdidamente, el que por lo común la abandonaba a las tres semanas de empezar.

Él enarcó una ceja.

Se me colaba el aire helado por el cuello; eché a caminar más deprisa.

—Ojo, a ver si me explico. Siempre ha tenido un montón de hombres que estaban locos por ella. A veces terminaba por salir con hombres que no le gustaban ni de lejos, solo porque no era capaz de lastimar sus sentimientos diciéndoles que no. Y eso la condujo a algunas situaciones espantosas. No se atrevía a coger el teléfono en casa porque un tío la llamaba cada dos por tres y mamá tenía que decirle continuamente que había salido, que estaba durmiendo, lo que fuera. Lo malo era que cuando ella estaba encandilada, se le notaba visiblemente. Y entonces dejaba de ser un desafío. Hay hombres a los que les encanta ir por ahí diciendo que acaban de dejar plantada a una chica como Belinda.

—Tal vez sea uno de esos casos en los que uno consigue exactamente lo que quiere y, a la postre, descubre que no era eso lo que quería.

—Tal vez.

Al cabo de unos metros, dijo:

—¿Por qué no vamos un poco más deprisa? Hace un frío de perros.

Ya lo sabía yo.

—¿Por qué no habrás cogido la chaqueta, eh?

—Si dejamos de pasear como dos viejecitos con sombrero, enseguida entraré en calor.

Se puso en marcha como si hubiera decidido recorrer veinte kilómetros en un periquete, me dejé llevar por una cierta nostalgia. Si él hubiera tenido un mínimo gesto, me hubiera apretado contra él. Lo habría tomado del brazo y le habría dado calor.

Pero es que no movió un dedo, maldita sea.

Debíamos de estar a casi un kilómetro de casa cuando comenzó a llover. Era el momento en que debiera haber regresado. Nos detuvimos, miramos el cielo gris plomo.

—En cualquier momento va a caer una buena —dijo—. ¿No hay un pub en la esquina?

—Sí, pero he salido sin dinero. No creí que nos hiciera falta.

—Yo tampoco llevo mucho. Me he dejado la cartera en la chaqueta.

Sin embargo, encontró unas cuantas libras en el bolsillo del pantalón y nos encaminamos hacia el pub.

El Oso tenía cuatrocientos años de antigüedad, y aún no lo había desfigurado la presencia de las cadenas de cerveza. Contaba con encontrarme con algún conocido, seguro, aunque no sería como para echarse a temblar de miedo. Lo que no esperaba es que Tamara estuviera en un rincón de la barra con un hombre al que yo no conocía. Ella nos vio primero y puso los ojos como platos, aunque con su malicia de siempre.

—¡Sophy... y Dominic! ¡Me dejáis de piedra!

—Sacamos a pasear a *Benjy* y se ha puesto a llover —expliqué.

—Pues tomad un taburete. Este es Bill. Bill, Sophy y Dominic.

—Hola —dijo Bill a la vez que acercaba los taburetes.

Tenía toda la pinta de ser un típico Bill: terrenal, de buen humor, viril, tradicional. Lo único que tenía remotamente en común con Paolo es que ambos parecían agradables.

—Nada que ver con tu satén latino —susurré.

—No es más que un amigo —me contestó en un susurro—. Lo bueno me lo guardo para el próximo fin de semana.

—Tendrás suerte...

Ojalá tuviera yo a alguien para el cual reservarme.
Contuvo una risita y dijo en volumen normal:
—¿Y qué tal los recién casados?
—Bien. —Mientras me quitaba la chaqueta, le lancé una mirada tan cargada de sobreentendidos que podrían haberse desparramado todos allí mismo—. Dominic, ¿me pides un vodka con tónica? Voy al lavabo.

Ella me siguió, por supuesto; a Tamara no se le escaparía nunca una mirada como la mía. Encontramos un rinconcito junto a la máquina del tabaco.

—¿Qué pasa? —susurró, más asombrada que antes—. ¿No habrán descubierto a Josh?

—Qué va. Mucho peor. Belinda se ha largado por piernas.

—¿Cómo?

Le expliqué a grandes rasgos lo ocurrido. Por vez primera en toda mi vida vi a Tamara seriamente afectada por algo.

—Aquí no podemos hablar. ¿Por qué no vamos a mi casa? —susurró—. Los viejos están fuera, así que no tendremos moscones. Bill ha traído el coche, de modo que ni siquiera nos mojaremos.

En dos minutos estábamos dentro del destartalado Land-Rover de Bill.

—¿Se lo puedo contar? —preguntó Tamara—. Me refiero a las dos cosas. No es de por aquí, así que no creo que importe. Y nunca diría ni palabra. ¿Verdad que no, cara pedo?

—Ni por el forro —dijo—. Contar... ¿Qué? ¿Tiene miga la cosa?

Miré a Josh. No estaba segura de que le apeteciera ver revelada su condición.

Pareció que no le importase.

—Es cosa tuya.

Cuando llegamos a casa de Tamara, Bill estaba al corriente de todo.

—Joder, joder —dijo—. Esto es casi tan bueno o mejor que cualquier culebrón.

Nos sentamos en la cocina con sendos cafés irlandeses, aunque más irlandeses que cafés. La cocina de los Dixon era aún más grande que la nuestra; la remodelaron un año más tarde en roble verde claro. Maggie y mamá fueron juntas a admirarla, y Maggie se mostró muy efusiva, aparte de dar a entender que el roble era de mejor gusto que el pino antiguo. (La cocina de los Freeman también era de roble, claro.) Mamá quedó contrita, como es natural. «Aun cuando hubiésemos querido, no habríamos podido encargar un acabado en color —dijo después abatida—. Imagina cómo hubiera dejado *Benjy* los revestimientos.»

—Es que no me lo puedo creer —dijo Tamara.

—Pues no veo por qué no —dijo Bill—. A ti tampoco te cayó nada bien.

Me tocó a mí quedarme patidifusa.

—¡Tamara! ¡Nunca dijiste nada!

—No es que me cayera mal —dijo a la defensiva—. Pero no me entusiasmaba.

—Te pareció un perfecto idiota —dijo Bill.

—¡Y a ti también!

Me había quedado boquiabierta, mirando a una y otro como un juez de silla en Wimbledon.

—Bueno, ¿qué iba a decir yo? —señaló Tamara—. A ella no podía decirle que no me entusiasmaba su novio. Y a ti te pasó lo mismo —dijo mirando a Bill—. Bill lo vio solo una vez. Tomamos unas copas juntos unas semanas antes de la boda. No es que hiciera nada, no es que llamase la atención por nada en especial, pero…

—Se mostró un poco superior, condescendiente —siguió diciendo Bill—. Con Belinda, claro está. Daba a entender que ella no tenía ni idea de lo que estaba diciendo, y eso que ella no dijo ni pío. Se quedó mirando su copa y se calló. Me dio pena.

—A mí también —confesó Tamara—. Ya sé que es un tío muy guapo y que gana muchísima pasta, pero no estuve nunca segura de que estuvieran hechos el uno para el otro.

—Pues parece que tenías toda la razón —dijo Bill.

Expliqué mi propio error de interpretación, que tan garrafal me había parecido.

—No deberías sentirte mal. Yo supongo que hubiera hecho lo mismo —dijo Tamara.

—Es lo que yo le dije —dijo Josh—. Belinda ya no es una niña.

Supongo que todo es muy fácil de decir a toro pasado, pero a lo largo de las últimas horas me había devanado los sesos en busca de las tenues vibraciones negativas que inconscientemente pudiera haber registrado yo en lo relativo a Paul. No fue solo el incidente de la boda. Un exceso de confianza aquí, un detalle falto de humor allá, un punto de arrogancia... Si no hice ningún caso, fue porque en el fondo deseaba tomarle aprecio, aunque solo fuese por Belinda. A fin de cuentas, superficialmente era un hombre al que no le faltaba nada, y cuando un hombre así parece prendado de una hermana que, al parecer, está igualmente prendada de él, nadie se pone a buscar inconvenientes y reparos, ni menos aún empieza a hablar mal de nadie.

—Hablando de esposas fugitivas —dijo Tamara tras discutir el asunto un rato más—, Sarah también se ha largado por piernas.

—¡Qué me dices! —exclamé.

—Como lo oyes. Parece ser que el hermano menor quería unos miles de libras para poner uno de esos maravillosos negocios con los que te haces rico en menos de tres meses sin siquiera mover un dedo. James estaba dispuesto a darle esa cantidad, por lo que Sarah se puso como una furia. Se ha ido una temporada con una amiga, a Normandía, mientras James trata de aclarar cuáles son sus prioridades.

No fue exactamente *schadenfreude*, pues Sarah me cae de veras bien y le tengo aprecio, pero no pude evitar pensar que al menos de ese modo Maggie dejaría de mostrarse tan descaradamente presuntuosa cuando mamá tuviera que aclararle lo de Belinda. Si es que Maggie aún estaba para enterarse de algo, claro.

—¿Lo saben sus padres?

—Sí, y no veas la que se ha armado. Sarah no le dijo a James adónde se iba, de modo que él telefoneó a Maggie pensando que la encontraría allí, y Maggie se puso hecha un basilisco, claro, inquieta al no saber dónde podía estar su querida hija. Así pues, Zoe tuvo que contarle todo lo que había ocurrido hasta entonces; su hermana sí que estaba al corriente. A Maggie, cómo no, le dio un ataque de histeria y a Zoe le debió de armar una de no te menees por no haberle dicho nada hasta entonces, pero Zoe perdió los estribos y le dijo que por qué la tomaba con ella, de modo que le colgó el teléfono. Luego llamó a Sarah y le montó un número terrible por haberle echado a ella todo el marrón encima, de modo que Sarah me llamó ayer por la noche y me lo contó todo.

—Ya lo decía yo. Mucho mejor que cualquier culebrón de la tele —dijo Bill con absoluta despreocupación—. Eso sí —le dijo a Josh—, más vale que te haya tocado a ti, chico, y no a mí. ¿Te dan algún plus por entrar en zona de guerra?

—Ni siquiera un chaleco antibalas para protegerte de la metralla —dijo con una irónica sonrisa.

La mención del dinero me hizo sentirme bastante mal.

—Desde luego, no le hubiera ido nada mal un chaleco antibalas durante la cena —dije—. Puso a Paul de tan mal humor que pensé que le iba a soltar una.

Miré a Josh y a Tamara.

—A Josh no le cae bien. Por algo que sucedió en la boda.

—No es solo eso. Es que no me cae bien ese tío.

—A mí tampoco, con sinceridad —dijo Bill—. Por mí, como si se mete todo lo que tiene por donde le quepa.

—Pues yo, la verdad, no había oído que nadie dijera nada —comentó Tamara.

—Es natural —dijo Bill—. Todas las mujeres piensan que ese hombre es un don de Dios, y si los tíos dijeran algo, se lo dirían a otros tíos. Si le dijeran algo así a una mujer, ella pensaría que solo está celoso, porque es un tío bien guapo y porque gana un pastón.

—Pasa igual que con vosotros —replicó Tamara—. Si una mujer es de veras atractiva, aunque en el fondo sea una arpía, y si vamos a decírselo a un tío, solo piensa que estamos celosas. Los tíos no saben darse cuenta de cómo son las arpías.

—Cuánta razón tienes —dije, pensando en aquella que me robó a Kit.

Pasaban de las diez cuando regresamos, pero el ambiente parecía algo más relajado. Tal vez, porque Paul ya no estaba.

—Se ha ido a acostar —dijo mamá—. Debe de estar muy cansado, pobre chico, y para qué hablar de todo este enojoso asunto... No os habréis mojado, ¿verdad?

—No, nos colamos en el Oso y nos ha traído un amigo de Tamara. No te apures —dije al ver la cara que ponía—. No he dicho ni palabra.

Mi mentira no sirvió para tranquilizarla.

—Ay, ay, ay... —se martirizó de nuevo—. ¿Qué le voy a decir yo a todo el mundo?

—La verdad —dijo papá con voz cansada—. ¿Qué, si no?

Me senté en el sofá. Josh se sentó a mi lado y estiró el brazo sobre el respaldo, de tal manera que me rozaba el cabello con la mano. Me entraron tales palpitaciones que me adelanté un poco en el asiento. En semejantes circunstancias no sería capaz de soportarlo.

Mamá bajó el tono de voz.

—No he podido decir nada antes, mientras estaba Paul, pero llevo un buen rato preguntándome si Marc no estará en el fondo de todo este asunto.

No me extrañó que a ella se le hubiese ocurrido el mismo «pensamiento espantoso» que a mí. Yo solo llegué a ver a Marc en una ocasión, pero las vibraciones negativas que me produjo eran muchísimo más fuertes que las registradas a propósito de Paul. Con todo, si Belinda había dejado a un tío razonable por otro que era sin duda mucho peor, en el fondo solo sería la enésima mujer del planeta que lo hubiera hecho.

—A mí nunca me gustó Marc —siguió diciendo mamá—. Tenía algo en la mirada. Y la estaba engañando con Melanie, ya lo sabes. Ella tampoco me cayó nada bien. Demasiado maquillaje, ya me entiendes. Nunca me fié ni un pelo de aquella chica.

Como si Paul estuviera a punto de aparecer, de nuevo bajó el tono de voz.

—Si queréis que os diga la verdad, Marc es exactamente uno de esos que se muestran resentidos por el hecho de que ella sea feliz con otro. Yo no diría que no haya intentado echarlo todo a perder. Ya se sabe, como el perro del hortelano. No la quería, pero tampoco le hacía ninguna gracia que estuviera con otro.

—Si de veras hubiera sido feliz con Paul, Marc nunca habría sido capaz de echarlo a perder —apunté—. En cambio, si ella ya se lo había empezado a pensar dos veces...

—Ya sabía yo que iba demasiado deprisa —dijo papá con voz fatigada—. ¡Lo supe en todo momento!

—¡Ted! —Mamá se volvió hacia él, desconcertada—. ¡Pues nunca dijiste ni palabra!

—¿Cómo iba a decir nada? —Por vez primera me pareció que estaba irritado—. Todo el mundo parecía feliz y contento. Tú lo estabas, Belinda parecía estarlo, hasta Coral estaba encantada de la vida. —Coral era la señora de la limpieza—. Y Paul desde luego que lo estaba —siguió diciendo—. Él fue quien le metió las prisas, al menos por lo que a mí se me alcanza. Estoy seguro de que Belinda hubiera esperado de mil amores a que hubiese un día libre en la iglesia de St. Luke.

—¡Pues yo creí que tú te alegrabas de que no se casara en St. Luke! ¡El párroco no te cae bien! —Mamá se volvió hacia mí—. A papá no le gustó el sermón que soltó en el funeral de Fred Stevenson. Le pareció excesivo, fuera de tono.

—¡A mí me daba igual el párroco! ¡Por mí como si se casa en un McDonald's! Mientras fuera feliz... —Como se dio cuenta de que estaba trastornando más aún a mamá, bajó la voz—. Lo siento, mi cielo, pero ahora ya de nada sirve darle más vueltas al asunto y menos aún martirizarse. —Se puso en pie trabajosamente—. Me voy a la cama. Buenas noches a todos.

Cuando se marchó, mamá cayó de nuevo en la angustia y el desconcierto de antes.

—Ojalá papá hubiese dicho algo. Es decir... Yo a veces también pensé que iban demasiado deprisa, claro. Una o dos veces pensé... —se le quebró la voz—. En fin, ahora ya no importa.

Tuve que hacerle la pregunta.

—¿Qué es lo que pensaste?

Soltó un hondo suspiro.

—Sé que ahora parece una tontería, pero de veras pensé que ella a lo mejor estaba embarazada, y que no quería que se supiera nada, como es natural. Las personas mayores aún tienen curiosas reacciones con estas cosas. Mi madre desde luego que hubiera dicho algo.

Desde luego que sí.

—Cuando empezó a mostrarse harta e irritable pensé que tal vez fuera por un simple asunto hormonal —siguió diciendo—. A algunas personas les da por ahí. Incluso se lo dije, aunque fuese en broma: el vestido que eligió parecía apropiado para disimularlo.

Con un esfuerzo evidente, trató de darse ánimos.

—Bueno, obviamente no se trata de eso, y vaya si me alegro. Gracias a Dios que no le dije nada a nadie.

A la sazón, la cuestión que más temía terminó por salir a la palestra.

—De veras espero que no fuera por mí —dijo en tono quejumbroso—. Bien podría haber pensado que yo me mostraría terriblemente molesta y decepcionada si cancelaba la boda. Tú no pensarás que lo hizo por mí, ¿verdad?

¿Qué le iba a decir?

—Pues claro que no. Probablemente pensó que solo sería un temor pasajero. Seguro que supuso que tarde o temprano se le pasaría, sin imaginarse que iba a empeorar.

—Pero... ¿por qué no llama? —Como si la respuesta estuviera allí, miraba con aire suplicante el teléfono de la mesita auxiliar—. Supongo que le da miedo, claro. ¿Qué le va a decir a Paul? Espero que no sea papá el que le da miedo, teniendo en cuenta todo el dinero que se ha gastado. Ya, ya sé que es difícil de complacer, pero es que no ha dicho ni palabra. Y los regalos... Habrá que devolver todos esos regalos...

—Yo no me preocuparía por los regalos —dijo Josh—. Son cosas que pasan.

Como mamá parecía patéticamente agradecida por este comentario, me pareció que le iría bien algo semejante. Sucintamente le referí la saga de los Freeman, pero el *schadenfreude* embrionario de mamá parecía haber desaparecido tan por completo como la propia Belinda.

—Maggie ha debido de pasarlo fatal, qué preocupación, pero al menos ya se sabe dónde está... —dijo—. Ojalá telefonease Belinda. No puedo ni pensar cómo lo estará pasando a solas, y a saber dónde, tan temerosa que ni siquiera se atreve a llamar por teléfono.
—Estará con amigos —dije para calmar sus temores.
—Sí, pero ¿con cuáles?
Traté de dominar una exasperación que iba en aumento.
—No lo sé, mamá. Si lo supiera, ya les habría llamado. ¿Y qué hay del almuerzo de mañana con la abuela? —añadí tras unos momentos.
—Papá ha cancelado la reserva. No íbamos a decirle nada hasta mañana por la mañana, de modo que no se sentirá desilusionada. Al menos, no por eso. —Se le escapó un suspiro—. En fin, supongo que más vale que me vaya a acostar. ¿Quieres cerrar tú la puerta, cariño?
—Claro.
—Pues buenas noches.
Cuando vino a darme el beso de costumbre, Josh se puso en pie.
—Buenas noches, señora Metcalfe. Espero que descanse.
Dicho esto, a ella no le quedó más remedio que darle un beso.
—Cuánto me alegro de que estés aquí. No sé qué habríamos hecho sin ti.
Me sentí peor que Judas.
En la puerta hizo un alto.
—Ah, por cierto. He puesto a Paul en la cámara de tortura. Me parecía absurdo que se quedara con la cama grande, y en estas circunstancias no me parece apropiado que se quede en el cuarto de Belinda. Todas tus cosas ya están arriba, las subió papá mientras salíais. —Por primera vez desde que llegamos, a punto estuvo de sonreír—. Buenas noches, que descanséis.

Se cerró la puerta tras ella.

Quedé embobada, aturdida.

Josh no estaba menos boquiabierto ni confundido.

—¿Qué ha querido decir con eso de «la cámara de tortura»?

—Es como la llama papá. Un minigimnasio con cama adicional.

—Ah.

Parecía aliviado, al menos mucho más que yo.

—Me parece que no lo has entendido, ¿verdad? Ha puesto a Paul en la cámara de tortura y a nosotros en la cama de matrimonio que sobra. De matrimonio.

No diría que fue una expresión de horror la que se le pintó en la cara; fue más bien como si dijera «Oh, Dios mío, ¿qué he hecho yo para merecer esto?».

A falta de un sitio mejor donde colocarla —por ejemplo, dentro de un horno de gas—, apoyé la cabeza entre ambas manos.

—Tendría que habérmelo imaginado. No se me pasó por la cabeza que...

Aún seguía él de pie, con las manos en los bolsillos.

—Espero que no seas una de esas mujeres que duermen dando vueltas sin parar y acaparando las mantas.

Como es natural, lo metí en cintura.

—¡No vamos a compartir una cama de ninguna manera! Yo dormiré en la habitación de Belinda y le diré a mamá que no me quedó más remedio, que estabas roncando como un cerdo.

—¡No pienso roncar para que valga tu excusa!

—Pues le diré que rechinas los dientes —susurré—. ¿Qué más dará?

Dos segundos después se abrió la puerta.

El ambiente debía de ser tan denso como el humo de varios paquetes de cigarrillos encendidos a la vez. Mamá se quedó en el umbral sin saber qué hacer, mirándonos alternativamente a Josh y a mí.

—¿Sucede algo, cariño?

Emití una risita inane.

—No, claro que no. Me decía Dominic que deje de dar la lata con mi exceso de peso, que me encuentra muy bien como estoy.

—Pues gracias a Dios. La verdad, no creo que pudiera soportar que vosotros dos también os separaseis. Solo venía a decirte que no hay más que un edredón de verano en esa cama y que tal vez no sea suficiente con este mal tiempo que tenemos. En la otomana encontrarás colchas de sobra.

—Gracias, mamá. No te preocupes.

Cuando ya se iba, se detuvo de nuevo.

—Estoy segura de que no podré dormir durante varias horas, y luego papá se pondrá a roncar, así que tendré que ir a dormir en la cama de Belinda. Ojalá fuera a ver al médico para terminar con los ronquidos. En fin, de nada vale preocuparse ahora por eso. Me marcho. Buenas noches.

Durante unos treinta segundos nos quedamos embobados mirando la puerta. Tal como iban las cosas, era capaz de volver a decirnos que si nos apetecía la manta eléctrica…

De hecho, resultó un interludio de gran utilidad. Cuando volvimos a mirarnos el uno al otro, yo tenía de nuevo la cabeza sobre los hombros y a pleno rendimiento.

—Lo tengo todo controlado —dije como si tal cosa—. Me haré una cama en el suelo con las colchas de sobra y ella nunca llegará a tener noticia de lo ocurrido.

—¿No tienes una habitación «de antes» que puedas utilizar?

Me tocaba el turno de sentirme molesta.

—Si te da miedo que ronque y me tire pedos durante toda la noche, sacaré la tienda de campaña del trastero y me iré a dormir al jardín, ¿vale?

—Calma, calma —dijo con ese tono tan masculino y enfurecedor que solo sirve para que una se enoje mucho más—. No era más que una pregunta.

—Mi habitación «de antes» está llena de trastos —seguí diciendo con irritación, y le expliqué por encima lo de Trudi y sus bártulos—. Así que tendrás que aguantarte.

—Estupendo, lo que tú digas.

Dicho esto, se sentó. No a mi lado, donde antes, sino en el otro sofá. A unos tres kilómetros de distancia.

Fenomenal. Como quieras.

Miré el reloj.

—Si quieres, por mí puedes subir. Y quédate con la cama. Yo aún prefiero esperar un rato. Ahora no podría pegar ojo.

—Ni yo.

Benjy se le arrimó con ese aire de quien hace como que espera no molestar; Josh le recompensó con una caricia en las orejas. No me hubiera ido nada mal tener unas orejas que acariciar. En determinadas circunstancias, los perros desempeñan la misma función que un cigarrillo: te sosiegan y te dan algo con que entretener las manos. Claro que me había dejado en casa el tabaco de urgencia, con la absurda esperanza de que no me resultara necesario. Lo cual demuestra que cuando una no tiene seguro, es casi seguro que algo saldrá mal.

Por quincuagésima vez me pregunté dónde diablos se habría metido Belinda.

—Por una parte, te juro que podría matarla por haber armado semejante follón. Por otra...

—¿Qué? —preguntó levantando una ceja.

—No sé. —Me removía inquieta en mi asiento—. Pero de veras espero que no ande sola por ahí, eso es todo. Ya sabes cómo te puedes sentir cuando cometes una estupidez de padre y señor mío y no tienes con quien hablar de ello. Es como si en ese momento se te acabase el mundo, ¿verdad?

—En ese caso, confiemos en que haya encontrado un amigo que le dé cobijo.
—Pues sí.
—Y esperemos que el amigo, o amiga, tenga la elemental sensatez de darle también un meneo y decirle que debiera haber tenido las agallas para cancelar la boda.

Me alegré de que no se echase atrás y de que aún viese con buenos ojos a la pobre Belinda, pero tampoco iba a decírselo.

—Veo que has cambiado de rollo, ¿no? Hace un par de horas acusabas a Paul de haberle levantado la mano.

—Yo todavía no descartaría por completo algo así, aunque solo hubiera ocurrido en el futuro. Está claro que a ese no le hace ninguna gracia que le tomen el pelo.

Me volví a sentir inquieta, por si acaso a ella le aterrase la idea de plantarle cara a Paul.

—Tal vez no haya podido soportar la idea de decirle que no podía seguir adelante. Tal vez le pareció más sencillo desaparecer aprovechando que estaban de viaje. Si de hecho sabía que él iba a pasar fuera varias horas, seguramente tuvo tiempo de organizarlo todo. De todos modos, la verdad es que yo no me la imagino llamando como si tal cosa al aeropuerto primero, a un taxi después. Belinda es más del estilo de las que se pasan horas y horas agonizando y al final no hacen nada de nada para resolverlo. —Miré de reojo al teléfono, que seguía callado—. Y no es de extrañar que no haya llamado. Le debe de dar pavor hablar con cualquiera de nosotros.

—Estará esperando a que termine de caer del cielo la metralla después de la refriega.

Todavía acariciaba a *Benjy*, que se estaba portando como un perfecto traidor al mirarlo como si Josh fuera lo mejor del mundo desde la última golosina que le dieron. En fin, el típico macho infiel.

Cogí el mando a distancia de la televisión.

—Yo no sé tú, pero a mí me vendría bien algo de esparcimiento. Seguro que hay algo que valga la pena ver, a ser posible una comedia ligera y completamente descerebrada.

Al cabo de un minuto y medio de cambiar de canal encontré una vieja película de *Drácula* que acababa de empezar.

—Seguro que nos reímos un poco, aunque no es que me riese mucho la última vez que la vi. Me dio un miedo increíble, me pasé una semana entera sin poder dormir. No me quité la cruz de oro ni de noche ni de día, y me llevé un diente de ajo de la cocina para refrotarlo contra la puerta del dormitorio. Y cerré las ventanas, por si acaso se quisiera colar de esa manera, en forma de murciélago. —Casi me eché a reír al recordarlo—. Mamá se preguntaba por qué demonios olía de repente mi dormitorio a ajo. Al final se lo tuve que contar. —Miré a Josh por el rabillo del ojo—. Por si te extraña, te diré que solo tenía diez años. La vi en casa de una amiga en la que me quedé a dormir una noche.

—Espero que no se riese de ti.

—Nunca se ha reído de mí por cosas como esa. Al menos, no delante de mis narices.

Intenté quitarme de la cabeza a Belinda y me concentré en *Drácula*. Era todo malísimo: el bosque oscuro, el castillo gótico...

Josh no parecía tan absorto en la película. Al cabo de unos minutos se acercó a una mesita en la que había unas cuantas fotografías con marco de plata. Belinda y yo, claro, en diversas fases de nuestra infancia y adolescencia, desde cuando aún no teníamos todos los dientes hasta con el uniforme del colegio, a los ocho años. Luego, a los dieciocho, en unos retratos «de profesional». Debo decir que la mía era la mejor foto que me han hecho nunca. Estaba mucho más delgada, incluso de cara. «Bueno, está claro que algo te ha sacado ese fotógrafo —dijo mamá por entonces—, aunque no sé qué puede ser.»

Yo sí lo sabía, y estaba inmensamente orgullosa. Debajo de toda aquella inocencia se notaba ya, como en un susurro, a la mujer deseosa de salir a relucir. De hecho, ya había salido a relucir mi parte más perversa; ya sabía qué se sentía al «hacerlo», pues me acababa de estrenar con Malcolm Parker, del club de tenis. No diré que fuera como para tirar fuegos artificiales, pero al menos me sirvió para olvidar mi desdichado desconocimiento.

Cuando Josh dobló la esquina de la «L», me volví a concentrar en *Drácula*. Empecé a acordarme de todo. Un grupo de gente de clase alta que se perdía en el bosque y se quedaba sin medio de transporte. ¿Y qué iba a suceder, salvo que apareciese el clásico coche de punto tirado por unos fúnebres caballos negros? Muy oportuno, sí señor.

Cuando empezaba a meterme en la película volvió Josh.

—¡No me habías dicho que hay una piscina!

—¿Y por qué te lo iba a decir? No querrás darte un chapuzón, ¿o sí?

—Pues no me importaría, a menos que sea puramente decorativa.

—Por supuesto que no. Los dos se suelen bañar a menudo.

—Me vendría de cine algo de ejercicio. —Hizo un gesto hacia la televisión—. Creo que lo de los colmillos y las estacas en el corazón no es lo que más me va.

—Pues no te cortes. Para eso está, vaya.

Evidentemente, no le había dicho nada de la piscina. Muy atrás quedó la etapa en que me parecía algo especial. Belinda y yo queríamos que fuese al aire libre, pero papá dijo que eso sería tirar el dinero teniendo en cuenta el mal tiempo de que gozábamos allí. Nos lo pasaríamos mucho mejor con una piscina cubierta.

Y tenía toda la razón, aunque no tal vez del modo que él supuso. A lo largo de mi salvaje, perversa adolescencia, y sobre todo en los últimos años, di unas cuantas fiestas alrededor de la piscina, aprovechando que mamá y papá no estaban en casa. Era necesario que estuvieran de viaje, lo digo en serio. Nadie llegó a vomitar en el agua, pero poco faltó en un par de ocasiones, y además tuve que rescatar las colillas de los cigarros de los tiestos, por no hablar de las latas de cerveza y algún que otro sostén de biquini del fondo de la piscina.

Por el modo en que funcionaba mi pecaminosa mentalidad, no pasó mucho rato hasta que comencé a poner en marcha un guión húmedo y salvaje. Fue un ejercicio puramente hipotético, por descontado; no me habría sumado a él ni en sueños, ni siquiera aunque me lo hubiera propuesto. Para empezar, ni siquiera tenía bañador. Es casi seguro que habría alguno en alguna parte, aunque sería uno de los minúsculos bañadores de Belinda, que yo habría dejado a punto de reventar en todas direcciones, con lo cual mi aspecto habría sido aún menos apetecible que en el parque.

Ya puesta a pensarlo, él tampoco tendría bañador. ¿Estaría nadando *au naturel*, o se habría dejado el calzoncillo puesto por si acaso me acercaba yo a echar un vistazo?

Procuré alejar de mi mente pensamientos indecorosos y me concentré en el Conde Drácula, que de hecho no había hecho acto de presencia en la película. Hacía ya un rato que se había puesto el sol, lo cual significaba que en alguno de aquellos sótanos enmohecidos algo acababa de despertar en su ataúd, sin duda que con bastante hambre.

En el ambiente se percibía el aumento de la tensión, y llegó un momento en que a punto estuve de tener fallos cardíacos cada vez que alguien doblaba una esquina del tenebroso castillo. Cuando recordaba exactamente lo que iba a suceder, me daba tanto miedo que me ponía mala. Llegó a entrarme tal pavor que al final cambié de canal.

Se me ocurrió pensar de pronto que no le había ofrecido a Josh una toalla. Como cabía la posibilidad de que estuviera en pelota picada, ¿debía acaso llevarle una? ¿Parecería una *voyeuse*, o acaso por no llevársela parecería más bien una remilgada y una gazmoña aterrorizada de ver algo realmente indecoroso?

Finalmente, me dije, ¿por qué me estaba poniendo tan nerviosa? Empezaba a parecerme a la típica heroína tonta de una novela victoriana: «Amable lector, nuestra dulce Sophia no osó aventurarse ni un paso más allá. Se estremeció su corazón virginal, no fuera que el apuesto y señorial Josh se hubiera despojado de sus pantalones».

A la mierda.

Apagué la televisión, subí corriendo al cuarto de la plancha donde se guardaban las toallas y bajé a toda prisa.

El invernadero tenía un aire apetitosamente tropical. Se me olvidó decirle dónde estaban los interruptores de las luces de la piscina, pero saltaba a la vista que ya los había encontrado; el agua tenía un azul turquesa centelleante, como en un folleto de vacaciones caribeñas. En el extremo más cercano había una mesa y unas sillas de mimbre, donde mamá y papá a menudo desayunaban. Más allá de las puertas de cristal, el jardín estaba negro como el bosque de Drácula.

Aún estaba nadando, estilo crol y metiendo la cabeza en el agua; de hecho, la cabeza parecía una foca empapada y castaña. Había dejado la ropa de cualquier manera sobre una silla, aunque con la excepción de una prenda, que era blanca y que seguía cubriendo lo esencial. Más vale. De lo contrario, no habría tenido yo el arrojo de quedarme allí mirándolo con la boca abierta.

Esperé hasta que se detuvo al otro extremo, se sacudió el agua de la cabeza y se dio la vuelta.

—Perdona, olvidé darte una toalla —le dije, tan fresca como un sorbete de limón.

—No importa, hubiera empleado la camisa.

Mientras lo decía, salió de la piscina y vino caminando hacia mí por el lateral.

Aún estaba a tres pasos cuando le lancé la toalla.

—Ten. Espero que no estuviera muy fría.

—Estaba estupenda. —Se colgó la toalla al cuello y sujetó los extremos—. ¿Qué tal la peli?

—Una basura. He apagado la tele. No me importaría irme a la cama, pero tengo que esperarte para poner la alarma antirrobo.

—Estoy listo en dos minutos.

—¿Te apetece algo antes de subir? ¿Otro malta? ¿Un Cola Cao?

—No, gracias.

—Pues voy a acostar a *Benjy*.

Debiera haberle dejado que se secara con la camisa. Nunca entenderé por qué los tíos de buen ver, solo que húmedos, te agitan las hormonas más que los secos, pero no es recomendable mirarlos de arriba abajo cuando tratas de fingir que te estimula más o menos tanto como uno de los huesos que mordisquea *Benjy* los días de lluvia. No diré que sus bóxers fueran exactamente transparentes, pero tampoco creo que hubieran sido una visión apta para «nuestra dulce Sophia».

Le di a *Benjy* un Bonio (siempre tenía que tomar un bocado antes de acostarse) y se acomodó en su cesta. Después de esto esperaba su beso de buenas noches. Y si existieran cuentos para dormir a los perros, también hubiera esperado que le contasen uno. Hubiera disfrutado con un cuento apasionante sobre algún perdiguero valiente que peleaba contra una temible aspiradora y que de hecho al final la vencía, en vez de limitarse a esconderse detrás del sofá ladrando como un poseso cada vez que la aspiradora se le acercaba un paso.

Cuando comprobaba si estaba cerrada la puerta de atrás entró Josh. Puse la alarma. Subimos la escalera, cuyo rellano ocupaba otra de las monstruosas plantas de mamá. El cuarto de los invitados daba a la parte posterior de la casa, con vistas al jardín. Había sido redecorado poco antes en blanco y azul; tenía una ducha añadida. A un extremo de la cama había una otomana de bambú claro en la que se encontraban las colchas y los cobertores. En el suelo, colocadas con esmero, estaban las bolsas que dejamos en el vestíbulo al llegar.

—Bien —dije en tono pragmático—. Si quieres usar el baño, yo haré la cama.

Cuando salió, había improvisado un catre bastante razonable con dos edredones sin cobertor y una colcha vieja.

Inspeccionó mi trabajo.

—Yo duermo en el suelo —dijo.

—No, ni en broma.

—Sophy...

—Ni se te ocurra discutir conmigo. —La tensión latente me hizo hablar en un susurro siseante—. Voy a lavarme. Tú métete en la cama, ¿quieres?

Acababa de tener otro pensamiento que a «nuestra dulce Sophia» sin duda le hubiera hecho llamar a la criada para pedir las sales. El camisón que me había llevado para el fin de semana era provocativo, de satén de arriba abajo, con unos tirantes finísimos y un corpiño reducido al mínimo. El tipo de prenda que una se llevaría de fin de semana «limpio» con la esperanza de que saliera realmente «guarro». Había sido un regalo de cumpleaños de mamá, casi de la misma época en que «conocí» a Dominic. Me lo había comprado, juraría, a fin de fomentar una sana vida sexual con alguien con quien tal vez «... llegase a algo, toquemos madera, porque como no le den un buen empujón...».

Si lo había llevado fue más que nada para que viera que me lo ponía. Ahora, no obstante, tendría que salir del cuarto de baño con la mitad de las tetas fuera, a raíz de lo cual Josh daría en pensar que trataba de volverlo loco de lujuria, con lo que quizá le diera un ataque de pánico y se lanzase por la ventana.

Sin embargo, pude remediarlo. Detrás de la puerta encontré colgada una bata de andar por casa que mamá había comprado para su madre, pero que al final no le regaló. «Me parece que es demasiado de viejecita —dijo dudando—. ¿A ti qué te parece? Ya sabes cuánto detesta ponerse prendas anticuadas y sin gracia.»

Me había parecido apropiada quizá para una viejecita de ciento y pico años, que ya no tuviera que cuidarse lo más mínimo. Era de un azulón infantil, hasta los tobillos, con cuello alto y puños cerrados, para no tirar sin querer el tazón del desayuno.

Salí del cuarto de baño primorosamente abotonada de arriba abajo, de azulón, pero no tendría que haberme tomado la molestia. Josh ya estaba en la cama, mirando hacia el otro lado.

En tres segundos me metí bajo los edredones y los cobertores.

—¿Te importa apagar la luz de las mesillas?

La apagó.

—Buenas noches.

—Buenas noches.

Media hora más tarde empezaba a sentir una enorme simpatía por aquella princesa que tuvo ciertos problemas con un guisante que había bajo los veinte colchones de plumas de su lecho. Era como si bajo el edredón hubiese docenas de huesos de ciruela. Además estaba completamente despierta. Teniendo que ocuparme de pensamientos tan variados, ¿cómo iba a apagar el cerebro para ponerme a dormir? Belinda, Paul, mamá preocupada hasta lo indecible por su paradero y por lo que fuera a decirle a Maggie Freeman... En medio de todos estos focos de atención pasaban a velocidad de vértigo dos visiones masculinas. Primero, una húmeda y comestible, con unos bóxers blancos no menos húmedos; después, una con una capa negra y ojos aterradores, a punto de abrir la boca...

De hecho, empecé a preguntarme si no me habría dejado una ventana abierta en la planta baja. Podía colarse un murciélago y ya se sabe que los seres sobrenaturales no hacen saltar las alarmas antirrobo. Siempre se podía contar con la presencia de *Benjy*, claro. Era un hecho contrastado que los perros perciben las presencias malignas y se desgañitan ladrando. En todo caso, detectan a los fantasmas. Por otra parte, esa facultad canina tal vez no fuera aplicable a los vampiros. A lo peor, igual que Cocodrilo Dundee, Drácula poseía poderes sobre los animales. Quizá el pobre *Benjy* yaciera sin una gota de sangre en su cesto, mientras el maligno procedente del reino de los muertos ya acechaba por la escalera...

Es gracioso, porque no dediqué mucho tiempo a pensar en ese Drácula redivivo. No diría que estuviera dando vueltas sin cesar, o no del todo, pero era evidente que Josh, incapaz de dormir, cambiaba continuamente de postura bajo el edredón, lo cual indica una autodisciplina más bien pobre en el mejor de los casos. Y tuvo también efectos secundarios especialmente sensibles, de modo que seguí pasándome una y mil veces la película del revolcón desaforado que nos habríamos dado, preguntándome de qué modo retiraría el tirante del sostén del hombro, y una vez hecho eso...

Asuntos así de escurridizos rara vez son provechosos para conciliar el sueño. A decir verdad, acababa de llegar a uno de los mejores momentos dentro de la fantasía relativa al encuentro en un pasillo, cuando una voz exasperada lo echó a perder.

—¡Sophy! ¡Para de moverte, pareces un salmón que haya mordido el anzuelo!

—¡Mentira!

—Te lo digo en serio. Anda, cambiemos de sitio. Está claro que ahí no estás cómoda y, sobre todo, no me dejas pegar ojo.

Si no hubiera dicho eso, tal vez habría cedido.

—¡Pues ponte a contar ovejas! O señoras viejas y nerviosas con sombreros de lana. Yo no me muevo de aquí. —Me di la vuelta para apartarme de él y me removí bajo las colchas—. ¡Y no me vuelvas a hablar así, que ya me estaba quedando dormida!

Tras despertar, permanecí unos instantes sumida en el duermevela, con esa inquietante conciencia de que tal vez hubiera ocurrido algo, aunque sin recordar qué.

Después de lo de Belinda, me alcanzó de lleno una segunda pesadilla. ¡Las camas! ¿Qué estaba haciendo yo en una cama?

Me asomé por el lateral. Estaba quieto, mirando hacia el otro lado. Por un instante asqueroso tuve una visión en la que él levantaba en vilo mi peso muerto, en medio de la noche, y sufría un ataque cardíaco a resultas del esfuerzo.

Gracias al cielo, vi que el edredón se movía al ritmo de su respiración.

Fiú. Por otra parte, en todo aquello detecté la huella de la ley de Murphy. Un hombre que me gustaba a rabiar me había tomado en brazos, yendo yo muy tenuemente vestida, y yo no estuve despierta para disfrutar de la ocasión.

Típico.

Mientras lo miraba se desperezó levemente, cambió de postura y, medio dormido, abrió los ojos. Igual que yo muy poco antes, parpadeó antes de despertar del todo.

Volvió la cabeza un ápice, me vio, cerró los ojos.

—Dios. Ahora me acuerdo.

Pues muchas gracias, faltaría más. Me incorporé sobre el codo.

—¿Qué demonios estás haciendo en el suelo?

—Trataba de dormir.

Se volvió de lado, apartándose de mí, y se tapó hasta la barbilla.

—¡Josh!

Estaba indignada.

—Por Dios, que aún es de noche. Anda, vuelve a dormir.

—Si son las ocho y diez...

—De un domingo por la mañana.

Lo dijo embozado bajo las colchas.

Me sentí tan humillada que le di una réplica hiriente.

—Como me hayas manipulado a lo largo de la noche, espero que te hayas deslomado y te hayas partido la espalda. ¿Por qué no te quedaste dormido y en paz?

—Porque no parabas de moverte. Y no te he manipulado, descuida. —Se volvió a mirarme—. Te tomé de la mano y te dije: «Vamos, Sophy, vamos a la cama, sé buena chica». Te levantaste como una niña obediente, como seguramente nunca fuiste en tu niñez, y dejaste incluso que te remetiera el embozo, como se trataba de demostrar. Por fin pude dormir, claro.

Lo miré dándole a entender que me negaba a creerlo.

—No me lo puedo creer. Ni una palabra.

Se apoyó en el codo y me miró a la cara.

—Por mí, te puedes creer lo que te dé la gana. Nunca hago las cosas por la fuerza, al menos si hay una manera suave de hacerlas.

No sé por qué, pero eso sí me lo creí a la primera.

—Por eso lamento mucho desilusionarte —siguió diciendo—, pero tengo la espalda en perfectas condiciones. Sin embargo, debo decir... —bajó los párpados un instante—... que hubiera sido muy capaz de manipularte sin el menor riesgo.

—¿Te juegas algo a que no?

No sé por qué lo dije. Solo quise retarlo, provocarlo.

Bueno, no. Es mentira. Sí que lo sé. Un instante antes de decirlo, noté que algo había cambiado. Lo noté en el aire en suspenso entre ambos, en la línea súbitamente temblorosa que unía mis ojos con los suyos. Solo había tardado un momento en percatarme.

—¿Por qué? —dijo—. ¿Tú te juegas algo?

De nuevo, fugazmente, apartó los ojos de mi cara. De pronto tuve una aguda conciencia de mi cuerpo. Para ser más exactos, de mi abundante pecho izquierdo, la mayor parte del cual se me salía por el lateral del camisón.

Alzó la mirada.

No sé por qué iban a estar los sofocones reservados a la menopausia. En ese momento tuve un sofocón tal como para acabar con todos los demás, solo que no creo se llegara a notar en la cara.

En tales circunstancias hablé con una voz razonablemente normal.

—Me voy a levantar —dije.

Saqué las piernas por el lateral y fui a descorrer las cortinas.

Abrí un poco la ventana. Necesitaba oxígeno.

Tenía una rara sensación en las piernas. Se decían una a otra: «Creo que doy una pasable impresión de gelatina. ¿Tú sabes dártelas de algodón mojado?».

Él no se había movido, pero me seguía mirando. Me daba cuenta. Estaba mirando todos y cada uno de mis movimientos.

Me había propuesto cambiarme de inmediato en el baño anexo, pero no lo hice. Tal vez ni siquiera era esa mi intención. Permanecí allí quieta, temblorosa, mirando el jardín cubierto por el rocío sin casi llegar a verlo. No sé de dónde me salió la voz, pero pude decir algo.

—Hay una ardilla. Está cavando un hoyo en el jardín.
—¿De veras?
—Como la vea *Benjy*, se pondrá como loco.
—¿Sí?

Oí el rumor que hizo al levantarse. Oí sus pasos en la habitación. Sentí que se acercaba hasta situarse tras de mí.

Igual que las piernas, la voz estuvo a punto de delatarme.

—Siento haberte hecho dormir tan mal. Seguramente tuve pesadillas. Creo que soñé con Drácula, sí. La película me dio miedo. Por eso apagué la tele antes de que terminase.

—Deberías habérmelo dicho.

Aparte de los minúsculos tirantes cruzados, el camisón casi no tenía espalda. Sentí su calor corporal pegado a mí.

—No quería que pensaras que soy una idiota.
—Yo no hubiera pensado tal cosa. —Con mucha suavidad, me sopló en la nuca—. Me da miedo la oscuridad.

Yo estaba al borde del desmayo.

—Mentiroso.
—De veras que sí. Bueno, a veces.

El corazón me latía desbocado, como un conjunto de tambores tribales.

—¿Que te da miedo a veces, o que eres un mentiroso a veces?

—Las dos cosas —dijo con gran dulzura—. Igual que tú.

Como un mínimo susurro sobre mi hombro, me ajustó el tirante izquierdo solo un milímetro.

—Se te iba a resbalar —murmuró con una voz perfectamente adecuada al tacto—. Y eso no puede ser, ¿verdad que no?

Un roce tan infinitesimal, una voz tan cálida, jamás habían tenido un efecto erótico tan poderoso en mí. Como dijo una vez una amiga irlandesa: «Jesús, María y José. Me sentí como si me hubiera dado un revolcón que me arrancase el culo de cuajo».

—De ninguna manera —dije con voz frágil—. Es el problema del satén. Basta con que respires para que resbale.

—Eso es peligroso —murmuró—. Yo que tú, me lo quitaría cuanto antes.

Cerré los ojos o se me cerraron, no sé. «¡Sigue, no pares!», le quise gritar.

12

Suerte que me contuve.

El golpecito con que alguien llamó a la puerta nos dejó helados a los dos.

—¿Sophy? ¿Estás despierta, cariño?

En algún rincón de mi ser encontré una voz adormilada, como si acabara de abrir los ojos.

—Sí, papá. Más o menos.

—Voy abajo a prepararle una taza de té a tu madre. ¿Queréis una?

Té. Dios santo.

—Sí, estupendo. Bajo enseguida.

Al oírlo bajar las escaleras, ninguno de los dos nos movimos. Fue como si la electricidad aletease sobre nosotros y estuviera a punto de soltar una descarga, pero a la espera de recibir un empujón. Así pues, se lo di.

—¿De veras te apetece una taza de té?

No lo dije, por supuesto, para que sonara a «¿de veras te apetece una taza de té?». Más bien me esperaba que se negase en redondo, a lo cual seguiría un agarrón, el deslizarse del satén y un revolcón en toda regla sobre el cobertor de mamá, una pieza de John Lewis recién comprada. Por desgracia, me salió el tiro por la culata.

Tuvo el efecto de una sobredosis de insecticida contra el deseo. Lo mató en el acto.

—Prefiero café. Cortado, sin azúcar.

Lo dijo en un tono tan normal que casi me dio por pensar que me había imaginado ese oasis de electricidad. Sabía que no era así, pero si lo hubiera hecho expresamente no habría conseguido destrozarlo más a conciencia.

Desapareció. Oí crujir la cama bajo su peso.

No sé muy bien qué iba a encontrar cuando por fin me di la vuelta. Si me hubiera estado mirando, tal vez hubiese tomado la iniciativa, tal vez lo hubiese agarrado incluso por los huevos, por decirlo de alguna forma, pero no fue así. Al otro lado de la cama en la que desperté me lo encontré apoyado a medias sobre un codo, con el entrecejo fruncido, mientras trataba de sintonizar la radio de la mesilla. Me temo que debo decirlo, pero en ese mismo instante me pregunté si su postura no obedecería a un intento por disimular cualquier elevación de ciertos tejidos bajo la colcha, aunque supongo que si las cosas hubieran llegado a tal extremo seguramente habría desaparecido en el cuarto de baño.

—Joder —murmuró, y cambió de emisora cuando empezó a sonar un himno dominical.

Aunque *Benjy* no hubiera elegido ese momento para hacerme su visita matinal, me di cuenta de que el momento había pasado sin dejar huella. Oí que arañaba la puerta y que lanzaba un ladrido agudo.

—Papá lo ha dejado salir de la cocina —dije como una idiota—. Lo que quiere es que le hagamos un mimo.

Afanándose con la radio, Josh no me hizo ni caso.

—Por mí, adelante.

Benjy entró dando saltos, lleno de energía perruna a rebosar, y me saludó con unos generosos lametones.

Fui derecha al baño. Al salir, abotonada de nuevo la bata azulón, *Benjy* se había tumbado junto a Josh y parecía la viva imagen de la satisfacción canina. Ostentaba una sonrisa algo caída, como si dijera «¿Qué, te vienes con nosotros? Me encanta estar estrujadito en el medio».

Si Josh padecía las consecuencias de un *coitus frustratus*, la novedad de mi atuendo sin duda se las quitó de la cabeza. Se le pintó en la cara una mueca que solo podría describir si dijera que fue de cínica incredulidad.

—Eso no será tuyo, ¿verdad?

—¿Estás de broma? Desde luego que no. Es una antigualla, a saber de quién.

—Habría que tirarlo directamente a la basura.

—El que no despilfarra, no pasa hambre —dije—. Vamos, *Benjy*, ven aquí, horroroso animal.

Mientras bajaba descalza a la cocina, con *Benjy* a mi lado, la verdad es que tampoco lamenté esa rociada de insecticida contra el deseo. Aún quedaba por resolver la cuestión de sus honorarios, en metálico, en mi bolso. ¿Cómo me hubiera sentido después, al darle el sobre? Y luego estaba Ace. No me hubiera gustado que Josh dedujera mi afán por engañar a mis hombres en cuanto se me cayeran las bragas.

Tenía que sincerarme en ese sentido cuanto antes.

Aparte de todo eso, me habría sentido horrorosamente culpable por hacer algo tan perversamente delicioso mientras la desaparición de Belinda pendía sobre todos nosotros como una especie de nube contaminada y nociva.

Bueno, al menos eso fue lo que me dije.

En pijama y en bata, papá estaba ajetreado con las tazas y todo lo demás, de espaldas a mí. También Paul se había levantado. Con una bata de seda que le llegaba hasta las rodillas, estaba sentado ante la mesa hojeando el *Sunday Times*.

—¿Qué tal has dormido? —le pregunté.

Apenas levantó la cabeza.

—¿A ti qué te parece?

—Perdona. —Si hubiera utilizado la cabeza, jamás le habría hecho pregunta semejante, pero mis pensamientos estaban obviamente en otra parte. Me gustaría decir que estaba noblemente preocupada por la crisis familiar en que estábamos inmersos, o incluso por la mejor manera de estrangular a Belinda en cuanto hiciera acto de presencia, pero no sería cierto. Mis pensamientos seguían pendientes de ciertos roces estremecedores y de cuestiones relacionadas con la elevación de ciertos tejidos debido a determinadas fuerzas. También seguían concentrados en ciertas rusas enigmáticas y en un comentario que hizo Jerry sobre una apuesta.

Papá me miró por encima del hombro.

—Enseguida está listo, cariño. ¿Cómo le gusta tomar el té?

—No te preocupes, papá. Voy a hacer café. Josh prefiere café.

Hasta que se volvieron los dos hacia mí con el entrecejo fruncido, como si estuvieran a punto de decirme «¿Qué?» al unísono, no me di cuenta de lo que acababa de decir.

Podría haberme muerto allí mismo.

—Ah, es una bobada de apodo. —Di gracias al cielo por su capacidad previsora y esbocé mi mejor sonrisa—. Por el Josué de Jericó, ¿os acordáis? Antes tocaba la trompeta y volvió medio loca a toda la familia.

Papá me dedicó una sonrisa que me inundó de culpabilidad.

—Pues un poco como tú con tu violín, cariño.

—Tú lo has dicho.

No me quedé tan convencida de que Paul se lo hubiese tragado. Me percaté de que de pronto había entornado los ojos y fui a preparar el café.

—¿Algo interesante en el periódico? —le pregunté como una idiota.

—Pues no.

Papá siguió enredando unos minutos, en busca de galletas bajas en calorías, el cubreteteras y todo lo demás. Cuando todo estaba listo, se metió el dominical del *Sunday* bajo el brazo y salió.

A solas con Paul me sentí sumamente incómoda. Mientras se hacía el café, le oí levantarse de la silla. Me di cuenta de que se había apoyado contra la encimera y me estaba mirando.

Noté la boca reseca.

—¿Quieres un café?

—Ya he tomado uno. —Siguió al cabo de un momento—. Eso de Josh, si te paras a pensarlo, es un apodo bien raro para un Dominic.

Tomé un par de tazas.

—No, no tiene nada de raro. A fin de cuentas, conozco a un David al que le llaman Chip. No me preguntes por qué.

—¿Y dónde me dijiste que trabaja?

Se me quedó la mente en blanco, presa del pánico.

—Dios, pues no lo sé. Nunca me acuerdo. Es de esos hombres que nunca hablan de trabajo, ¿sabes? —No sé de dónde saqué el nombre, pero salió de mis labios y colmó el vacío y me salvó—. En Price Waterhouse, eso es...

Con gesto de agobio volvió papá.

—Se me olvidaba la sacarina. Está otra vez a dieta...

Mientras la buscaba y despotricaba, tomé nuestras tazas de café y me largué de allí con el corazón desbocado como un caballo a galope tendido.

A mitad de las escaleras me di cuenta de lo que había dicho.

Me paré en seco. Cerré los ojos al caer en la cuenta aterrorizada.

Mierda. Mierda, mierda, mierda, mierda.

Josh estaba levantado y se había puesto los pantalones del día anterior. Le pasé la taza.

—Creo que voy a vomitar. Acabo de decirle a Paul que trabajas para Price Waterhouse.

—¡Pero si son asesores financieros, por Dios!

—¡Ya lo sé, y no me grites!

Demasiado tarde se me ocurrió pensar en Goldman Sachs.

—No se me ocurrió otra cosa. Te llamé Josh en un descuido. Salí del atolladero con lo de Jericó y papá se lo tragó, pero Paul empezó a lanzarme miradas de lo más curioso, y se puso a hacerme preguntas.

Tan solo le costó un momento recuperarse.

—Mira, no vale la pena que te dejes llevar por el pánico. Si saca el asunto a colación le diré que fue un despiste tuyo, que aún estabas medio dormida. Le diré que trabajo para Lazar, ¿entendido? No me parece probable que trate de comprobarlo, pero si lo hace entonces descubrirá que soy un fraude y así me podrás dejar plantado con la conciencia tranquila.

—De acuerdo, pero no quiero más preguntas. En cuanto terminemos de desayunar, nos largamos. De hecho, ni siquiera voy a esperar a terminar el desayuno. Les diré que quiero llegar a casa cuanto antes, por si acaso Belinda ha intentado localizarme. Al menos, eso no será mentira del todo.

A toda velocidad comencé a recoger los cobertores y a guardarlos en la otomana. En primer lugar, me pareció imposible entender cómo los había guardado mamá allí dentro, a no ser que hubiera pedido prestado un extractor de aire. Aquello fue como intentar embutir varios litros en un envase de medio.

—¿Quieres pasar tú primero a la ducha?

Negó con un gesto.

—No, tómate tu tiempo.

Mientras me lavaba los dientes ensayé mi mejor disculpa para marcharnos pronto: «Me vale con una tostada, gracias. Creo que debo regresar a casa cuanto antes, por si acaso ha intentado llamarme. Ella no sabía que me iba a encontrar aquí, ¿no?».

Abrí la ducha y busqué en una bolsa uno de los gorros que mamá coleccionaba en sus viajes por los hoteles de medio mundo. La caja llevaba una etiqueta que decía Viejo Palacio de Invierno. Luxor. Hubiera dado un congo por estar en Luxor, en el Viejo Palacio de Invierno, y no en donde estaba.

No sé cómo es posible que las antenas que una tiene perciban la inminencia del desastre, pero las mías acababan de hacer lo propio. Oí ladrar a *Benjy* con gran excitación, deprisa, como solo ladra cuando algo lo tiene agitado. *Benjy* percibe la tensión y la posibilidad de una buena agarrada; como es un buen perro, de raza al menos en parte, le gusta sumarse al alboroto. Ladra así, por ejemplo, cuando mamá acaba de ver a una pareja que se acerca por el camino de la entrada y dice: «Dios del cielo, Ted. ¡Son otra vez los Testigos de Jehová!». Él suele responder, malencarado, que se ocupa de ellos y que se largan de inmediato.

Oí entonces pasos, pasos rápidos, pesados, en el rellano. Oí que alguien llamaba con fuerza a la puerta del dormitorio.

—¡Sophy! ¡Abre la puerta!

Me quedé de una pieza. Se me heló la piel; se me encogió el estómago.

Josh respondió con aplomo.

—Está en la ducha, señor Metcalfe.

—¡Estupendo, porque es a ti a quien quiero ver! ¡Y ahora mismo! ¡Abre la puerta!

Tan mareada estaba que no me podía ni mover, cuando oí que se abría la puerta de la habitación.

—¿Te importa decirme qué demonios está pasando aquí? —Era papá quien lo dijo—. ¿Qué es esto?

¿Qué diablos...? Tenía el corazón que se me salía por la boca.

Josh aún habló con bastante calma.

—¿Puedo preguntarle de dónde las ha sacado?

—¡No, no puedes! ¡De ninguna manera! ¿Qué mentira le has contado a mi hija para lavarle así el cerebro? ¿Son tuyas o son robadas?

—Pues claro que son mías. Señor Metcalfe...

—¡Deja de llamarme señor Metcalfe! ¿Qué demonios te propones viniendo a mi casa y usando un nombre que no es el tuyo?

Dios mío. Tras haberme echado la bata por encima, abrí la puerta.

El hombre que la noche anterior había envejecido tan de repente parecía un mal sueño. Solo le había visto ponerse así una vez en la vida, muchos años atrás, cuando un chiflado estuvo a punto de atropellar a Belinda en un paso de cebra. Imagínate a un toro rabioso y a punto de embestir, pero vestido con un batín, y más o menos te harás a la idea.

Llevaba en la mano derecha una cartera. En la izquierda, un par de tarjetas de crédito.

—¿Qué es lo que te ha dicho? —me interpeló—. ¿Qué demonios está pasando aquí? ¿Es un delincuente que se hace pasar por...?

—Ni mucho menos —dijo Josh—. Si me hace el favor de...

—¡Cállate! ¡Cállate ahora mismo! —Papá se lo gritó a *Benjy*, que estaba ladrando hasta desgañitarse, pero solo consiguió que subiera el volumen.

—Papá, por favor... —Cuando ya me había armado de valor de cara a la confesión, apareció mamá en el rellano.

Tenía tal cara de perplejidad que me dieron ganas de morirme.

—¿Qué está pasando? —preguntó—. ¿Por qué grita tanto todo el mundo?

Quince minutos más tarde salía del cuarto de mis padres para encontrarme con Josh. Me quedé boquiabierta al ver vacío el dormitorio de invitados. Había desaparecido su bolsa.

Presa del pánico, bajé a la cocina corriendo. Solo estaba Paul.

—¿Se ha ido? —pregunté jadeando.

Hizo un gesto hacia la puerta.

—Está en la sala.

Mi alivio fue indescriptible. Fue tan profundo que casi di una mínima muestra de simpatía a esa imagen de la mala leche que estaba a la defensiva, con los brazos cruzados sobre la bata de seda.

—¿Por qué lo has hecho, Paul? —dije desesperada—. ¿O te pareció que aún se podía empeorar la situación?

—¿Cómo iba yo a saberlo? —me increpó con esa agresividad y ese afán de justificarse que solo tiene quien sabe que ha metido la pata—. Te delató la cara que se te puso. Me di cuenta de que había gato encerrado. ¡Podía haber sido un cualquiera!

—Por Dios, que no tengo dieciséis años ni me chupo el dedo, ni tampoco me hace falta que precisamente tú vengas a protegerme. ¡Más te valdría haberte ocupado de tus propios asuntos!

—A ver, ¿tú qué hubieras hecho, eh? —me preguntó—. ¿Y si hubieras descubierto que un Fulano de Belinda iba por ahí con la cartera llena de tarjetas pertenecientes a Mengano? ¡Tu madre tiene joyas valiosas! ¡Tienen algunas antigüedades de valor!

—¡Yo primero se lo hubiera preguntado a ella! ¡Y jamás le hubiera registrado los bolsillos!

Lo dejé en donde estaba y me fui a la sala de estar. Josh estaba de pie, con el teléfono sujeto entre el cuello y el hombro, con el tomo de las Páginas Amarillas abierto en la mesita que tenía delante. Había dejado el bolso de viaje en el suelo. Me miró un instante y miró el reloj.

—Sí, perfecto —dijo—. Gracias. —Y colgó.

Se volvió hacia mí. Tenía el pelo húmedo de la ducha, pero no se había afeitado.

—Viene un taxi a recogerme dentro de diez minutos.

Algo casi insignificante murió dentro de mí.

—No tienes por qué marcharte.

—Pues claro que sí. —A una distancia de varios metros noté su tensión como si fuera un muelle de trescientos kilos de acero a punto de saltar el cerrojo de seguridad—. ¿Qué harías tú en mi lugar? ¿Proponer un simpático almuerzo en el pub?

Imposible discutirlo.

—Aunque no hubiera pasado todo esto, lo último que hace falta en una crisis familiar es que los no familiares se metan en medio —añadió—. Y si quieres que te dé una razón más, mejor será que me largue de aquí antes de que a ese mierdecilla le meta los piños por el recto.

Su tono de voz, contenido a duras penas, fue digno de sus palabras.

Tragué con dificultad.

—No te hace falta un taxi. Yo te puedo llevar a la estación.

—No. Es mejor que te quedes. —Agarró la bolsa—. ¿Dónde están tus padres?

—Todavía en su dormitorio.

—Pídeles disculpas de mi parte, ¿quieres? Esperaré fuera a que llegue el taxi.

—Voy a vestirme... —Volé a la habitación, me vestí de cualquier manera, me pasé un cepillo por el pelo y me rocié la cara con agua. Cuando bajé, dos minutos después, estaba en el camino de gravilla con el bolso a sus pies.

También a sus pies estaba *Benjy*, mordisqueando una pelota roja y meneando el rabo. Josh cogió la pelota cuando *Benjy* la dejó caer y se la tiró con toda su alma hacia la parte posterior del jardín. Me di cuenta de que se había imaginado que Paul iba a recibirla.

Al salir *Benjy* corriendo tras ella, me acerqué a él.

—Lo siento muchísimo —dije.

—Yo también. —Lo dijo de modo cortante, tenso—. Deberíamos haberlo dejado cuando aún íbamos por delante.

Hice un patético intento por resultar optimista.

—Bueno, podría haber sido mucho peor. Fue una mentira sensacional.

—Ya te dije que he hecho un doctorado en mentiras.

Benjy volvió con la pelota, aunque hizo una pausa para levantar la pata y mear en la primera rueda del Porsche de Paul.

—Bien hecho —murmuró Josh—. Hazlo en las otras tres, ¿quieres? —Sin embargo, *Benjy* había encontrado un rastro que se perdía en los arbustos que cercaban el camino.

—Yo mismo debiera haberlo previsto —dijo entristecido—. Si lo hubiera pensado la semana pasada, al menos solo habría sido una pesadilla, y no dos.

El tono en que lo masculló me dio ganas de encogerme por dentro, pero luego siguió con más calma.

—En fin, qué se le va a hacer. Una cagada morrocotuda nunca ha causado un daño perpetuo a nadie. Yo tengo al menos un par en mi currículum, te lo aseguro.

Me sentí tan patéticamente agradecida que se me nubló la vista, pero el taxi ya llegaba en ese momento. Un animado individuo de mediana edad, con camisa blanca y corbata, salió del coche.

—¿Han llamado a la compañía Oakland?

Benjy volvió dando saltos desde donde estuviera. Dio tal impresión de ser un perrazo que el pobre tipo se quedó temblando, pegado al coche. Corriendo, lo sujeté del collar y hablé con el conductor.

—No pasa nada, mucho ladrar pero no hay nada que temer.

—Solo tardo un minuto —le dijo Josh.

Arrastrando a *Benjy*, que no paraba de ladrar, retrocedimos unos metros hasta el relativo cobijo que nos daban los arbustos.

—Vuelve a la casa —dijo Josh—. Tienes que hablar con ellos.

No me podía hacer a la idea de verlo marcharse así, aunque sabía que no existía otra alternativa. Como el conductor había vuelto a sentarse en el coche, dejé suelto a *Benjy*.

—¿Seguro que estarás bien? —añadió.

Si lo hubiera dicho como si tal cosa, en tono pragmático, podría haberlo soportado. No fue ese el caso, y en mi interior algo se iba disolviendo como un azucarillo bajo la lluvia. Habría dado cualquier cosa por hacer en ese momento algo típico de Tamara, por ejemplo, arrojarme en sus brazos y llorar como una Magdalena. Pero es que nunca se me ha dado nada bien el toque femenino en esas situaciones; supongo que eso es más fácil si pareces un angelito de Botticelli, y no una fornida zagala, perfectamente capaz de cuidar de sí misma.

—Por mí no te preocupes —dije—. Seguro que estaré de primera. —Quise que sonase un poco sarcástico, al menos con la dureza típica del acento norteño, pero de algún modo terminó por ser algo parecido a un cómico de feria en el momento de terminar su triste espectáculo.

La sonrisa que esbozó fue muy sardónica, casi imperceptible, aunque a pesar de todo me dio ganas de acurrucarme y morirme allí mismo.

—Estaremos en contacto.

Esa canción ya la había oído antes.

—Bueno, al menos no podrás decir que te hayas aburrido como una ostra. —Hice un gesto hacia el taxi y me eché el cabello hacia atrás—. Anda, lárgate antes de que suba la tarifa.

—Pues nada, adiós.

Supe que me iba a besar, y supe exactamente cómo iba a ser el beso que me diera. Un breve roce de despedida, de los labios sobre mi mejilla, como el que podría haberle dado a su anciana tía cuando llevase su mejor sombrero. Un beso perfectamente adecuado con una tía de anciana edad. Lo acompañó con una palmadita en la cintura, como la que pudiera haberle dado a su hermana. Los dos gestos daban a entender a las claras que tenía tantas posibilidades de conseguir todo lo que yo aún pudiera anhelar como *Benjy* de hacerse vegetariano.

—Adiós. —Al retirarse, le pregunté de pasada—: Solo por curiosidad, ¿en qué consistía la apuesta? Me juego veinte a uno a que se trataba de saber si te invitarían a merendar otro día.

Fue de nuevo mi diablillo personal. Nunca pretendí decir tal cosa, pero tampoco contaba con el súbito destello de culpabilidad que él trató de ocultar.

Me sentí fatal.

—Jerry se lo contó a Tamara, así que no hay por qué ponerse así.

—Si le contó lo que yo creo que le contó, es mentira.

—Entonces, ¿por qué has adoptado ese aire de culpabilidad tan...?

Vaciló una milésima de segundo más de la cuenta.

—No estoy muy segura de que Jerry siga siendo tan amigo tuyo —dije—. ¿Te llevaste de calle a Svetlana solo por joderle?

No sé qué estaba esperando yo, pero no fue, ni de lejos, lo que recibí.

—¿Que si... qué? —La incredulidad le cubría toda

la cara—. ¡Solo la llevé a casa! ¡Se había hartado de la fiesta!

La fuerza con que lo dijo me sacudió, aunque ya se había lanzado a la carga.

—Estuve con ella hasta las cuatro de la madrugada, joder, escuchándole contar lo lamentable que era todo en San Petersburgo y oyéndole hablar de su madre, que era «física nuclear en Chernobyl», y de su padre, que se largó cuando ella solo tenía seis años, y de las pobres babushkas que han de arrojarse a pedir limosna a la calle porque sus pensiones, propias de la era soviética, apenas les sirven para comprar una barra de pan. ¿Te vale, o no te vale?

Si me había sentido fatal con anterioridad, esto fue cincuenta veces peor.

—Perdona, no era de mi incumbencia —dije con fragilidad.

—Y ya que estamos, a lo mejor podemos poner otra cosa en claro, ¿te parece? —siguió diciendo—. Si vine ayer, en contra de lo que me dictaba mi conciencia, fue porque aun cuando pensaba que eras una mentirosa compulsiva y que seguramente estabas más loca que una cabra, la verdad es que me gustabas, que Dios me ayude, y tuve lástima por ti porque estabas tan preocupada por tu madre. Apenas he pegado ojo en toda la noche, y no ha sido por tener el gesto tan noble de dormir en el suelo. Ahora mismo tengo un estrés de no te menees porque me muero de las ganas de partirle la boca a ese gilipollas con el que se casó tu hermana, pero no puedo hacerlo porque eso es precisamente lo que quiere que haga, para denunciarme luego por agresiones en primer grado. Sumado a eso, debes saber que me siento como siete sacos de mierda por haber venido aquí con tanto fingimiento y por haber abusado de la hospitalidad de tus padres. Por todo esto he tenido que abreviar una visita a un amigo de toda la vida, al que hacía cuatro años que no había visto. Por eso, si me perdonas, me voy a largar ahora mismo, antes de que el perro me suelte una meada en los zapatos.

Y así tomó el bolso y se metió en el taxi.

Cuando lo vi desaparecer, solo tenía dos pensamientos en mente: a) nunca, en toda mi vida, había mandado algo al carajo de manera tan espectacular; b) por favor, por favor, que todo fuera una pesadilla.

El trayecto de vuelta a casa, en el que me embarqué una hora más tarde, fue el viaje más triste y solitario que he hecho en toda mi vida. Las lágrimas de culpabilidad y de autocompasión me empapaban de continuo las mejillas. Ni siquiera llevaba pañuelos de papel para secármelas. Tuve que limpiarme con la manga, y más de una vez me fijé en que los pasajeros de los coches que me adelantaban me miraban con cara de extrañeza. Un niño se quedó pasmado, y yo me sentí tan fea y tan triste y me odié tanto que al final le saqué la lengua. Total, para sentirme aún peor por ser tan arpía.

Estaban todos en casa cuando llegué: Alix, Calum, Ace. Mi único consuelo fue que no estuviera también Tina.

Alix se quedó patidifusa.

—¿Qué es lo que te pasa? ¿Qué sucede con Belinda? Te llamé a casa de tus viejos, pero me dijeron que ya habías salido. Me pareció que tu padre estaba un poco... raro. A poco más me cuelga el teléfono. ¿Se puede saber qué demonios está pasando?

Me costó medio minuto explicarles lo esencial del asunto, momento para el cual los tres se habían quedado con los ojos como platos.

—Caramba —dijo Ace.

Alix, asombrada, se había echado atrás en el sofá.

—¡Y yo que pensé que estaba loquita por Paul!

—Eso pensaba todo el mundo. Mamá piensa que en el fondo de todo esto debe de estar Marc. —Les referí las conjeturas acerca de lo que habían dicho Tamara y Bill.

—Puede que sea eso —dijo Alix—. De rebote, eligió a Paul. Luego le entraron las dudas. Y ha vuelto con Marc. Eso lo explicaría todo.

—Paul debe de sentirse como un gilipollas integral —dijo Ace.

—Pobre tío —dijo Calum—. ¿Cómo se lo ha tomado?

—¡Lo que Paul sienta o deje de sentir a mí me da igual! ¡Es un mierdecilla engañoso y un cabrón! —Rodeada de rostros desconcertados, de nuevo me eché a llorar.

Obvio es decir que lo conté todo. Bueno, no todo. Entre sollozos y lagrimones conté la historia lamentable, aunque corregida. Si acaso, sirvió para animarles la tarde del domingo. Permanecieron sentados en silencio, consternados y fascinados a partes más o menos iguales.

—Caramba —dijo por fin Ace—, ¡pues no tiene ninguna gracia!

—Voy a traerle una copa —dijo Calum—. Vodka y tónica a partes iguales, ¿no?

—No queda ni gota de vodka —dijo Alix—. Tráele ese licor de arándanos. Sin hielo.

Ninguno dijo una sola palabra de reproche. Ninguno dijo «Ya te lo dije yo», pero sé que todos lo pensaron. Sé que Alix se estaba diciendo que ya me lo había advertido, tal como supe que nunca lo diría.

Volvió Calum con un dedal de *crème de cassis*. Nunca entenderé por qué añaden champán o cosas parecidas a ese néctar delicioso. Cuando una quiere una manta de consuelo a base de alcohol, no hay nada que lo iguale.

—Bueno, podría haber sido peor —dijo Alix—. ¡Imagínate que les hubieras dicho la verdad!

Ni siquiera soportaba el pensar en todo eso. Cuando estaba a punto de confesar, cuando papá exigía una explicación casi con la pistola en la mano y *Benjy* estaba ladrando como un poseso, cuando mamá palidecía a ojos vista, Josh zanjó la discusión con un cortante: «¿Quieren hacer el favor de escucharme?».

Por poco se me paró el corazón. En el silencio que se hizo, añadió: «Dominic y Sophy rompieron relaciones poco antes de la boda. La única razón por la que ella no se lo dijo se debe a que no deseaba aguarles la fiesta, y menos aún deseaba que sintieran compasión por ella. Yo solo soy un amigo suyo. Me pidió que representara ese papel».

En el silencio desatado por su explicación, atónitos todos ellos, mi cerebro recuperó en apariencia su capacidad de reacción. «Lo lamento —dije sin convicción alguna—. En su momento me pareció una buena idea.»

Papá fue el primero en recobrarse. Nos miraba boquiabierto a Josh y a mí, y miraba después la cama de matrimonio que se veía tras nosotros. Tras años de relajación, su connatural sentido de la propiedad moral salió a la superficie: «¡Pero si habéis dormido en la misma cama!».

«No —respondí—. Josh ha dormido en el suelo. Improvisé una cama con las colchas.»

Le tocó el turno a mamá. Con la cara blanca, desolada, me traspasó de culpabilidad. «¿Cómo no me lo dijiste a mí? ¡Soy tu madre!»

Mantener la calma fue algo que no estuvo a mi alcance. «¿Y a ti qué te parece? —estallé—. ¡Estabas desesperada por que él viniera! ¡Lo que más deseabas era estar a la altura de la maldita Maggie!»

Dio la impresión de que la hubiera golpeado. Pálida y ojerosa, volvió corriendo a su habitación no sin antes lanzarme una mirada acusadora. Papá fue tras ella.

«Por Dios —dijo Josh al cabo de unos segundos—, ¿de veras tenías que decirle eso?»

«¡Es que es verdad! —estallé—. ¿Qué querías que dijera? ¿Que lo hice porque sí, por fastidiar?» Acto seguido fui tras mamá y papá, tratando de calmar unas aguas que, de sobra lo sabía, no se calmarían jamás, por mucho que les dijera. Luego volví con Josh y ya conoces el resto.

—¿Y qué hizo Paul mientras todo este fertilizante volaba por los aires? —preguntó Calum—. ¿Se reía entre bambalinas?

La manta de consuelo no funcionaba.

—No, se quedó en la planta baja, pero seguro que aguzando el oído. Estoy segura de que no sospechó nada hasta que cometí la torpeza de abrir la boca. Josh no le caía bien, solo porque Josh cometió la estupidez de irritarlo la noche anterior. Se la tenía jurada. Si no se le hubiera ocurrido bajar al retrete poco después...

El retrete de la planta baja era descomunal: se guardaba en él la aspiradora y una provisión de rollos de papel higiénico como para unos tres años, amén de un antiguo colgador para los abrigos. Y allí estaba la chaqueta de Josh, junto con su cartera, que mamá había colgado con esmero la noche anterior.

Exactamente delante de la nariz suspicaz y resentida de Paul.

Supe que sería injusto cargar sobre Josh ninguna culpa, pero me sentía tan desdichada que no lo pude evitar.

—Si no hubiera dejado su maldita chaqueta tirada por ahí, nadie la habría tenido que recoger. Y todo por culpa de su gesto de macho que no necesitaba protegerse del frío de la noche...

—Gilipollas —murmuró Alix.

—A mí aún me sorprende que Paul tuviera redaños para ir a enseñársela a tu padre —dijo Ace.

—No llegó a decir que ya de antes le parecía extraño —señaló Calum—. Seguramente pensó que algo olía raro. De pronto, le llamas al tío por otro nombre y se te pone un aire de culpabilidad terrible cuando caes en la cuenta de lo que acabas de decir, y acto seguido dices que trabaja para una contaduría de medio pelo, cuando se supone que era otra cosa...

—¡Es que no debiera haber metido las narices donde nadie le llamaba! Me alegro de que Belinda lo haya abandonado. Ojalá le cuente a todo el mundo que ya no se le levanta. Tuvo las agallas de decir que lo sentía mucho después de que Josh se fuese, ¿a que no te lo puedes creer? —y se largó a los veinte minutos, dejándome en un nido de avispas cabreadas.

En cuanto se marchó volvió la cascada de recriminaciones. Mamá estaba llorosa, papá enojado, los dos amargados, llenos de reproches. ¿Cómo era posible que hubiera hecho yo algo así? ¿Cómo les podía haber engañado así, y además dos veces? Nunca, nunca hubieran podido creer...

Y en ese momento mi desdicha dejó paso a la cólera. Me puse como una loca, les grité a los dos. ¿Por qué la tomaban conmigo? ¿Qué había hecho yo, salvo tratar de lograr que mamá estuviera contenta? ¿Acaso pensaban que me lo había pasado bien engañándoles, y solo para que mamá pudiera anotarse más puntos ante Maggie Freeman? ¿Por qué no la tomaban con Belinda, que a fin de cuentas había malgastado miles de libras en la boda, solo porque no tuvo arrestos para decir antes que había cometido un error? ¿Qué tenía ella que hacer antes de que la culpasen de algo? ¿Rajarle a alguien las tripas? No, ni por esas: ellos siempre supondrían que era culpa de otro. ¿Le decía yo a mamá que me planchara la ropa, a papá que me cambiase las ruedas del coche? ¿Vivía yo a sus expensas? En fin, que les zurcieran a los dos. No pensaba volver nunca, nunca más a su casa.

Mutis de Sophy, furiosa, para hacer la maleta; después, una salida no menos furiosa, a la que sigue, a los veinte minutos, el momento en que se viene abajo, ya en la carretera.

Todo esto también se lo conté, cómo no.

Al repasarlo todo mentalmente y volver a echarme a llorar, Alix me dio una palmada en el hombro.

—Anda, anímate, que podía haber sido mucho peor.

Exactamente; no podía decirles lo lamentable que había sido todo. Al menos, sí podía contarles algunos pedazos bien seleccionados.

—Y no veas cómo se puso Josh conmigo antes de marcharse —lloré—. Me llamó mentirosa compulsiva.

—¡Cabronazo! —estalló Alix—. ¿Cómo se atreve...?

—Pero si es que lo soy —lloré—. Llevo meses mintiendo sin parar...

—¿Y qué más da? El muy cabrón es un hipócrita: ¿no estaba él actuando a cambio de dinero?

—No, esta vez no. No llegué a pagarle.

—¡Eso es lo de menos! Como le dé por venir a reclamarlo, se lo voy a meter por el orificio. Ojo, que ya te dije yo que cualquier tío que se dedique a ir de acompañante de agencia básicamente tiene que ser un canalla.

—A mí me pareció un buen tipo —dijo Ace.

—¡A ti hasta Jack el Destripador te parecería un buen tipo! —le espetó Alix—. ¿Tú en qué bando estás?

Agarré otro pañuelo de papel.

—Y dijo que estaba más loca que una cabra...

—Eso sí que no —dijo Calum con indignación.

—Y lo estoy —lloré—. Una mujer normal no va por ahí inventándose una pareja —sollozo— y sigue así durante —sollozo— meses...

—Pues no veo por qué no —dijo Calum con toda convicción—. Yo antes me inventaba una mujer cada semana. Todas pensaban que yo era una bendición de Dios, todas estaban dispuestas a salir conmigo a cualquier hora, cualquier día, y más me vale que así fuera, porque por entonces no tenía ninguna suerte con las de carne y hueso...

—¿En serio? —sonrió Ace—. Yo tenía una novia imaginaria, una china que se llamaba Soo Li. Le gustaba...

—¡A ver si os calláis los dos! —les espetó Alix—. Ahorradnos vuestras asquerosas fantasías, ¿vale? Ace, ve a ponerle otra copa a Sophy.

Tomó mi vaso, pero en vez de irse permaneció sentado en el brazo del sillón.

—Ya sé que todo esto ha sido una pesadilla, pero ir de acompañante debe de ser pan comido. —Esbozó una sonrisa—. ¿Tú crees que esa agencia me aceptaría? A cambio de toda esa pasta, estoy dispuesto a ir de Príncipe Azul: les abro las puertas, les enciendo los cigarros, hablo de idioteces durante toda la noche... Lo que quieras.

—Por Dios, no quieren a alguien como tú —dijo Alix con irritación—. Quieren hombres que al menos parezcan tener algo de clase. No buscan un idiota que pida Salsa HP solo por ver qué cara pone el camarero.

—Vale, vale, no te sulfures.

—Ni se te ocurra —le dije—. Podría tocarte una pesadilla como yo o incluso peor, si es que las hay peores.

—Nunca habrá otra pesadilla como tú, Sophe. Tú eres única.

Al marcharse dándome una palmada en el hombro, sentí un arranque de afecto hacia él a pesar de que el muy sapo me había ayudado a meterme en todo este embrollo.

Solo que no, en realidad no lo hizo. Toda la culpa la tenía yo.

—¿Cómo estaban tus viejos cuando te fuiste? —preguntó Alix con ese tono temeroso del que ya conoce la respuesta.

—¿Y a ti qué te parece? —Me sequé los ojos y me

limpié la nariz con el enésimo pañuelo de papel—. Dios, ojalá estuviera muerta.

Ace volvió con mi vaso.

—¿Sabes qué? Todo esto me recuerda una cosa que vi por televisión en casa de Tina. *Bodas en el infierno*, o algo así.

—También la vimos nosotras, y no tiene nada que ver —dijo Alix muy molesta.

—Vale, pero porque ella no tuvo que pasar por todo eso. Llegó hasta la puerta de la iglesia y allí mismo le dijo a su padre que la llevara de vuelta a casa. Llevaba toda la semana dándole vueltas al asunto, pero hasta ese momento estaba tan aterrada que no pudo decirlo.

Me quedé patitiesa mirando a Alix y luego a Ace. Se hizo un silencio horrible.

—¿Qué pasa? —dijo él.

—Ese trozo nos lo perdimos —dijo Alix con una voz tan hueca como vacía estaba yo en ese momento.

—Ay, Dios... —me tapé la cara con las manos.
Nadie dijo nada.

—A lo mejor estaba intentando decirlo —dije con desesperación—. Fui tan paternalista con ella cuando di por hecho que se había puesto histérica por nada...

Nadie dijo nada.

—Soy una idiota, una arrogante... Dios, cómo me odio...

—Yo también te odio —dijo Alix con un forzado tono de broma—. Te odio a ti y odio tus fantásticas tetas. Calum está que se muere por ellas a todas horas, ¿no es así, Caraeculo?

—A todas horas —dijo con falsa convicción—. Si te doy diez libras, ¿me dejas tocártelas aunque solo sea un momento?

No había en el mundo nada que fuera capaz de hacerme sonreír en esos momentos. Me levanté con el vaso en la mano.

—Me llevo esto al baño y me voy a ahogar ahora mismo.

Bebiendo el cassis, traté de relajarme como una desdichada en la bañera. Se me había acabado el Badedas, de modo que fue un baño sin espuma. Me miré los muslos y me pareció increíble que hubiera llegado a engañarme tanto como para pensar que no eran un desastre. Me los apreté para marcar más los asquerosos hoyuelos de la celulitis, y di gracias a Dios porque Josh no me los hubiera tocado. Si no, ahora mismo estaría medio enfermo solo de pensarlo. ¿Y si le diera por hablar de mí con un amigo, tomándose unas pintas en un pub? «En fin, estaba claro que ella se moría de las ganas, así que me dije: ¿por qué no? Y en cuanto se puso en marcha, hay que ver cómo iba la tía. Una chicarrona fornida, vaya. Un culo tremendo. Sí, me apetece otra más. Gracias, tío.»

Ya sé que no hablaría de ese modo, pero tenía que torturarme.

Pensé en Belinda y me pregunté por qué demonios seguía sintiéndome tan culpable por no haber sabido interpretar sus gestos indecisos y estúpidos. Me entraron ganas de matarla por haberme metido en este lío, eso para empezar. Me entraron ganas de matarla por ser la niña de papá y de mamá desde el día en que nació. Ojalá se hubiese ido con Marc; ojalá volviera a abandonarla dentro de tres semanas; ojalá fuera arrastrándose a ver a Paul y ojalá este la mandase a donde pican las gallinas.

Y volví a sentirme culpable de nuevo por pensar tales cosas. Estaba bañándome en la culpa, regodeándome y preguntándome si Ace tendría algunos bichos guardados; de ser así, me dije, tal vez alguno de sus componentes químicos ilegales sería capaz de ahogar mis penas. Con un poco de buena suerte, a lo mejor incluso me mataba.

Envuelta en una toalla volví a mi habitación. Antes de entrar, Ace asomó la cabeza por la rendija de la suya.

—¿Todo en orden, Sophe?

—Fenomenal. ¿Tienes algún éxtasis? No me iría nada mal para contrarrestar tanta agonía.

—No, pero si quieres te lío un porrito.

—Puede que más tarde.

Al abrir la puerta de mi habitación se acercó más a mí. Parecía intranquilo.

—No pasó nada más, ¿verdad? Entre tú y él, quiero decir...

Ya lo dije antes: de tonto no tiene un pelo.

—¡No! Además, pensaba dejarlo antes de llegar a ese punto.

Más que nada pareció aliviado.

—Bueno, pues me alegro. Me sentía un poco mal. Claro que a fin de cuentas fui yo el que te invitó a contar con sus servicios...

Fue casi suficiente para que de nuevo me echase a llorar.

—No, por Dios. No es culpa tuya. Ya tengo edad para cometer mis propios errores, así de tonta soy.

—Al menos, esta vez no le pagaste.

—No, aunque no sé si eso es algún consuelo.

Ya iba a cerrar la puerta, pero él seguía allí con el mismo aire, entre intranquilo y torpe.

—Así que aún tienes toda esa pasta, ¿no? Y... ¿la tienes en metálico?

—Pues sí, así es. ¿Por qué?

Con poca maña, dio una patada al rodapié.

—Es que... verás, estoy un poco pelado, pero me gustaría salir con Tina esta noche. Últimamente está bastante decaída.

Debería haber imaginado que andaba tras algo.

—¿Por qué? ¿Se le ha estropeado una de las extensiones de las uñas?

—No seas así, Sophe. —Con torpeza, volvió a dar una patada en el rodapié—. Su madre se encuentra mal. Tiene un cáncer.

Me pudo el remordimiento.

—Oh, Dios. Cuánto lo siento. ¿Por qué no me lo dijiste antes?

—Es que no le gusta hablar de ello. Dice que solo deprime a todo el mundo.

—Ojalá lo hubiera sabido... —Me puse a revolver en el bolso sin darle tiempo a parpadear—. Ten, toma. —Le pasé cincuenta libras cargadas de culpabilidad.

—Dios, Sophe, con veinte me basta y me sobra. Ya te lo devolveré.

—No, está bien así. Pásatelo bien y brinda a mi salud.

A lo largo de las veinticuatro horas anteriores había tenido tal complejo de culpabilidad que hubiera mantenido ajetreados durante años a una docena de terapeutas. Necesitaba olvidarme de todo, a ser posible durante un mes entero. Sin quitarme la toalla, me metí bajo el edredón y cerré los ojos.

Cuando desperté, todavía un poco alelada, sintiéndome fatal, el piso estaba en silencio. Me sentí aún peor al comprobar que todos habían salido y me habían abandonado. Se me había secado el pelo todo enredado; tenía una cara que parecía salida de una película de terror. Me pasé un cepillo por el pelo y me puse un chándal gris con el que parecía un saco de patatas asexuadas. Después seguramente daría buena cuenta de todo el tabaco de urgencia y de una bolsa de patatas fritas. Cuando una se dispone a odiarse a sí misma, más vale hacerlo a fondo y con todas las consecuencias.

Para consolarme sin recurrir a la comida puse en el vídeo *La bella durmiente* de Disney. Me la había regalado Alix por Navidad, cuando yo le regalé *Cenicienta*:

un intercambio perfecto para dos adictas sin remedio, que se sentían demasiado bobas pensando en ir a comprarlas para ellas. Al cuarto de hora salió Alix de su habitación.

—Pensé que habíais salido —dije.

—Estoy trabajando. He de terminar ese folleto para el campamento infantil y entregarlo el jueves. ¿Quieres un té?

—Sí, por favor. Con dos cucharadas de azúcar morena.

Volví a *La bella durmiente* y empecé a sentir cierta simpatía por la bruja. La princesa Aurora me empezaba a recordar a Belinda, tan rubia y tan hermosa, tan querida por todo el reino, incluidos los algodonosos conejitos del bosque. Daba ganas de vomitar.

Alix volvió con el té y un KitKat.

—Tu padre llamó antes, pero dijo que no te despertase. Si quieres que te diga la verdad, tenía una voz curiosa. —No me extrañó—. Dijo que te dijera que Belinda había telefoneado, aunque no dijo dónde estaba. Que se sentía fatal pero que estaba bien, que no se preocupasen.

Me lo imaginé a la perfección. Belinda estaría toda llorosa y papá le diría: «No pasa nada, cariño, no llores, que así no se arregla nada...». Mamá, no menos llorosa, diría: «Ted, por favor, déjame hablar con ella». Le quitaría el teléfono de las manos. «Cariño, qué preocupados nos tenías... Por favor, ven a casa ahora mismo, nadie está enojado contigo...». Y Belinda se sentiría tan mal que colgaría el teléfono, con lo cual los dos se pondrían aún peor que antes.

—Podría matarla, en serio —dije a la vez que sorbía el té—. Ojalá la hubiera devorado un cocodrilo en su luna de miel.

—Ya, pero debe de sentirse a morir.

—Se lo tiene merecido. Todo el mundo se siente a morir. Yo la primera.

—Ah, y llamó también ese tío, Josh.

Por poco se me derrama el té.

—¿Cuándo?

—Hace una hora o así. Le dije que estabas durmiendo y que no tenía la menor intención de despertarte. —Con verdadero deleite, siguió contándome la conversación—. Dios, cómo me puse con él. Le dije que quién demonios se creía que era, que mira que haberte tratado de esa forma, que si no pensaba que ya estabas bastante enojada con él, que a ver si su madre no le había enseñado a comportarse, y que si lo que quería era su dinero que viniese cuanto antes, que se lo iba a meter por el culo empujándoselo con la parte de arriba de una piña.

Se volvió hacia mí con un aire de complacencia que me dejó a cuadros.

—¿Y qué dijo él?

—¡Nada! No le di ocasión de decir nada. Le eché la bronca y colgué. —Su aire de complacencia comenzó a desaparecer—. ¿Qué pasa? ¿No querrías hablar con él, verdad?

—Ay, Dios... —escondí la cabeza entre las manos—. ¿Por qué demonios no me lo dijiste?

13

Visto lo visto, no me quedaba más remedio que sincerarme. Y para cuando hube terminado de narrar toda la historia sin cortes ni añadidos, Alix se sintió tan mal que tuve lástima de ella, lo cual no estuvo del todo mal para dejar de sentir lástima de mí misma, ya fuera un solo instante.

—¿Por qué no me lo dijiste? —dijo con desesperación por quincuagésima vez—. ¡Se supone que soy tu amiga!

—Seguro que hubieras dicho que me estaba volviendo loca de atar, como Muriel en *La boda de Muriel*.

—¡Para nada! Bueno, a lo mejor hubiera pensado que te estabas poniendo un poquito paranoide, pero...

—¿Un poquito? ¡Habrías pensado que en secreto también me gustaba Ace!

—Sophy, hazme un favor. —Adoptó una expresión tan dolorida que me recordó a *Benjy* cuando alguien le dice que se largue, que huele a perro—. ¿Cómo has podido decírselo a él y no a mí?

—¡A él no se lo he dicho todo! ¡Desde aquel desastre del parque no le he vuelto a decir nada! —A ella en cambio se lo conté todo, no solo aquello, sino también la inoportuna llamada de papá para ofrecernos el servicio de habitaciones. Seguí hablando sin respirar casi—.

Él dijo que estaríamos en contacto, pero me pareció que lo decía por decir. Antes incluso de tener esa bronca con él, pensé que nunca me llamaría.

—Por lo que más quieras, llámalo ahora mismo —me incitó Alix—. Dile que yo no me había enterado de nada.

Para eso no me vendría nada mal el número. Supe en el acto que no lo había anotado en la agenda. Lo apunté en el papel que tenía más a mano. Tras unos momentos de desconcierto, me puse a mirar, pasmada, toda la sala: estaba limpísima.

—Por favor, no me digas que te has llevado todos los periódicos viejos al contenedor.

Le costó un momento darse cuenta.

—¡No me irás a decir que apuntaste su número de teléfono en un periódico!

—Era lo único que tenía a mano. ¿Los has tirado, sí o no?

Hizo un gesto de dolor.

—Calum se los llevó ayer. ¿Por qué no lo apuntaste en la agenda?

—¿Y yo qué sé? Suelo ser yo la que lleva los periódicos al contenedor, ¿no? ¿Ha llamado alguien desde entonces?

—Mi madre.

Así pues, el 1471 no serviría de nada, aun cuando no hubiera llamado desde un móvil. Tendría que llamar a Jerry de nuevo, pero antes tenía que llamar a los Dixon para que me dieran el número de Jerry, y me encontré con el contestador.

—¿Y en la guía? —sugirió Alix.

—¡Si ni siquiera sé dónde vive!

De todos modos, lo intenté. Había tres J. Carmichael. Los dos primeros me respondieron cortésmente que me equivocaba; el tercero me dio a entender que los que llaman a un número equivocado debieran ser expuestos a la puerta de unos grandes almacenes, con grilletes, para que el público los fustigue y los llene de excrementos de animales. Con toda acritud le contesté que no lamentaba haberle molestado. De haber sabido que era un tío tan impresentable, una deshonra para el género humano, le hubiera llamado a propósito para incordiarle.

Y colgué.

Vimos durante unos minutos al príncipe enamorado de Aurora, cruelmente encadenado por la bruja malísima.

—¿Por qué tuviste que decirle lo de la piña? —dije a la desesperada, nada más acordarme.

—Lo siento, ¿vale? Me formé la imagen de un imbécil, un pelotilla totalmente confiado, en casa de tus viejos.

—¡Si él me salvó de lo peor de todo! Si no se le hubiera ocurrido esa mentira tan estupenda...

—¡Eso es la confirmación! Pensé que un tío capaz de soltar una bola así como si tal cosa, *ping*, tenía que ser un gilipollas integral.

Supongo que cada cual interpreta lo que quiere.

—Que conste que solo pienso llamarle para pedir disculpas por lo que tú le has dicho. Después de que me llamase mentirosa y loca de atar, no le voy a proponer que venga a comer conmigo a un restaurante de lujo.

—Eh, es muy cierto que últimamente has contado unas cuantas trolas, ¿no? —señaló—. Sin embargo, está claro que le gustas. Prácticamente te lo dijo con esas palabras, ¿sí o no?

—Puede que tan solo me lo dijera para justificar la sesión que estuvimos a punto de tener.

Alix empezaba a estar exasperada, y no se lo pude echar en cara.

—Si no le hubieras gustado, nunca hubierais estado a punto de tener una sesión, como tú dices.

—Desde luego, pero hay maneras de gustar y maneras de gustar, ¿no? Yo estaba de pie con la lengua fuera; tendría que haber sido un santo varón para abstenerse. Además, sigue pensando que estoy liada con Ace.

—Entonces no me extraña que le diera por pensar que necesitas un buen repaso. ¡Con Ace! —Tomó un hilo suelto de un cojín entre los dedos y lo olisqueó—. Estos cojines huelen a rayos. Seguro que Ace ha puesto encima sus apestosos pies.

—No serán más apestosos que los de Calum, seguro. Siempre estás despreciando a Ace. A este paso, va a terminar por sufrir graves daños psicológicos, te lo digo muy en serio. Si tuvieras un hermano como el de Tamara, entendería que hablases mal de él a todas horas, pero Ace...

El príncipe valiente se abría paso por el bosque con su resplandeciente espada de la verdad.

—En fin. Aunque no lo hubiera jodido todo bien jodido, nunca habría terminado en nada bueno —dije.

—¿Por qué no?

—Porque me quedo embobada solo de mirarlo. Porque tiene los muslos más finos que los míos. Porque me gusta, maldita sea. No veas cómo me gusta. Cualquiera de esas razones es más que suficiente para garantizar que a los cuatro días se buscaría a cualquier otra que le gustara mucho más que yo.

—Dios mío, no tienes remedio. ¿Por qué serás tan derrotista?

—Por mis amargas experiencias. Cuando de veras quiero a uno, ese no me quiere ni ver.

—No seas boba.

El príncipe valiente seguía abriéndose paso a mandobles.

—Ojalá alguien me quisiera tanto como para talar de ese modo medio bosque —dije con total desamparo—. Claro que si eso sucediera, seguro que se trataría de un ababol que ni siquiera me haría gracia. Me despertaría con un horroroso beso húmedo que me daría ganas de vomitar.

—No hay ningún hombre hoy en día que se abra paso de ese modo ni siquiera hasta la tienda de la esquina —se burló—. Se pasan diez minutos con la Black & Decker en la mano y enseguida te dicen que hace falta una broca nueva, antes de largarse a ver el fútbol.

—Me juego cualquier cosa a que Calum lo haría por ti.

—¿Lo dices en serio? Al cabo de dos ramitas de árbol estaría hecho polvo y se largaría al pub.

Supe que lo decía por decir.

—Mi madre cree que es porque las hormonas de la píldora terminan por ir al agua, el agua se recicla y los hombres se vuelven unos amariconados —siguió diciendo—. Dentro de cincuenta años tendrán unos huevos aún más rudimentarios que el cerebro.

Después fuimos caminando hasta el Kouzina, en donde a Alix le gustaba practicar sus conocimientos de griego. Stavros dijo que se me veía tan contenta como un cordero en plena Pascua Ortodoxa.

—Se siente como la *kaka* —dijo Alix—. Ya lo ves. Tomaremos dos *mikro souvlakias, se parakalo*.

—¿Por culpa de un tío? —preguntó Stavros.

—No del todo —dije.

—Pues claro que lo es —dijo Alix.

Él me lanzó un guiño.

—Tú dime quién es el hijo de *putana* y le troceo las pelotillas para hacer *doner kebab*.

—Así que ese es tu ingrediente secreto —dije—. No es de extrañar que nunca me haya gustado.

Devoramos el *souvlakia* en un banco del parque. La tarde estaba deliciosa, dorada, lo cual no me sirvió para animarme nada, ya que todas las parejas amarteladas de Londres parecían haberse puesto a pasear por delante de nosotras, cogidas de la mano, riéndose, comiéndose el uno al otro o las tres cosas a la vez.

—Al menos te has ahorrado el dinero —dijo Alix con la boca llena de carne y ensalada—. Puedes ir a gastártelo en un jersey de Nicole Farhi.

O en una bañera llena de vodka para ahogarme sin tardanza.

—¿No crees —dijo cuando volvíamos— que deberías llamar a tus padres? Seguro que están alteradísimos después de la bronca que les armaste.

—¡Pues que lo hubieran pensado antes de armármela ellos a mí! Siempre ha sido igual. Belinda hace cualquier estupidez y ellos ni palabra. A mamá le decía yo: «Mamá, por lo que más quieras, ¡si yo hubiera hecho eso mismo te habrías puesto como una loca!». Y ella me respondía: «Sí, cariño, pero tú no eres como Belinda, ¿verdad que no?».

—Está claro que no. Tienes el doble de sensatez y eres el triple de fuerte.

—¡Eso no es cierto! ¡Es lo que piensa todo el mundo!

—Ya sabes lo que quiero decir. Si tú te las das de dura, todo el mundo se lo cree. Nadie cuenta con que la vayas a cagar.

Cuando volvimos, el piloto del contestador automático estaba intermitente. A poco más se me para el corazón.

—¿Y si ha llamado Josh? Dios mío... —nerviosísima, incapaz casi de accionar el botón del *play*.

Al final lo hizo Alix.

Supongo que en el fondo me esperaba una bronca o una sarta de insultos como la que me soltó en nuestra poco amistosa despedida, pero la voz que se oyó resultó casi tan torpe y tan arrepentida como la mía en el caso de haberle llamado yo.

Solo que, por desgracia, no era Josh.

—Sophy, soy yo, Kit. Mira, esto... —Hizo una pausa mientras obviamente trataba de encontrar las palabras—. Tengo que hablar contigo. Te llamaré más tarde.

Alix puso su mejor cara de «oh, Dios mío».

—Parece que aquella... Como-se-llame tenía toda la razón. Para ser sincera, tenía la impresión de que así había de ser.

Tras el pasmo inicial, todo lo que sentí fue una abrumadora decepción, un chasco. Me hubiese dado lo mismo el chorreo que me endilgase por teléfono, pues en esos momentos solo deseaba oír una voz.

—Parecía bastante azorado, ¿no? —siguió diciendo Alix—. Como si se hubiera mentalizado para hacer esa llamada durante años, vaya. Ojo, que es natural. No es ni de lejos uno de esos presumidos que darían por sentado que estás dispuesta a recibirlos de nuevo en tus brazos, como si no hubiera pasado nada.

A renglón seguido de la decepción me entró el odio por esa arpía con cara de perra que llaman Vida.

—¿Por qué querrá que volvamos ahora a estar juntos? Esos cabrones, ¿por qué no me quieren cuando los quiero yo? Mira ese mamonazo de Dominic. ¿Por qué siempre me pasa lo mismo?

—No tiene nada que ver con Dominic. Kit de veras te gustaba. Sin duda ha tenido que pensar que debe de haber alguna forma de resucitar lo vuestro. Claro que tampoco creo que cuente con que cortes con el tío con el que sales ahora así como así. A menos que... —Hizo una pausa—. A menos que Tamara se haya ido de la lengua.

—Imposible. Nunca se lo habría contado a Sonia, y Sonia es la única que podría haberlo difundido. No sé cómo habrá sido, pero me juró que no se lo diría a nadie.

—Si estuviste nerviosa en la boda, a lo mejor se percató y lo interpretó de mala manera —señaló—. Tal vez se hiciera a la idea de que estabais a punto de romper.

Me acordé de nuestra conversación, de cuando le dije que era estupendo. ¿Por qué no habría estado más efusiva, al menos para variar?

—Será que va a venirse a Londres. De lo contrario, ya me dirás qué sentido tiene —siguió diciendo Alix—. ¿No suelen cambiar de puesto cada semestre?

—Sí, algo así.

—¿Qué piensas decirle cuando vuelva a llamar?

—¿Y tú qué crees? —De pronto me vencieron las lágrimas al pensar de nuevo en la injusticia de todo aquello—. ¿Por qué no quiso el muy soplapollas que volviera con él cuando estaba yo en la desdicha más absoluta? ¿Qué le voy a decir? ¡Le diré que le den por saco!

—Y una mierda. Terminarás apiadándote de él, porque seguro que se muestra torpe y arrepentido, y te acordarás de lo dulce que podía llegar a ser, como aquella vez en que tuviste un catarro terrible y una diarrea fenomenal al mismo tiempo, y te dirás que todo ha sido culpa de esa Como-se-llame, porque él era demasiado «bueno» para darse cuenta de sus verdaderas intenciones, y te sentirás fatal y te entrarán ganas de volver con él y seguramente terminarás por decirle que de acuerdo, que estás dispuesta a verle una vez más.

Era una previsión de lo más deprimente, pero era innegablemente muy posible.

—Entonces, dejaré el contestador puesto y haré como que estoy fuera.

—¿Y si llama Josh? Si llama desde un móvil y no deja mensaje...

—No lo hará. Me juego lo que quieras a que no llamará.

—Pudiera ser. Yo si fuera él desde luego que llamaría. Me gustaría saber por lo menos qué demonios has dicho por ahí para que tu amiga me haya echado semejante rapapolvo.

Alix se fue a trabajar en su folleto para el campamento. Me senté con un ojo puesto en la televisión y el otro en los residuos del atardecer que me llegaban por la jungla urbana a la que miraba nuestra ventana. Me despertó un insufrible, doloroso anhelo no supe bien de qué.

Solo que sí. Lo sabía. ¿Por qué estaba allí sentada, como una quinceañera con mal de amores, agonizante junto a un teléfono que no iba a sonar? ¿Por qué no me encogía de hombros y me olvidaba del asunto, como si no me importase un bledo? ¿Por qué no mandaba mi trabajo al diablo y me largaba a viajar durante un año entero por la Tierra de Oz? ¿Por qué no aparecía Belinda en la puerta, para poder montarle una bronca tremenda por haberme metido en semejante lío?

A las diez y media volví a llamar a los Dixon, pero como solo me salió el maldito contestador me tuve que aguantar. Kit no volvió a llamar.

A las doce menos cinco de la noche, camino de la cama, Alix me dijo:

—Es típico de Kit, si quieres que te diga lo que pienso. Lo más probable es que se haya acojonado. Si no, habrá salido a beberse unas cuantas pintas para darse ánimos y se lo habrá llevado de calle cualquier otra pájara.

—Es probable. Qué inútil. Si me llamase ahora, sí que le montaría una buena bronca.

Después de la siesta dormí mal. Fui a trabajar sintiéndome un ser humano solo al treinta por ciento. Para animarme un poco más recibí un emilio de la sección de personal, en el que me decían que tenía plaza reservada con los sádicos para el mes de septiembre, que me remitían un folleto por correo ordinario.

El cartero ya lo había traído. Detallaba las diversas y alegres actividades: construir balsas para navegar por los ríos con musgo y cadáveres de oveja, probar dichas balsas en una zona de rápidos, atrapar ranas para desayunárnoslas crudas. Si alguien prefiriese no participar en tales actividades, tan aconsejables para la construcción de un carácter recio, disponía de toda libertad para quedarse en sus habitaciones, cómo no, viendo *Sunset Beach* por televisión. Nadie daría a entender que fuese una persona patética, un gusano sin agallas. Nadie lo ridiculizaría, ni mucho menos.

—Por lo visto, debe de ser buena cosa llevarse unas barritas Mars por si acaso te pierdes en el monte —dijo Jess.

Con el café di sobrada cuenta de medio paquete de Hob-nobs y les conté a todas lo de Belinda.

Jess quedó patidifusa.

—¿Y por qué no canceló la boda en su día? ¡Pobre novio! ¡Con todo el dinero que cuesta!

—Mejor que ir por la vida arrastrándolo —dijo Harriet—, si de veras se ha equivocado. A mi madre le costó veintiún años reconocer que el pobre papá había sido un error como una catedral.

—¡Dios, a mí mi madre me mataría! —dijo Sandie.

—¡Y tus pobres padres! —dijo Jess—. Tienen que estar destrozados.

A la hora del almuerzo, mis pobres padres se me habían metido hasta tal punto en la cabeza que llegué a pensar que lo más aconsejable sería llamarles en privado, por el móvil, solo que cuando me escabullí de la oficina precisamente con esa intención me di cuenta de que no lo llevaba encima. Seguramente me lo había dejado encima de una cómoda, a doscientos y pico kilómetros de distancia, donde me era de tanta utilidad como unas bragas de la talla 36. Como difícilmente podría hablar con ellos mientras a mi alrededor todas fingían que no me estaban oyendo, decidí dejarlo para más tarde: ya serían dos las llamadas incómodas que me estarían esperando. Alix le había colgado el teléfono a Josh. ¿Me haría él lo mismo? Para colmo, tampoco era capaz de soportar la idea de que mamá me echase una llantina por teléfono.

Nunca llegué a hacer ninguna de las dos llamadas. En el momento en que llegué a casa, Alix me anunció que había llamado Belinda.

Me dio un pequeño subidón de adrenalina.

—¿Cuándo?

—A eso de las cuatro y media, solo que había salido a correr un poco. Pero ha dejado un mensaje.

Tal como esperaba, su voz estaba al borde del llanto.

—Sophy, soy yo. Ya sé que ahora estarás en el trabajo. Llamaré más tarde, pero por favor te pido que no me grites. Ya sé que todo el mundo está enojadísimo conmigo, pero nunca he sido tan desdichada como ahora. Por favor, no salgas esta noche y no me cuelgues el teléfono. Hasta luego.

—He marcado el 1471 y me han dado un número —dijo Alix y me mostró un sobre—. He llamado de inmediato, no me quedó más remedio. Solo que no me contestó ella. Es un hotel que hay en New Forest.

—¿Cómo? ¿Qué demonios hace allí?

—A mí que me registren. Yo que tú la llamaría.

Tomé el teléfono y llamé, solo que en vez de preguntar por Belinda pedí la dirección y la anoté.

Alix quedó boquiabierta.

—No pensarás ir...

—¿Por qué no?

—¡Está lejísimos!

—No creo que esté tan lejos. —Saqué del coche el mapa de carreteras y lo verifiqué—. Mira. Solo tardaré un par de horas o algo menos.

—¡Lo más probable es que no quiera ver a nadie!

—¡Es que me da igual lo que ella quiera! ¡Tengo que verla! ¡Tengo que armarle una buena bronca, y por teléfono no es lo mismo! Me podría colgar.

Alix hizo una mueca.

—Sophy, no lo hagas. Yo diría que está fatal.

—Igual que todo el mundo. —Al fijarme en su evidente preocupación, traté de moderarme—. Mira, no le voy a gritar ni nada de eso, pero es que tengo que saber qué es lo que ha ocurrido, y en persona es mucho más fácil, ¿no? Además, a menos que haya ocurrido algo de veras terrible, tengo que decirle algo. Alguien tiene que hacerle ver que todo esto es imperdonable, y mamá y papá no serán quienes hagan tal cosa. Ella se echará a llorar más guapa que nunca y todo el mundo dirá: «Bueno, bueno, no pasa nada, no importa…». Hasta el propio Josh dijo que le hacía falta un buen meneo.

Desbordante de energía repentina, me puse a buscar a toda prisa lo esencial para pasar la noche fuera.

—¿Y qué hay del trabajo de mañana? —preguntó Alix.

—Si me tengo que quedar a pasar la noche, saldré al amanecer.

—Si no fuera por este folleto —dijo cuando ya me marchaba—, te aseguro que iría contigo. Pero temo que me tendré que quedar hasta muy tarde trabajando. Y me muero de ganas por saber qué ha pasado. ¿Tú sigues pensando que puede ser cosa de Marc?

—Yo creo que solo tiene que ver con Paul. Si sigue escondida es porque no se atreve a dar la cara ante él.

Mientras avanzaba a paso de hormiga por la M3 pensé que tal vez New Forest no fuese un escondrijo tan poco común. De pequeñas pasamos las dos estupendas vacaciones con unos parientes lejanos de mamá; aunque no teníamos permiso, dábamos de comer a los ponis trozos de sándwich de huevo y remábamos en canoa por los arroyos. Quizá Belinda desease retroceder a aquellas idílicas, soleadas vacaciones de la infancia, en las que lo peor que podía suceder era que te ensuciaras la camiseta con un polo de naranja, y en las que nadie se enojaba durante más de dos minutos.

Pese a tener en mente todo lo demás, me fijé en el paisaje. Había sido un día incierto, pero por fin el sol decidió dar la cara. Con todos los céspedes y los sembrados recién salidos de sus envoltorios invernales, con el sol del atardecer sobredorado, Inglaterra no tenía una pinta tan desangelada. Hacía una de esas tardes en las que una se para a pensar en esos deliciosos, antiguos pubes a la orilla de un río, una mesa al sol, unos patos para echarles unas migas de pan.

Evidentemente, faltaba un accesorio vital para que todo eso resultara perfecto de veras, y no me refiero al jersey para ese momento inevitable en que desaparece el sol tras un árbol y una se pone a decir: «Caramba, empieza a refrescar, ¿no?».

Procuré no pensar en accesorios vitales. Procuré no pensar en idílicos paisajes a la orilla de un río, ni en cómo ocuparía la mejor de las mesas, al sol, mientras mi accesorio perfecto se acercaba hasta la barra. Procuré no pensar ni mucho ni poco en el aspecto que tendría cuando regresara de la barra con una pinta de cerveza y un vodka con tónica, en la cara que pondría al pisar algo de dudoso aspecto, escondido entre la hierba: «Está todo lleno de cagarrutas de pato... En fin, ahí tienes... Ya sé que llevas un tiempo intentando dejarlo, pero te he traído un paquete de cortezas con sabor a beicon ahumado, qué más da».

Siento mucho que esto suene muy poco romántico, pero nunca caigo en esa clase de fantasías que pasan por un viaje en Concorde a las Barbados, ni tampoco por una sola rosa roja en una mesa iluminada por unas velas. Me quedo siempre con las cagarrutas de pato y con el beicon ahumado; siempre es menos decepcionante cuando todo se estropea un poco. En este caso, ni siquiera había llegado a ser redondo.

Procuré no hacer caso de ese horrible dolor de privación que se siente en tales circunstancias. Me acercaba al área de servicio de Fleet. Como solo había visto por encima el mapa de carreteras, me dije que era un buen momento para estudiarlo a fondo, con un café y un donut relleno de mermelada. Siempre es posible encontrar algo de consuelo, aunque sea una migaja.

En dos ocasiones me salté el cruce, sobre todo porque el rótulo estaba parcialmente oculto por los árboles. Una arbolada avenida de menos de un kilómetro de longitud desembocaba en uno de esos lugares que se ven en los calendarios de *Beautiful England*. Si alguna vez me tocasen unos milloncejos en la lotería y me diera por ser la acomodada señora de una casa de campo, ese era exactamente el tipo de lugar que escogería. Era una perfecta, gloriosa mezcolanza de estilos arquitectónicos; sobresalían algunos detalles que iban desde el tiempo de las Cruzadas hasta la época en que el pobre rey Jorge se volvió gagá. Había unas partes de maderamen que a duras penas se sostenían en pie; había adiciones posteriores, isabelinas, de ladrillo; se veían incrustaciones aún más recientes, y todo desprendía una gran serenidad bajo el sol del crepúsculo.

El interior estaba revestido de paneles de madera; olía a lavanda y a flores; tenía una escalinata rematada en un rellano con una balaustrada, y retratos de los habitantes de la casa, fallecidos mucho tiempo atrás, en las paredes. Se veía una chimenea en la que hubiera sido posible asar medio buey, llena de una desmesurada decoración floral.

Me concentré con todo esmero antes de hablar con el recepcionista; no quise que nadie sospechara siquiera de lejos que andaba a la busca de alguien que prefería que no le encontrase nadie.

—He venido a ver a mi hermana. No he tenido ocasión de ponerme en contacto con ella antes de salir. Se llama Belinda Metcalfe.

Dios, no estaba tan atenta como yo creía: su apellido de casada era Fairfax, en el supuesto de que lo hubiera utilizado.

Evidentemente no era así. El recepcionista era un joven con aire de eficacia; la placa de plástico que llevaba en el pecho decía «Michael». Comprobó el libro de registro.

—Habitación diecisiete —dijo. Miró por encima del hombro, hacia el casillero—. Pero me temo que ahora mismo no está.

—¿Y sabe usted por un casual cuándo ha salido?

—Ha tenido que ser antes de que yo entrase, a las cinco.

—¿Tiene libre una habitación? Será solo para esta noche.

Minutos más tarde seguía a un botones por la amplia escalinata, hasta el rellano de la balaustrada. Lo cubría una gruesa alfombra; el revestimiento de madera relucía gracias a la cera aplicada durante generaciones. Mi habitación estaba cerca del rellano, en un ancho pasillo. Estaba decorada con buen gusto y estampados de flores nada recargados.

Tras dar al botones su propina, me acomodé rápidamente. Un agradable cuarto de baño, una bandeja de café y té, una secadora, un minibar donde no solo había bebidas, sino también un par de KitKats. La ventana, emplomada como si fuera original, daba a los jardines. Había una fuente de estilo Tudor, algunas estatuas y varios bancos de hierro forjado frente al césped. Los huéspedes estaban sentados al sol y los camareros iban de un lado a otro sirviendo copas.

No me hubiera sentado nada mal bajar a beber algo, y para qué hablar de una cena. Bajé las escaleras casi de inmediato. El comedor estaba lleno, pero si no me importase esperar media hora... Me senté en un cómodo sillón cercano a la recepción, desde donde veía la entrada, y a un camarero que acertó a pasar por allí le pedí un vodka con tónica.

¿Dónde demonios se habría metido? Me empezaba a sentir como un pasmarote, allí en medio, a solas, sin siquiera una revista para distraerme. En recepción no quedaba ningún periódico, de modo que tomé un folleto.

La parte más antigua del hotel databa del siglo XIV. No solo formaba parte del patrimonio cultural de Inglaterra, sino que además... ¿cómo? Tras un momento de pánico, leí la frase siguiente: «pertenece al patrimonio fantasmal de la nación, aunque podemos tranquilizar a nuestros huéspedes sensibles asegurándoles que no se ha visto un solo fantasma en el recinto desde 1993».

Pues gracias al cielo.

Los huéspedes interesados en la cuestión hallarían información adicional en la página 11.

No, gracias. Si terminaba por quedarme a pasar la noche, no deseaba saber que la última aparición de un fantasma había tenido lugar al pie de mi cama: «¡Márchate de aquí! ¡Estás durmiendo en mi lecho de muerte!».

Michael me indicó que en el comedor disponían de una mesa libre. Le pedí que me avisara si regresaba Belinda.

—Eso está hecho —dijo con una amable sonrisa, pobre muchacho, pues sin duda se imaginó una sorpresa completamente distinta, con muchos besos y abrazos.

El comedor, también recubierto de maderas nobles, aún estaba ajetreado. Me porté muy bien. No elegí un entrante, sino solo un lenguado a la plancha, con limón, ensalada y patatas nuevas. Pedí media botella de vino blanco de la casa y me dispuse a esperar.

Y esperé. ¿Habían ido hasta Bournemouth a pescar el lenguado, o qué?

Sintiéndome de nuevo como un pasmarote, volví a hojear el folleto, incluida la página 11. Pronto deseé no haber hecho tal cosa. El cuento del fantasma no era precisamente halagüeño. Si hubiera una clasificación por puntos de los fantasmas relacionados con una trágica muerte, aquel sin duda se llevaría la palma sin ningún esfuerzo.

Tampoco me hizo ninguna gracia oír la conversación de una de las mesas más cercanas. No pasó mucho tiempo hasta que comprendí que aquellas sesentonas de aspecto normal y corriente habían hecho una excursión en busca de emociones fuertes, y que tenían planeado realizar una sesión de espiritismo aquella misma noche, para tratar de convocar al fantasma y traerlo de su limbo.

De pronto, no me hizo ninguna gracia estar a solas en aquella habitación. ¿Dónde demonios se había metido Belinda? ¿Y si hubiera decidido regresar y a Michael se le hubiera olvidado darme el recado? Estaba a punto de volver a recepción para recordarle el motivo de mi visita, cuando oí una voz a mis espaldas.

—¿Te importa que me siente contigo?

Si no acabase de dejar la copa sobre la mesa, seguro que se me habría derramado todo el *vin de maison* por encima de la camisa rosa palo y el traje gris que aún no me había tomado la molestia de cambiarme.

—¡Josh! ¿Cómo demonios...?

—Llamé a tu casa. —De pie, a mi lado, me acababa de causar una alborotada mezcla de nerviosismo y de palpitaciones de otra especie. No tenía el menor aspecto de estar decidido a soltarme una bronca de padre y señor mío, pero tampoco se le veía tranquilo y relajado—. Supongo que aún no has visto a Belinda...

—No. No está en el hotel, pero aún no ha abandonado la habitación. Les pedí que me dieran recado cuando llegase... —Como diría la abuela Metcalfe, estaba hecha un manojo de nervios—. Siéntate, por favor...

Con resolución, apartó la silla de la mesa, dejó las llaves del coche sobre el mantel y se sentó frente a mí. Llevaba unos pantalones de tono arena y una camisa verde oliva que le sentaba tan bien que me hubiera apostado cincuenta libras a que se la había regalado una mujer.

—He conocido a tu amiga —dijo en tono sardónico, aunque no demasiado—. Ya sabes, la que tiene ideas tan novedosas sobre lo que se puede hacer con una piña.

En el acto deseé haberle pedido disculpas antes que nada, pero aún estaba toda alborotada. Además, me inquietaba también por lo que tal vez le hubiese dicho Alix. Antes de poder intentar siquiera deshacer el entuerto, sin darme tiempo para decir ni palabra, llamó a una camarera.

—Tráigame la carta, por favor.

«Mira, lo siento mucho», estaba a punto de decirle, pero él acercó la silla a la mesa y se inclinó hacia mí, con los brazos cruzados sobre la mesa.

—¿Se puede saber qué le dijiste? —me dijo en voz baja, pero imperiosa—. Aunque fuera a modo de ejercicio puramente académico, me gustaría saber por qué me habla de ese modo una persona a la que no conozco de nada.

Estaba dolido, y en el fondo era de esperar. Me sentí tan mal que al principio no pude articular palabra.

—Te puedo asegurar que no le dije nada, pero estaba cabreada, eso es verdad, y le dije que me habías armado una bronca. El resto lo dedujo ella sola.

—Evidentemente, «dedujo» que soy un soplapollas de marca mayor. Sin duda que me pintaste un retrato de lo más halagüeño.

Como había vuelto la camarera y estaba poniendo su servicio, tuve que esperar a contestarle.

—¡Ni mucho menos! —dije en cuanto se marchó—. Apenas dije ni palabra acerca de ti. Está claro que ella se hizo una idea...

—Se hizo la idea de un perfecto soplapollas. —Se

arrellanó en la silla, evidentemente satisfecho con lo dicho, pero más dolido que nunca—. Bueno, al menos eso ya lo tengo aclarado, que no es poco.

Consciente de la proximidad de las otras mesas, me incliné hacia él y bajé el tono de voz.

—Alix se sintió fatal después de decirte lo que te dijo. Seguro que te habrá pedido disculpas.

—Bueno, así es —reconoció.

—¿Cuánto tiempo estuviste con ella? —le pregunté. Me había imaginado que Alix tal vez le ofreciera un café y le dijera: «Mira, por lo que más quieras, no le digas que te lo he dicho yo, pero está absolutamente loca por ti. Le gustas a rabiar. Si te contó lo de Ace, fue para que no pensaras que estaba desesperada y que...».

—Dos minutos, o poco más.

Así pues, no hubo tiempo para que se fuera de la lengua. Tampoco creí que lo hubiera hecho, la verdad.

Una pequeña ascua empezó a resplandecer en ese vacío de mi interior que tenía forma de tío. Difícilmente habría hecho un viaje tan largo solo para montarme una bronca del demonio, a no ser que tuviera un coche nuevo y que le apeteciera echarse unas carreras lejos de Londres. Y no me pareció que fuera de ese tipo.

Seguí hablando con la intención de paliar los daños y perjuicios causados hasta el momento.

—De veras que lamento mucho lo de la piña. Traté de llamarte en cuanto supe lo que te había dicho, pero no encontré tu número de teléfono y tampoco pude localizar a Jerry... Los Dixon no estaban en casa.

—Y entonces saliste.

Me llevé un sobresalto.

—¿Volviste a llamar?

—Me acerqué por tu casa. En fin, tal vez haya sido mejor que no estuvieras —añadió con ironía.

A juzgar por lo que dijo, caí en la cuenta de que tal vez no se hubiera comportado como un oficial y caballero, aunque no fue algo que me importase en esos momentos.

—Solo fuimos al restaurante griego que hay allí al lado. O me fui de fiesta, si es eso lo que estás pensando. ¡Me sentía fatal!

—Tampoco fue el día más divertido de mi vida. —Tomó la carta, la miró solo por encima y la volvió a dejar sobre la mesa—. La primera razón de que te llamara fue por saber cómo estabas y, también, para pedirte disculpas por la bronca que te armé.

Me resultó tan inesperado que se me encogió el corazón y se me hizo un nudo en la garganta.

—Los dos estábamos un poco estresados con todo lo que había ocurrido. Y yo fui la primera que perdió los estribos.

—Sí, puede, pero todo aquello fue un disparate. Lo siento.

—Yo también lo siento —dije.

Me picaban los ojos.

Una tangible incomodidad se adueñó de la mesa, como si ninguno de los dos supiéramos qué hacer o qué decir a continuación. Él aún parecía muy tenso. Aunque fuese tarde para el gesto, le ofrecí la botella.

—¿Quieres un poco?

—No, gracias. —Llamó a un camarero—. Tráigame media botella de tinto de la casa, por favor.

—¿No prefiere ver primero la carta de vinos, señor?

—Mientras se pueda beber, el vinazo de la casa me va bien.

El camarero, por su parte, no lo encajó nada bien.

—Aquí no tenemos «vinazo», señor —le dijo en tono ofendido—. Nuestro vino de la casa es de gran calidad.

Josh esbozó una sonrisita controlada.

—Pues en tal caso tenga la bondad de traerme media botella de su excelente vino de la casa, ¿quiere? Y no me mires de ese modo —añadió cuando se hubo marchado el camarero.

—¡Yo no te miraba de ningún modo!

—Sí, sí que me mirabas así. Dejaré una buena propina y asunto resuelto, ¿de acuerdo? ¿Cómo están tus padres? —me preguntó sin darme tiempo a responder.

—No lo sé. No he hablado con ellos desde ayer, desde que me marché.

Alzó una ceja de un modo que me hizo sentirme más culpable que nunca.

—Supongo que debiera haberles llamado para decirles que salía en busca de Belinda, pero es que no nos despedimos exactamente en un tono muy afectuoso, de modo que no me atreví a llamarles.

—Hablando de teléfonos... —Rebuscó en el bolsillo de la chaqueta hasta sacar un móvil que dejó sobre la mesa—. Es muy parecido al mío. Lo debí de coger por equivocación el sábado por la mañana. En una situación normal te diría que siento mucho el descuido, pero es que no estaba del todo concentrado en lo que hacía.

El tono sardónico con que lo dijo me hizo sentir fatal.

—Creí que me lo había olvidado allá.

—Sí, no me extraña.

El ascua empezaba a apagarse de nuevo a ojos vista. Se le notaba un aire de tensa preocupación, como si hubiera alguna cosa más que deseara decirme, pero que no era capaz de expresar. El primer y deprimente pensamiento que tuve fue el de sus honorarios; al instante me pregunté cómo no lo había pensado antes. Tal vez esa fuera la razón de que hubiera ido a verme la tarde anterior. Tal vez trataba por todos los medios de decirme: «Mira, no quisiera parecer demasiado mercenario, sobre todo en estas circunstancias, pero es que pareces haber olvidado que teníamos un convenio comercial».

Llegó la camarera a tomarle el pedido. Tuve la sensación de que le interesaba nuestra situación hasta el punto de entrometerse, lo cual no me hubiera sorprendido lo más mínimo, ya que cualquier persona con unas antenas a mitad de rendimiento hubiese captado la tensión. Josh repasó la carta otra vez por encima y pidió trucha asalmonada primero y una chuleta poco hecha de segundo.

—¿Traigo primero el entrante del caballero y los dos segundos a la vez? —dijo la camarera.

Me estaba muriendo de hambre.

—Sí, pero creo que he cambiado de opinión y también tomaré un entrante. La sopa del día, por ejemplo.

Al menos, no tendrían que ir a pescarla a quién sabe dónde.

Cuando nos dejó a solas, Josh se arrellanó de nuevo en su silla y me lanzó una mirada que vino a confirmar el enfriamiento de las ascuas que tanto me temía, de modo que decidí tomar el toro por donde fuera.

—Mira, no creo que hayas hecho semejante viaje solo para devolverme el móvil. Debiera haber zanjado el asunto el domingo por la mañana. Mucho me temo que ya no lo tengo todo en metálico, pero te puedo dar ahora la mayor parte de tus honorarios y un cheque por el...

—¿Mis honorarios? Joder... —Lanzó una breve mirada al techo y se pasó la mano por la nuca con un gesto de exasperación, antes de mirarme otra vez a los ojos—. Sophy, lo de la segunda vez lo hice a modo de favor. Supuse que te habrías dado perfecta cuenta.

Por una vez en mi vida, fue un inmenso alivio haberme hecho una idea completamente errónea. De nuevo empezó a brillar un poco el ascua, sobre todo cuando le oí decir:

—Sí, tienes toda la razón. No he hecho todo este viaje solo para devolverte el móvil, ni tampoco para pedirte disculpas.

Por su manera de decirlo, me dio un vuelco el corazón. No es que me esperase una situación de novela rosa, por supuesto; más bien contaba con algo en la línea de: «Vamos a ver si nos entendemos, ¿no te parece que ya va siendo hora de que dejemos de andarnos por las ramas?».

Al verlo titubear, como si todavía no fuese capaz de expresarlo, dije a la ligera:

—Ya lo entiendo, no me digas más. Has venido a por una cena gratis. A fin de cuentas, aún te debo un favor.

—No, no es eso, pero tampoco pienso discutir. —Esbozó una de sus curiosas sonrisas, vaciló todavía unos momentos y de pronto se lanzó a la carga con toda resolución—. A decir verdad, he venido a sondear cómo andas de ingenio. ¿Se te dan bien los crucigramas?

—¿Los crucigramas?

De haber estado yo flotando en la típica nube de novela rosa, eso la habría disipado en el acto. De hecho, me sentí como si acabase de entrar en un sueño surreal. En el momento menos pensado bajaría la vista y entonces podría comprobar que estaba completamente desnuda, y todo el mundo comenzaría a señalarme con el dedo y a reírse a carcajadas.

—Se me escapaba una de las claves —siguió diciendo como si tal cosa, a la vez que fruncía el ceño, como si tratase de recordar algo—. A ver… *«Musa de la historia y de la poesía épica»*. No, déjalo; esa ya la tengo resuelta, me acordé por el camino, en la M3. A ver, ¿cuál era? Ah, ya: *Invención amorosa a una escala espectacularmente imaginativa*. Tres letras, empieza por A.

Si se trataba de una astuta estrategia para pasar al ataque, tuve que reconocer que era imbatible. Me quedé literalmente patitiesa.

Volvió la camarera con cierto aire de incomodidad.

—Eeh… ¿Lo pongo todo en una cuenta, o hago dos separadas?

A duras penas pude hablar.

—Póngalo en la mía. —Le indiqué la llave de mi habitación y traté de hacer acopio de toda mi serenidad, o los despojos que me quedaban de ella—. Supongo que Alix te lo habrá dicho —le dije en cuanto se fue la camarera.

—Pues no.

Ya solo quedaba un sospechoso. No me cabía la menor duda de que Alix habría informado a Ace, y Ace habría reflexionado entonces, llegando a la conclusión de que hacía falta engrasar un poco los engranajes.

—Entonces habrá sido Ace. Es el hermano de Alix, por si acaso no lo sabías.

—Pues sí, algo me dijo —comentó Josh con sequedad—. Cuando ya me marchaba, me llamó y me dijo: «Mira, tío, yo que tú...».

Justo lo que me temía.

La sensación de absoluta imbecilidad que tuve en ese momento se diluyó en parte al darme cuenta de lo imbécil que debió de sentirse Josh, en cuyo caso no era de extrañar que me hubiera querido pillar desprevenida. Y si antes ya pensaba que yo estaba loca de atar, ahora no quise ni imaginar qué estaría pensando. Seguramente habría empezado a preguntarse qué clase de trastorno psiquiátrico específicamente femenino padecía yo. Tal vez fuera algo así como «ninfomanía por poderes», consistente en que la mujer afectada vaya por ahí diciéndole alegremente a todo hijo de vecino que tiene tíos a porrillo con los que irse a la cama, cuando lo cierto es que la única persona con que la comparte es un muñeco de peluche que representa a Mr. Bean.

Llegaron los entrantes; me alegré muchísimo tanto por los nutrientes como por la distracción. Me abalancé sobre la crema de calabacín y coliflor como *Benjy* sobre su platillo. Josh atacó la trucha asalmonada con vigor y con cantidades industriales de salsa de rábano picante.

El camarero ofendido le trajo el vino, pero Josh le dio las gracias con una cortesía abrumadora, de modo que se largó como si antes hubiera escupido en el vino y después deseara no haberlo hecho.

—Bueno —dijo después de dos bocados—, lo siento, pero es que te lo habías ganado a pulso.

La curiosidad también me empezaba a vencer.

—¿Y qué dijo Ace?

Con una mirada a la pareja de la mesa de al lado, que parecían dos tipos indignados, dos pueblerinos para más señas, bajó la voz al contestar.

—«Mira, tío, yo que tú...», empezó a decir. «Todo ha sido una carretada de mentiras. Sophe y yo no somos más que compañeros de piso», me soltó entonces.

Ay, si me hubiera sido posible estar presente sin que nadie me viese...

—No te preguntaré qué le dijiste. Me lo puedo imaginar.

—Lo dudo mucho, pero prueba suerte. Dos palabras, dos letras cada una.

Yo ya había apostado que más bien serían una de dos y otra de cinco, de genuino origen castizo, que denotan incredulidad a riesgo de ser algo malsonantes, de manera que me quedé en blanco.

—¿Dos cada una?

—No tienes remedio —dijo con retintín—. Recuérdame que no te llame cuando esté atascado con el crucigrama del *Times*. —Tras terminar la trucha entera, anunció—: «Lo sé». Eso fue lo que le dije.

Me quedé pata y me quedé difusa, a qué negarlo.

—¡No me lo creo!

—Tal vez no fuese al cien por cien, pero digamos que me había hecho una idea. Una idea exacta más o menos al noventa y siente por ciento.

Como al habermé quedado boquiabierta llamaba la atención de los demás comensales, bajé el tono de voz.

—¡Eso me lo dices ahora porque te sentiste como un imbécil de los pies a la cabeza! ¡Lo que te dije en el coche te lo creíste a pies juntillas!

—Ah, entonces sí que me lo creí. Lo hiciste de maravilla. Solo me entraron dudas algo más tarde. Para ser exactos, casi en el momento en que me dejaste en el metro.

Tan penosa era mi situación, a tal punto era yo una desgracia para mi sexo, que sentí un mínimo punto de gratificación al darme cuenta de que al menos él había pensado en mí.

La camarera vino a recoger los platos de los entrantes. En cuanto se fue, él siguió hablando.

—Empecé a pensar que, si te habías inventado a un tío por completo, un tío que, es verdad, resultó no ser una invención absoluta, aunque eso ahora más vale que lo olvidemos, eras muy capaz de inventarte a otro, sobre todo si habías llegado a la conclusión de que yo estaba convencido de que tú estabas desesperada. ¿Me explico?

—¡O sea que sí pensaste que estaba desesperada! ¡Lo acabas de reconocer!

—Ni mucho menos. Reconocí haber estado un tanto extrañado, que no es lo mismo.

Era casi peor. Llegaron los segundos. Había valido la pena esperar por el lenguado. Grueso, hecho a la perfección en la parrilla, estaba salpicado de una exquisita mantequilla al limón.

—Supongo que entonces fue por la desastrosa actuación de Ace.

—No, al principio lo hizo bastante bien. Incluso me pareció que estaba a la altura. Cuando ya me marchaba sí que se pasó un poco, por no decir un mucho, con su actuación de borde redomado. Me di cuenta de que tú jamás hubieras aguantado a un tipo tan insolente a tu lado.

No tuve que pararme a pensar: «¡Y si por un casual te la encuentras, pregúntale qué coño ha hecho con mi camiseta negra!». Casi llegué a sentir lástima por Ace. ¡Con lo contento que quedó de su actuación!

—¿Y tú cómo sabes qué es lo que aguantaría yo? —le pregunté a pesar de todo.

Cortó un pedazo de chuleta que parecía tierna como la mantequilla y la untó con un poco de mostaza.

—He pasado más de veinticuatro horas contigo. Creo que es suficiente para formarse una opinión por la que vale la pena apostar.

En eso, desde luego que me había pillado.

La cena empezó a surtir efecto. Me sentía mejor. Juro que la comida sabe mucho más rica cuando tienes enfrente a una persona que te gusta con locura. Aumenta toda la percepción sensual. Me llegaba a la nariz un muy tenue olor a cuerpo masculino bien duchado y a camisa limpia, aparte de que no podía quitarle los ojos de las manos. Esgrimían el cuchillo y el tenedor con gran eficacia, pero yo solo lograba pensar en el susurro de su dedo sobre mi hombro. Por si fuera poco, era consciente de que no me quitaba la vista de encima cuando no miraba su plato. Tuve la inequívoca sensación, que avivó mis ascuas, de que había muchas más cosas que deseaba decirme, aunque también estaba dispuesto a hacerme sudar, a obligarme a pagar por la invención de Ace.

Al ver que las cazafantasmas se levantaban de su mesa cambié de tema.

—¿Sabes que el hotel está encantado?

—Y una mierda.

—¡De veras! —Como el folleto seguía sobre la mesa, pasé a la página 11—. «Una tal Mary Fanshawe vivió aquí en la década de 1540. El dueño de la casa era un borrachuzo putañero y malhablado, llamado Thomas Cranleigh. Al parecer, ella era una pariente pobre, pero según se rumoreaba estaban amancebados. Fuera como fuese, él la trajo aquí en calidad de criada sin sueldo y acto seguido la muchacha no tuvo más remedio que atarse el corsé sobre un vientre preñado».

Se mostró cínico e incrédulo.

—No me digas más: el responsable fue el borrachuzo malhablado.

—Sí, al menos según los rumores. Ella logró mantener el parto en secreto hasta tres días después de haber tenido a su hijo. Me echo a temblar solo de pensarlo. Sin embargo, Thomas se enteró y mandó a la criatura con un ama de cría. Al menos eso fue lo que dijo, pero según los rumores en realidad mató a la criatura y la enterró en la finca. Eso es lo que pensó la pobre Mary. Convencida de que oía al pobre niño que la llamaba llorando, se volvió loca, se arrojó por encima de la balaustrada y se desnucó.

Enarcó una ceja.

—Me pregunto cuánto habrá pagado el hotel a alguien para que se invente tal cosa. En fin, es posible que existiera —reconoció al ver la cara que se me había puesto—, pero si alguna vez regresa, me apunto al celibato y me hago cura.

—No te entusiasmes antes de tiempo. Hay por ahí un grupo de cazafantasmas. Les he oído hablar. Esta noche van a organizar una sesión de espiritismo.

—¿Qué te dije? —comentó—. Es una leyenda perfecta para dar publicidad al negocio.

Ojalá pudiera yo compartir su sano escepticismo, me dije, pero mucho me temo que soy una de esas hipócritas sin remedio cuando se trata de algún suceso sobrenatural. No suelo creérmelo hasta que llega la hora de la verdad. Si estuviese en la ruina y alguien me mostrase una casa definitivamente encantada, y me ofreciese cincuenta de los grandes por pasar una noche a solas, me largaría por piernas.

Y si hubiera sido una escéptica de veras, habría terminado la discusión por mera cuestión formal.

—La vio un botones del hotel hace pocos años —señalé.

—Me juego cincuenta libras a que el único espíritu que vio había salido de una botella de Johnnie Walker. Oye, tú no creerás en todas esas patrañas, ¿eh?

—Pues sí, sobre todo cuando me despierto a las tres de la mañana en un sitio anticuado y escalofriante. Como este.

Lo cual le hubiese dado pie a decir: «A lo mejor te va bien que te haga compañía. A cualquier fantasma que se acerque lo echo yo con cajas destempladas».

Pero la Vida se estaba mostrando tan perra como Yocasta en su día.

—Seguro que Belinda no te deja pensar siquiera en fantasmas —dijo por el contrario.

—Eso si se digna hacer acto de presencia antes de que me acueste. Debe de tener amigos por los alrededores, aunque no tengo ni idea de quiénes pueden ser. Tal vez no quiso ir con ellos directamente. Tal vez les llamó primero y ellos le han dicho que se acerque a su casa.

—Tal vez.

—Ahora que lo pienso, tal vez debiera haberme quedado en casa. A lo mejor, a estas alturas ha vuelto a llamar y Alix le ha dicho que he venido. Pensará que todavía tengo la intención de armarle una bronca monumental, y esa era la idea cuando me marché, la verdad. Sus amigos se mostrarán menos sentenciosos, ya que no son juez y parte. Y sobre todo no tienen un pie en el bando de sus padres.

—No sé qué habrá hecho, pero seguro que tiene sus motivos.

—Seguro. Igual que cuando abandonó a Paul, pero sin tener las agallas de decirlo.

—Ha debido de ser algo más que eso. Mira, Sophy...
—¿A qué viene eso de «mira, Sophy»? Si te vas a echar atrás y vas a perdonar a la pobre Belinda...
—No es eso. Lo único que intento decir...
—¡Sé muy bien qué intentas decir! «No le montes una bronca a la pobre Belinda, no puede haber sido culpa suya». ¡Ella nunca tiene la culpa, ya lo sé! ¡Y estoy harta!

Se encerró en un cauto silencio; de inmediato lamenté mi estallido, pero lo dije en serio. Y no me importa reconocer que en parte fue debido a un ramalazo de celos morunos. Si tuviera yo la planta de Belinda, tan frágil, tan parecida a Aurora, seguro que habría insistido con aquello de «mira, Sophy». Seguí con algo más de moderación.

—Si sabía que Paul tenía una faceta desagradable, debiera haberlo dicho. Y debiera haber hecho algo al respecto antes de que todos sus seres queridos se pusieran sus mejores galas y papá se hartase de firmar cheques por sumas astronómicas.

La camarera nos trajo la carta de los postres. Elegí un budín de toffee y Josh pidió un no sé qué de chocolate. Ojalá hubiera pedido yo lo mismo. En realidad, pensé que ojalá tuviera arrestos para pedir las dos cosas. El consuelo por medio de la comida me empezaba a parecer el único consuelo que obtendría esa noche.

¿Qué iba a hacer si Belinda no regresaba por ejemplo a las once? ¿Sentarme a solas en esa habitación con el espíritu de Mary? Si volvía a ver a las cazafantasmas, también a ellas les montaría una buena. A los muertos hay que dejarlos en paz, y no convocarlos a un hotel de New Forest para aterrorizar a las personas como yo. Con un poco de suerte tal vez se topasen con el fantasma de Thomas, y ese sí que les echaría un buen rapapolvo al estilo isabelino, aparte de maldecirlas a todas por entrometidas.

Cabreada con el mundo entero, pero sobre todo con Josh, me serví la copa de vino hasta arriba. No me quedaba más remedio que quedarme. Había bebido demasiado y tendría que levantarme a las seis para volver a tiempo de pasar por casa, cambiarme y llegar al trabajo.

La camarera nos trajo los postres.

—¿Con nata o con flan? —dijo.

A la mierda. A la mierda todo.

—Con las dos cosas —respondí—. Por favor.

—No esperaba verte en la fiesta de Jerry —dije cuando se marchó.

Me alegró cambiar de tema.

—Yo tampoco contaba con verte.

—Al menos, hasta que Tamara se acercó a decirte que estaba allí.

Dar en el clavo de ese modo fue exasperante. Yo empezaba a estar exasperada.

—Supongo que la pusiste al corriente sobre tu vida amorosa —siguió con tono cortante—. Pero mucho me temo que no es la mejor mentirosa del mundo, ¿sabes? Tiene que aprender a eliminar ese momento en que se queda en blanco antes de que el cerebro le empiece a funcionar.

Aquello empezaba a ser asquerosamente vergonzoso, pero como el comedor se iba quedando desierto ya no parecía necesario mantener la voz baja.

—Si sabías lo de Ace, ¿por qué no me dijiste nada? —le pregunté.

—¿Que por qué? ¿Y por qué no me lo dijiste tú? —Con un gesto de exasperación, arrojó la servilleta sobre la mesa—. Saltaba a la vista que habías decidido montarte un jueguecito de lo más complicado, y si aún sigues jugando de acuerdo con tus reglas, mucho me temo que me he hartado y que desisto de averiguar qué reglas son. Cambias de señales como el viento. Empiezo a pensar que Belinda y tú sois tal para cual. Ninguna de las dos sabéis qué es lo que queréis. O, si lo sabéis, os aseguráis al menos de que nadie más se entere.

Antes de caer yo en la cuenta de lo que todo esto entrañaba, siguió hablándome.

—Y, para que lo sepas, nunca hubo una apuesta. Ninguna clase de apuesta. Eso fue lo que le dije a Jerry.

No estaba segura de que pudiera aguantar mucho más.

—Entonces... ¿por qué lo hiciste? ¿Por dinero?

—No.

—¿Por diversión?

—¿Por diversión? No fastidies, Sophy. Si estuviera así de loco por divertirme, iría a colgarme del árbol más cercano. —Soltó un suspiro de exasperación—. Mira: nunca estuve en los archivos de la agencia. Julia Wright es amiga mía. La vi por casualidad después de que el tío que elegiste en principio se pusiera enfermo. No tenía a nadie más que se prestara al papel, y no quería dejarte en mal lugar.

No me lo pude creer.

—¿Por qué demonios no me lo dijiste?

—¿Cómo te lo iba a decir? Ella te dijo una cosa, yo no podía decirte lo contrario. La agencia es un negocio bastante nuevo; no quiso que pudieras pensar que había ido por la calle en busca de alguien que te sacara del apuro.

—¡Dijiste que no habías tenido más citas!

—Lo cual es absolutamente cierto.

—¡Ella me dijo que sí estabas inscrito en la agencia!

—Lo sé, pero nunca lo hubiera hecho si tú no estuvieras desesperada...

—¡Fantástico! Supongo que además te dijo que yo era una neurótica y que estaba bien jodida.

—¿Quieres dejar que termine? Sus palabras exactas fueron estas: «... está desesperada por hacer feliz a su madre». Te habías inventado un novio y la invención se te había ido de las manos.

Y luego me inventé a otro...

—Al menos, a Kit no me lo inventé. Y Tamara tampoco mintió acerca de él, por si acaso se te ha ocurrido pensarlo. Me llamó ayer por la noche y me dejó un mensaje. Se supone que ha de volver a llamar. Parecía incómodo, torpe...

—No me extraña nada. Mira, Sophy...

—Sí, ya sé qué estás pensando, pero debo decir que nunca se portó como un gilipollas. Solo fue presa de cierta clase de arpía que no sabe resistirse a la tentación de joder al de al lado, solo por demostrar que...

—Sophy, ¿te quieres callar un momento?

Un tanto sobresaltada, me callé.

Me miraba a los ojos.

—Debería habértelo dicho antes, pero comprende que no era fácil. —Miró momentáneamente a otra parte y se pasó la mano por la nuca—. Alix estaba de los nervios cuando aparecí. Acababa de recibir una llamada telefónica.

Me aferró el corazón una garra de hielo. Solo acerté a pensar en papá. Con todos los sobresaltos y disgustos que se había llevado... Y yo no le había llamado.

—Por favor, no me digas que es papá.

—No, nada de eso. Era Belinda.

Aliviada, disparé a ciegas.

—No me irás a decir que está embarazada, ¿eh? Y que además no es de Paul, y que no se atrevía a decírselo.

—¡No, nada de eso! —Volvió a pasarse con manifiesta incomodidad la mano por la nuca—. No es nada fácil decir esto. Alix quiso venir conmigo para decírtelo en persona.

Me miró a los ojos.

—Kit llamó ayer por la noche porque pensó que debía hacer lo más decente, y comunicártelo él en persona.

Ni siquiera en ese momento entendí nada. Nunca he sido más lenta de entendederas.

—Belinda llamó anoche por la misma razón —dijo—. Quería decírtelo ella en persona. —Hizo una mínima pausa—. Belinda dejó a Paul por Kit. Está con él ahora mismo.

14

Solo durante un momento me pareció que era una broma de pésimo gusto. Luego, de pronto, se me abrieron los ojos. Las piezas de un rompecabezas cuya existencia ni siquiera había sospechado comenzaron a caer del techo y a punto estuvieron de dejarme fuera de combate.

—Lo siento —dijo—. Alix iba a venir a decírtelo en persona. Creo que se ha llevado una sorpresa tan morrocotuda como tú… Pero tenía una fecha de entrega que no podía aplazar, así que…

—El folleto del campamento infantil. —Tal como supongo que sucede cuando una se queda traspuesta, empecé a decir bobadas con una voz tan rara que parecía más bien la de otra persona—. Siempre lo deja todo para el último momento.

—Le dijo a Belinda que iba a venir. Le dijo que así te sería más fácil, que era mejor que te enterases antes de que ella te lo dijera. —Con ciertos titubeos, alargó la mano por encima de la mesa y me cogió la mía—. Seguro que te vendrá bien un trago. ¿Qué te parece un Rémy Martin?

—No quiero nada. —Me sentía tan fría y tan despegada de todo que aparté la mano—. Tú lo has sabido en todo momento. Durante todo el tiempo que has pasado ahí sentado.

—No era lo más sencillo del mundo, llegar y echártelo encima de la sopa del día.

Me sentí como una perfecta idiota. ¿Cómo demonios no me había dado cuenta? ¿Cómo no había sabido interpretar la única pista que ahora veía con absoluta claridad? Pensé en Alix: a sabiendas de que me sentiría como una imbécil, sintiendo lástima de mí, se lo dijo a Josh. Pensé en lo ridículo que tuvo que ser decirle a Josh, por mi parte, que Kit quería que volviese con él. Pobre ilusa, cómo se engaña... Pensé en Alix diciéndole a Belinda que yo pensaba que Kit me quería de vuelta con él; pensé en Belinda diciéndoselo a Kit; pensé en Kit, que habría pensado... Pobre ilusa, cómo se engaña...

En dos palabras: descubrí qué se siente cuando una reconoce que está abyectamente humillada.

Aún hablaba con una voz extraña, distinta, desapegada.

—¿Y cómo ha sido la cosa? ¿Se veían a mis espaldas? ¿Se la estaba tirando él a la vez que se tiraba a Yocasta?

Josh parecía haberse quedado en blanco.

—Yocasta. Fue por ella por quien me dejó.

—Alix no me dijo nada. Parece ser que, según Belinda, no pasó nada antes de la boda.

—¿Nada? ¿Cómo no va a haber pasado «nada»? ¿Han tenido una relación virtual en el ciberespacio? Venga ya...

—Yo solo sé lo que te acabo de decir. Solo estuve con ella cinco minutos, ya te lo he dicho. Alix estaba histérica. Quería que tú te enterases antes de que ellos te lo dijeran. Mira, deja que te pida una copa de brandy antes de que...

—¡No... no quiero un maldito brandy! —Era mentira. Sí que lo quería. Y algo más—. Podría matar a alguien por un cigarrillo.

—Voy a comprarte tabaco.

—No, no puedo. Aquí está prohibido fumar.

—Entonces vamos a la barra. —Llamó a un camarero—. Por favor, ¿nos trae la cuenta?

Solo tardó unos segundos y se la entregó a Josh, quien evidentemente pensaba pagarla. Me di prisa.

—Ya te lo dije, te debo una...

Y cuando estaba a punto de firmar la cuenta oí murmurar a Josh:

—Oh, Dios...

Miraba por encima de mi hombro. Seguí la dirección de su mirada, me volví y vi a Kit. Nada más entrar, repasó el comedor, nos vio y se quedó parado. Con una expresión que solo acertaría a describir si dijera que parecía torturada, se acercó a la mesa.

Por suerte el comedor estaba casi desierto. Solo los camareros que preparaban las mesas para el desayuno asistieron al vodevil.

—Espera un cuarto de hora, ¿te importa? —dijo Josh de modo cortante—. Se lo acabo de decir.

De pronto me sentí extrañamente dueña de mí misma, desapegada, como si todo aquello le estuviera pasando a otra persona.

—No pasa nada, me encuentro bien.

Kit se detuvo a dos pasos de la mesa. A pesar de su leve bronceado, parecía demacrado y tenso.

—Sophy, lo siento muchísimo... Todo ha sido un desastre...

—¿Dónde está ella? —pregunté.

Hizo un gesto hacia la puerta.

—En su habitación. Acabamos de volver.

—¿De dónde? —pregunté en un tono perfectamente sosegado—. ¿Habéis salido a cenar por ahí?

—¡No! Oh, Dios... —Con aire desconsolado, se pasó una mano por el pelo—. ¿Dónde está Alix? Pensé que iba a venir.

—Tenía cosas que hacer —dije—. Josh ha tenido la amabilidad de venir a darme la buena nueva.

—¿Josh? —Al quedarse boquiabierto mirándonos a los dos, caí en la cuenta de lo que acababa de decir.

Supongo que me supo a consuelo lanzar aquella bomba de profundidad a cambio de la que acababa de alcanzarme.

—Nunca existió Dominic. Me lo inventé para que mamá dejara de darme la lata. A Josh lo contraté en una agencia de acompañantes.

A pesar de su bronceado, a Kit se le fue la color de la piel.

Es extraño, pero no por eso me sentí mejor. Me levanté con total frialdad.

—Vamos a ver a Belinda. A lo mejor, entre los dos me sabéis contar a qué se han dedicado los dos tortolitos a espaldas de todo el mundo.

Eché a caminar con decisión; Josh y Kit, este obviamente desconcertado, me siguieron.

Ya en el vestíbulo Josh hizo un alto.

—A menos que quieras que vaya, te esperaré aquí.

Lo dijo con simpatía, pensando en lo más práctico, pero mi sensación de humillación estaba tan en carne viva que cualquier muestra de simpatía me picaba más que un chorro de zumo de limón en la herida. Solo alcanzaba a pensar que, en efecto, había estado un buen rato pensando: pobre ilusa... ¿Cómo se lo voy a decir?

—No hace ninguna falta que me esperes. Ha sido muy amable que vinieras, pero me apañaré por mi cuenta.

No era eso lo que deseaba. Lo que quería era que me dijese: «Ni muchísimo menos. Me pienso quedar aquí, esperándote, aunque sea hasta las tres de la mañana. Estaré aquí cuando termines con lo que sea, con lo que te vayan a contar, y luego te llevaré a tu habitación y te pondré una copa y, si te apetece, hablaremos de lo que tú quieras. Y, si no, dejaremos de andarnos por las ramas y nos iremos a la cama. Y seguiré a tu lado cuando te despiertes».

Lo que yo quería era un príncipe valiente, ya se ve. Un hombre capaz de entender las cosas sin que se las dijeran. Pero los príncipes valientes siempre han sido más bien escasos en la tierra por la que piso.

—Pues buenas noches —dije—. Gracias por venir.

No fue a mí a quien contestó, sino a Kit.

—Las apariencias a veces engañan —dijo en tono cortante, aunque casi de manera agradable—. Tú no pareces un mierda, pero aquí hay algo que apesta. Me hace falta respirar aire fresco.

Sin añadir nada más, se dirigió a la puerta.

Kit parecía abatido, pero no me dio ninguna lástima. Al contrario, me maravillé con esta migaja de comportamiento principesco.

—¿Y qué esperabas, eh? —le pregunté con descaro—. ¿Que te dijera que le parecía estupendo? Venga, por Dios. Vamos allá, que mañana tengo que ir a trabajar.

Lo seguí. Dejamos atrás la recepción y enfilamos un pasillo ancho y alfombrado. Se detuvo ante una puerta entreabierta.

Habitación diecisiete. Belinda estaba de pie ante la cama, llorosa y con cara de miedo.

—Lo siento tantísimo... Tenía tantas ganas de contártelo...

Típico de ella: escondida en su agradable habitación, sana y salva, mientras el Príncipe Kit desafiaba a la bruja mala, Sophy, incluso en su cubil. Nunca me las he dado de santurrona, y no iba a empezar en ese momento. Mientras la miraba, algo se me hinchó por dentro.

—Serás furcia... ¡Y yo que confiaba en ti!

Como era de esperar, se echó a llorar a moco tendido.

Supongo que serían las dos cuando volví a mi habitación, agotada y emocionalmente exhausta. Aún me sentí más fatigada solo de pensar en poner el despertador para las cinco y media, de modo que pudiera llegar al trabajo más o menos a una hora sensata. Solo cerrar la puerta vi una hoja de propaganda amarilla que alguien había colado por debajo: era una animada invitación a pasar una Auténtica Velada Medieval el viernes en un salón de los alrededores, donde habría trovadores, hidromiel y un asado al espetón con salsa de saúco. Extrañada de que alguien pudiera pensar en juergas medievales, las mandé para mis adentros a paseo.

Es evidente que apenas pegué ojo, en parte por miedo a quedarme dormida del todo y no oír el despertador, en parte por la cantidad de cosas que me estaban pasando por la cabeza. ¿Cómo había podido estar tan ciega? Me moría de ganas de llamar a Alix, pero, si aún estaba despierta, trabajando como loca para entregar a tiempo el folleto, no le hacía ninguna falta que la interrumpiese. Y, si no, estaría dormida como un tronco.

Me habría servido de consuelo estar furiosa aún con los dos, pero es que hasta eso se me negaba. Derretida por sus torturadas confesiones, mi furia no duró más allá del primer cuarto de hora. Kit se marchó a eso de la medianoche, dejándome con Belinda y con su agónico examen de conciencia. Tan solo me sentía desdichada, humillada y tan sola que me podría haber muerto.

Lloré contra la almohada, aunque solo un poco. La habitación estaba más negra que la noche; se oían extraños crujidos y susurros por los rincones oscuros. Supe que era una estupidez, pero una parte de mí revivió una pesadilla de la infancia y me escondí bajo las mantas, para que aquella silueta gris que se iba a materializar al pie de la cama no llegara a saber que era yo quien estaba allí...

Dormí más de la cuenta, pero no demasiado. Llegué a casa sin haberme duchado, poco después de las siete. Por una vez, Alix no se quejó por tener que renunciar cruelmente a su merecido descanso.

Nos sentamos en la cocina a tomar un café Blue Mountain recién molido. Alix llevaba una de las camisetas de rugby de Calum. Parecía tan demacrada como yo.

—Si al menos me hubieras llamado —desesperaba—. Estuve despierta hasta las tres. Pude haber llamado, pero pensé que estarías o con Josh o con ellos, y no quise interrumpir nada.

Solté una risita fingida.

—Me quedé destrozada cuando ella me lo dijo —siguió diciendo—. Solo acertaba a pensar cómo era posible. ¡Si ni siquiera habían estado a solas los dos!

—Pues sí que estuvieron a solas, al menos una vez. Eso es lo que cuentan. Conociéndolos, yo diría que probablemente es verdad.

—Belinda se echó casi a llorar antes de decírmelo —continuó Alix—. «No es Marc, ¿verdad?», le dije yo. Pensé que tal vez se hubiera ido con él y que ya se habrían peleado. «¡No!», me respondió. «¡Dios santo! ¿Eso es lo que piensa todo el mundo?» Y acto seguido me lo contó. La verdad —siguió al cabo de una pausa— es que una vez me pareció detectar ciertas vibraciones entre ambos.

Aquello me pareció la peor de las traiciones.

—¿Y cómo demonios no me lo dijiste?

—¿Cómo te lo iba a decir? Fue una cosa muy pasajera, no sucedió nada en realidad. Yo sabía que a Simon le gustaba; a todas horas comentaba que era un encanto, una chica que daba gusto, y supongo que eso me puso en guardia, y que estuve especialmente suspicaz.

Pero Kit nunca dijo nada. Ni una sola vez dijo que le gustara.

—Y luego se volvió a casa de tus padres y vino lo de

Paul —siguió diciendo—, de modo que nunca más lo volví a pensar siquiera.

Ace eligió ese momento para entrar bostezando y rascándose allí donde no le cubrían los agujereados pantalones de deporte, de modo que tuve que volver a repasarlo todo de principio a fin, con otra cafetera y unas lonchas de beicon que Ace tuvo la amabilidad de servir.

Solo entonces volví a abordar lo de Josh.

—No me lo pude creer cuando dijo que me tenía calado —dijo Ace. Y pareció dolido—. Y yo que pensé que había hecho una actuación fantástica...

—Y lo fue, pero se te pasó por alto un detalle, y es que no soy un felpudo. De todos modos, se había hecho una idea bastante exacta de la situación.

—No puedo creer que se marchara así como así —dijo Alix—. De veras, pensé que iba a por todas. «No te preocupes, que ya voy yo», me dijo, y supuse que solo de verlo te sentirías algo mejor.

—Fui yo quien le dijo que se fuera —dije desesperada—. Me siento como una idiota, habiéndole dicho lo que le dije de Kit, pensando que quería volver a estar conmigo...

—Llámale por teléfono —dijo Ace con total despreocupación.

—¡No puedo! ¡Ni siquiera tengo su maldito número de teléfono! Además, si de veras hubiese querido quedarse conmigo, me lo hubiera dicho, ¿no? En el fondo, cree que estoy loca de atar, y a mí no me extraña. —Cansada, miré el reloj—. Más vale que me ponga las pilas. Tengo que ducharme y encontrar ropa en condiciones para esta noche y para mañana. Seguro que no tengo ni siquiera unas medias limpias...

—Va a ver a Belinda después del trabajo —le dijo Alix a Ace—. E irá con ella a casa, para darle apoyo moral. Desde luego no creo que yo lo hiciera.

En el trabajo no hice nada del otro mundo, pero al menos cubrí el expediente. De todas las cosas que Belinda me había dicho la noche anterior, había una que de algún modo destacaba entre las demás. Fue algo que dije yo en la fiesta en la que anunciaron su compromiso, algo acerca del viaje a Florencia, que parecía sacado del manual del perfecto romántico.

Al repasar aquello con la asquerosa sabiduría que da la experiencia, Belinda comentó que fue exactamente esa la sensación que tuvo. Fue como si él hubiera tomado el teléfono y hubiera indicado a su secretaria que verificase la sección «proposiciones matrimoniales» del manual en cuestión, para encargar una solución perfecta, de las más caras, a la vez que le recordaba que no le había llevado aún el café, que ya iba siendo hora, y que a ver dónde demonios estaba el informe de Dibson y Dobson.

Pero creo que me estoy adelantando a los acontecimientos.

Todo el follón empezó poco después de que Belinda se instalara en casa para ocupar nuestro cajón, más bella que nunca y dolida por lo de Marc. Apenas se acordaba de Kit. Él, por su parte, tan solo recordaba a una adolescente que a todas horas se reía con Sonia. Al sospechar que las dos se reían de él por lo bajo, no les hizo caso.

Años después, él era un animal muy distinto de los hombres que a ella le solían gustar. Para empezar, prácticamente no parecía reparar siquiera en ella, aunque tampoco es que viniese mucho por mi piso. Ella ni siquiera recordaba cuándo se le había pasado por la cabeza, pero hubo un día, por lo visto, en que yo le dije «va a venir Kit», y a ella algo se le removió por dentro y la dejó hecha un flan.

Belinda quedó apesadumbrada, aunque no le costó ningún esfuerzo disimularlo. Aparte de sus atentos «¿qué, cómo va todo?», apenas le miró a la cara. A Kit le sucedió exactamente lo mismo: aquello le pilló casi totalmente por sorpresa. Fingió una absoluta indiferencia; ella apenas lo miraba. Tan bien habían logrado disimularlo que ninguno de los dos llegó a tener la menor idea de cuáles eran los sentimientos del otro.

Hasta que a Kit le dio por jugar a los médicos.

Fue por mi culpa. Belinda tenía una picadura de insecto en la pierna. Se la había rascado y se le infectó hasta ponérsele roja, feísima. Le insistí en que fuera al médico de cabecera, pero ella me dio infinitas excusas para no ir. Desde que a los once años se rompió un brazo, odiaba todo lo que oliese a médico o a hospital. «Ya iré, ¿vale? —me decía continuamente—. Pero no me des la lata.» «Si no hace algo, y bien pronto —le dije por fin a Alix—, va a tener un envenenamiento sanguíneo, y ya verás tú qué gracia nos hace. Cuando venga Kit, le diré que se la mire.»

Odié tener que preguntarle cuándo estaba libre, pero tampoco me podía imaginar que se pusiera tan irritable. Cuando la vio, le echó una bronca monumental por no haber tenido más cuidado con la picadura; Belinda a punto estuvo de echarse a llorar. La verdad es que yo también me enojé con él. Al final dijo que necesitaba un vendaje antibiótico y me envió a una farmacia con la receta. Me costó una eternidad encontrar la farmacia de guardia, y el farmacéutico que me atendió me armó una buena, porque no le llevaba un impreso reglamentario y porque el número de colegiado de Kit no era legible. Llamó por teléfono al piso para hacer la comprobación. Mientras tanto, tras una puerta bien cerrada, dos personas que habían intentado por todos los medios demostrar que se importaban una a la otra casi tanto como dos trapos viejos...

Demasiado bien recordaba yo mi apresurado regreso a casa. Belinda estaba arrebolada y llorosa; Kit seguía molesto e irritable. En el momento en que terminó, ella desapareció en su habitación y yo tuve una agarrada con él por haberla puesto así.

En cuanto a la pobre cara de perra... En fin, empezaba a sentirme mal por la pobre Yocasta. Al rememorar todo lo ocurrido, me acordé de que... ¿cuándo dijo él que era Yocasta? Yo le había acusado de ello y él me llevó a creer que así era, porque eso siempre sería mucho más llevadero que decir la verdad. Con todo, tampoco fue Belinda la responsable de nuestra ruptura. Antes de que ella apareciese, él tenía la sensación de que lo nuestro había terminado. Lo único que le pasó fue que no supo cómo decírmelo. De algún modo, y sigo sin saber cómo, eso fue lo más humillante.

Siendo como eran Belinda y Kit, los dos demasiado agradables y demasiado comedidos incluso para su propio bien, no decidieron tirarse al río, lanzarse a una aventura salvaje. No, ninguno de los dos podría hacerle algo semejante a la pobre Sophy. Al contrario: hicieron un noble pacto de sacrificio propio y se juraron que lo olvidarían; probablemente pronto se les pasaría, se dijeron. De todos modos, Kit me dejó plantada porque no podía seguir conmigo sintiendo lo que sentía por Belinda. Ella volvió a casa unas tres semanas después de la ruptura, no sin antes haberme hartado de Nocilla y de donuts, diciendo que Kit era un cabronazo y que ojalá los dos se pillasen un herpes.

Y yo en ningún momento sospeché lo que se dice nada.

A la sazón, él salió con otras —incluso salió un par de veces con Yocasta— y Belinda conoció a Paul. Al principio, ella se sintió enamoradísima, hasta el punto de perder pie. Más o menos borró a Kit de su memoria, dijo. En cualquier caso, supuso que él habría encontrado a otra y que se habría olvidado de ella. Y Kit, por ser Kit como era, había pensado exactamente lo mismo.

Era evidente que estaban hechos el uno para el otro.

Llegó la Navidad y pasó. Belinda anunció su compromiso. Kit se trasladó al hospital de Barnstaple y encontró allí a otras personas con las que salir. A medida que pasaban las semanas, descubrió que ella seguía en el mismo sitio, insistentemente instalada en el fondo de sus pensamientos. A la sazón, unas tres semanas antes de la boda le escribió para decirle que pronto tendría un permiso, que tal vez pasara unos días por allí cerca, que seguramente la llamaría.

No fue más que eso, poca cosa, pero Belinda se vio de pronto en plena tormenta. De pronto miró a Paul y vio lo que se había negado a ver: que no era para ella. Evidentemente, apresurar la boda había sido idea de él; él fue quien dijo que no tenía ningún sentido esperar. Se la llevó a la Posada del Manantial a almorzar y allí se celebraba una boda. Ella comentó de pasada que parecía un lugar espléndido para casarse. A lo largo del almuerzo, él se levantó de la mesa, presuntamente para ir al lavabo, pero en realidad fue a comprobar las fechas en el libro de reservas. «En mayo tienen un sábado libre; se ha cancelado una boda —le dijo—. ¿Qué? ¿Nos animamos?» Prácticamente no esperó a que ella respondiera. En ese momento, Belinda seguía repitiéndose que Paul era todo cuanto ella aspiraba a tener en esta vida.

Solo después comenzaron a verse más a las claras ciertos cambios en la conducta de Paul. Comenzó a mostrarse más dominante, a decirle qué debía hacer, cómo debía vestirse, qué debía pensar sobre tal o cual cosa. Ella empezó a sentirse como una suerte de preciada pertenencia con la que él pretendía poner celosos a otros hombres, como si fuera su automóvil de lujo o su Patek Philippe. Belinda incluso llegó a sentir que el sexo era, entre ellos, una especie de cruce entre un catálogo de Harrods y un paquete de arroz Uncle Ben: lo mejor de lo mejor, con resultados perfectos y garantizados en cualquier ocasión.

Pensó incluso en cancelar la boda, pero esa idea solo se le pasaba por la cabeza en los momentos más oscuros, antes del amanecer. Pensó en que mamá se sentiría desolada, pensó en la cólera y la incredulidad de Paul, pensó en el terrible daño que le haría. Siendo Belinda como era, se dijo que no era más que un miedo pasajero. ¿No se mostraron sus amigas celosas como unas cerdas? ¿No le dijeron una y mil veces cuantísima suerte tenía? Ni siquiera respondió a la carta de Kit.

Si él no hubiera aparecido por casa de Sonia el día anterior a la boda, me atrevería a decir que el de Belinda hubiera sido un matrimonio como tantos otros, esto es, un matrimonio que iría a peor durante dos o tres años, hasta terminar en un sonado divorcio. Como es evidente, Kit no solo fue de visita por ver a Sonia y a su familia. En realidad tenía la fundada esperanza de ver a Belinda, de hacerle una llamada... La noticia de la boda le sentó como una patada en el estómago, pero dejó que Sonia lo arrastrase a la celebración. Tal vez hubiera empezado a construir alguna enloquecida fantasía de enamorado. Tal vez se dijera: en fin, tampoco es para tanto. Tal vez pensara que se podría marchar de allí como si tal cosa.

Belinda estuvo a punto de vomitar cuando se enteró de que él asistiría a la boda. Igual que él, se dijo que tan solo se habían hecho los dos a la idea de un sueño, de algo puramente idealizado, que ni podía ser ni tenía por qué ser. Si todavía la amaba, ¿por qué asistía a su boda?

Y actuó tan bien que Kit llegó a pensar que era feliz, de modo que se largó a emborracharse primero y a pegarse un tiro después, por ese orden. Sin embargo, Belinda se dio cuenta de todo con solo mirarle a los ojos, y se sintió a morir. Emprendió su viaje de novios, lo mejor de lo mejor, aunque pensó en Kit a diario, mañana, tarde y noche, hasta terminar por aborrecerse. Paul se empeñó en que se vistiera con ropas de diseño y se pusiera las mejores joyas todas las noches, incluso en los albergues de caza. Ella le dijo que eso era una horterada y que estaba fuera de lugar; él se cabreó y ella terminó por ceder a sus deseos para salvaguardar la paz. Lo que más le apetecía era ponerse unos pantalones cortos, viejos, desgastados, y estar con alguien deseoso de contemplar las luciérnagas a la luz del crepúsculo, a su lado, en vez de apostarse en el bar para echar un vistazo al resto de los turistas y averiguar si le servían como conexiones útiles en el trabajo. Se encerró en el lavabo, sacó la carta de Kit que guardaba en un escondrijo, en su neceser, y se preguntó qué demonios había hecho. Siendo Belinda como era, sin embargo, se dijo que ya era demasiado tarde. No le quedaba más remedio que adaptarse a su cama de diseño y tenderse en ella.

Siguió dándole vueltas al asunto, diciéndose todo esto, hasta la última mañana de la luna de miel, ya en Nairobi. Durante el desayuno, suponiendo que ella se pondría a dar saltos de contento, le dijo que podía avisar de inmediato que dejaba su trabajo en la guardería, pues había concertado una participación en la mitad del negocio de una amiga suya, una tienda de moda en una zona de moda. Justo lo que a ella más le podía apetecer. Artículos de diseño que le quitarían de las manos, sobre todo cuando ella hiciera de modelo en la propia tienda.

Al principio, Belinda se sintió desconcertada. Y a él le fastidió que no se pusiera a dar saltos de contento. Ella le explicó que eso no era, ni de lejos, lo que más le apetecía. En realidad, le gustaba la guardería. ¿Por qué pensaba que trabajaba allí? Él se burló de ella abiertamente: vamos, no me vengas con que prefieres cambiar pañales y limpiar mocos en vez de dedicarte a un negocio que irá viento en popa... Y ella dijo que sí, que la verdad era que lo prefería. Él se mostró bruscamente desdeñoso, con una actitud que solo le había visto adoptar con otras personas, y le dijo que eso de limpiar mocos y cambiar pañales era un trabajo de ínfima categoría, y que no deseaba que su esposa se dedicase a un trabajo menestral, y que además ganaba una miseria, aunque eso no le importase lo más mínimo. Ella trató de hacerle ver su punto de vista, pero él se puso como una pared de hielo, tal como dijo ella, y añadió que ya lo hablarían más adelante, que tenía que irse a jugar al golf, que le hiciera el equipaje si no le importaba, que tal vez no regresara hasta poco antes de la hora en que debían ir al aeropuerto.

Más de dos horas estuvo ella en la habitación, debatiéndose en su agonía. Se dijo que regresaría con él, que tal vez todo se arreglase. Sin embargo, cuando volvió a sacar del neceser la carta de Kit, cuando la leyó de nuevo una y mil veces... ¿Y si dejase a Paul al cabo de seis meses y Kit hubiese encontrado a otra? Por una vez en su vida, ¿no iba a tener los arrestos de ir a por todas, de conseguir lo que de veras deseaba?

Cuando por fin tomó la resolución ya casi era demasiado tarde. Dejó la nota y tomó un taxi para ir al aeropuerto, pero el vuelo anterior ya estaba cerrado. Para entonces comenzó a preguntarse qué demonios había hecho, pero ya no se atrevió a volver al hotel, por si acaso Paul hubiera regresado y hubiera encontrado su nota. Se alojó en otro hotel, mucho más barato, y llamó al número del condado de Devon que figuraba en la carta de Kit. No obtuvo respuesta.

Tras una noche terrible, regresó en avión al día siguiente. Llegó el domingo a primera hora y trató de telefonear a Kit desde el aeropuerto de Heathrow. Esta vez le cogió el teléfono el colega de Kit con el que compartía piso. Kit no estaba; había ido a visitar a sus padres, ya que su padre no se encontraba bien. ¿Quería que le diese el número? También le dio la dirección. Una localidad de New Forest, en Hampshire.

Alquiló un coche y se dirigió hacia allá sin atreverse a contactar con él, por si acaso se mostraba horrorizado y le decía que volviera con Paul de inmediato. Se alojó en un hotel que estaba a tres kilómetros de la casa y se pasó otro par de horas debatiéndose en su agonía, antes de armarse de valor y llamar.

Le contestó Kit. «Soy yo —le dijo—. He dejado a Paul.»

Durante unos instantes se hizo un silencio tan devastador que Belinda estuvo a punto de colgar el teléfono. «¿Dónde estás?», le preguntó él. Ella se lo dijo. «Ahora mismo voy.»

Fue una maravilla, la verdad, con la excepción de su padre. No era que no se encontrase bien: había tenido dos ataques al corazón y su vida pendía de un hilo. Acompañó a Kit al hospital y de vuelta a la casa. Él dijo a su madre adoptiva que era una amiga. La madre adoptiva, llorosa, le dijo que era muy amable por haber venido en un momento tan difícil, y se disculpó de que todo estuviera un poco en desorden, lo cual hizo que Belinda se sintiera fatal.

Kit dejó el hotel a medianoche, pues debía regresar al hospital. Allí estuvieron antes de venir a verme; la tensión de Kit no solo tenía que ver con Belinda y conmigo. Como es natural, me sentía culpable por haberle obligado a dejar a su padre.

Como seguramente recordarás, los padres de Kit estaban pasando por una mala racha cuando yo le conocí. Se divorciaron al final, cuando él todavía estaba estudiando; su madre volvió a casarse casi de inmediato. A su padre le costó un poco más. Los conocí a los dos en su casa de Guildford, y si Belinda hubiese ido a Guildford, en vez de a New Forest, tal vez me hubiese imaginado algo. Sin embargo, tan solo dos meses antes de que todo esto sucediera habían encontrado una casita espléndida en New Forest, un sitio perfecto para jubilarse. Se dedicó de lleno a rehacer el jardín, y, cuando transportaba un tremendo saco de turba desde el coche, el padre de Kit sufrió el primer ataque cardíaco.

Tal como dijo Josh, Kit había llamado al piso porque pensaba que era su obligación darme a mí la noticia personalmente, pero Belinda le dijo que no volviera a llamar, que era ella la que debía decírmelo. Al final, por supuesto, fue Kit el que se atrevió a pisar el cubil de la bruja. Si hubiera existido un bosque por el cual abrirse paso a mandobles, yo diría que lo hubiera hecho sin dudarlo. Si miras bien a Belinda, siempre habrá un príncipe dispuesto a salvarla, aunque su peor enemigo sea ella misma.

Dispuse que nos encontrásemos en Euston. Habida cuenta de mi agotamiento, no iría en coche. Como localizarme en el centro de Londres en su coche de alquiler no iba a ser nada fácil, devolvió el coche en la agencia Hertz.

Yo ya no estaba cabreada con ella: si acaso, estaba irremediablemente exasperada. Y me daba lástima todo lo que había tenido que sufrir. A fin de cuentas, hay hermanas capaces de robarte el novio sin pensárselo dos veces. Con todo, prestarle apoyo moral no era solo cuestión de generosidad y nobleza por mi parte: alguna vez tendría que volver a casa, y al volver con ella la presión sería mucho menor. Ella era la parte culpable, y mamá y papá sentirían compasión de mí y pensarían que era una joya por haber llevado a casa a la hija pródiga.

En fin: si suena un poco cínico, sin duda lo era.

Me estaba esperando en el andén como una prisionera en Arabia Saudí, a la espera de que le cortasen la cabeza. Y no solo por lo que le esperaba en casa: el padre de Kit había fallecido a las diez y media.

—Pues está claro que no pudiste aparecer en mejor momento —dije para tratar de poner fin a su agonía—. Imagínate que fueras él, y que la persona que llevas varios meses deseando ver aparece en ese momento...

—Ya, pero si él se hubiera casado con otra y la hubiera dejado por mí, también me sentiría como un montón de mierda.

Renuncié a seguir esa estrategia. A Belinda se le puede ofrecer la mejor perspectiva de las posibles: siempre se las ingenia para encontrarle algún defecto.

Había llamado por teléfono para anunciar que íbamos las dos, aunque no entró en tortuosos detalles.

—Seguro que a mamá y a papá les va a parecer un horror —dudaba cuando por fin subimos al tren—. Quiero decir, mira que estar las dos liadas con el mismo...

Llamar a las cosas por su nombre nunca había sido su punto fuerte.

—¿Quieres decir que nos hemos acostado con el mismo hombre? ¿O sea que a estas alturas ya lo has hecho?

Se puso colorada y pareció más culpable que nunca, seguramente porque lo habían hecho cuando el padre de él estaba a las puertas de la muerte.

—¿De veras que no había ocurrido nada antes? —No me quedó más remedio que preguntárselo—. ¿Aquella vez en que os quedasteis a solas?

Volvió a ponerse colorada.

—Supongo que nos dimos un beso, sí, pero los dos nos sentimos tan mal que te aseguro con toda sinceridad que no hubo nada más. Nunca había pensado que él sintiera nada por mí. Hasta entonces, claro. Yo pensé que era solo cosa mía. Pero de pronto me miró de una manera que... Me di cuenta, no sé si me entiendes.

La verdad es que sí, la entendía.

—Todavía no me puedo creer lo de Dominic —insistió—. ¿Por qué demonios no me lo dijiste?

—Porque te podrías haber ido de la lengua.

—¡Imposible! De todos modos, estoy segura de que Josh busca algo, porque, si no, no hubiera hecho semejante viaje. ¿Por qué no llamas a la agencia y dejas un mensaje? Tal vez haya pensado que...

—Belinda, es mejor que lo dejes, ¿vale? —El tren había arrancado—. Estoy hecha polvo. Voy a dormir un rato. Despiértame si me oyes roncar o si me quedo con la boca abierta.

Tomamos un taxi al llegar y aparecimos en casa para vivir la previsible escena de la hija pródiga. Y hubo en efecto llanto y crujir de dientes. Pero también hubo muestras de perdón, y se dijo que no valía la pena lamentarse por lo ocurrido, que agua pasada no mueve molino, y salmón *en croûte* de Marks & Spencer hecho al horno. Y también hubo llanto por la primogénita, que había jurado no volver jamás a casa de los viejos, pero que se había arrepentido. Y la madre se dirigió a la hija para decirle:

—Nunca quisimos molestarte, cariño... Sabes que siempre decimos a todos lo orgullosos que estamos de ti. Fíjate que el otro día le dije a Trudi...

Mientras las aguas volvían a su cauce, me senté para hacer un aparte con *Benjy*.

—Sinceramente —le dije en silencio—, pensar que todos estos dramas son debidos a que el hombre ha de hacer un complicado ritual a partir de lo que básicamente es un simple instinto de apareamiento, solo un poco menos tosco que el tuyo.... Y espero que me perdones por decirlo.

—No vayamos a fastidiarla —vino a decir *Benjy* con su mejor expresión de inteligencia—. La semana pasada le eché el guante a esa sabrosa spaniel...

A eso de la medianoche, papá y Belinda lo sacaron a dar un paseo a lo largo del cual echaría unas catorce meaditas. Me quedé con mamá en la cocina.

—Bueno, cariño, no lo sé, la verdad es que no lo sé —dijo por enésima vez—. Te has portado de maravilla, pero ¿de veras no te sientes un poco incómoda con todo esto?

—Supongo que sí, un poco, pero de eso ya hace mucho tiempo, y ahora mismo no estoy languideciendo por él...

—¿Tú crees que durará? —siguió—. A veces me pregunto si será capaz de sentar la cabeza y decidirse de veras por algo. —Inquieta, retorcía una servilleta entre los dedos—. Tendrá que escribir a todo el mundo, devolver todos esos regalos... Y tendrá que ir a ver a Paul... Si es que él está dispuesto a verla, claro. Todavía siento una terrible lástima por él, para que te voy a decir lo contrario. Sin embargo, debo decir que no me parece nada bien que se pusiera a meter las narices en los bolsillos ajenos, aun cuando pensara que era una especie de embaucador. Cualquiera se habría percatado de que no lo era. Los embaucadores no te miran a la cara.

—Hay algunos que sí. Si todos parecieran embaucadores, nadie sería embaucado.

—Sospecho que tienes toda la razón... —Y solo tardó un momento en volver a la carga—. Ya era un poco tarde, desde luego, pero ayer por la noche papá me dijo que nunca había estado al cien por cien seguro de Paul, aunque nunca había dicho nada. No era algo que pudiera decir a las claras, nada que pudiera justificar. Le pareció que estaba pecando de padre excesivamente posesivo, convencido de que nunca habría nadie suficientemente bueno para su hija...

—Sé que ahora, a toro pasado, es fácil de decir, pero ¿tú estabas segura al cien por cien?

—Al principio debo decir que sí. —Su voz adquirió

el aire de un lamento retrospectivo—. Lo que quiero decir es que sí parecía estar por ella, y eso siempre es lo principal... Por otra parte, a veces tenía la sensación de que era imposible llegar al fondo de él, de que era mera superficie, siempre tan pragmático, tan decidido... Siempre se mostraba perfectamente cortés, pero de vez en cuando me parecía que le faltaba calor humano, no sé si me explico. Lo cierto es que nunca le hubiera dicho nada a ella. No era más que una sensación, y no era yo la que se iba a casar con él, claro.

Probablemente, yo tampoco le hubiera dicho nada. Como había dicho Tamara, esas son cosas que no se dicen jamás, a menos que el tío sea un completo gilipollas, e incluso en ese caso te lo piensas tres veces.

—A fin de cuentas, mis padres trataron de disuadirme para que no me casara con papá —prosiguió—. Y solo consiguieron enojarme, con lo cual aumentó mi determinación.

Exactamente.

—La verdad es que no sé qué voy a decir a la gente. Supongo que podría haber sido peor —suspiró—. La semana pasada, Eileen Thomas me contó que la hija de su hermana ha dejado a su marido ¡por una mujer! ¡Y con dos niños, pobrecitos!

Con aire ausente, barrió unas migas de la mesa.

—¿Así que ese Josh fue a verte al hotel?

A Belinda se le había escapado, pero todo aquello era demasiado complicado, de modo que no me apeteció que mamá empezara a tener alguna de sus ideas.

—Sí, pero solo para devolverme el móvil. Estaba por allí cerca.

—Pues teniendo en cuenta las circunstancias, fue muy amable por su parte.

Llevaba una hora con los ojos secos, pero de nuevo se le había abierto el grifo.

—A propósito de lo que dijiste por teléfono... Espero que no fuera de veras. No puedo soportar que en serio te dé miedo traer a tus novios a casa, por si acaso los amedrento. Yo diría que sí, que estuve un poco demasiado ansiosa con ese tal Josh, pero la verdad es que me pareció un hombre estupendo... —Se llevó la servilleta a los ojos—. En fin, supongo que se debió de reír muchísimo a mi costa.

Por enésima vez en los últimos días me volví a sentir como un montón de mierda.

—Te prometo que no fue así. Se sintió tan mal como yo, porque los dos os portasteis de maravilla con él.

Eso pareció consolarla.

—Bueno, debo decir que fue muy amable por su parte venir expresamente a devolverme el móvil.

—Supongo —dijo titubeando con delicadeza— que fue para eso...

¿Acaso no iba a rendirse jamás?

—Mamá —le dije con cansancio—, por favor, no empecemos.

—¡No, cariño! ¡Ni mucho menos! —Con más delicadeza si cabe, hizo una nueva pausa—. Pero aunque haya algo, no tienes por qué preocuparte; no voy a invitarle dentro de dos fines de semana. Aunque, pensándolo bien, si le invitase desde luego que haría un asado en condiciones. No sé qué habrá podido pensar de aquel.

—No estaba tan malo. A fin de cuentas se lo comió.

—Bueno, es cierto. Ahora que lo dices, incluso repitió. Siempre he dicho que se puede saber mucho de un hombre por su manera de comer. Mira papá: es capaz de comer lo que sea. Yo nunca he podido con esos hombres que solo comen un poco. Y Paul no probaba las cebollas, ya lo sabes. Ni el brécol. Ya se ve...

Tomé el primer tren de vuelta y fui derecha a trabajar. Me encontré con tal revuelo que no pude pensar en ninguna otra cosa. Y llegué a casa tan destrozada que pensé que me podría morir.

Me derrumbé en el sofá con un vodka con tónica y lo diseccioné todo con Alix.

—Al menos volvéis a dirigiros la palabra —dijo—. Y has salido de todo el atolladero oliendo como una rosa.

—No te voy a decir a qué huelo. —Con una absoluta falta de elegancia, levanté el brazo y me olí la axila—. Llevo este desodorante desde las cinco y media de la mañana, y estoy tan hecha polvo que ni siquiera me podría dar una ducha.

—Pues no lo hagas. Métete en la cama y apesta hasta mañana por la mañana. —De pronto frunció el ceño—. Oye, no se te habrá olvidado pagar la cuenta del hotel, ¿verdad?

—¡Pues claro que no! ¿Por qué lo dices?

—Es que esta mañana ha llegado un sobre del hotel. Espera, ¿dónde lo habré puesto?

Al cabo de dos minutos desenterró un gran sobre blanco de algún rincón de la cocina. Con un bello tipo de letra, en la esquina superior izquierda, había un rótulo que decía: *Cranleigh Manor Hotel*.

—Probablemente me invitarán a pasar un fin de semana —bostecé—. O a una patética velada medieval...

De todos modos, lo abrí y saqué una carta y otro sobre más pequeño.

La carta decía así:

> Estimada sra. Metcalfe:
> Le enviamos el sobre adjunto, que encontró la camarera de las habitaciones después de su partida. Seguramente se le pasó por alto al estar mezclado entre algunos folletos del hotel. Confiamos en que disfrutara

de su estancia en *Cranleigh Manor* y esperamos tener el placer de volver a verla pronto con nosotros.

Me quedé patidifusa al ver el sobre. Era más pequeño que el otro; también ponía *Cranleigh Manor* en el mismo tipo de letra. Y en medio había una sola palabra, en negro, con letra firme, que decía tan solo *Sophy*.

15

Lo abrí rasgándolo. Con la misma letra negra, un mensaje decía:

> Estoy a tres puertas de tu habitación, en la 24. Si te apetece hablar, o si los fantasmas te hacen una de las suyas, no dudes en llamarme. Da lo mismo que sea tarde.
>
> Josh
>
> PS: Nunca pensé que estuvieras desesperada. Si acaso, que eres bastante exigente.

Las lágrimas me asomaban a los ojos, se me había hecho un nudo en la garganta.
—¡Estuvo allí todo el tiempo! ¡Dios mío! ¿Qué habrá pensado de mí?
Alix aferró la nota y soltó un suspiro.
—Ya te lo decía yo. Dios, si es que no tienes remedio. ¿Cómo es que no te diste cuenta?
Con los dedos entumecidos, le pasé la otra carta.
—Era una especie de velada medieval, un anuncio... Ni siquiera lo recogí del suelo...
Con una claridad repugnante, de repente vi el pan-

fleto amarillo exactamente como apareció sobre la moqueta azul. Lo vi enfocado con toda exactitud, incluida una minúscula esquina blanca que sobresalía por debajo. ¿Cómo demonios no me di cuenta?

—Supongo —dijo Alix cuando se lo conté— que estabas cansada, que no prestaste atención, que tenías la cabeza como un bombo de tanto hablar de Kit y de Belinda. Tal vez se pasó la mitad de la noche esperando que lo llamaras. Por Dios, Sophy: llama a los Nixon y consigue su teléfono ya mismo.

—Dixon, querrás decir. Dios, pensará que soy una...

Llegados a este punto salió Ace de la ducha, vestido solo con una toalla, y Alix lo puso al día.

—Ya te lo decía yo, ¿no? —dijo con descaro—. Ya sabía que le gustabas. Estaba clarísimo.

No dije nada. Ya estaba llamando a los Dixon, pero una vez más me salió el odioso contestador. Llorando, estampé el auricular contra el teléfono.

—¿Qué demonios pasa con esta maldita gente? Entiendo que Tamara haya salido, pero ¿y sus padres? ¡Si son más viejos que los míos! ¡Se supone que han de estar en casa, viendo por la tele cualquier serie, o un programa de jardinería y bricolaje!

—¿Cómo es que no tienes su número? —dijo Ace—. Pensé que lo habías llamado la semana pasada.

—Pues claro que lo llamó, so bobo. Lo que pasa es que apuntó el número en un periódico, y todos han ido a parar al contenedor de reciclaje —dijo Alix con notable irritación.

—Puede que no todos. Un momento...

Volvió acto seguido con una sonrisa de oreja a oreja, un plátano renegrido, un cuenco de Pot Noodles y dos ejemplares del *Evening Standard*.

—Debajo de la cama —sonrió—. Pensé que había visto un apunte en algún sitio... Es este, ¿no?

Me pasó un *Standard* abierto por la página del horóscopo, donde estaban garabateados los números de teléfono de Jerry y de Josh en el margen.

Podría haberle dado un beso.

—Ace, no te volveré a llamar cerdo nunca más.

De inmediato marqué el teléfono. A los seis timbrazos, la voz de Josh, grabada, me dijo que lo lamentaba, que no podía atender mi llamada y que le dejase un mensaje después de la señal.

Si el cretino que inventó los contestadores automáticos hubiera entrado por la puerta en ese momento, juro que no habría seguido con vida ni un minuto más.

—¡Malditos contestadores! —colgué de un porrazo, de nuevo al borde del llanto—. ¿Por qué demonios no estará en casa? ¿Por qué no puede haber una sola cosa bien sencilla, por una vez en mi maldita vida?

—Puede que sea mejor así —dijo Alix con tacto—. Ahora mismo estás hecha polvo. Inténtalo más tarde.

—No. Voy a dejar un mensaje ahora mismo. —Presioné la tecla de «rellamada». Después de la señal, dije—: Josh, soy Sophy. No he recibido tu nota hasta ahora mismo. No la vi, porque me habían metido un papelajo por debajo de la puerta. Me la han enviado desde el hotel. De veras siento que creyeras...

Se me comenzó a quebrar la voz; el débil control que tenía sobre mí misma se desintegró como un pañuelo de papel humedecido.

—Sophy, déjalo —dijo Alix con preocupación manifiesta.

Yo ya había puesto el piloto automático y estaba decidida a llegar hasta el final.

—¿Por qué no me llamaste? ¿Por qué no viniste a verme? Me pasé la noche tendida ahí, sintiéndome la idiota más grande del mundo, más triste que el pecado. ¿De veras creíste que soy una de esas perras que no hacen caso de una nota como la tuya? —Me había lanzado sin paracaídas, llorando sin cesar—. Ah, y tengo una pista más para tu crucigrama: nueve letras, no, diez, y empieza por la G de gilipollas. ¿No te diste cuenta de lo que sentía por ti? Te he querido prácticamente desde el momento en que te vi, he pensado en ti mañana, tarde y noche, y ahora que ya estamos puestos no me importa confesarte que te vi venir aquella tarde en el parque, cuando me hice la dormida. Pensé que los niños eran tuyos y que yo estaba con toda la grasaza al aire. Por qué demonios no me contestas, ¿eh?

Se me había quebrado tanto la voz que no pude seguir, de modo que no seguí. Accioné el botón de «fin de llamada» y miré a Alix, que a su vez me miraba horrorizada.

—¡Caramba! —dijo Ace.

—Sophy —dijo Alix—, te he dicho que lo dejes. ¿Tú no has oído hablar de lo que es jugar con tiento?

—¡Estoy harta de jugar con tiento! ¡Llevo jugando con tiento desde que lo conocí, y mira adónde me ha llevado!

—¡Si sigues así solo conseguirás asustarlo de por vida!

—¡Pues al menos sabré dónde me encuentro! Si se va a asustar solo porque le diga cómo me siento, más vale que me olvide de él ahora mismo.

Fui a darme un baño, a mezclar mis lágrimas con espuma de Ylang Ylang. Ya estaba deseando que me fuera posible borrar la grabación y empezar de nuevo, pero era demasiado tarde. Poco después me metí en la cama hecha trizas, y él no me devolvió la llamada. A la mañana siguiente fui a trabajar como si tuviera el cuerpo convertido en plomo, como si me hubiera quedado sin chispa para siempre.

Cuando volví a casa, bastante tarde por los malditos retrasos del metro, Alix me recibió en la puerta. Le brillaban los ojos más que la primera vez en que vi que lo había hecho con Calum.

—Ha llamado —dijo—. Esta tarde. Fui un momento a la tienda de la esquina, pero ha dejado un mensaje.

—No sé qué de un crucigrama —dijo Ace—. Y acertó con la solución, pero me parece un poco espeso, la verdad. Yo la cacé en el acto.

—¡Ace! —dijo Alix de mal humor—. Si vas a escuchar los mensajes que no son para ti, al menos no lo reconozcas abiertamente.

No les estaba escuchando. Ya había llegado al cuarto de estar y había puesto el contestador.

—Sophy, soy Gilipollas —dijo—. No eres la única que tiene festejos familiares a los que por fuerza ha de asistir. Ayer por la noche estuve en Kent, mi padre cumplía setenta años. No he recibido tu mensaje hasta esta tarde. Perdona que sea tan pesado, pero sigo teniendo serios problemas con los crucigramas. Aguarda un momento, que traigo el periódico... —Se oyó ruido de papeles—. Aquí está. Catorce vertical. «Objeto de intenso y apasionado deseo, perseguido y dado por perdido, pero tal vez reencontrado». Cinco letras, empieza por S. Piénsalo un poco, ¿quieres? Te llamaré más tarde.

Fue más que suficiente para que me picasen los ojos, hasta que me di cuenta de que Ace acechaba al otro lado de la puerta.

—Oh, qué bonito —sonrió.

Como no tenía otra cosa a mano, le tiré una caja de kleenex.

—¡Largo de ahí!

Riéndose como un mono, desapareció de la puerta. Tomé el teléfono y marqué.

—Hola, soy yo.

—Hola, yo —dijo Josh—. ¿Recibiste mi mensaje?

—Si no, no te llamaría —dije con un punto de flojera.

—¿Así que tienes la solución? —dijo con más amabilidad.

Con la garganta medio atenazada, con otros síntomas de desintegración emocional inmediata, no sé muy bien cómo logré articular palabra.

—No estoy segura... Nunca se me han dado nada bien los crucigramas. Puede que si vienes y me ayudas a aclararme...

Veinte segundos después, cuando dejé el teléfono, Alix salió de donde estuviera escuchando e hizo como que no se había enterado de nada.

—¿Y bien? —sonrió.

—¡Viene dentro de cuarenta minutos!

—¡Mierda! Bien, me voy a casa de Calum. ¡Ace!

Asomó la cabeza por la puerta.

—¿Qué?

—Que tú también sales. Llévate a Tina al cine o a donde sea. Si estás pelado, te daré dinero... Tú sal y limpia tu porquería del cuarto de estar y pasa la aspiradora... No, no. Nunca lo harías como es debido. Dios, ¿por qué no lo habré hecho antes? Sophy, ve a darte una buena ducha, deprisa. Depílate las piernas. Ponte esas bragas de La Perla y no te olvides de limpiar el lavabo. Yo arreglo tu habitación. Venga, ¡aprisa!

Cuarenta y tres minutos más tarde me estaba dando el último repaso en mi espejo de cuerpo entero: pantalones de lino color crema y una camiseta sencilla, hasta las caderas, de seda azul marino. Elegante e informal al mismo tiempo: lo que me hubiera puesto para estar en casa como si tal cosa.

Alix se había vuelto loca con la aspiradora; había quitado el polvo en mi habitación, había cambiado incluso las sábanas. Aquello parecía sacado de un anuncio, todo limpio y acogedor, con los almohadones ahuecados y las esquinas de los almohadones bien rectas. Tal como lo tenía yo a todas horas, por supuesto. Había dejado el cuarto de estar de maravilla; había retirado las medias puestas a secar en los radiadores y había echado ambientador para causar al menos una impresión de higiene.

Para cuando sonó el timbre, estaba sentada en el sofá leyendo *Marie Claire*, haciendo como que vivíamos como las personas decentes a cualquier hora del día y de la noche.

Fui corriendo a abrir. Me lo encontré en la puerta con esa sonrisilla perversa que me daba un vuelco al corazón cada vez que se la veía, y un gran ramo de rosas de color rosa en el brazo.

—Hola —dijo, y miró las flores con ironía. Debían de ser doce ramilletes de una docena cada uno, no una docena de rosas grandes—. Me temo que se les ha pasado el mejor momento. Se las compré a un tío en un semáforo y a punto estuve de decirle que se las metiera... cuando vi en qué estado las tenía, pero es que parecía un emigrante sin papeles y había empezado a llover y...

—Oh, Josh. Son preciosas... —Por segunda vez en lo que iba de tarde, se me hizo un nudo en la garganta—. Solo están un poquitín caídas. Déjame que las ponga en agua...

En vez de un achuchón instantáneo, me pasó el envoltorio de celofán y me siguió a la cocina. Descubrí unas tijeras con cierto esfuerzo y comencé a retirar el plástico y a cortar los tallos.

—Si te apetece, creo que hay una cerveza en la nevera —dije por encima del hombro.

—Pues no diría yo que no.

Le oí abrir la nevera y oí el ruido de la lata cuando la abrió, pero no me llegó el ruido que hubiera hecho al dar un trago.

—Si no has cenado, pensé que podíamos salir —dijo.

—Qué buena idea. —Seguí cortando tallos. Noté que me miraba sin cesar. Aquello parecía una repetición del domingo por la mañana, solo que esta vez...—. Hay un italiano pequeño, encantador, ahí cerca. Si es que te gusta la comida italiana.

—Italiano, oh, estupendo.

Al cabo de un momento preguntó:

—¿Y tus amigos?

—Ah, pues han salido —dije como si tal cosa, como mejor pude, teniendo en cuenta que el corazón se me había desbocado solo de pensar en que...—. Tardarán horas en volver.

Mi frase bastó para lanzar un mogollón de voltios a un ambiente de por sí cargado de electricidad. Y el ruidito de la lata de cerveza cuando la dejó sobre la encimera fue como en los fuegos artificiales: «tirar del papel azul claro y apartarse de la mecha».

Igual que hizo en la habitación de invitados de casa de mis padres, vino a colocarse detrás de mí. Igual que aquella vez, me sopló muy levemente en la nuca.

—¿Cuánta hambre tienes? —preguntó como si la cosa no fuera con él.

A mí ya me empezaban a fallar las rodillas.

—Oh, no tanta como para estar desesperada —dije, y seguí cortando tallos—. ¿Sabes una cosa? Creo que las rosas estarán mucho mejor en cuanto beban un poco. ¿Y tú? ¿Tienes hambre?

—Pues sí, para que te voy a decir lo contrario.

Mientras seguía con las tijeras, me colocó las manos en la cintura y me rozó el cabello con los labios.

Dios, qué gusto. Me dio tanto gusto que me entraron ganas de mantener mi anticipación intacta durante todo el tiempo que me fuera posible.

—Seguramente te podré dar un paquete de cortezas, o patatas...

Estaba tan pegado a mí, por detrás, que oí la vibración de la risa contenida mientras me rozaba la nuca con los labios.

—No estoy seguro de que me apetezca eso ahora mismo...

Sinceramente, no sé cómo aguanté, pero seguí deshaciendo el celofán.

—Entonces, ¿unas aceitunas?

De nuevo sentí esa cálida, deliciosa vibración.

—¿Eso es todo lo que me ofreces?

—Bueno —dije a duras penas—, si puedes esperar hasta que termine con estas, a lo mejor te puedo encontrar algo de más enjundia...

—Ya sabía yo que le tenía que haber dicho al tío que se quedara con las rosas.

Mientras me rozaba la nuca con los labios, movió las manos con ligereza hacia arriba, por mis costillares y por los abundantes laterales de mis 90C; trazó con las yemas de los dedos unos círculos alrededor y las bajó de nuevo.

—Ay, ay, ay —dije a punto de perder pie, pero sin dejar de cortar tallos—. ¿Estás seguro de que aguantarás hasta que...?

—Yo no me apostaría nada. Corremos serio peligro de que me convierta en uno de esos invitados pelmas que se sirven lo que desean sin esperar a nadie.

Me pasó las manos por la espalda, por debajo de la camiseta, hasta rozarme el sostén, que me desató con la destreza de un maestro.

—¿Vas a dejar esas rosas en paz de una vez? —murmuró.

Cuanto más le entretenía, más deliciosa era la sensación de anticipación ante lo que estaba por llegar.

—Tengo que ponerlas en agua —dije con flojera—. Pero sírvete, por favor. Estoy contigo enseguida...

De nuevo sentí su risa cálida y callada.

—A ver si te puedo meter un poco de prisa...

Con un tacto delicadísimo, magistral, introdujo de nuevo las manos bajo la camiseta de seda, por los costados, y trazó más círculos sobre mis pechos sin sostén.

Y con una habilidad que solo podría describir si dijera que fue sublime, aplicó la yema de un dedo en cada uno de mis pezones...

No creo que ningún elemento de los que se emplean en los prolegómenos haya tenido jamás un efecto tan poderoso como instantáneo sobre mí. Me envió una serie de instantáneas oleadas eléctricas al *zizi*, como le llaman los gabachos. No entiendo cómo es que no tengamos ninguna bonita palabra para nombrarlo en inglés; nunca me ha gustado «abanico», que además es como llaman los americanos al culo, lo cual puede llegar a ser muy confuso en una relación transatlántica. Una de las chicas con las que iba al colegio de pequeña lo llamaba «el culo delantero», lo cual es una bobada mojigata, pero ya veo que esto es mera digresión.

Las rosas quedaron olvidadas en cuanto me di la vuelta y respondí con el ansia de una mujer medio muerta de hambre, como en efecto era yo. Me parece recordar que mencioné uno de esos besos que desembocan en un frenético y mutuo desvestirse, en un rampante acoplamiento en menos de dos minutos. Bien, pues así fue. Nuestras bocas se mantuvieron pegadas una a la otra mediante una suerte de succión desesperada, mientras nos debatíamos por arrancarnos la ropa el uno al otro, y por poco caímos al suelo mientras peleábamos con los botones y las camisetas y tratábamos de quitarnos los zapatos y salir de los respectivos pantalones, todo al mismo tiempo. Recuerdo que los dos nos reíamos a medias, él sujeto a mí, mientras yo me quitaba de cualquier manera los pantalones, y él me ayudaba a despojarme de las bragas.

Nunca llegamos a mi prístina cama, preparada para la ocasión, de modo que si eres una de esas chifladas por la higiene en la cocina, una de las que continuamente andan con el desinfectante, mejor será que te saltes el trozo siguiente. Tampoco llegué a quitarme del todo la camiseta, que se me quedó enredada en torno a los hombros con el sujetador; su camisa quedó en efecto desabrochada, pero tampoco se la llegó a quitar, cosa que a mí me dio lo mismo. Acoplados contra la nevera, los pedazos de importancia crucial sí quedaron gloriosamente al desnudo, al tiempo que trataban de reconocerse unos a los otros a pesar de la dificultad de la estatura, que él resolvió mediante la expeditiva idea de echarme una mano a cada nalga, tomándome en vilo y llevándome hasta la barra donde desayunábamos. En fin, qué le voy a hacer: me gustan los hombres que tienen músculos para lograr esa clase de hazañas.

La barra del desayuno tal vez estuviera hecha exactamente para esa finalidad. Tal cual, con las piernas entrelazadas a su alrededor, por fin nos conectamos y recuerdo haber pensado que tal vez se me iba a parar el corazón por culpa del éxtasis. Mucho me temo que debo decir una cosa, y es que no duró demasiado: apenas se puso en marcha cuando me di cuenta de que cualquier intento por prolongarlo estaba más allá de mis fuerzas. Con todo, hay ocasiones en que un polvete rápido basta y sobra. Después me dijo que solo llegó a pensar que «gracias a Dios», porque él tampoco podría haber aguantado mucho más. Baste decir que en las paredes rebotó el eco de mis gritos orgásmicos, y es que a veces me puedo poner bastante escandalosa, y de sus jadeos y sus «joder, joder, joder».

Aún pegados el uno al otro permanecimos así un minuto, dejando que el ritmo cardíaco de cada cual volviese a la normalidad. Todavía siento sus brazos en torno a mi cuerpo, y la adorable sensación de la piel húmeda, caliente por el sexo, contra otra piel igual de húmeda y caliente. Me gustaría decir que en este punto intercambiamos algunos dulces murmullos y todo eso, pero nunca podré fiarme de que mi cuerpo coopere con esa idea de los corazoncitos y las flores: mi barriga soltó un rugido atronador, que a él le hizo reír de nuevo y estremecerse con un ruido delicioso, como de chocolate fundido.

—Todavía tienes hambre —dijo a la vez que me rozaba la frente con los labios—. Es lo que tiene la comida rápida. Yo quería que fuese como una cena de cinco platos y varios postres a elegir.

Media hora más tarde recorrimos a pie el camino del italiano. Empezaba a chispear, pero nunca me ha importado menos que llueva. Abrazados como lapas bajo un paraguas, hablamos sin cesar. Podría haber recorrido otros seis kilómetros, o más, de no ser porque me moría de hambre.

Era un restaurante acogedor, pequeño, en donde se combinaba un ambiente informal y sencillo con una comida espléndida. Había varias mesas en rincones íntimos, a la luz de las velas. Tal como esperaba, nos indicaron una de estas.

En cuanto vino el camarero a encender la vela y se marchó, Josh me dijo:

—Creo que ya va siendo hora de que te cuente la verdadera razón por la que me hizo tanta gracia lo que sucedió debajo de aquel árbol.

—Supongo que te estabas riendo de mamá.

Meneó la cabeza.

—Tu madre me mataría si supiera que te lo he dicho: lo que sucede es que Julia no se tragó tu historia. Me dijo… —se acercó más a mí e hizo una pasable imitación de un susurro femenino y conspirador—: «Todo esto me suena un poco raro. Creo que a lo mejor es lesbiana, pero le da pavor decírselo a sus padres.»

Tal vez sea políticamente muy incorrecto, pero solté un morrocotudo: «¿Qué?».

—Bueno, a veces hay lesbianas que van por su agencia. Solo que se lo suelen decir de inmediato.

Tuve que inclinarme hacia él y bajar la voz.

—Eh, no pensarías que era lesbiana, ¿verdad? Me refiero a la primera vez que me viste.

—Pensé: si lo es, qué pena. Qué manera tan pecaminosa de malgastar...

Fiú.

Con unos *tagliatelle* de pasta fresca y unas almohadillas de espinaca, bañado todo con sol líquido de Toscana, diseccionamos a fondo a Kit y Belinda.

Y a Kit conmigo.

—Yo no creo que Tamara estuviera mintiendo, al menos acerca de él —dijo—. En la boda, llegué a pensar que te gustaría volver con él. Me pediste que pareciera totalmente enamorado de ti.

—¡Claro! ¡No te iba a pedir que dieses la impresión de que te daba asco!

—Y luego, cuando te largaste a hablar con él tanto tiempo...

—¡No fue así! Él estaba allí. Yo solo fui a fumarme un cigarrillo, estaba que me moría de los nervios.

—No me puedes echar la culpa porque lo pensara. Es un tío muy guapo, tiene un buen trabajo y te había dejado. De acuerdo con mi experiencia, son tres razones perfectamente válidas para que una mujer quiera volver con su ex.

He de reconocer que no le faltaba razón.

—Supongo que no debiera haberle montado una bronca como aquella —reconoció—. No me siento nada bien, teniendo en cuenta que su padre estaba como estaba. Pero en su momento me lo tomé muy en serio: esa cara de pobre chico, de perdóname por favor, me estaba poniendo enfermo. Y seguía sin estar seguro de que tú quisieras volver con él o no...

—Pensé que lo sabías —dije a la desesperada—. Pensé que debía de saltar a la vista.

Me llenó la copa.

—Tal vez seas mejor actriz de lo que tú piensas. Claro que percibí algo, pero a mí no se me da nada bien leer la mente de los demás. No sé, no estaba seguro; tal vez yo solo fuera un capricho pasajero, algo que podías tomar o dejar a tu antojo.

Me resultó bastante sorprendente que todavía haya hombres que no dan por hecho que todas las mujeres beben los vientos e incluso jadean por ellos.

—De todos modos, Kit es idiota si prefiere a Belinda —siguió diciendo.

Podría haberle seguido escuchando durante la noche entera.

—Adelante —dije—. ¡Da gusto oírte!

Sostuvo su copa a la luz de la vela. El vino resplandecía como rubíes líquidos.

—¿Ves esto? Pues es como compararlo con un batido de fresa. Si él prefiere el batido, que tenga buena suerte.

Ningún tío me había dicho nunca cosas como aquellas. Bueno, puede que sí, pero una de dos: o yo me había dado cuenta de que eran esas mentiras que se le cuentan a cualquiera que sea tan estúpida como para tragárselas, o bien eran tíos de los que yo ya pasaba porque eran unos pesados.

Entre plato y plato entrelacé mis dedos con los suyos.

—Todavía te debo una por aquella brillante mentira del domingo por la mañana.

—Yo también te debo una, y también por el domingo por la mañana. —En tono ominoso, aunque en broma, siguió diciendo—: Tras pavonearte delante de mí con aquella cosa resbaladiza y ponerme de los nervios con toda la desvergüenza del mundo, te da por ponerte a hablar de tazas de té. ¿Tienes la menor idea del efecto que esa clase de situaciones pueden causar en un muchacho de educación tan simple como la mía, que todavía duerme con su oso de peluche?

Solté un bufido muy impropio de una señora.

—Muy traumático. A lo mejor necesitas una terapia en toda regla.

—Aquello estaba por encima del deber —siguió diciendo.

—Lo siento —respondí con mansedumbre.

—Más lo vas a sentir cuando se me ocurra la venganza adecuada.

Aquello empezaba a ser prometedor.

—¿Por ejemplo?

—Tú espera y verás.

Me lanzó un guiño con sus ojos como ríos, a la luz de la vela, en los cuales de mil amores me hubiese ahogado. Empezaba a sospechar que en cualquier momento se convertiría en un grotesco y viejo pedorro como el de la boda, con los labios húmedos, y que me despertaría bañada en sudor frío.

Después del café y el coñac aún teníamos hambre, de modo que volvimos a casa a darnos una cena de cinco platos y varios postres a elegir. Esta vez, en mi prístina cama. Hicimos el amor despacio. Con languidez. Como una fantasía erótica y cálida, solo que mejor si cabe.

Y de eso sé un rato.

Mientras yacía después paladeando el regusto, con su brazo a mi alrededor y sus dedos jugando con mi cabello, le oí musitar:

—¿Dónde está ese campamento al que tienes que ir?

—En Gales. Cerca de Brecon. ¿Por qué?

—¿Y cuándo vas?

—En septiembre.

—Entonces veré cumplida mi venganza. —Comenzó a vibrarle el pecho de manera sumamente sospechosa—. Si es el sitio en el que estoy pensando, te diré que es amigo mío el que lleva los cursos. Y le diré que a ti lo que te hace falta es que te borren la sonrisa de la cara. Se ocupará de idear unos cuantos baños de fango, vados en el río, etcétera. Puede que me acerque unos días a verte.

—Cabrón —me arrimé más a él—. Entonces, Neil tenía toda la razón. Dijo que todos los instructores eran unos sádicos.

Se rió.

—Yo diría que Neil es uno de esos chulos que tratan de dárselas de listos con Rob.

—A mí sí que me fastidia el tal Rob. —Al recordar los comentarios de Neil, se me ocurrió una idea extravagante—. Sádicos, no: sádicos salidos de los SAS, según dijo.

—¿Ah, sí?

De pronto, la idea dejó de ser tan extravagante.

—Pero seguro que Neil dijo solo tonterías —añadí con toda mi inocencia.

—Eso es hablar con el culo —dijo Josh perezosamente.

—Por supuesto —dije dándomelas aún de inocente—. Porque si tu amigo Rob fuera un ex de los SAS, tal vez cabría pensar que tú también lo eres.

—Absurda suposición —dijo, tan perezoso como antes.

No me importa decirte, la verdad, que esto bastó para procurarme un picante escalofrío. Ya sé que esto es algo que no debería decir, pero en secreto me encanta todo lo que huela a macho. Preséntame a un tío que vaya a clases nocturnas para «contactar con las emociones de la mujer», y te enseño una palangana donde vomitar. En serio.

Sé que no era cuestión de parlotear, pero pensé que tal vez pudiera conseguir que confesase.

—No pasa nada, ya sé que es algo que se supone que no debes decir —le tranquilicé—. Por si acaso te secuestran y te torturan hasta la muerte para sacarte una información, o lo que sea.

Se rió por lo bajo.

—No hace tanto tiempo que tú me estabas torturando a muerte que daba gusto.

Personalmente, diría que fue solo un detalle para prolongar el éxtasis, aunque con toda justicia debo reconocer que mis conocimientos de «la chica encima», un dechado de habilidad, tal vez encajasen perfectamente en esta categoría. También yo había sufrido lo mío, aunque, si lo que quieres es torturarte hasta morir, empalarte en una erección impresionante es una manera deliciosa de hacerlo.

Aún le vibraba el pecho bajo mi mejilla, y debo decir que me supo a gloria.

—Si lo mantienes así hasta septiembre, a lo mejor le digo a Rob que se porte bien contigo.

¡Septiembre! Si estaba pensando en tales términos, me tenía más que encantada.

—Preferiría que le pidieras que se porte bien con la pobre Jess. Solo de pensarlo es que se mea encima.

Sin dejar de vibrar, me plantó un beso en el pelo.

—Lo que tú digas, amor.

No me pude resistir a la tentación de seguir con la broma.

—La razón por la que te lo preguntaba —le dije en un susurro, en plan confidencia—, y te lo preguntaba a sabiendas de que no lo puedes decir a nadie, es que siempre he tenido una fantasía secreta en la cual me violaba un... ya sabes qué te digo. Yo creo que es por toda esa parafernalia en negro, y el pasamontañas, y todo ese rollo de machos, en plan comando...

Se echó a reír en serio.

—Cualquiera diría que tienes fantasías un tanto peligrosas. Tú dile a tu abuelita que me tricote un pasamontañas y yo vengo a violarte, ¿de acuerdo?

Me di cuenta de que lo había pillado, pero no iba a insistir.

—Lo apuntaré en mi agenda.

Al cabo de un momento me acordé de una cosa que llevaba toda la noche con ganas de preguntarle.

—¿Qué dijiste cuando Julia te pidió que te ocuparas del caso?

—¿Y tú qué crees? —respondió—. «De ninguna manera», le dije, pero es que Julia puede llegar a ser muy convincente, aparte de que me ha hecho algunos favores en su día.

—Supongo que te dijo que yo era una foca gorda y bien jodida, aparte de lesbiana.

—Estás bien jodida, qué quieres que te diga, en lo que a tu peso se refiere. No habían pasado ni dos horas desde que nos conocimos cuando te llamaste foca tú solita.

No quise seguirle la corriente diciéndole «y es que lo soy», de modo que él pudiera decirme «no, no lo eres; solo estás rellenita». Y no lo hice porque tuve la impresión de que me diría: «¿Sabes? Siempre he tenido cierta debilidad por las focas gordas», en cuyo caso me estaría bien empleado.

—Siempre he tenido muy en cuenta mis partes más gruesas, qué quieres que te diga —dije con toda dignidad.

Josh estiró la mano y me pellizcó en el culo.

—Y yo también.

Aquello fue mejor que la Navidad.

De pronto, se estiró hasta casi salirse de la cama y agarró su camisa.

—¿No te irás ya? —le pregunté alarmada.

—No, a menos que me eches. —Sacó algo del bolsillo—. Ten. Pensaba dártelo durante la cena. Julia se ha quedado con su parte, claro está.

Era un cheque, por una cantidad no mucho menor que la que yo pagué a la agencia la primera vez.

—¡Dios mío, no puedo! ¿Cómo me lo voy a quedar? ¡Si te lo ganaste a pulso!

—Yo no lo quiero. Dáselo como donativo a una obra de caridad. ¿Qué te parece la Asociación para el Cuidado, el Realojo y la Reinserción de los Mentirosos de Tomo y Lomo?
—¿Cómo?
—Los Mentirosos de Tomo y Lomo —repitió.
Como no supe si reírme o si echarme a llorar, hice las dos cosas a la vez. Y él puso fin a mi reacción del modo más aconsejable. Tras muchas conversaciones de almohada, por fin nos dormimos.

Alix se me unió en la cocina a las siete y diez, aun cuando por lo común no asomaba la nariz hasta las ocho y media como pronto.
—Me ha llegado el aroma del café —dijo—. ¿Qué? ¿Se ha ido?
—Sí, curiosona. Hace cinco minutos. Tenía que ver a alguien en Henley a las nueve en punto.
—Se te ve muy contenta —sonrió.
—Tú también lo estarías, te lo aseguro.
—¿Y? —preguntó sin dejar de sonreír.
—Dos veces.
Y las dos nos echamos a reír sin poder contenernos, como dos colegialas.
Mientras se servía un café, le seguí contando.
—El muy diablillo pensó que sería incapaz de resistirme a un tipo desamparado con dos criaturas preciosas. Luego pensaba llevarme a comer a un pub y obligarme a confesar que lo de Ace me lo había inventado.
—Solo que no le salió bien del todo.
—Bueno... Después del éxtasis, casi valió la pena toda la agonía anterior. Estaba convencido de que estaba loca de atar, tanto si me había inventado lo de Ace como si no. Si me lo había inventado, era una loca de atar a la que tenía que tener en cuenta. Por eso, cuando me en-

contró en el parque y vio que estaba hablando «en sueños», se largó pensando que tal vez fuera mejor así, que la mar está llena de peces, y que hay muchos peces agradables, sanos y del sexo femenino.

—Entonces, ¿por qué te sonríes así?

—Porque está claro que él no quería todos esos otros peces. Él me quería a mí. No era capaz de dejar de pensar en mí.

Alix se me sumó ante la barra del desayuno, una barra hortera, de formica, que ya no parecía nada hortera, sobre todo porque él se había apoyado en ella un cuarto de hora antes, vestido solo con una toalla, con el pelo húmedo tras la ducha y un pequeño corte en el mentón, que se hizo con mi Ladyshave despuntada. Se lo curé de un beso, claro.

—¿Te puso a caldo por no haberle llamado la otra noche? —preguntó Alix.

—Espero que no. Estuvo despierto hasta eso de las tres y media, pero luego durmió hasta las ocho menos diez. Me llamó al despertarse, pero yo ya me había marchado, claro. Tenía la esperanza de que le hubiese llamado yo y no se hubiese enterado por estar dormido. Y luego pensó que no lo hice, porque aún tenía una velita encendida por el regreso de Kit.

—Así que si los del hotel no te hubieran remitido la nota…

—No hubiera cambiado nada. Me iba a llamar de todos modos ayer por la noche, más que nada para enterarse de cómo fue todo con Kit y Belinda. Para probar la profundidad del agua, vaya, y ver si se podía tirar de cabeza. Dijo que no es de los que renuncian tan fácilmente.

—No —musitó Alix—. No me pareció de los que renuncian. Si quieres que te diga lo que pienso, no le faltan huevos.

Suspiré con satisfacción.

—Desde luego que no, eso te lo puedo asegurar.

Tras otro mutuo ataque de risa, Alix contempló los restos del desayuno de Josh: un plato lleno de migas, un tarro de Olivio y otro de mermelada.

—Seguro que además le pusiste la mantequilla y la mermelada —sonrió.

—Desde luego. Y le he preparado un par de huevos, aunque no tenía tiempo para comérselos. Dijo que se los tomará la próxima vez, mañana mismo, y que cuando vaya yo a su casa me servirá sus mejores *oeufs au Josh* y en la cama.

—¡Pero si a ti no te gustan los huevos para desayunar!

—Ya lo sé, pero me los pienso comer aunque estén horribles, con esa gelatina blanquecina incluso.

—Dios, te ha dado fuerte —sonrió.

Sonreí con serenidad.

—Lo sé.

Por la razón que fuera, me acababa de acordar de otra conversación de cocina, de muchísimos años atrás, con mamá: «Cuando conociste a papá, ¿cómo te diste cuenta de que era el que querías?». «Pues no lo sé, cariño, pero lo supe.»

—Esas rosas están preciosas —dijo Alix, a la vez que hacía un gesto hacia los dos jarrones posados sobre la encimera—. Debe de haber docenas.

Tenía gracia, porque habían revivido. Si aún me hacía falta una señal, esa hubiera sido excelente.

—¿Y dónde dices que vive?

—En Chiswick.

—¿A qué se dedica?

—Tiene una empresa de seguridad con un amigo. Empezaron con la seguridad personal para los paranoicos, que hoy en día son muchos, pero les ha ido como la seda y se han multiplicado como las setas. Me sentí un poco mal cuando me lo dijo, no era lo que esperaba. Con todo, al menos ya sé dónde tengo un forzudo que me impida saquear la nevera.

—No servirá de nada. En tal caso, te irás a la tienda de la esquina.

Alix sacó una pierna de debajo de la bata y se la inspeccionó.

—Dios mío, se me está yendo el bronceado.

—Me alegro. Me estaba poniendo enferma.

—Pues date uno de mentira. Un estupendo bronceado en crema por todo el cuerpo. Seguro que Josh te lo aplica encantado de la vida.

—¡Ni en sueños! Aún no le he permitido ver mis peores partes, y eso que amenaza con una exposición forzosa.

—Sensacional. —Le entró otro ataque de risa—. Nada como un combate de lucha libre antes de rendirse.

—Pues sí, supongo que es tentador, al menos mientras no sea a la cruda luz del día.

—Entonces, a la luz de las velas. Y ponte ropa que te pueda quitar con facilidad mientras haces como que te resistes. «Para, que me está gustando», y cosas así.

No estaba segura de que fuese a ofrecer resistencia.

En conjunto, la cosa empezaba a mejorar de veras.